हिन्द पॉकेट बुक्स

सुहाग से बड़ा

10 जून, 1955 को मेरठ में जन्मे वेद प्रकाश शर्मा हिंदी के लोकप्रिय उपन्यासकार थे। उनके पिता पं. मिश्रीलाल शर्मा मूलत: बुलंदशहर के रहने वाले थे। वेद प्रकाश एक बहन और सात भाइयों में सबसे छोटे हैं। एक भाई और बहन को छोड़कर सबकी मृत्यु हो गई। 1962 में बड़े भाई की मौत हुई और उसी साल इतनी बारिश हुई कि किराए का मकान टूट गया। फिर एक बीमारी की वजह से पिता ने खाट पकड़ ली। घर में कोई कमाने वाला नहीं था, इसलिए सारी ज़िम्मेदारी मां पर आ गई। मां के संघर्ष से इन्हें लेखन की प्रेरणा मिली और फिर देखते ही देखते एक से बढ़कर एक उपन्यास लिखते चले गए।

वेद प्रकाश शर्मा के 176 उपन्यास प्रकाशित हुए। इसके अतिरिक्त इन्होंने खिलाड़ी श्रृंखला की फिल्मों की पटकथाएं भी लिखी। *वर्दी वाला गुंडा* वेद प्रकाश शर्मा का सफलतम थ्रिलर उपन्यास है। इस उपन्यास की आजतक करोड़ों प्रतियां बिक चुकी हैं। भारत में जनसाधारण में लोकप्रिय थ्रिलर उपन्यासों की दुनिया में यह उपन्यास सुपर स्टार का दर्जा रखता है।

हिन्द पॉकेट बुक्स से प्रकाशित

लेखक की अन्य पुस्तकें

वर्दी वाला गुण्डा
चक्रव्यूह
सुपरस्टार
खेल गया खेल
सभी दीवाने दौलत के

सुहाग से बड़ा

वेद प्रकाश शर्मा

हिन्द पॉकेट बुक्स

यूएसए। कनाडा। यूके। आयरलैंड। ऑस्ट्रेलिया। सिंगापुर
न्यू ज़ीलैंड। भारत। दक्षिण अफ्रीका। चीन

हिन्द पॉकेट बुक्स, पेंगुइन रैंडम हाउस ग्रुप ऑफ़ कम्पनीज़ का हिस्सा है, जिसका पता www.hindpocketbooks.com पर मिलेगा

पेंगुइन रैंडम हाउस इंडिया प्रा. लि.,
चौथी मंजिल, कैपिटल टावर 1, एमजी रोड,
गुरुग्राम 122002, हरियाणा, भारत

पेंगुइन
रैंडम हाउस
इंडिया

प्रथम संस्करण: तुलसी पॉकेट बुक्स द्वारा 1989 में प्रकाशित
प्रथम हिन्दी संस्करण हिन्द पॉकेट बुक्स द्वारा 2019 में प्रकाशित

10 9 8 7 6 5 4 3 2

ISBN 9789353493547
मुद्रकः रेप्रो इंडिया लिमिटेड

www.penguin.co.in

This is a legitimate digitally printed version of the book and therefore might not have certain extra finishing on the cover.

सुहाग से बड़ा

''आपका नाम?''

''माधुरी-माधुरी श्रीवास्तव।''

''उम्र?''

''बीस वर्ष।''

''पिता का नाम?''

''स्व0 अमरीश श्रीवास्तव।''

''कहां रहती हैं?''

''डिफेंस कॉलोनी ए-7/512, गुरुद्वारे के नजदीक।''

''आपके अपने और कौन-कौन हैं?''

''सिर्फ एक भाई।''

''आपसे छोटा?''

''जी नहीं, दो साल बड़े हैं।''

''क्या करते हैं?''

''सब-इंस्पेक्टर के लिए 'सलेक्ट' हुए हैं, आजकल ट्रेनिंग पर हैं।''

''और आपने 'जर्नलिज्म' का कोर्स कम्पलीट किया है?''

''जी हां।''

''हमारे यहां, यानि 'बारूद' में क्राईम रिपोर्टर का ओहदा चाहती हैं?''

''आपने 'वेकेन्सी' निकाली थी, उसी को पढ़कर इंटरव्यू के लिए आई हूं।''

''सॉरी मिस माधुरी।'' कहने के साथ 'बारूद' के प्रधान सम्पादक

ने नाक पर थोड़ा नीचे सरक आया चश्मा दुरुस्त किया तथा पीठ कुर्सी की पुश्त पर टिकाता हुआ बोला–"हमारे यहां क्राईम रिपोर्टर की जगह खाली जरूर है मगर ...

"मगर?"

"वह जगह किसी लड़की को देने का हमारा कोई इरादा नहीं है।"

"वजह?"

"दरअसल क्राईम रिपोर्टर का पेशा जोखिम भरा होता है कदम-कदम पर उसका वास्ता खूंखार किस्म के अपराधियों तथा हत्यारों से पड़ता है और इसलिए वे रिपोर्टर के दुश्मन बन जाते हैं।"

"यह सब मैं जानती हूं।"

"लेकिन शायद यह नहीं जानतीं कि ये भूखे भेड़िये आप जैसी खूबसूरत लड़की के साथ किस दरिंदगी से पेश आ सकते हैं?"

"आप यह कहना चाहते हैं न कि वे मेरे साथ 'रेप' तक कर सकते हैं?"

सम्पादक महोदय हड़बड़ा गए।

एकदम से कोई जवाब नहीं सूझा उन्हें।

माधुरी की तरफ देखते रह गए–उस माधुरी की तरफ जिसके सिन्दूरी मुखड़े के जर्रे-जर्रे पर इस वक्त दृढ़ता-ही-दृढ़ता नजर आ रही थी–वे कल्पना तक नहीं कर पाए थे कि भोली-भाली और मासूम-सी नजर आने वाली यह लड़की इतनी 'बोल्ड' होगी–इतनी ज्यादा कि जिस बात को कहने में वे स्वयं हिचक रहे थे उसे 'बेखटके' कह गई–कुछ देर तक ध्यान से माधुरी को देखते रहने के बाद बोलें–"मान लो कि ऐसा हो जाता है, उस अवस्था में आप क्या करेंगी?"

"हालांकि मेरे जीते-जी ऐसा नहीं होगा मगर आपके सवाल का जवाब देने के लिए मान लेती हूं कि हो जाता है।" माधुरी कहती चली गई–"ऐसा होने के बाद मेरी कलम रुकेगी नहीं अंकल और मुजरिमों के खिलाफ सिर्फ 'लिखेगी' ही नहीं बल्कि जहर उगलेगी और यह जहर माधुरी की कलम से उस वक्त तक फूटता रहेगा जब तक कि माधुरी के जिस्म में खून की एक बूंद भी रहेगी।"

"तुम जोश में हो बेटी और पत्रकारिता जोश से नहीं होती।"

''आपकी भूल है अंकल, मैं मुकम्मल रूप से होशो-हवास में हूं।''

एक बार पुनः सम्पादक महोदय को कहने के लिए 'तुरन्त' कुछ नहीं सूझा–काफी देर तक मेज के पार बैठी माधुरी की तरफ देखते भर रहे–दरअसल उन्हें लग रहा था कि इस लड़की से उलझकर उन्होंने गलती की है–माधुरी से 'पिंड' छुड़ाने का मन ही मन कोई बहाना तलाश कर रहे थे वे, काफी सोच-विचार के बाद बोले–''देवराज ठक्कर का नाम सुना है तुमने।''

''सुना है।''

''क्या सुना है?''

''यह नाम एक ऐसी हस्ती का है जिसे इस शहर यानि कि पटना का बच्चा-बच्चा 'वाइन किंग' के नाम से जानता है–पटना के अखबार और मैंगजीनें जहां आए दिन यह लिखती रहती हैं कि इस शहर में देशी-विदेशी शराब के जितने ठेके हैं उन सबका वास्तविक मालिक सिर्फ और सिर्फ देवराज ठक्कर है, वहीं पटना पुलिस का मानना यह है कि इस शहर में बिकने वाली शराब की एक बूंद भी ऐसी नहीं होती जिसका मालिक देवराज ठक्कर न हो–सीआईडी की रिपोर्ट यह है कि गन्दी बस्तियों में खिंचने वाली 'कच्ची शराब तक उस गिरोह की देख-रेख में खिंचती और बिकती है जिसका सरगना देवराज ठक्कर है मगर ...

''मगर?''

''सब-कुछ जानने के बावजूद न तो इस बात को आज तक पुलिस साबित कर पाई है और न ही कोई पत्र-पत्रिका। अनेक छापे मारे गए, बेहिसाब गैरकानूनी गोदाम पकड़े गए मगर पुरजोर कोशिश के बावजूद कोई यह साबित नहीं कर सका कि गोदाम का मालिक देवराज ठक्कर है–मालिक के रूप में जो शख्स पकड़ा जाता है वह सारी जिम्मेदारी अपने ऊपर ले लेता है–लाख यातनाओं के बावजूद पुलिस आज तक किसी मुजरिम से यह न कुबूलवा सकी कि वह किसी ऐसे गिरोह का मेम्बर है जिसका सरगना देवराज ठक्कर है–वह देवराज ठक्कर जिसकी उठ-बैठ पटना के संभ्रान्त और अभिजात वर्ग में है, जिसकी दोस्ती एसपी पुलिस तक से है–वह देवराज ठक्कर जिसके पास विधायक, एमपी और मन्त्रियों का आवागमन उसी तरह

रहता है जैसे आपके इस ऑफिस में पत्रकारों का–आप उस देवराज ठक्कर की बात कर रहे हैं अंकल जिससे सम्बन्धित खबरें और फोटो छापने पर पत्र-पत्रिकाओं की सेल बढ़ जाती है।''

''तुम ठीक समझीं, हम उसी देवराज ठक्कर की बात कर रहे हैं।''

''म-मगर मैं अभी तक यह नहीं समझ पाई कि उसकी बात कर क्यों रहे हैं आप?''

''क्या तुम उसका इन्टरव्यू ला सकती हो?''

''इ-इन्टरव्यू?'' माधुरी उछल पड़ी–''देवराज ठक्कर का इन्टरव्यू?''

सम्पादक महोदय ने रहस्यमय मुस्कान के साथ कहा–''हां।''

माधुरी के गुलाबी होंठों पर सम्पादक से कहीं ज्यादा रहस्यमय मुस्कान उभरी, बोली–''आप शायद मुझसे 'पिंड' छुड़ाना चाहते हैं?''

''क-क्या मतलब?'' मन का चोर पकड़ा जाते ही वे हड़बड़ा उठे।

''जिस तरह शहर का बच्चा-बच्चा यह जानता है कि देवराज ठक्कर पटना का 'वाइन किंग' है उसी तरह बच्चा-बच्चा यह भी जानता है कि देवराज ठक्कर कभी किसी पत्रकार को इन्टरव्यू नहीं देता–आज तक किसी अखबार या मैगजीन में उसका इन्टरव्यू नहीं छपा और आप ... आप मुझसे उसका इन्टरव्यू लाने के लिए कह रहे हैं–यह जानते-बूझते कह रहे हैं कि देवराज ठक्कर की डिक्शनरी में 'इन्टरव्यू' शब्द नहीं है।''

सम्पादक महोदय के होंठों पर अजीब-सी मुस्कान दौड़ गई, बोले–''अगर देवराज ठक्कर का इन्टरव्यू ले आओ तो 'बारूद' में खाली पड़ी क्राईम रिपोर्टर का ओहदा तुम्हें मिल सकता है।''

''हालांकि जाहिर है कि यह शर्त आपने मुझसे 'पिंड' छुड़ाने के लिए रखी है परन्तु ...

''परन्तु?''

''मैं आपको देवराज ठक्कर का इन्टरव्यू लाकर दिखाऊंगी।''

सम्पादक महोदय इस तरह मुस्करा उठे जैसे कोई व्यक्ति तब मुस्कराता है जब सामने वाला उसके 'वाक् जाल' में फंस जाए। दिलचस्प स्वर में बोले–''जरूर-जरूर अगर तुम कामयाब होती हो तो मैं या बारूद ही नहीं बल्कि समूचा पत्रकार जगत इस दुनिया में प्रविष्ट होने पर तुम्हारा इतना जबरदस्त

इस्तकबाल करेगा जितना कभी किसी पत्रकार का नहीं हुआ, पत्रकारों की शिरोमणी बन जाओगी तुम।''

''ठीक है।'' कहने के साथ ही माधुरी खड़ी हो गई–''अब मैं आपसे ठक्कर के इन्टरव्यू के साथ मिलूंगी।''

इस बार सम्पादक महोदय के होंठों पर जो मुस्कान उभरी वह, वह थी जो किसी बुजुर्ग के होंठों पर तब उभरती है जब किसी बच्चे को हाथ बढ़ाकर चांद को पकड़ने का प्रयत्न करता देखे।

⅄

''आपसे मिलिए, आप हैं पटना के 'वाइन किंग' मिस्टर देवराज ठक्कर।'' एक व्यक्ति ने कहा–''और ... आप आप पटना के 'हेरोइन-किंग' हैं, मिस्टर बजरंग सेठी।''

दो व्यक्तियों के हाथ मिले।

मुकम्मल गर्मजोशी के साथ।

कुछ इस तरह मानो अमेरिका के राष्ट्रपति और रूस के प्रधानमंत्री के हाथ मिले हों।

परिचय कराने वाला आदर के साथ पीछे हटता हुआ बोला–''जहां पटना के अंदर शराब की एक बूंद भी ठक्कर साहब की इजाजत के बगैर नहीं बिक सकती, वहीं पटना में बिकने वाली 'हेरोइन' के जर्रे-जर्रे पर सेठी साहब का नाम लिखा होता है।''

मिले हुए हाथों में कुछ और गर्मजोशी आई।

सेठी अधेड़ था।

ठक्कर युवा।

सेठी काला था।

ठक्कर गोरा चिट्टा लाल सुर्ख।

सेठी बिल्कुल नहीं जंचता था जबकि ठक्कर का व्यक्तित्व इतना आकर्षक था कि कोई भी लड़की उसकी गहरी काली आंखों में झांकते ही जीवन भर के लिये उसकी दीवानी हो सकती थी।

दोनों के जिस्म पर सूट थे, शानदार और कीमती सूट।

अंगुलियों में जगमगा रही थीं हीरे और पन्ने की अंगूठियां।

दोनों ने एक-दूसरे को 'हैलो' कहा, आंखें मिलीं।

होंठों पर मुस्कान उभरी।

इसके बाद।

वे एक-दूसरे के आमने-सामने बैठ गए।

एक समय ऐसा आया जब दोनों के गिरोह के लोग कक्ष से बाहर चले गए–साऊन्डप्रूफ कक्ष का दरवाजा बंद हो गया, तब देवराज ठक्कर ने पूछा–''क्या हम जान सकते हैं मिस्टर सेठी कि यह मीटिंग आपने किसलिए 'कॉल' की है?'' बजरंग सेठी ने जेब से सोने का सिगार केस निकाला, ठक्कर की तरफ बढ़ाया ही था कि ...

''नौ थैंक्स।'' ठक्कर ने कहा–''हम नहीं लेते।''

''सॉरी'' कहने के साथ सेठी ने सोने से बने 'म्यूजिकल' लाइटर से सिगार सुलगाने के बाद कहा–''हम पटना के 'हेरोइन किंग' हैं अर्थात् पटना में इस्तेमाल होने वाली हर किस्म की हेरोइन के मालिक और आप ...

''एक मिनट।'' देवराज ठक्कर ने हाथ उठाकर सेठी को आगे बोलने से रोका तथा प्रभावशाली स्वर में बोला–''हमारे ख्याल से हम आपके बारे में 'सब-कुछ' जानते हैं और आप हमारे बारे में–लिहाजा एक-दूसरे का गुणगान करने से बेहतर क्या यह नहीं होगा कि हम सिर्फ काम की बात करें?''

''वैरी गुड ... मानते हैं कि बेहतर यही होगा।'' सेठी ने कहा–''यह मीटिंग हमने आपके सामने एक ऑफर रखने के लिए बुलाई है।''

''जरूर रखिए।''

''हम एक नया बिजनेस स्टार्ट करना चाहते हैं।''

''फिर?''

''चाहते हैं कि वह बिजनेस आपके साथ पार्टनरशिप में किया जाए।''

''किस चीज का बिजनेस करना चाहते हैं आप?''

''गर्म गोश्त का।''

देवराज ठक्कर के मुंह से गुर्राहट-सी निकली–''ग-गर्म गोश्त का?''

''जी हां, यानि लड़कियों का व्यापार।'' बजरंग सेठी कहता चला गया–''अरब कन्ट्रीज में भारतीय लड़कियों की जबरदस्त 'डिमांड' है–इस बात को यदि व्यापाराना 'लेंगवेज' में कहा जाए तो यूं कहा जाएगा कि अरब कन्ट्रीज में भारतीय लड़कियों के लिए जबरदस्त बाजार खाली पड़ा है–ऐसा नहीं है कि यहां से, वहां के मार्किट के लिए लड़कियां सप्लाई नहीं होतीं–जरूर होती हैं मगर यह बिजनेस वे लोग कर रहे हैं जिसके बस का इस बिजनेस को 'लार्ज स्केल' पर करना नहीं है–वे अरब कन्ट्रीज के मार्किट की दस परसेन्ट मांग भी पूरी नहीं कर पा रहे हैं।''

''यदि हम ... हम दोनों मिलकर इस बिजनेस को करें तो अरब कन्ट्रीज में भारतीय लड़कियों के लिए खाली पड़े मार्किट की मांग को पूरा कर सकते हैं।'' अजीब से स्वर में देवराज ठक्कर कहता चला गया–''इस बिजनेस से हमें एक साल में इतना प्रॉफिट होगा जितना अपने-अपने धंधे से पांच साल में होता है?''

''करैक्ट।''

जाने क्यों, देवराज ठक्कर का गोरा-चिट्टा और सुर्ख चेहरा पत्थर की मानिन्द कठोर नजर आने लगा–जबड़ों के मसल्स फूल और पिचक रहे थे–यदि सेठी ने उसे ध्यान से देखा होता तो समझ जाता कि ठक्कर अपने गुस्से को पीने का भरपूर प्रयास कर रहा था, बोला-''हमें उम्मीद नहीं थी कि आपके मुंह से इतनी घटिया बात सुनने को मिलेगी।''

''घ ... घटिया इसमें घटिया क्या है?''

''लड़कियों को बेचने से घटिया धंधा और क्या हो सकता है?''

''एक बिजनेसमैन को घटिया-बढ़िया की नहीं बल्कि 'प्राफिट' की बात सोचनी चाहिए–हर वह धंधा बढ़िया है जिसमें 'प्राफिट' है और वह धंधा घटिया जिसमें 'प्राफिट' नहीं है, जो इस ढंग से नहीं सोच सकता वह किसी भी हालत में एक कामयाब बिजनेसमैन नहीं हो सकता।''

''सॉरी मिस्टर सेठी।'' ठक्कर का लहजा कठोर हो चुका था ''हम आपकी परिभाषा पर खरे उतरकर कामयाब बिजनेसमैन कहलाने के ख्वाईशमन्द नहीं हैं।''

''यानि?''

''आपका 'ऑफर' हमें वाहियात लगा।''

''ओह?''

''पार्टनरशिप की बात तो छोड़ ही दीजिए।'' देवराज ठक्कर एक झटके के साथ कुर्सी से खड़ा हो गया और फिर सेठी की आंखों में आंखें डालकर चेतावनी भरे लहजे में बोला–''हमारी सलाह यह है कि आप खुद भी यह धंधा न करें।''

''वजह?''

''हमें पसन्द नहीं आएगा।''

अब बजरंग सेठी भी खड़ा हो गया, बोला–''क्या हमें अपने धंधे का चुनाव आपकी पसन्द-नापसन्द को ध्यान में रखकर करना होगा।''

''शायद।''

''और अगर नहीं किया तो ...

''हम उस 'एक्टिविटी' को अपने इर्दगिर्द नहीं होने देते मिस्टर सेठी जो हमें पसन्द न हो, या तो दुनिया में ऐसी 'एक्टिविटी' करने वाला रहता है या हम। ओके बाय, सी यू।'' कहने के बाद वह लम्बे-लम्बे तथा ठोस कदमों के साथ कक्ष के दरवाजे की तरफ बढ़ गया।

सेठी को यूं लग रहा था जैसे अनेक शैतान बच्चे जोर-जोर से सीटियां बजा रहे हों।

⅄

इंस्पेक्टर अमित ने जीप स्टार्ट करके डाक बंगला रोड पर आते हुए पूछा–''क्या रहा माधुरी?''

''बड़ी दिलचस्प बातें हुई वहां।''

''दिलचस्प?''

''सम्पादक साहब का कहना है कि अगर मैं देवराज ठक्कर का इन्टरव्यू ले आऊं तो 'बारूद' की क्राईम रिपोर्टर बन सकती हूं।''

एकाएक अमित मुस्करा उठा, बोला–''ना नौ मन तेल होगा ना राधा नाचेगी।''

''क्या मतलब?''

''संपादक द्वारा दी गई चुनौती को मैं कुबूल कर आई हूं।''

''य ... यानि यानि तुम उससे मिलने चौधरी होटल जाओगी?''

''हालांकि इन्टरव्यू टेलीफोन पर भी लिए जाते हैं मगर देवराज ठक्कर का इन्टरव्यू लेने के लिए कम-से-कम मिलना तो पड़ेगा ही उससे।''

''न-नहीं।''-अमित ने मुकम्मल अधिकार के साथ कहा–''तुम उससे नहीं मिलोगी।''

''क्यों?''

''क्योंकि ऐसा मैं कह रहा हूं, मैं ... तुम्हारा मंगेतर।''

''म..मंगेतर?''

''क्या भविष्य में हमारी शादी होने वाली नहीं है?''

माधुरी ने इस सवाल का जवाब तुरन्त नहीं दिया–अमित को देखती रह गई वह–चेहरे पर ऐसे भाव थे मानो अपने जवाब को अलफाजों का माकूल जामा पहनाने के बारे में सोच रही हो, लम्बी खामोशी के बाद सन्तुलित स्वर में कहा उसने–''पहले भी कई बार कह चुकी हूं अमित कि मैं तुमसे मुहब्बत नहीं करती।''

''तो नफरत करती होगी?''

''नहीं, मुझे तुमसे नफरत भी नहीं है।''

''मेरे लिए इतना काफी है।'' अमित हौले से मुस्कराया, बोला–''शादी होने के बाद मुहब्बत खुद-ब-खुद करने लगोगी।''

''मुमकिन है कि तुम ठीक कह रहे हो मगर वह भविष्य की बात है, वर्तमान की नहीं और वर्तमान की बात यह है कि तुम मेरे भैया के दोस्त हो–सिर्फ दोस्त कहना तुम्हारी शान में गुस्ताखी होगी तुम उनके 'जिगरी दोस्त' हो–ऐसे दोस्त जिस पर वे सबसे ज्यादा विश्वास करते हैं-इतना ज्यादा कि ट्रेनिंग पर जाते वक्त मुझे तुम्हारे सुपुर्द कर गए थे–कह गए थे कि मेरे लौटने तक तुम्हें माधुरी की देखभाल करनी है।''

अमित हौले से मुस्कराया, बोला–"मंगनी भले ही न हुई हो मगर क्या तुम इस बात से इंकार कर सकती हो कि अशोक के ट्रेनिंग से लौटते ही हमारी शादी होने वाली है?"

"नहीं, इस बात से मैं इंकार नहीं कर सकती–जानती हूं कि मुझसे शादी करने की अपनी ख्वाईश तुम अशोक भैया के सामने प्रकट कर चुके हो–उन्हें यह सुनकर खुशी हुई कि तुम उनकी बहन से मुहब्बत करते हो और शादी करना चाहते हो–उन्होंने इस सम्बन्ध में मुझसे बात की–जब मैंने सुना तो न मुझे अच्छा लगा और न ही बुरा लगा–मैंने 'हां' कर दी–तुम जानते हो अमित कि मैं अशोक भैया की बात नहीं टाल सकती–तुम्हारे मामले में मैं कम-से-कम न्यूट्रल तो थी–अगर वे किसी ऐसे शख्स से मेरी शादी करके खुशी का अनुभव करते जो मुझे सख्त नापसंद होता तब भी उनकी बात टालती नहीं बल्कि उनकी खुशी के लिए उस शख्स से शादी कर लेती।"

"चलो मान लिया कि फिलहाल मैं तुम्हारा मंगेतर नहीं बल्कि सिर्फ दोस्त हूं–दोस्त के नाते ही सलाह दे रहा हूं कि तुम देवराज ठक्कर से नहीं मिलोगी।"

"क्यों नहीं मिलना चाहिए मुझे?"

"क्या इस सवाल का जवाब तुम्हें खुद नहीं मालूम?"

"नहीं।"

"यह झूठ है माधुरी, तुम घर की चार-दीवारी में कैद रहने वाली लड़की नहीं हो–घूमती-फिरती हो, अखबार और मैगजीनें पढ़ती हो–ऐसा नहीं हो सकता कि देवराज ठक्कर के बारे में जो कुछ मुझे मालूम है, वह तुम्हें मालूम न हो–पटना का बच्चा-बच्चा उसके बारे में जानता है।"

"क्या जानता है?"

"वह एक बदनाम आदमी है, पटना का 'वाइन किंग' है–इस शहर के गुण्डे और मवालियों का सरगना है–एक बहुत बड़े गिरोह का चीफ है जिसके लिए किसी भी व्यक्ति को गोली से उड़ा देना उतना ही आसान है जितना मेरे और तुम्हारे लिए चुटकी बजा देना।"

"क्या तुम्हारे ख्याल से वह मुझे गोली से उड़वा देगा?"

"न ... नहीं यह बात नहीं है।"

''फिर क्या बात है?''

''मैगजीन और अखबारों में कई बार उसे 'लेडी किलर' कहा है–कहते हैं कि देवराज ठक्कर इतना सुन्दर और आकर्षक है कि जो लड़की एक बार उससे मिल लेती है, हमेशा के लिए उसी की होकर रह जाती है–मुहब्बत करने लगती है उससे-दीवानी हो जाती है उसकी और ... और–वह लेडी किलर है–हर रात उसे नई लड़की चाहिए–प्रत्येक रात, अपने बैडरूम में वह एक नई लड़की के जिस्म से खेलता है, म ... मगर आज तक ऐसी एक भी लड़की नहीं मिली जो उसके साथ रात गुजारने का दावा कर सके।''

''इसका क्या मतलब?''

''कहते हैं कि सुबह होते ही उसके साथ रात गुजारने वाली लड़की को कत्ल कर दिया जाता है।''

माधुरी की आंखों में दिलचस्पी के भाव उभर आए, बोली–''ऐसा क्या है उसमें जो सबकुछ जानने के बावजूद लड़की उसकी दीवानी हो जाती है?''

''यह सब 'हिप्नोटिज्म' का कमाल है–वह सामने वाले को 'हिप्नोटिज्म' करने की विद्या जानता है। उसकी आंखें बेहद चमकदार हैं अपनी आंखों के इस जादू से ही शायद वह लड़कियों की सुध-बुध गंवा देता है, दीवानी बना लेता है अपनी।''

इस बार माधुरी खिलखिलाकर हंसी, बोली–''और इसलिए तुम चाहते हो कि मैं उससे न मिलूं–तुम्हें डर है कि अगर मिली तो अन्य लड़कियों की तरह उससे मुहब्बत कर बैठूंगी, दीवानी हो जाऊंगी उसकी यही न?''

''नहीं, यह बात नहीं है माधुरी।''

''यही–और सिर्फ यही बात है अमित।'' अपने एक-एक शब्द पर जोर देती हुई माधुरी कहती चली गई–''तुम्हें यह डर सता रहा है कि अगर मैं उससे मिली तो तुमसे हमेशा के लिए छिन जाऊंगी। मैं खुले शब्दों में कहूंगी अमित कि तुम्हारी यह सोच बेवकूफाना है–जो लड़की पांच साल से तुम्हारे इर्द-गिर्द रहने और यह जानने के बावजूद तुमसे मुहब्बत न कर सकी कि तुम उससे मुहब्बत करते हो, वह भला क्षणिक मुलाकात होने पर एक मुजरिम से मुहब्बत कैसे कर सकती है?''

''बहस में तुमसे कोई नहीं जीत सकता माधुरी–जानता हूं कि तुम जिद्दी हो, अड़ियल हो–ठक्कर से मुलाकात करने का फैसला कर चुकी हो तो अब तुम्हें कोई नहीं रोक सकता मगर ...

''मगर?''

''एक बात कहना चाहता हूं तुमसे।''

''बोलो।''

मुहब्बत की दीवानगी में डूबा अमित कहता चला गया तुम–''भले ही मुझसे मुहब्बत न करती हो मगर मैं तुमसे उतनी मुहब्बत करता हूं जितनी कंजूस को अपनी दौलत से होती है–अपनी दौलत को अपनी बनाए रखने के लिए कंजूस किसी की जान ले भी सकता है और अपनी जान दे भी सकता है–मैं तुम्हें किसी अन्य की होते नहीं देख सकता–भले ही वह ठक्कर ही क्यों न हो, मैं उसे कत्ल कर दूंगा माधुरी–उसे कत्ल कर न पाया तो तुम्हें या खुद को खत्म कर लूंगा–तुम मेरी हो, सिर्फ मेरी और मेरी ही बनकर तुम्हें रहना होगा।''

⅄

एक 'शैडो' देवराज ठक्कर के दाईं तरफ था दूसरा बाईं तरफ।

दोनों के कूल्हों पर होलेस्टर लटक रहे थे।

ठक्कर से सिर्फ आधा कदम पीछे रहकर उसके साथ चलने की उन्हें इतनी जबरदस्त 'प्रैक्टिस' थी कि न तो उनके और ठक्कर के बीच की दूरी इंच भर घटती ही थी, न बढ़ती ही थी।

देवराज ठक्कर के कदम से कदम मिलाकर इस तरह चलते थे वे जैसे एक ही स्विच से हरकत में आने वाले दो 'फैन' हों–चेहरे पर कठोरता लिए, किसी भी किस्म के खतरे से निपटने हेतू तत्पर वे हमेशा ठक्कर के दाएं-बाएं रहते थे–विशेष प्रशिक्षण प्राप्त वे दोनों 'शैडो' उस वक्त धोखा खा गए जब देवराज ठक्कर ने फ्रैजर रोड पर स्थित एक होटल मैरीडियन की पांचवीं मंजिल पर जाने के लिए लिफ्ट में प्रवेश किया।

लिफ्ट में पहले ही से दो व्यक्ति मौजूद थे। न ठक्कर ने उन दोनों की तरफ विशेष ध्यान दिया, न ही दोनों में से किसी 'शेडो' ने–हां, अपनी ड्यूटी और आदत के मुताबिक थे वे अब भी ठक्कर के दाएं-बाएं ही।

लिफ्ट में पहले से मौजूद दोनों व्यक्तियों में से एक दाईं तरफ वाले शैडो के नजदीक था, दूसरा बाईं तरफ वाले के–एक शैडो के स्विच दबाते ही चैनल बंद हो गया।

लिफ्ट ऊपर की तरफ सरकने लगी।

क्षणभर के लिए देवराज ठक्कर को अपने दाएं-बाएं असामान्य-सी हरकत का आभास हुआ।

परन्तु!

देर हो चुकी थी।

पलक झपकते ही दोनों 'शैडो' लिफ्ट के फर्श पर ढेर हो गए।

ठक्कर अभी ठीक से कुछ समझ भी नहीं पाया था कि दो रिवॉल्वरों की चुभन उसने अपनी दाईं-बाईं पसलियों में महसूस की, साथ ही एक गुर्राहट उभरी–''हिलना नहीं मिस्टर ठक्कर।''

''हाथ ऊपर उठा लो।'' दूसरी तरफ से कहा गया।

ठक्कर के हाथ स्वतः उठते चले गए।

देख चुका था कि पसलियों से सटे दोनों रिवॉल्वरों पर साइलेंसर फिट हैं।

दोनों 'शैडो' मर चुके थे।

चीखने तक का मौका नहीं मिला था उन्हें। गोलियां वहां लगी थीं जहां लोग आत्महत्या करते वक्त मारते हैं।

उबलता हुआ-सा गर्म खून लिफ्ट के फर्श पर बह रहा था।

घटना इतनी गुपचुप और तेजी से घटी थी कि इस किस्म के खून-खराबे को जन्म देने वाला ठक्कर स्वयं हक्का-बक्का रह गया। अभी खुद को नियंत्रित करने का प्रयत्न कर ही रहा था कि दोनों व्यक्तियों में से एक ने स्विच दबाकर लिफ्ट चौथी और पांचवीं मंजिल के बीच रोक दी।

दूसरा गुर्राया–''अगर हम चाहें तो तुम्हें इसी वक्त खत्म कर सकते हैं।''

''मगर करेंगे नहीं।'' पहले ने वह स्विच दबाने के साथ कहा, जिसके

परिणामस्वरूप लिफ्ट नीचे की तरफ सरकने लगी, वह कह रहा था–''कम-से-कम उस वक्त तक हम तुम्हें तुम्हारे बॉडीगार्डों के पास नहीं पहुंचाएंगे तब तक कि तुम कोई गलत हरकत न करो।''

ठक्कर काफी हद तक खुद को नियंत्रित कर चुका था, बोला–''तुम लोग कौन हो?''

''इस सवाल का जवाब तुम्हें वे देंगे जिनके इर्द-गिर्द केवल वह 'एक्टीविटी' होती है जिसे वे होने देना चाहते हैं।''

इस बार ठक्कर कुछ बोला नहीं।

हां, जबड़े मजबूती के साथ कस लिए थे उसने।

गोरा-चिट्टा चेहरा इस कदर लाल हो उठा मानो जिस्म का समस्त खून सिमटकर वहां इकट्ठा हो गया हो–आंखें आग उगल रही थीं, मसल्स रह-रहकर फूल और पिचक रहे थे।

दोनों में से एक ने कहा–''हम ग्राऊण्ड फ्लोर पर पहुंचने वाले हैं। लिफ्ट से निकलने के बाद होटल के पोर्च में खड़ी सिल्वर कलर की 'रॉल्स रॉयल' तक तुम्हें इस तरह पहुंचना है जैसे स्वेच्छापूर्वक चल रहे हों।''

दूसरे ने चेतावनी दी–''किसी भी किस्म की गलत हरकत का परिणाम तुम्हारी मौत होगा।''

''रिवॉल्वर हमारी जेबों में रहेंगे मगर नाल तुम्हारी पसलियों की तरफ।'' पहले ने बताया।

ठक्कर को समझते देर न लगी कि बजरंग सेठी उसे किडनैप करके अपने पास बुला रहा है। मगर इस वक्त वह ऐसी अवस्था में था कि किसी किस्म का विरोध नहीं कर सकता था। लिफ्ट ग्राऊण्ड फ्लोर पर जाकर रुक गई।

चैनल खुला।

चैनल के बाहर वह युवक शायद लिफ्ट के वहां पहुंचने का इंतजार कर रहा था क्योंकि इधर ठक्कर ने लिफ्ट से बाहर कदम निकाला उधर युवक ने लिफ्ट में दाखिल होना चाहा।

परन्तु।

दोनों व्यक्तियों में से एक ने युवक को जोरदार धक्का दिया।

"अरे-अरे ...।" युवक चीखा–"क्या बद्‌तमीजी है?"

देवराज ठक्कर को किडनैप करने की चेष्टा करने वाले दोनों व्यक्तियों में से एक नहीं चाहता था कि युवक लिफ्ट में घुसे और उसके फर्श पर पड़ी लाश को देखे।

युवक उनका खेल बिगाड़ सकता था।

सो।

उसे धक्का देने वाला व्यक्ति सिर्फ धक्का देकर ही नहीं रह गया बल्कि झपटकर युवक की कनपटी पर एक 'कराट' मारी–व्यक्ति की मंशा शायद एक ही कराट में युवक को बेहोश कर देने की थी किन्तु ऐसा हुआ नहीं। युवक शायद उसका इरादा भांप गया था–सो, ऐन वक्त पर बचाव के लिए थोड़ा पीछे हट गया।

'कराट' कनपटी की विशिष्ट नस पर न लगकर कहीं अन्य लगी।

जवाब में युवक का घूंसा कराट मारने वाले के चेहरे पर पड़ा।

इधर इस व्यक्ति के मुंह से चीख निकली उधर उसके साथी ने जेब से रिवॉल्वर निकालकर युवक पर फायर करना चाहा ही था कि देवराज ठक्कर के चमकदार बूट की जोरदार ठोकर उसके रिवॉल्वर वाले हाथ पर पड़ी।

रिवॉल्वर छिटककर दूर जा गिरा।

अब!

ठक्कर ने उस पर जम्प लगा दी।

इधर, युवक पहले व्यक्ति पर इतना भारी पड़ रहा था कि उसे जेब से रिवॉल्वर तक निकालने का मौका न मिला, उधर ठक्कर के प्रचण्ड प्रहारों ने दूसरे व्यक्ति को इतना त्रस्त कर दिया कि मौका मिलते ही भागा।

अपने साथी को भागते देख युवक से भिड़े व्यक्ति के पैर उखड़ गए।

वह भी अपने साथी के पीछे दौड़ा।

युवक उसके पीछे लपका।

उस क्षण ठक्कर ने फर्श पर पड़े रिवॉल्वर पर जम्प लगाई थी जिस क्षण भागते हुए व्यक्ति ने जेब से रिवॉल्वर निकाला और पलटकर युवक पर फायर कर दिया।

'पिट्ट' की हल्की आवाज उभरी।

युवक के हलक से निकलने वाली चीख मुकम्मल गैलरी में गूंज गई।

गोली उसकी जांघ में लगी थी।

तड़पकर वह फिरकनी की मानिन्द हवा में घूमा और 'धड़ाम' से फर्श पर गिरा।

रिवॉल्वर हाथ में आते ही देवराज ठक्कर ने उस व्यक्ति पर फायर झोंक दिया जिसने युवक को गोली मारी थी परन्तु इस गोली का शिकार होने से पहले ही वह दौड़ता हुआ गैलरी के एक मोड़ पर मुड़ चुका था।

रिवॉल्वर सम्भाले ठक्कर उसके पीछे लपका।

परन्तु।

रास्ते ही में युवक के नजदीक ठिठक गया।

युवक बुरी तरह तड़प रहा था, जांघ से खून यूं बह रहा था मानों बांध टूटा हो–ठक्कर लपककर उसके नजदीक बैठ गया और अगले पल उसने अपनी 'टाई' उसकी जांघ के ऊपर बांध दी ताकि गोली का जहर उससे ऊपर के जिस्म में न फैल पाए।

⅄

देवराज ठक्कर के दोनों बॉडीगार्डों का कत्ल करने, उसे किडनैप करने का प्रयत्न करने और उसकी मदद करने वाले युवक को गोली मारकर जख्मी करने वाले दोनों व्यक्ति इस वक्त आईजी पुलिस के ऑफिस में मुस्तैद अवस्था में खड़े थे।

ऑफिस में आईजी मौजूद थे, एसएसपी मौजूद था।

दोनों व्यक्तिों की रिपोर्ट मुकम्मल होने के बाद आईजी ने एसएसपी से पूछा–''क्या इस ड्रामे में सब-इंस्पेक्टर अशोक श्रीवास्तव को गोली मारकर जख्मी करना लाजिमी था?''

''शायद लाजिमी ही था सर।'' एसएसपी ने कहा–''मगर फिर भी, मैं ऐसा नहीं चाहता था।''

''क्या मतलब?''

''मैं चाहता था कि जो गोली ये लोग अशोक श्रीवास्तव पर चलाएं वह उसके जिस्म के किसी हिस्से से रगड़ खाती हुई निकल जाए परन्तु ...

''परन्तु?''

''अशोक श्रीवास्तव स्वयं इसके लिए तैयार नहीं हुआ।''

''हम समझे नहीं।''

''कहने लगा कि इस 'नाटक' को 'असलियत' का जामा पहनाने के लिए मेरा जख्मी होना जरूरी है–यदि मैं जख्मी न हुआ, तो नाटक 'कमजोर' पड़ जाएगा और उस अवस्था में देवराज ठक्कर या उसके गिरोह का कोई व्यक्ति 'ताड़' सकता है कि यह सारी घटना देवराज ठक्कर के गिरोह में 'पुलिस इन्फॉरमर' घुसेड़ने के लिए पुलिस द्वारा 'प्लान्ट' किया गया नाटक है।''

आईजी साहब कह उठे–''कमाल का जीवट वाला सब-इंस्पेक्टर है।''

''इसमें कोई शक नहीं सर।'' एसएसपी कहता चला गया कि–''अशोक श्रीवास्तव ने मुझे इतना प्रभावित किया है जितना इस रैंक के किसी अन्य युवक ने पहले कभी नहीं किया था–मैं उससे सब-इंस्पेक्टर के ट्रेनिंग सेन्टर में उस दिन मिला था जिस दिन उसकी और उसके साथ ट्रेनिंग ले रहे युवकों की ट्रेनिंग पूरी हुई थी–'कोच' ने स्वयं कहा था कि अशोक श्रीवास्तव नाम का यह युवक अत्यन्त साहसी और ब्रिलियन्ट है, देशभक्ति संस्कारवश ही इसमें कूट-कूटकर भरी हुई है–मुजरिमों के खिलाफ एक अजीब सी नफरत है इसके दिल में।''

''और यह सब सुनने के बाद तुमने निश्चय कर लिया कि सब-इंस्पेक्टर को पुलिस इन्फॉरमर के रूप में देवराज ठक्कर के गिरोह में दाखिल किया जाए?

''जी हां।'' एसएसपी ने कहा–''देवराज ठक्कर के खिलाफ सबूत जुटाने, उसकी काली करतूतों का पर्दाफाश करने और मौका लगते ही उस पर हाथ डालने का एकमात्र यही तरीका बाकी बचा था–अन्य सभी तरीके आजमाए जा चुके हैं मगर आप जानते हैं कि कामयाबी नहीं मिली–सब कुछ

जानते हुए भी हम भरसक चेष्टाओं के बावजूद उसके खिलाफ सुई की नोक के बराबर सबूत जुटाने में असमर्थ हैं–सबूत हाथ लगते ही कानून के हाथ देवराज ठक्कर की गर्दन दबोच लेंगे सर।''

''वैरी गुड।'' आईजी साहब प्रशंसात्मक स्वर में कह उठे–''क्या ऐसा ही एक पुलिस इन्फॉरमर बजरंग सेठी के गिरोह में भी दाखिल नहीं किया जा सकता?''

एसएसपी मुस्कराया बोला–''उसके गिरोह में इन्फॉरमर पहले से काम कर रहा है सर। यदि न कर रहा होता तो हमें ठक्कर और सेठी की गुप्त मीटिंग तथा वहां देवराज ठक्कर द्वारा बोले गए शब्दों की जानकारी कैसे होती?''

''वैरी गुड।''

⅄

''बजरंग सेठी ने सूचना भिजवाई है देवराज।''

''क्या?''

''यह कि तुम पर हमला करने वाले उसके आदमी नहीं थे।''

देवराज ठक्कर के होंठों पर बेहद चमकीली मुस्कान उभरी, बोला–''इसका मतलब यह हुआ कि 'अब' बजरंग सेठी अपने और अपने ऑर्गेनाइजेशन के अंजाम से खौफजदा है?''

''उसकी सूचना से ऐसा कहां जाहिर होता है?''

''कमाल की बात कर रहे हैं दादा।'' कहने के साथ देवराज ने उस बूढ़े परन्तु तन्दुरुस्त शख्स की आंखों में झांका जिसके सम्पूर्ण बाल 'सन' की मानिन्द सफेद थे, कहता चला गया वह–''पहले बजरंग सेठी मुझे किडनैप कराने की कोशिश करता है–नाकाम होने पर मुकर जाता है, क्या इसी से जाहिर नहीं है कि वह अपने अंजाम से थर्राया हुआ है?''

उनके बीच बैठा अधेड़ आयु का एक अन्य आकर्षक व्यक्ति बोला–''क्या ऐसा नहीं हो सकता देवराज कि वह नाजायज हरकत सचमुच बजरंग सेठी द्वारा न कराई गई हो?''

देवराज ने अधेड़ व्यक्ति की तरफ बहुत ध्यान से देखा, बोला–''आपके ख्याल से यह हरकत और किसके द्वारा कराई गई हो सकती है?''

''पुलिस के द्वारा।'' अधेड़ से पहले 'सन' जैसे सफेद बालों वाला बूढ़ा कह उठा।

''प ... पुलिस?'' देवराज चौंका–''पुलिस भला यह सब क्यों कराएगी?''

''हमारे ऑर्गेनाइजेशन में पुलिस इन्फॉरमर ठूंसने के लिए।''

देवराज हौले से मुस्कराया, बोला–''क्या आप यह कहना चाहते हैं कि वह युवक जिसने अपना नाम 'सतीश वर्मा' बताया है, पुलिस इन्फॉरमर हो सकता है?''

''बेशक।''

इस बार देवराज ने तुरन्त जवाब नहीं दिया।

वह तन्दुरुस्त बूढ़े और आकर्षक अधेड़ की आंखों में झांकता रहा।

वे तीनों एक गोल मेज के तीन तरफ कुछ ऐसी पोजीशन में बैठे थे कि एक-दूसरे के ठीक सामने बैठे प्रतीत हो रहे थे। मेज के ठीक ऊपर लटके 'कवर्ड-होल्डर' के बीच फंसा लाल रंग का बल्ब मुस्करा रहा था।

मद्धिम लाल रोशनी इस कक्ष के वातावरण को रहस्यमय बनाए हुए थी।

लम्बी खामोशी के बाद बूढ़े ने कहा–''तुम कुछ बोलते क्यों नहीं देवराज?''

यह ऑर्गेनाइजेशन आपका है दादा, वह शख्स आप हैं जिसने यह ऑर्गेनाइजेशन की नींव रखी–मैं तो आप और सलीम अंकल द्वारा नियुक्त किया गया 'फील्ड मार्शल' हूं–दस साल पहले इस ऑर्गेनाइजेशन के 'फील्ड मार्शल' भी आप खुद हुआ करते थे–अंडरवर्ल्ड का बच्चा-बच्चा जानता था कि इस शहर के पचास प्रतिशत अंग्रेजी शराब के ठेकों का मालिक निरंजन चौधरी नाम का शख्स है।''

देवराज कहता चला गया-''दस साल पहले आपने स्वेच्छापूर्वक 'फील्ड मार्शल' वाला 'ओहदा' अंकल को सौंप दिया–इन्होंने आपके कारोबार को बढ़ाया–पांच साल के अंदर-अंदर पटना के अंडरवर्ल्ड का बच्चा-बच्चा

जान गया कि पटना में बिकने वाली अंग्रेजी शराब की बूंद-बूंद पर 'सलीम अख्तर' लिखा होता है और फिर–आज से पांच साल पहले अंकल ने ठीक आप ही की तर्ज पर और आपकी सलाह से यह ओहदा स्वेच्छापूर्वक मेरे सुपुर्द कर दिया–आज इस शहर का बच्चा-बच्चा यह जानता है कि पटना में बिकने वाली किसी भी किस्म की शराब की एक बूंद भी ऐसी नहीं होती जिस पर देवराज ठक्कर का नाम न लिखा हो।''

''हमें तुम पर गर्व है देवराज।'' निरंजन चौधरी ने कहा–''तुमने हमारे कारोबार में चार चांद लगाए हैं।''

सलीम अख्तर बोला–''तुमने कभी कोई ऐसा काम नहीं किया जिसके परिणामस्वरूप क्षणभर के लिए भी हमारे दिल में विचार उठा हो कि तुम्हें यह 'ओहदा' सौंपकर हमने गलती की मगर ...

''मगर?''

''आज यह सब दोहराने की जरूरत तुम्हें क्यों पड़ी?''

देवराज ठक्कर ने एक गहरी सांस ली और बोला।

''ऑर्गेनाइजेशन के 'मुखिया' आज भी आप हैं–सारा कारोबार आपके नाम से चल रहा है-मैं तो सिर्फ 'फील्ड वर्क' करता हूं, पांच साल पहले यही फील्ड वर्क सलीम अंकल किया करते थे–फील्ड वर्क करने वाले को आपकी तरफ से कोई भी महत्वपूर्ण फैसला लेने की पूरी छूट होती है मगर फिर भी मैं कोई भी महत्वपूर्ण फैसला आप दोनों से सलाह-मशविरा लिए बगैर नहीं करता–क्या आपने कभी सोचा दादा कि ऐसा क्यों करता हूं मैं?''

''हमें इज्जत बख्शने के लिए।''

''इसके अलावा एक और वजह भी है।''

''वह क्या?''

''मैं समझता हूं कि आपके पास 'अनुभव' है और सोचता हूं कि जब तक मेरे आधुनिक निर्णयों में आपके अनुभव 'मिक्स' होते रहेंगे तब तक मेरा कोई भी निर्णय गलत नहीं होगा।''

''हमें तुम पर फख्र है देवराज।''

''अगर आपका अनुभव यह कहता है कि सतीश वर्मा पुलिस इन्फॉरमर

हो सकता है तो आपकी इस राय से सहमत नहीं होने के बावजूद मैं सतीश वर्मा के बारे में छानबीन कराऊंगा।''

''यह हरकत सेठी की है, इस बात पर तुम्हें इतना विश्वास क्यों है?''

''सबसे ठोस वजह यह है कि मेरे बॉडीगार्ड्स के हत्यारों के मुंह से कुछ ऐसे शब्द निकले थे जो मैंने सिर्फ बजरंग सेठी से कहे थे। उसकी सूचना भिजवाना जाहिर करता है कि किसी जोश में उसने हमसे टक्कर लेने का फैसला कर तो लिया किन्तु नाकाम होते ही डर गया। जाहिर है कि अभी उसके दिल में कहीं न कहीं हमारा डर है और यही वक्त है जबकि उसे 'शै' दे दी गई तो कल हमारा वह डर भी उसके दिल से निकल जाएगा जो आज है और उन हालात में उससे निपटना आज निपटने से कई गुना ज्यादा नुकसानदेह होगा।''

''क्या करना चाहते हो तुम?''

''बजरंग सेठी का कत्ल।''

निरंजन चौधरी और सलीम अख्तर उसे देखते रह गए–उसे, जिसने अपना दो टूक फैसला मुकम्मल दृढ़ता के साथ, बिना किसी लाग-लपेट के सुना दिया था–लम्बी खामोशी के बाद निरंजन चौधरी ने कहा–''अगर तुम्हें विश्वास है कि यह हरकत बजरंग सेठी ने ही की है तो निश्चित रूप से तुम्हें वही करना चाहिए जो कह रहे हो।''

''थैंक्यू दादा।''

सलीम अख्तर ने कुछ कहने के लिए मुंह खोला ही था कि मेज के बीचों-बीच रखे इन्टरकॉम ने अपनी मौजूदगी का ऐलान किया, देवराज ने रिसीवर उठाकर कहा–''ठक्कर हियर।''

''आपसे एक लड़की मिलना चाहती हैं सर।''

''नाम?''

''माधुरी श्रीवास्तव।''

''काम?''

''कहती है कि आप ही को बताएगी।''

''पहले कभी आई है?''

''नो सर।''

देवराज ठक्कर गुर्रा उठा–''क्या तुम्हें मालूम नहीं है कि हम अजनबी लोगों से मुलाकात नहीं करते?''

''व ... वो–सर, बात ये है कि ... अरे ... अरे ... क्या कर रही हो?''

रिसेप्शनिष्ट की बौखलाई हुई आवाज के साथ ही देवराज को ऐसी आवाजें सुनाई दीं जैसे रिसीवर किसी ने जबरदस्ती उसके हाथ से छीन लिया हो, और कुछ कहने के लिए उसने मुंह खोला ही था कि दूसरी तरफ से खनखनाता स्वर उभरा–''मैं जानती हूं मिस्टर ठक्कर कि तुम अजनबियों से नहीं मिलते मगर मुझसे तुम्हें मिलना पड़ेगा।''

''क्यों?''

''क्योंकि मैं तुम्हें मरने से बचा सकती हूं।''

''म ... मरने से ... कौन मारेगा हमें?''

''बजरंग सेठी।''

''ब ... बजरंग सेठी?'' देवराज उछल पड़ा।

''वह तुम्हें कत्ल करने वाला है–तुम्हारे कत्ल की मुकम्मल स्कीम बना चुका है वह–ऐसी स्कीम जिसमें फंसने से न तुम खुद, खुद को बचा सकोगे और न ही ये इतना बड़ा ऑर्गेनाइजेशन तुम्हारी कोई मदद कर सकेगा।''

''तुम कौन हो और तुम्हें बजरंग सेठी की किसी स्कीम की जानकारी कैसे है?''

माधुरी हौले से हंसी, बोली–''तुम इन्टरकॉम पर ही सब कुछ जान लेना चाहते हो मगर मैं इतनी भोली नहीं हूं मिस्टर ठक्कर जानती हूं कि जो इन्फॉरमेशन मेरे पास है वह बेशकीमती है–तुमसे मैं तुम्हारे मर्डर की स्कीम की मुकम्मल कीमत वसूल करने आई हूं।''

''यानि सौदा करना चाहती हो?''

''बेशक।''

''अगर तुम्हारे पास वाकई कोई मार्के की खबर है तो मुंहमांगी कीमत मिलेगी लेकिन ...

''लेकिन कोई सौदा तब तक मुकम्मल नहीं होता मिस्टर देवराज, जब

तक कि दोनों पार्टियां आमने-सामने न बैठें।'' उस पर 'हावी' होती हुई माधुरी कहती चली गई–''मैं आपके ऑफिस में, आपके ठीक सामने बैठकर सौदा करने आई हूं।''

एक पल सोचने के बाद देवराज ठक्कर ने कहा–''हमें मंजूर है।''

⅄

माधुरी इतनी खूबसूरत थी कि उसकी खूबसूरती 'वाइन किंग' के मस्तिष्क पर गड़गड़ाती हुई बिजली बनकर गिरी।

देवराज एकटक–अपलक देखता रह गया उसे।

और।

कुछ ऐसी ही प्रतिक्रिया देवराज को देखकर माधुरी पर भी हुई।

देवराज था ही इतना आकर्षक।

साक्षात् कामदेव का अवतार।

माधुरी उसकी काली और कांच की गोलियां जैसी चमकदार आंखों में डूबती चली गई–अपने आप पर उसका नियंत्रण न रहा था।

तभी!

जेहन में आकाशवाणी की मानिन्द अमित के शब्द गूंजे–'कहते हैं कि देवराज ठक्कर इतना सुन्दर और आकर्षक है कि जो लड़की एक बार उससे मिल लेती है–हमेशा के लिए उसी की होकर रह जाती है–मुहब्बत करने लगती है उससे–दीवानी हो जाती है उसकी, यह सब 'हिप्नोटिज्म' का कमाल है। वह सामने वाले को 'हिप्नोटिज्म' करने की विद्या जानता है।'

अमित के ये चेतावनी भरे वाक्य रह-रहकर माधुरी के मस्तिष्क की दीवारों से टकराने लगे।

और।

एक झटके से उसने खुद को देवराज की आंखों से बाहर निकाला।

स्वयं को नियंत्रित किया।

देखा कि देवराज उसी को निहार रहा था।

अपलक–एकटक।

उसे ऐसी अवस्था में पाकर माधुरी के दिल से उसके लिए नफरत का सैलाब-सा उमड़ पड़ा।

नफरत के सैलाब से भरे दिल में यह विचार तीव्र वेग से उठा कि सबकुछ साफ-साफ कह दे किन्तु फिर माधुरी ने स्वयं को सम्भाल लिया–यह सोचकर उसने अपनी नफरत को शब्दों में ढालने का विचार स्थगित कर दिया कि यदि वह ऐसा करेगी तो अपने लक्ष्य से भटक जाएगी–सो, बातों का रुख अपने ध्येय की तरफ मोड़ने की गर्ज से बोली–''बैठने के लिए नहीं कहोगे।''

''बैठो।'' कहने के साथ उसने एक कुर्सी की तरफ इशारा किया।

माधुरी आहिस्ता से कुर्सी पर बैठ गई।

उस कुर्सी पर जो विशाल और चमकदार मेज के इस तरफ पड़ी थी।

कीमती फर्नीचर से सजे देवराज ठक्कर के इस ऑफिस में 'एयरकन्डीशनर' की सूं-सूं गूंज रही थी, ऊंची पुश्तगाह वाली शानदार कुर्सी पर विराजमान देवराज ने पूछा–''कौन हो तुम–क्या कहना चाहती हो–कैसे जानती हो कि बजरंग सेठी ने मेरे कत्ल की योजना बनाई है और वह योजना क्या है?''

''मैं बजरंग सेठी के आर्गेनाइजेशन की मैम्बर हूं।''

''सबूत?''

''स ... सबूत?'' माधुरी हड़बड़ा गई–''कैसा सबूत?''

''यह सोचना तुम्हारा काम है।''

माधुरी ने तपाक से कहा–''तुम्हारे किडनैप का मिशन नाकाम होने की सेठी पर क्या प्रतिक्रिया हुई, उसने तुम्हारे पास कोई 'मैसेज' भिजवाया या नहीं और भिजवाया तो क्या भिजवाया–इन सबकी जानकारी एक ऐसे व्यक्ति को नहीं हो सकती न, जिसका सम्बन्ध सेठी से न हो?''

''नहीं।''

''जबकि मुझे है।''

''बोलो।''

''किशन और जगराम उन दोनों व्यक्तियों के नाम हैं जिन्हें किडनैप करने के मिशन पर नियुक्त किया गया था और उनके नाकाम होकर लौटते ही गुस्से

में तमतमाए सेठी ने उन्हें शूट कर दिया।''

''क ... क्या वे मर चुके हैं?''

''हां।'' अपनी कल्पनाशक्ति के बल पर मुकम्मल दृढ़ता के साथ माधुरी एक के बाद दूसरा झूठ बोलती चली गई–''उन्हें शूट करने के बाद सेठी ने मुझसे और मुझ जैसे अपने दूसरे मैम्बर्स से यह कहा कि 'ये दोनों बेवकूफ इसी काबिल थे–अगर ये कामयाब हो जाते तो हालात हमारी मुट्ठी में होते मगर इनकी नाकामयाबी ने हालात बिगाड़ दिए हैं–अब ठक्कर हम पर हमला करेगा और फिलहाल हम उसके मुकाबले कमजोर हैं अतः उसके पास ये 'मैसेज' भिजवाना होगा कि उसे किडनैप करने की कोशिश हमने नहीं की–उसे इस बात का विश्वास दिलाने के लिए इन दोनों का इस दुनिया से उठ जाना जरूरी था क्योंकि इनकी सूरत कभी भी हमारे झूठ का पर्दाफाश कर सकती थी। बोलो–तुम्हें उसकी तरफ से यह 'मैसेज' मिला है या नहीं?''

''मिला है।''

माधुरी मोहक मुस्कान में मुस्कराकर रह गई।

''अब ... ।'' देवराज थोड़ा ठहरकर बोला–''मैं तुमसे एक अहम सवाल का जवाब चाहता हूं।''

''पूछो।''

''सेठी से गद्दारी पर क्यों आमादा हो तुम?''

माधुरी पहले ही कल्पना कर चुकी थी कि देवराज यह सवाल पूछेगा अतः चेहरे पर उत्तेजना, घृणा और भावनाओं के संयुक्त भाव लिए वह गुर्रा उठी–''मैं बजरंग सेठी की लाश देखना चाहती हूं, उसके गिरोहों को नेस्तनाबूद होते देखना चाहती हूं–मेरे दिल में बजरंग सेठी की लाश पर थूकने की ख्वाहिश है।''

''वजह?''

भावनाओं के भंवर में फंसी और प्रतिशोध की आग में सुलग रही किसी लड़की की शानदार एक्टिंग करती हुई माधुरी कहती चली गई–''उसने मेरी छोटी बहन, सबसे प्यारी बहन को 'हेरोइन' की गुलाम बना डाला, धीरे-धीरे वेश्या बना डाला उसे–सबसे पहले खुद ने भोगा, उसके बाद उसके आदमी

भोगते रहे और एक दिन उसने मेरी गोद में ... इस अभागी गोद में हेरोइन के लिए तड़प तड़पकर दम तोड़ दिया–मरने से पहले उसने मुझे सबकुछ बताया था–यह कि वह उनके चंगुल में कैसे फंसी–यह कि 'हेरोइन' की कीमत के रूप में उसे किस तरह लूटा-खसोटा गया और यह भी कि एक-एक रात में उसके जिस्म को चालीस-चालीस आदमियों ने किस तरह से रौंदा।''

देवराज स्वयं भावुक हो उठा।

तमतमाए चेहरे के साथ बोला वह–''उसके बाद क्या हुआ?''

देवराज के चेहरे पर अपने शब्दों का साफ-साफ प्रभाव देखकर माधुरी मन-ही-मन कामयाबी पर फूली न समा रही थी। किन्तु प्रत्यक्षतः उसी जोशो-खरोश के साथ कहती चली गई–''मैंने उसी दिन फैसला कर लिया था कि बजरंग सेठी और उसके गिरोह के परखच्चे उड़ा दूंगी–अपनी मासूम बहन के घृणात्मक अंजाम का ऐसा बदला लूंगी जिससे देखने वाले थर्रा जाएंगे।''

''जरूर ... जरूर।'' भावुक स्वर में देवराज गुर्रा उठा–''ऐसे शख्स को जिंदा रहने का कोई अधिकार नहीं है, कुत्ते की मौत मार डालना चाहिए उसे।''

माधुरी ने चकित भाव से देवराज की तरफ देखा–यह सच है कि उसके भभकते चेहरे को देखती रह गई वह और काफी देर खामोश रहने के बाद बोली–''त ... तुम्हें ... तुम्हें क्या हो गया मिस्टर देवराज?''

और!

देवराज के मस्तिष्क को मानो एक जबरदस्त झटका लगा।

भावनाओं के भंवर से बाहर निकला वह।

सम्भलकर बोला–''तो बजरंग सेठी से बदला लेने के लिए तुम उसके गिरोह में शामिल हो गई?''

''हां।''

''अब तुम मुझे सेठी की स्कीम के बारे में बताओ।''

''नहीं, आज नहीं।'' वह सम्भलकर बोली।

''य ... यानि?'' देवराज चौंका।

''कल।'' माधुरी ने एक झटके से कहा और फिर कहती चली गई–''यहां मैं तुमसे बात करके सिर्फ यह जांचने आई थी कि मेरे और तुम्हारे बीच ऐसा कोई सौदा हो सकता है अथवा नहीं। सेठी की स्कीम के बारे में मैं तुम्हें जो कुछ भी बताऊंगी मुकम्मल सबूतों के साथ बताऊंगी और वे सबूत कम-से-कम इस वक्त मैं अपने साथ लेकर नहीं आई हूं।''

''कल लेकर आओगी।''

''आफकोर्स।''

''कहां?''

माधुरी ने ऐसी एक्टिंग की जैसे कुछ सोच रही हो जब कि इस सवाल का जवाब वह पहले ही पूरी तरह सोच-समझकर आई थी, पूरी एक्टिंग करने के बाद बोली–''कल मैं ठीक एक बजे फोन करके बताऊंगी कि हम कहां मिल सकते हैं।''

देवराज यूं मुस्कराया जैसे कोई बुजुर्ग बच्चे की बचकानी चालाकी पर मुस्कराता है, बोला–''हम तुम्हारे फोन का इन्तजार करेंगे।''

''ओके।'' कहने के साथ माधुरी कुर्सी से खड़ी हो गई।

देवराज भी खड़ा हो गया।

उसे विदा करने देवराज अपने ऑफिस के दरवाजे तक आया–माधुरी अभी हाथ बांधकर दरवाजा खोलना ही चाहती थी कि जाने किस भावना के वशीभूत होकर देवराज ने उसके कंधे पर हाथ रखा और बोला–''तुम फिक्र मत करना, हम वायदा करते हैं कि सेठी ने तुम्हारी बहन के साथ जो कुछ किया है–उस सबका बदला गिन-गिनकर लेंगे।''

माधुरी ने कड़ी दृष्टि से उसकी तरफ घूर। और गुर्रायी–''अपना हाथ मेरे कंधे से हटाओ।''

''क ... क्या मतलब?''

अभी देवराज उसके इस कड़े रुख की वजह को ठीक से समझ भी नहीं पाया था कि।

''चटाक!''

एक जोरदार आवाज सारे ऑफिस में गूंज गई।

माधुरी के कंधे पर रखा देवराज़ का हाथ बिजली की-सी गति से अपने गाल पर पहुंच गया।

वहां, जहां माधुरी की अंगुलियों की छाप बन चुकी थी।

वहां, जहां अभी तक झनझनाहट थी।

माधुरी का झन्नाटेदार थप्पड़ खाकर देवराज अभी सम्भल भी न पाया था कि माधुरी ज्वालामुखी की मानिन्द फूट पड़ी–''मैं जान दे सकती हूं मगर इज्जत पर आंच नहीं आने दूंगी–तुम मुझे जान से मार सकते हो देवराज, मगर अपने हरम की हूर नहीं बना सकते, अपना 'जादू' तुम मुझ पर नहीं चला सकते, मिस्टर ठक्कर।''

''नहीं-नहीं।'' अचानक देवराज पागलों की तरह पुरजोर स्वर में चीखा–''कोई गोली नहीं चलेगी, कोई कुछ नहीं कहेगा इसे।''

माधुरी सकपका गई।

देवराज अभी भी घूम-घूमकर अपने ऑफिस की दीवारों से कह रहा था–''सुना नहीं तुमने, कोई गोली नहीं चलाएगा–गनें वापस खींच लो।''

और!

जब कहीं जाकर माधुरी की नजर ऑफिस की दीवारों से झांक रही गनों की नालों पर पड़ी–उन नालों पर जो भाड़-सा मुंह फाड़े उसे घूर रही थीं।

जाने कब दीवारों मे प्रकट हुई थीं वे।

शायद तब जब उसने देवराज के गाल पर थप्पड़ मारा था।

देखते ही देखते 'गनें' पीछे सरककर गुम हो गई।

दीवारों में छिद्र तक नजर नहीं आ रहे थे।

माधुरी को देवराज की हरकत वास्तव में बेहद नागवार गुजरी थी, वह अभी भी अपनी आंखों में देवराज पर चिंगारियां बरसाती हुई गुर्राई–''तुम मुझे अपने बिस्तर तक कभी नहीं ले जा सकते–वे और होंगी देवराज, जो तुम्हारे जाल में फंस जाती हैं।''

''क्या बक रही हो तुम?'' देवराज दहाड़ उठा–''कौन फंस जाती है हमारे जाल में और फिर ... और फिर तुमने हमारे कंधे पर हाथ रखने मात्र से ऐसा क्या सोच लिया कि हम तुम्हें अपने बिस्तर पर ले जाना चाहते हैं?''

''भोले, नादान और अनजान बनने की चेष्टा मत करो मिस्टर देवराज।'' माधुरी व्यंग्य में डूबा जहर उगलती चली गई–''मैं तुम्हारी नस-नस से वाकिफ हूं।''

''क्या जानती हो हमारे बारे में?''

''यह कि तुम लड़कियों को अपनी दीवानी बनाने के लिए 'हिप्नोटिज्म' का इस्तेमाल करते हो–यह कि तुम 'लेडी किलर' हो–यह कि अपने बिस्तर पर हर रात तुम्हें एक नई लड़की चाहिए और मैं यह भी जानती हूं मिस्टर ठक्कर कि जिस लड़की के साथ तुम रात गुजारते हो, सुबह होते ही उसे कत्ल कर दिया जाता है।''

''ओह।'' एकाएक देवराज मुस्कराया और बोला–''इज्जत से प्यार करने वाली प्रत्येक लड़की को उस शख्स के साथ ऐसा सुलूक करना चाहिए जिसके बारे में उसे पता हो कि वह लड़कियों को फंसाने के लिए 'हिप्नोटिज्म' का इस्तेमाल करता है, 'लेडी किलर' है।''

''क्या तुम्हारे बारे में मेरी ये धारणाएं गलत थीं?''

''सिर्फ यह जानना चाहते हैं कि तुम्हें हमारे बारे में इतना सबकुछ किसने बताया?''

''किसी को बताने की क्या जरूरत है, यह सब अखबार और मैगजीनों में छपा है।''

देवराज धीमे से मुस्कराया बोला–''तुम्हारे थप्पड़ मारने से तुम्हारे बारे में कम-से-कम एक बात अवश्य पता लग गई हमें।''

''क्या?''

''यह कि तुम गंगाजल-सी पवित्र हो, देवी हो, पूजनीय हो।''

माधुरी ने हड़बड़ाकर देवराज की तरफ देखा।

जबकि देवराज ने हाथ आगे बढ़ाकर उसके लिए दरवाजा खोला और बोला–''कल एक बजे फोन जरूर करना, हमें उस फोन का बेकरारी से इन्तजार रहेगा।''

माधुरी अवाक् रह गई थी।

सारे जमाने की हैरत अपने चेहरे पर समेटे अमित बोला–''यह चमत्कार कैसे हो गया?''

''कौन-सा चमत्कार?''

''वाइन किंग के चेहरे पर थप्पड़ मारने के बाद तुम वहां से जीवित कैसे निकल आई?''

''खुद उसने निकाला, विदा करते-करते यह भी कहा कि कल एक बजे बेकरारी के साथ मेरे फोन का इन्तजार करेगा।''

''हे भगवान, जाने तुम क्या-क्या कह रही हो–मेरी समझ में कुछ नहीं आ रहा है, मैं तो ऐसा महसूस कर रहा हूं माधुरी, जैसे शाक-पर-शाक देकर आज तुम मेरा हार्टफेल कर देना चाहती हो।''

माधुरी सिर्फ मुस्कराकर रह गई।

अमित ने सिगरेट का अंतिम सिरा अपने कमरे के फर्श पर बिछे 'मैट' पर डाला और जूते से मसलता हुआ बोला–''यह सब हुआ कैसे?''

''जैसे ही उसने मेरे कंधे पर हाथ रखा, मुझे लगा कि वह मेरे साथ जबरदस्ती करना चाहता है और प्रतिक्रिया स्वरूप मेरा हाथ चल गया–उस क्षण मेरे दिमाग में यह तक न आया कि मेरी हरकत से तब तक की सारी मेहनत पर पानी फिर सकता था परन्तु ...

''परन्तु?''

''बाद में, तब जबकि उसने मुझे अपने ऑफिस से बाहर निकलने के लिए स्वयं दरवाजा खोला–उस क्षण मुझे अपने आप से ग्लानि-सी हुई–बड़े वेग से जेहन में यह विचार उभरा कि उसे थप्पड़ मारकर मैंने अक्षम्य अपराध किया है–शर्म से वहीं जमीन में गड़ जाने को जी चाह रहा था अमित–शायद वह थप्पड़ का हकदार नहीं था–शायद उसने स्नेहपूर्वक मुझे यकीन दिलाने और हौसला बनाये रखने के लिए कंधे पर हाथ रखा था और मैं क्या समझी–उफ्, भगवान इस गुनाह के लिए मुझे माफ करे, ऐसा लग रहा है जैसे किसी फरिश्ते के साथ ज्यादती कर दी मैंने।''

अमित भाड़-सा मुंह फाड़े माधुरी की तरफ देख रहा था।

कहीं खोई-सी वह कहती चली गई–"जब मैं प्रतिशोध की आग में सुलग रही एक भावुक बहन की एक्टिंग कर रही थी तब जो भाव उसके चेहरे पर उभर रहे थे वे सभी मेरी उन कल्पनाओं से दूर ही के नहीं बल्कि विपरीत थे, जो तुम्हारी बातें सुनने के बाद उसके बारे में की थीं–वह स्वयं बुरी तरह भावुक हो उठा था–ठीक इस तरह जैसे उसकी बहन के साथ वह सब गुजरा हो जो मैं कह रही थी–नहीं अमित, तुम्हारी बातें सुनने के बाद मुझे उसके चेहरे पर वैसे किसी भाव के उभरने की उम्मीद नहीं थी जैसे उभरे–मैं तो यह सोच रही थी कि वह पत्थरदिल निर्विकार भाव से मेरी बातें सुनता रहेगा–मगर, अब ... अब मैं कह सकती हूं कि देवराज वैसा बिल्कुल नहीं है जैसा तुम समझते हो बल्कि मुझे तो यह कहने में भी हिचक नहीं है कि तुम्हारी सोचों के ठीक विपरीत है।"

"क्या वह इस शहर के मुजरिमों का सरगना नहीं है?"

"है।"

"क्या वह खून-खराबा और तोड़-फोड़ नहीं कराता?"

"कराता है।"

"क्या वह कानून को अपनी बांदी नहीं समझता?"

"समझता है।"

"क्या वह वाइन किंग नहीं है?"

"बेशक है।"

"तो फिर मेरी सोचों के विपरीत कहां हुआ वह?"

"है अमित–है।" अपने एक-एक शब्द पर जोर देती हुई माधुरी कहती चली गई–"भावनात्मक स्तर पर है, संवेदना के स्तर पर है–साफ जाहिर होता है कि लाख बुरा होने के बावजूद वह 'इंसान' है–छिछोरा नहीं है, अगर होता तो चांटा खाने के बाद मुझे छोड़ न देता–अगर उसके दिल में संवेदनाएं न होतीं तो मेरी बातें सुनकर भावुक न होता–मुझे लगता है कि वह हिप्नोटिज्म जानता है, लेडी किलर है, हर रात उसे एक लड़की चाहिए–ये सब पत्रकारों की कल्पनाएं हैं, मुझे ऐसा कुछ भी तो नजर नहीं आया उसमें।"

"सम्भालो माधुरी!" अमित ने चेतावनी-सी दी–"प्लीज, खुद को सम्भाल लो।"

''क्या मतलब?'' माधुरी चौंकी।

अमित ने साफ-साफ कहा–''मैं उसके जादू को तुम्हारे सिर पर चढ़कर बोलते देख रहा हूं।''

''नहीं, ऐसी कोई बात नहीं है।''

''वह जादू ही क्या हुआ जो जिसके सिर पर चढ़कर बोले उसे इल्म हो जाने दे कि वह जादूगर के चंगुल में है।''

''तुम कुछ भी कहो मगर कम-से-कम यह बात मैं किसी कीमत पर नहीं मानूंगी कि वह एक संवेदनशील और भावुक व्यक्ति नहीं है।''

माधुरी की बातें सुनकर अमित के चेहरे ही पर नहीं बल्कि दिलो-दिमाग पर भी सन्नाटा छा गया और फिर वह अत्यन्त गम्भीर स्वर में बोला–''देवराज ठक्कर के मामले में जितना हो चुका वह काफी है माधुरी–कल तुम उससे नहीं मिलोगी और कल ही क्यों, भविष्य में कभी नहीं मिलोगी उससे।''

''वजह?''

''इस बार की मुलाकात घातक हो सकती है।''

''किन मायनों में?''

''आज वह झांसे में सिर्फ इसलिए आ गया क्योंकि तुमने उसे सेठी द्वारा भिजवाए गए 'मैसेज' के बारे में बता दिया था–अगर उसे यह पता लग जाता है कि जब तुम उसके होटल के रिसेप्शन पर पहुंची थी ठीक तभी, रिसेप्शनिस्ट 'दादा' को इंटरकॉम पर यह बात बता रही थी कि सेठी ने फोन पर क्या कहा है, तो उसी वक्त वह सारा झूठ पकड़ा जाता–जान जाता कि सेठी के मैसेज के बारे में उसे इसलिए नहीं पता है कि तुम सेठी के ऑर्गेनाइजेशन की मैम्बर हो बल्कि इसलिए पता हैं क्योंकि इत्तेफाक से तुमने 'दादा' को रिपोर्ट देती रिसेप्शनिस्ट की बातें सुन ली थीं। मगर मैं दावे के साथ कह सकता हूं कि कल तक वह इस भ्रम का शिकार नहीं रहेगा–वह जान चुका होगा तुम सेठी के गिरोह से ताल्लुक नहीं रखतीं बल्कि जर्नलिस्ट हो और उसका इन्टरव्यू लेना चाहती हो।''

''यह तो उसे मैं खुद बताऊंगी।''

''क ... क्या मतलब?''

''नहीं बताऊंगी तो इन्टरव्यू कैसे लूंगी, आखिर मेरा अन्तिम उद्देश्य तो उसका इन्टरव्यू लेना ही है न?''

''इन्टरव्यू के सम्बन्ध में तो एक लफ्ज तक नहीं कह सकोगी तुम–कहोगी तो तब जब वह मौका देगा, आगामी मुलाकात तक उसके दिल में तुम्हारे लिए गुस्सा होगा और उस गुस्से को शान्त करने के लिए वह कुछ भी कर सकता है माधुरी, तुम्हारी हत्या तक।''

फीकी मुस्कान के साथ बोली माधुरी–''बारूद के सम्पादक ने कहा था कि क्राइम रिपोर्टर का ओहदा जोखिम भरा होता है–मुजरिम अक्सर क्राइम रिपोर्टर के दुश्मन बन जाते हैं और इसलिए यह ओहदा वे किसी लड़की को नहीं देना चाहते जबकि मैं यह कहकर आई थी कि अगर मेरे साथ कोई दुर्घटना हो गई तो उसके बाद मेरी कलम मुजरिमों के खिलाफ सिर्फ लिखेगी नहीं बल्कि जहर उगलेगी और तुम जानते हो कि अपनी बात पर टिके रहना मेरी फितरत में शामिल है।''

अमित ने सेन्टर टेबल पर इतनी जोर से घूंसा मारा कि बेचारी को भूकम्प-सा सहना पड़ा–यह घूंसा जहां अमित की बेबसी और झुंझलाहट को प्रदर्शित कर रहा था वहीं इस बात का प्रतीक भी था कि उसने हथियार डाल दिए हैं। माधुरी के होंठों पर फीकी मुस्कान रेंगकर रह गई।

''अगर कोई मर्द किसी लड़की का झन्नाटेदार थप्पड़ खाने के बावजूद चुप रहे, शांत रहे तो अनुभव यह कहता है कि देवराज कि उस मर्द को उस लड़की से मुहब्बत हो गई है।''

''और मर्द भी वह जिसे पटना का वाइन किंग कहा जाता है।'' सलीम अख्तर ने चटखारा लिया–''जिसके एक इशारे पर इतने बड़े पटना में हाहाकार मच सकता है।''

दीवानगी के आलम में देवराज कहता चला गया–''वह मुझे सचमुच बहुत प्यारी लगी दादा, जाने क्यों दिल यह चाह रहा था कि वह मेरे सामने बैठी रहे मैं सिर्फ और सिर्फ उसे निहारता रहूं।''

''लड़की मुझे भी पसन्द है।''

''मेरी और आपकी पसन्द से क्या होता है दादा?'' देवराज ने अजीब स्वर में कहा–''पसन्द तो मैं भी उसे होना चाहिए न?''

''फिक्र क्यों करता है देवराज, इस बात की परवाह किसे है कि वह तुझे पसन्द करती है या नहीं?'' सलीम कह उठा–''इतना काफी है कि वह तुझे 'भा' गई है–मैं अभी आदमियों को हुक्म देता हूं कि माधुरी जहां कहीं हो–उठाकर यहां ले आएं, दस मिनट के अंदर-अंदर वह तेरे पहलू में होगी।''

अचानक ठक्कर की आंखें खून उगलने लगीं–मारे गुस्से के समूचा जिस्म कांप रहा था, मुट्ठियां और दांत भींचे खतरनाक स्वर में गुर्रा उठा वह–''अगर यह जलील बात आपकी जगह किसी और ने कही होती अंकल तो मैं उसके जिस्म के टुकड़े-टुकड़े कर देता।''

सलीम सकपका उठा।

निरंजन चौधरी दंग रह गया।

देवराज ने उनमें से किसी से ऐसे अंदाज में, ऐसे लहजे में कभी बात नहीं की थी–हमेशा सम्मान ही करता रहा था उनका। थोड़े नागवारी वाले अंदाज में सलीम ने कहा–''ऐसी क्या बात कह दी हमने?''

''जो ताकत मेरे पास है उससे दुनिया की हर चीज हासिल की जा सकती है अंकल, मगर मुहब्बत नहीं–मुहब्बत इंसान सिर नवाकर हासिल कर सकता है, सजदा करके हासिल कर सकता है–गर्दन गुरूर से अकड़ाए रखकर नहीं, शक्ति के मद में चूर रहकर नहीं–जो तरीका आप बता रहे हैं, उससे माधुरी तो हासिल हो सकती है मगर उसकी मुहब्बत नहीं, उसकी मेहरबानियां नहीं।''

''ठीक कह रहा है।'' निरंजन चौधरी ने बीच में टपककर नारा सा लगाया–''हमारा बेटा ठीक कह रहा है, तेरा भेजा फिर गया है सलीम–हमारे आदमी माधुरी को उठाकर ला सकते हैं उसकी मुहब्बत को नहीं।''

सलीम ने कहा–''एक सवाल का जवाब दोगे दादा?''

''दो पूछ।'' निरंजन चौधरी ने कहा।

''मैंने किसी से या तुमने कभी किसी से मुहब्बत की है क्या?''

''नहीं।''

''तो फिर मैं क्या जानूं कि कोई किसी की मुहब्बत उठाकर ला सकता है या नहीं?''

निरंजन चौधरी ठहाका लगाकर हंस पड़ा।

⅄

''स ... सेठी साहब–सेठी साहब।''

''क्या है चीख क्यों रहा है–इतना हड़बड़ाया हुआ क्यों है तू?''

''व ... वो ... वो।''

आगन्तुक बुरी तरह हकला रहा था–''ठ-ठ-ठक्कर।''

''क्या हुआ ठक्कर को?''

''व ... वह यहां आ रहा है सेठी साहब।'' बड़ी मुश्किल से बात पूरी कर सका वह।

सेठी एक झटके से खड़ा हो गया।

चेहरे पर आश्चर्य का सागर ठहाके लगा रहा था, लगभग चीख पड़ा वह–''क्या बक रहा है, ठक्कर यहां आ रहा है, हमारे अड्डे पर–हमारे ऑफिस में?''

ठीक इसी क्षण।

एक झटके से कक्ष का दरवाजा खुला।

''हां, ठक्कर यहां–तुम्हारे अड्डे पर–तुम्हारे ऑफिस में।'' एक कठोर और ऐसी आवाज गूंजी जिसमें आत्मविश्वास कूट-कूटकर भरा हुआ था–''यहां, यानि उस जगह जहां तुम्हारी हुकूमत चलती है।''

सेठी की जुबान तालू से जा चिपकी।

मुंह से बोल न फूटा।

देवराज ठक्कर के आगमन की सूचना देने वाला सहमकर पीछे हट गया था।

वे दोनों बार-बार पलकें झपका-झपकाकर दरवाजे के बीचों-बीच खड़े देवराज को देख रहे थे।

उस देवराज को जिसके छः फुट लम्बे और कसरती जिस्म पर इस वक्त एक शानदार और बेशकीमती सफेद सूट था–उस देवराज को जिसके गले में लाल टाई झूल रही थी।

उस देवराज को जिसके पैरों में सफेद चमकदार चमड़े के जूते थे।

उसे देवराज को जिसकी, आंखों पर सुनहरी चमकदार कमानियों और ब्राउन कलर के 'ग्लास वाला' चश्मा था।

और!

उस देवराज को जिसके गुलाबी होंठों पर मन्द-मन्द मुस्कान थी।

चमत्कृत से वे उस देवराज को देखते रह गए, दरवाजे के बीचों-बीच खड़ा जो किसी फरिश्ते जैसा लग रहा था–कई पल तक सेठी जैसा व्यक्ति खुद को नियंत्रित न कर सका।

उसके चमचे की तो कौन कहे?

दरअसल सेठी स्वप्न में भी कल्पना नहीं कर सकता था कि ठक्कर यहां, उसके अड्डे पर इस दिलेरी के साथ आ धमकने का दुःसाहस कर सकता है, खुद को नियंत्रित करने का भरपूर प्रयास करता हुआ बोला वह–''आओ-आओ ठक्कर, हम अपने ऑफिस में तुम्हारा इस्तकबाल करते हैं।''

वह कुछ बोला नहीं।

आगे बढ़ा।

लम्बे-लम्बे दो ही कदमों में उस मेज के इधर पहुंच गया जिसके पार सेठी खड़ा था।

डोर क्लोजर पर झूलता हुआ दरवाजा बंद हो चुका था।

बिना किसी की इजाजत लिए देवराज मेज के इस तरफ पड़ी तीन में से एक कुर्सी पर बैठ गया और बैठने के साथ सेठी से बोला–''खड़े होकर हमारा इस्तकबाल करने के लिए शुक्रिया। अब तुम भी बैठ सकते हो।''

जाने क्या जादू-सा हो गया था सेठी पर कि वह इस तरह अपनी ऊंची पुश्तगाह वाली चेयर पर बैठ गया जैसे उसी के आदेश की प्रतीक्षा कर रहा था, बैठते ही उसने अपने चमचे से कहा–''तुम जाओ।''

वह गधे के सिर से सींग की तरह गायब हो गया।

अभी तक स्वयं को नियंत्रित करने का प्रयास कर रहे सेठी ने पूछा–''क्या लोगे?''

''तुम्हारी जान।''

''क ... क्या?''

''अगर तुमने हमारी बात नहीं मानी तो हम सचमुच तुम्हें कत्ल करने वाले हैं।''

''कौन सी बात?''

''तुम गर्म गोश्त का बिजनेस करने का इरादा रखते थे, क्या हुआ उसका?''

''मैंने तुम्हारे सामने पार्टनरशिप का ऑफर रखा था, तुमने कुबूल नहीं किया।'' सेठी ने सम्भलकर ठोस स्वर में कहा–''अब वह मेरा और सिर्फ मेरा मैटर है–मैं उस बिजनेस को करूं या न करूं, तुमसे कोई ताल्लुक नहीं।''

''ताल्लुक है मिस्टर सेठी।'' देवराज गुर्राया–''पिछली मुलाकात पर विदा लेते-लेते हमने जो कहा था, उसका सीधा-सीधा मतलब है कि ताल्लुक है।''

''यह तुम्हारी ज्यादती है ठक्कर–पिछले पांच साल से हम दोनों के बीच एक मूक समझौता रहा है, यह कि तुम मेरे बिजनेस में दखल नहीं देते और मैंने कभी तुम्हारे बिजनेस में दखल नहीं दिया–उस मूक समझौते को तोड़ना मुनासिब नहीं है–अगर तुम कोई नया बिजनेस नहीं करना चाहते तो मत करो मगर मुझे रोकने का या मेरे फैसले में दखलअंदाजी करने का तुम्हें कोई हक नहीं है।''

पहले से कहीं ज्यादा कठोर स्वर में गुर्राया देवराज–''अब एक बात सुनो।''

''बोलो।''

''अगर खुद को जीवित रखना चाहते हो तो फौरन से पेश्तर पटना शहर छोड़ दो।''

''इसका क्या मतलब हुआ?''

''पटना अब एक म्यान बन चुका है सेठी, अब उसमें केवल एक ही तलवार रहेगी–सेठी या देवराज।''

''क्या तुम मुझे धमकी दे रहे हो?''

''ऐसा ही समझो।''

सेठी गुर्राया–''धमकी देने के लिए यहां आने की क्या जरूरत थी?''

''जरूरत थी–इसलिए जरूरत थी क्योंकि अन्जाने में या पीठ पर वार करना ठक्कर ने नहीं सीखा–ठक्कर पहले चेतावनी देता है, दुश्मन को बच निकलने का रास्ता बताता है और मारता तब है जब दुश्मन उस रास्ते से फरार होने की बजाय सामने अड़कर खड़ा हो जाए।''

कई पल तक सेठी उसे चुपचाप घूरता रहा–जाने क्या-क्या सोच रहा था वह और जब बोला तो शान्त स्वर में बोला–''हमारे बीच शायद कुछ गलतफमियां पैदा हो गई हैं।''

''कैसी गलतफहमियां?''

''तुम अभी भी यह सोच रहे हो कि तुम्हारे गार्ड्स को मेरे आदमियों ने मारा है और तुम्हें किडनैप की कोशिश मेरे हुक्म पर हुई थी।''

''हम यहां किसी बहस में पड़ने नहीं आए–वह छिछोरी हरकत तुम्हारी हो या न हो मगर यह 'तय' है कि या तो दस दिन के अंदर-अंदर तुम पटना से चले जाओगे और नहीं गए तो ग्यारहवें दिन इस दुनिया से विदा कर दिये जाओगे, याद रहे–ठीक ग्यारहवें दिन।''

''तुम इस वक्त मेरे अड्डे पर, मेरे ऑफिस में बैठे हो।'' अचानक एक-एक शब्द को चबाता हुआ सेठी बोला-''सिर्फ इसीलिए अपनी बकवास करने के बाद जीवित हो–अगर हम कहीं और बैठे होते तो मैं तुम्हारी बकवास का मुंहतोड़ जवाब देता।''

''मेहमाननवाजी के लिए शुक्रिया।'' कहने के साथ ही ठक्कर खड़ा हो गया।

इस बार सेठी न खड़ा हुआ, न हाथ मिलाने की कोशिश की बल्कि इन्टरकॉम पर किसी से सम्बन्ध स्थापित करके बोला–''ठक्कर को सुरक्षित इस इमारत से बाहर निकाल दो चीका, और याद रहे–अगर भविष्य में वह इस इमारत में दाखिल होने की कोशिश करे तो हमारे सामने इसकी लाश आनी चाहिए।''

देवराज मुस्कराया और प्रतिपल वह मुस्कान गहरी होती चली गई।

⅄

होटल मैरीडियन के वेटिंग हॉल में, मुख्य द्वार के ठीक सामने पड़े गद्देदार सोफे पर माधुरी लगभग धंसी हुई सी बैठी थी-आगन्तुकों के बार-बार आवागमन के कारण पारदर्शी शीशे वाला दरवाजा बार-बार खुल और बंद हो रहा था।

काफी लोग आ-जा रहे थे।

मगर!

अभी वही नहीं आया था जिसका माधुरी को इंतजार था।

और फिर।

ठीक तीन बजे पोर्च में हंस के समान चमचमाती सफेद मर्सिडीज रुकी।

दो वर्दीधारी गनमैन बाहर निकले।

और उनके बाद बाहर निकला वह।

वह, जिसे देखते ही माधुरी का दिल रबर की गेंद की मानिन्द उछलकर हलक में फंस गया।

वह, जिसकी शानो-शौकत राजा-महाराजाओं जैसी थी।

हल्के नीले रंग का शानदार सूट पहन रखा था जिसने, वैसे ही कलर की टाई और चमड़े के नीले जूते—आंखों पर हल्के नीले लैंसों वाला चश्मा लगाये जब मुख्य द्वार की तरफ बढ़ा तो एक गनमैन झपटकर उसके दाईं तरफ पहुंच गया, दूसरा बाईं तरफ।

जाने किस भावना से प्रेरित माधुरी सोफे से उठकर खड़ी हो गई।

द्वार पर खड़े सजे-धजे द्वारपाल ने इतना जोरदार सैल्यूट मारा जितना कम-से-कम आज की तारीख में उसने किसी को नहीं मारा था।

बड़े अदब से दरवाजा खोला उसने।

अपने गनमैनों सहित देवराज ने वेटिंग हॉल में कदम रखा।

रिसेप्शन काउन्टर के पीछे हलचल-सी मच गई।

खड़े होकर सभी ने बड़े अदब से उसका इस्तकबाल किया जाहिर था कि वे सब लोग उसे पहचानते थे।

उसे, जो माधुरी पर नजर पड़ते ही उसकी तरफ बढ़ गया गनमैन कदम-से-कदम मिलाकर साथ चल रहे थे।

उसे अपनी तरफ बढ़ता देखकर माधुरी का दिल जाने क्यों जोर-जोर से पसलियों पर टक्कर मारने लगा जबकि उसके बेहद नजदीक आकर देवराज ने खनकते स्वर में कहा–''हैलो माधुरी।''

''हैलो!'' फंसी-सी आवाज के साथ वह बड़ी मुश्किल से कह पाई।

''हम राइट टाइम हैं न?''

बेवजह रिस्टवॉच पर नजर डालती माधुरी ने कहा–''हां।''

''अब कमरा नम्बर 'सैविन्टी फोर' में चलें?''

''हां।'' एक बार को तो कह गई माधुरी परन्तु अगले ही पल बुरी तरह चौंककर देवराज की तरफ देखते हुए चकित स्वर में बोली–''आपको कैसे मालूम कि कमरा नम्बर 'सैविन्टी फोर' में चलना है?''

''क्योंकि हमसे बातें करने के लिए तुमने यही कमरा बुक कराया है।''

''म ... मगर।''

''आओ।'' उसे कुछ भी कहने का अवसर दिए बिना ही वह आगे बढ़ गया।

माधुरी को उसके पीछे लपकना पड़ा।

दो-तीन कदम के बाद वह ठिठका और गनमैनों से बोला–''तुम लोग यहीं रहो, हमारे लौटने तक यहीं रहना है तुम्हें।''

''ओके सर।'' दोनों ने एक स्वर में कहा।

परन्तु।

जवाब सुनने के लिए वहां रुका नहीं था देवराज।

उसके साथ चलने के लिए माधुरी को लगभग दौड़ना पड़ रहा था।

सैविन्टी फोर थर्ड फ्लोर पर था–वहां तक वे लिफ्ट द्वारा पहुंचे और कारीडॉर में से गुजरकर सैविन्टी फोर के बंद दरवाजे तक, देवराज उसकी तरफ पलटकर बोला–''दरवाजा खोलो।''

माधुरी ने अपने हाथ में दबे पर्स से कमरे की चाबी इतनी फुर्ती से निकाली जैसे देवराज की जरखरीद गुलाम हो और अगले ही पल वे कमरे के अंदर थे।

देवराज ने अगला आदेश दनदनाया–''दरवाजा अंदर से बंद कर लो।''

माधुरी का दिल किसी बुरी आशंका से धड़का–एक क्षण को उसका 'जी' चाहा कि ये हुक्म मानने से इंकार कर दे परन्तु चाहकर भी ऐसा न कर सकी–जो माधुरी कल उसके मुंह से निकलने वाले प्रत्येक शब्द का उल्टा कर रही थी वही आज गुलाम-सी लग रही थी उसकी।

यह बदलाव शायद दिल की गहराइयों से ताल्लुक रखता था। जब तक उसने दरवाजा बंद किया तब तक देवराज कमरे में पड़े एक सोफे में धंस चुका था, चश्मा उतारकर मेज पर रखता हुआ बोला वह–''बैठो।''

यंत्रचलित-सी माधुरी उसके सामने वाले सोफे पर बैठ गई।

''अब पूछो, क्या जानना चाहती थीं तुम?''

''मैंने फोन पर सिर्फ यह कहा था कि हम ठीक तीन बजे होटल मैरीडियन में मिलेंगे, आपको कैसे पता लगा कि मैंने यह कमरा बुक करवा रखा है?''

''हमें तो और भी बहुत कुछ मालूम है।''

''जैसे?''

''यह कि सेठी ऑर्गेनाइजेशन से तुम्हारा कोई ताल्लुक नहीं है।''

माधुरी का दिल धक्क से रह गया।

पलक झपकते ही चेहरा सफेद पड़ गया–इस कदर सफेद जैसे किसी ने जिस्म का सारा रक्त निचोड़ लिया हो–देवराज से आंखें नहीं मिला पा रही थी वह।

अमित की चेतावनी रह-रहकर याद आ रही थी–देवराज के एक ही वाक्य ने स्पष्ट कर दिगा था कि वह उसके बारे में सबकुछ जान चुका है–अमित की शंकाएं निर्मूल नहीं थीं।

अब।

अब तो एक ही डर सता रहा था उसे।

यह कि क्या अमित की शंकाएं इससे आगे भी खरी उतरेंगी?

किस किस्म का सुलूक करेगा यह शख्स?

माधुरी की अवस्था इस वक्त रंगे हाथों पकड़े जाने वाले चोर जैसी थी जबकि देवराज की धीर-गम्भीर आवाज पुनः उसके कानों से टकराई–''एक भाई के अलावा दुनिया में तुम्हारा अपना कोई नहीं है, और वह भी ट्रेनिंग पर है–ट्रेनिंग पूरी करने के बाद सब-इंस्पेक्टर बनेगा वह। जाहिर है कि बहन से सम्बन्धित जो कहानी तुमने सुनाई थी वह फर्जी थी।''

माधुरी गर्दन झुकाए बैठी रही।

कुछ देर तक देवराज उसके इस समर्पण वाले 'पोज' को देखता रहा और फिर हल्की-सी मुस्कान के साथ बोला–''अपनी डायरी और पैन निकालो।''

''क ... क्या?''

''मैं इन्टरव्यू देना चाहता हूं।''

माधुरी चौंकी!

''इसमें चौंकने की क्या बात है, मेरा इन्टरव्यू ही तो चाहती थीं न तुम?''

''हां मगर ... मगर ... मगर अ ... आप मजाक तो नहीं कर रहे हैं न?''

देवराज ठहाका लगाकर हंस पड़ा।

माधुरी मूर्खों की तरह उसे देखे जा रही थी।

खुलकर हंसने के बाद देवराज ने कहा–''तुम्हारा कैमरा और टेपरिकॉर्डर उस सोफे के नीचे रखा है जिस पर तुम बैठी हो–फोटो बाद में ले लेना, फिलहाल टेपरिकॉर्डर ऑन कर लो ताकि सनद रहे और मैं कल, आज दिए गए जाने वाले इन्टरव्यू से मुकर न सकूं।''

''म-मगर इन्टरव्यू देना क्यों चाहते हैं?''

''टेप ऑन कर लो माधुरी, इस सवाल का जवाब भी दर्ज हो जाए तो बेहतर होगा।''

माधुरी ने धड़कते दिल से सोफे के नीचे छुपा कैमरा और टेपरिकॉर्डर निकाला–हालांकि वह इतनी खुश थी जितना कि डाकुओं की गुफा में पहुंचकर अलीबाबा हुआ होगा मगर फिर भी मुकम्मल रूप से खुश नहीं हो पा रही थी–इस का कारण शायद यह था कि वह अभी भी इस बात पर पूर्णरूप से यकीन नहीं कर पा रही थी कि देवराज उसे इन्टरव्यू लेकर यहां से सुरक्षित निकल जाने देगा।

शंकाओं से घिरी माधुरी ने टेपरिकॉर्डर ऑन कर दिया।

सबसे पहले उसने यही पूछा कि–"जब आज तक उसने कभी किसी पत्रकार को इन्टरव्यू नहीं दिया तो आज एक ऐसी पत्रकार को इन्टरव्यू देने के लिए तैयार क्यों हो गया जो अभी ठीक से पत्रकार भी नहीं है?"

"कल!" देवराज ने गम्भीर स्वर में कहना शुरू किया–"यानि इस इन्टरव्यू से एक दिन पहले अंचानक मुझे किसी ने यह अहसास कराया कि अखबार और पत्रिकाएं मेरे बारे में किस-किस किस्म की भ्रांतियां फैला रहे हैं और एक आम नागरिक पर उन भांतियों का क्या और कितना गहरा असर पड़ता है?"

"आपका इशारा किन भ्रांतियों की तरफ है?"

"कुछ दिन पूर्व किसी अखबार या पत्रिका में छपा कि मैं हिप्नोटिज्म विद्या जानता हूं, लेडी किलर हूं, हर रात अपने बिस्तर पर मुझे एक नई लड़की चाहिए और सुबह होते ही मेरे साथ रात गुजारने वाली लड़की को कत्ल कर दिया जाता है।"

माधुरी ने जबरदस्त उत्सुकता के साथ पूछा–"क्या यह सब गलत है?"

"सरासर गलत, बेबुनियाद और वाहियात बातें हैं ये।"

"जब आपके बारे में यह सब छपा था, क्या तब आपने वह अखबार या मैगजीन नहीं पढ़ी थी?"

"पढ़ी थी।"

"तो आपने उसी वक्त खण्डन क्यों नहीं किया, दावा क्यों नहीं ठोका?"

"इसके लिए मुझे प्रेस के समक्ष आना पड़ता और ऐसा मैं नहीं चाहता था।"

"वजह?"

"इस सवाल का जवाब मैं इसी इन्टरव्यू में आगे कहीं दूंगा।" देवराज कहता चला गया–"फिलहा़ल शायद इतना काफी है क्योंकि मुझसे सम्बन्धित सनसनीखेज खबरें छापने से पत्र-पत्रिकाओं की सेल में 'इजाफा' हो जाता था और मैं प्रेस से मिलता नहीं था तो पत्रकार लोग मेरे बारे में अपने मन से 'गढ़कर' कुछ भी उल्टा सीधा छाप देते थे–मैं उन पर इसलिए ध्यान नहीं देता था क्योंकि उनकी अहमियत नहीं समझता था।"

एक क्षण के लिए माधुरी चुप रही फिर उसकी आंखों में आंखें डालकर बोली–''लोग आपको 'वाइन किंग' कहते हैं–कहते हैं कि पटना शहर में बिकने वाली किसी किस्म की शराब की एक बूंद भी ऐसी नहीं होती जिस पर आपका नाम न लिखा रहता हो, इस सन्दर्भ में आपको क्या कहना है?''

''यह सच है।''

''स-सच है?'' माधुरी उछल पड़ी।

देवराज हौले से मुस्कराया, बोला–''आप चौंक क्यों पड़ीं?''

''मैं इसलिए नहीं चौंकी क्योंकि मुझे कोई नई बात पता लगी है बल्कि इसलिए चौंकी हूं कि आप खुले शब्दों में, बेखटके इस बात को कुबूल कर रहे हैं।''

देवराज हंसा, बोला–''जब मैंने आपको इन्टरव्यू देने का फैसला कर ही लिया है तो आपके हर सवाल का सीधा और स्पष्ट जवाब दूंगा, अंजाम भले ही चाहे जो हो।''

माधुरी देखती रह गई उसे।

उसे।

जिसका 'इंसानी कद' माधुरी की नजरों में प्रतिपल 'ऊंचा' होता जा रहा था, बोली–''ये धंधा क्यों करते हैं आप?''

''किसी भी बिजनेसमैन से अगर यह पूछा जाए कि जो धंधा वह कर रहा है उसे क्यों करता है तो जवाब यह मिलेगा कि इस धंधे में उसे प्रॉफिट है और यह धंधा ऐसा है जिसके उतार-चढ़ावों से वह वाकिफ है।''

''लेकिन अन्य बिजनेसों में और शराब के इतने लार्ज स्केल पर बिजनेस में फर्क है।''

''क्या फर्क है?''

माधुरी सकपकाकर बोली–''आपका धंधा अवैध है, गैरकानूनी है।''

''आपसे किसने कहा कि गैरकानूनी है?'' देवराज हंसा–''कानून की कौन-सी किताब में लिखा है कि पूरे एक शहर या पूरे मुल्क में बिकने वाली शराब का मालिक अगर एक व्यक्ति है तो वह गैरकानूनी धंधा कर रहा है?''

''लेकिन कोई व्यक्ति सरकारी लाईसेंस के बिना शराब बना तो नहीं सकता न?''

''आपका इशारा 'खिंचने वाली कच्ची शराब' की तरफ है।''

''क्या आपकी देख-रेख में कच्ची शराब तैयार नहीं होती?''

''होती है।''

''क्या यह भी गैरकानूनी नहीं है?''

''कुबूल करता हूं कि यह धंधा गैरकानूनी है और मैं इसे करता हूं मगर ...

''मगर?''

''मैं मुजरिम नहीं हूं।''

''म ... मुजरिम नहीं हो?'' माधुरी चौंकी–''ये आप कैसी अजीब बात कर रहे हैं मिस्टर देवराज, एक तरफ कुबूल कर रहे हैं कि आप गैरकानूनी धंधा करते हैं, दूसरी तरफ यह दावा भी पेश कर रहे हैं कि मुजरिम नहीं हैं–ये दोनों बात भला एक साथ कैसे हो सकती हैं? अगर गैरकानूनी धंधा करने वाला मुजरिम नहीं होता तो फिर मुजरिम कौन होता है?''

''नहीं, गैरकानूनी धंधा करने वाला मुजरिम नहीं होता मिस माधुरी!'' रहस्यमय और कटाक्षपूर्ण मुस्कान के साथ कहता चला गया देवराज–''अगर ऐसा होता तो मैं दावे के साथ कह सकता हूं कि देश का प्रत्येक बालिग व्यक्ति मुजरिम है क्योंकि बालिग होने तक वह कोई न कोई ऐसी हरकत कर देता है जिसे हमारा कानून गैरकानूनी कहता है–गैरकानूनी धंधा तो हर बिजनेसमैन करता है मगर उसे कोई मुजरिम नहीं कहता–इसलिए नहीं कहता क्योंकि मुजरिम उसे कहा जाता है जिस पर अदालत में साबित हो जाए कि 'इस व्यक्ति ने गैरकानूनी धंधा किया है' और इस व्यवस्था के रहते मैं भी मुजरिम नहीं हूं–कम-से-कम तब तक मुझे किसी को मुजरिम कहने का हक नहीं है जब तक कि कोर्ट में यह साबित न हो जाए कि मैं गैर-कानूनी धंधा करता हूं।''

''म ... मगर आप तो खुद कुबूल कर रहे हैं?''

देवराज पुनः हंसा, बोला–''आप शायद नहीं जानतीं कि मेरे या किसी

भी व्यक्ति के कुछ भी कुबूल कर लेने की अदालत की नजर में कोई 'वकत' नहीं है–अदालत को सबूत चाहिए। लाख चीखकर कहता रहूं कि मैं गैरकानूनी धंधा करता हूं, मुजरिम हूं मगर कानून मुझे तब तक मुजरिम करार नहीं देगा जब तक कि कोर्ट में यह साबित न हो जाए।''

''यानि आप खुले आम चैलेंज दे रहे हैं कि अगर कोई साबित कर सकता है कि आप गैर कानूनी धंधे करते हैं तो करे?''

''आप समझ सकती हैं।''

''सुना है कि आपका पूरा एक गिरोह है–पटना के गुण्डा ऐलीमैण्ट के सरगना हैं आप–जब ठेके छुटते हैं और कोई अन्य व्यक्ति या ग्रुप आपके गिरोह के खिलाफ ठेका लेने का प्रयत्न करता है तो आपके गिरोह के लोग खून-खराबा करते हैं–प्रतिद्वन्द्वी की हत्या तक कर दी जाती है?''

''ठीक सुना है आपने, ऐसा होता है और वह सब मैं ही करता हूं–परन्तु यह भी सच है कि पटना के गुण्डा-ऐलीमैन्ट का सरगना हूं मैं मगर ...

''मगर?''

''बात फिर वहीं आकर अटक जाती है–मेरे कुबूल करने से कुछ नहीं होगा, मुजरिम आप मुझे तब कह सकेंगी जबकि कोर्ट में यह सब साबित हो जाए।''

''इस इन्टरव्यू के शुरू में आपने कहा था कि आप अपने प्रेस से दूर रहने का कारण बताएंगे, क्या अब हमारे पाठक जान सकते हैं कि आज से पूर्व आपने खुद को प्रेस से दूर क्यों रखा?''

''वजह मेरा अतीत है।''

''अतीत?''

''हां।'' देवराज की आंखें शून्य में टिक गईं–''वह अतीत जिसे मैं किसी के सामने नहीं आने देना चाहता था–वह अतीत जिसके खुलने से तहलका मच जाएगा और वह अतीत जो मुझे कानून की गिरफ्त में फंसा सकता है–जानता था कि अगर मैं प्रेस के सामने आया तो प्रेस देर-सवेर मेरे अतीत तक पहुंच जाएगा।''

''ऐसा क्या अतीत है आपका?'' माधुरी के स्वर में जबरदस्त उत्सुकता थी।

देवराज मुस्कराया, बड़ी फीकी-सी मुस्कराहट थी वह, बोला–''यानि आप आज मेरे पहले ही इन्टरव्यू में उस अतीत तक पहुंच जाना चाहती हैं जिसे मैंने हमेशा छुपाए रखा?''

''आप मुझसे वायदा कर चुके हैं मिस्टर देवराज।'' माधुरी ने यह सोचकर उसे बांधने की कोशिश की कि कहीं वह अतीत बताने से इंकार न कर दे, अपने एक-एक शब्द पर जोर देती हुई वह कहती चली गई–''आपने मुझसे मेरे हर सवाल का स्पष्ट और सच्चा जवाब देने का वायदा किया है, याद है न?''

''याद है।'' गुलाबी होंठों पर थिरकने वाली मुस्कान कुछ और फीकी हो गई, बोला–''इन्टरव्यू देने का फैसला करने से पहले मैं यह दृढ़ निश्चय कर चुका हूं कि अंजाम चाहे जो भी हो मगर कुछ छुपाऊंगा नहीं–भले ही मेरे अतीत के परखच्चे उड़ जाएं, भले ही कानून मुझे 'फांसी' पर लटका दे मगर कम-से-कम आपके हर सवाल का स्पष्ट और सच्चा जवाब दूंगा–सवाल कीजिए मिस माधुरी, सवाल कीजिए आप।''

माधुरी का दिल जाने क्यों जोर-जोर से धड़कने लगा था।

उसे लग रहा था कि इन्टरव्यू विस्फोटक प्वाइंट पर पहुंचने वाला है–देवराज का अतीत जानने की गर्ज से उसने पहले सवाल किया–''क्या यह नाम देवराज ठक्कर आपका वास्तविक नाम है?''

''नहीं।''

''वास्तविक नाम क्या है?''

देवराज ठक्कर के जबड़े सख्ती के साथ भिंच गए–चेहरा पत्थर की मानिन्द कठोर हो चला और आंखें साफ-साफ कहने लगीं कि आज उसने वह सबकुछ कह देने का दृढ़ निश्चय कर लिया है जिसे कहने से उसकी जिदंगी में कोई तूफान आ सकता है, धीर-गम्भीर स्वर में बोला वह–''आज से दस साल पहले मेरा नाम कौटिल्य बजाज था।''

''पिता का नाम?''

''मुरलीधर बजाज।''

''कहां के रहने वाले हो तुम?''

''बम्बई का।''

''ब ... बम्बई क ... कौटिल्य बजाज म ... मुरलीधर बजाज?'' माधुरी उछल पड़ी–जबरदस्त हैरत में डूबी वह हकलाती चली गई–''क ... क्या आप उसी मुरलीधर की बात कर रहे हैं जो केन्द्र सरकार में मंत्री हुआ करते थे–क ... कौटिल्य बजाज तो उन्हीं के बेटे का नाम था।''

''जी हां, मैं उसी की बात कर रहा हूं।'' देवराज ने दांतों पर दांत जमाये कहा।

''मैंने मैगजीन में पढ़ा है कि कौटिल्य बजाज अपने पिता यानि मंत्रीजी की हत्या करके फरार हो गया था?''

''जी हां, यह सच है।''

''म ... मगर क्यों, अपने पिता की हत्या तुमने क्यों की थी?''

शून्य में आंखें टिकाये देवराज ने कहा–''जो सुनेगा वह दहल उठेगा माधुरी जी!''

''क्या मतलब?''

⅄

इंस्पेक्टर अमित अपनी वर्दी में नहीं था–इस वक्त उसके जिस्म पर ब्राउन सूट था और होटल मैरीडियन की भव्य इमारत के बाहर बेचैन-सा टहल रहा था वह।

एक के बाद दूसरी सिगरेट सुलगा लेता वह।

उसे मालूम था कि कमरा नम्बर सैविन्टी फोर में इस वक्त माधुरी और देवराज आमने-सामने होंगे–जेहन में रह-रहकर यह शंका उठ रही थी कि ठक्कर माधुरी के साथ कैसे पेश आ रहा होगा?

किसी अनिष्ट की आशंका से बार-बार उसका दिल कांप रहा था।

जी चाह रहा था कि आगे बढ़े, होटल की इमारत में दाखिल हो और किसी तरह कमरा नम्बर सैविन्टी फोर के आसपास पहुंचकर जानने की चेष्टा करे कि वहां क्या हो रहा है?

माधुरी किस अवस्था में है?

परन्तु।

साहस नहीं जुटा पा रहा था वह।

उसे अपनी नहीं, माधुरी की फिक्र थी–जानता था कि होटल और कमरे के आसपास देवराज के आदमी चौकसी कर रहे होंगे और वे उसे पहचान सकते हैं।

⅄

देवराज ठक्कर की आंखें शून्य में स्थिर थीं, कहता चला गया वह–''उस वक्त मैं पन्द्रह साल का था–अपनी मां के साथ ट्रेन में सफर कर रहा था–कम्पार्टमेन्ट यात्रियों से खचाखच भरा पड़ा था। उन्हीं यात्रियों में एक लड़की भी थी–जवान, खूबसूरत और मासूम-सी नजर आने वाली लड़की–ट्रेन किसी छोटे स्टेशन पर केवल दो मिनट के लिए रुकी थी और इन दो ही मिनटों में पांच हथियारबंद दरिन्दे कम्पार्टमेंट में चढ़ गए–जिन्होंने कौटिल्य बजाज को आज देवराज ठक्कर बना डाला–वे उस वक्त तक शांत खड़े अपनी लाल-लाल और डरावनी आंखों से जवान लड़की को घूरते रहे जब तक कि ट्रेन ने पुनः अपनी मुकम्मल रफ्तार न पकड़ ली और फिर–तब जबकि ट्रेन अपनी पूर्ण गति से पटरियों पर दौड़ रही थी–वे पांचों एक साथ आगे बढ़े–लड़की को पकड़ लिया उन्होंने–लड़की चीखी-चिल्लाई परन्तु पांचों ने अपनी गनें सीधी की और मौजूद यात्रियों को धमकाया।

साफ-साफ कहा कि जिसने उनके काम में दखल दिया उसे ढेर कर देंगे।

सब सहम गए।

आतंकित हो उठे।

और फिर।

वहां वह हुआ जिससे ज्यादा शर्मनाक इस दुनिया में कोई और बात नहीं होती।

लड़की के जिस्म से सारे कपड़े तार-तार करके नोच डाले गए।

जन्मजात नंगी कर दिया गया उसे।

वह चीखती रही, चिल्लाती रही। मदद के लिए दहाड़ें मारती रही वह।

मगर।

कोई कुछ नहीं बोला।

भीड़ से खचाखच भरा कम्पार्टमेंट सहमा रहा।

मैं खुद सहमा रहा, मेरी मां सहमी रही।

और वे?

वे दरिन्दे लड़की के कोमलांगों से छेड़छाड़ करते रहे।

हंसते रहे।

खिलखिलाते रहे।

पैशाचिक अट्टहास लगाते रहे।

और।

उन पांच वहशियों ने लड़की के साथ वहीं कम्पार्टमेंट के फर्श पर बलात्कार किया। एक करता तो चार गनें ताने खड़े रहते–दूसरा करता तो बाकी चार गनें तान देते।

मैं देखता रहा–सिर्फ देखता रहा।

मेरी मां देखती रही।

खचाखच भरा कम्पार्टमेंट देखता रहा–सिर्फ देखता रहा।

कोई कुछ नहीं बोला।

सबको जान प्यारी थी।

दुनिया का वह सबसे घिनौना मंजर पूरे एक घंटे तक चलता रहा।

और फिर चलती ट्रेन से कूद-कूदकर वे भाग गए। मुझ सहित हाड़-मांस के सभी पुतले अभी सहमे हुए ही थे कि लुटी हुई नंगी लड़की एक झटके से खड़ी हो गई और पागलों की तरह चीखी–''त ... तुम तुम सब कायर हो, बुजदिल हो, हीजड़े हो–एक में भी इतनी गैरत नहीं जो शर्म से आत्महत्या तक कर सके–थू-थू है तुम पर–सारी दुनिया पर थूकती हूं मैं–सारी दुनिया का खून सफेद पड़ चुका है–आज मेरी इज्जत नहीं लुटी, उन दरिन्दों ने मुझे खराब नहीं किया बल्कि तुम सबकी इज्जत लूटकर ले गए हैं वे–सारी

दुनिया की इज्जत लुट गई है–अरे तुम आदमी नहीं जानवर हो–जाओ, मैं तुम सब को बद्दुआ देती हूं कि जो कुछ तुम सबके सामने मेरे साथ हुआ वही तुम्हारी बेटी के साथ हो–सुना तुमने, तुम अपनी बहन को लुटते देखो, तुम अपनी अपनी मां को लुटते देखो, तुम अपनी बीवी को और बेटी को नंगा देखो–थू-थू।''

वह सचमुच पागल हो गई थी।

सबके मुंह पर थूकने लगी वह।

रह-रहकर उपरोक्त शब्द बार-बार चीखती रही।

लगभग सभी के मुंह पर थूक दिया उसने।

मेरे और मां के मुंह पर भी।

और!

तभी एक सज्जन चीखे–''अरे रोको इसे, पागल हो गई लगती है साली।''

परन्तु।

उसे कोई रोक नहीं सका माधुरी जी।

चीखती-चिल्लाती और लोगों के मुंह पर थूकती हुई वह कम्पार्टमेंट के दरवाजे पर पहुंची–फिर एक सौ बीस की रफ्तार से दौड़ती ट्रेन से छलांग लगा दी उसने।

तब–एक 'बहादुर' ने चैन खींची।

'क्या हुआ, 'क्या हुआ'? का शोर मचा।

लड़की की लाश के चारों तरफ यात्रियों का दायरा बन गया।

मैं स्वयं उस दायरे का एक हिस्सा था।।

एक भारी पत्थर से टकराने के कारण लड़की का सिर खील-खील होकर बिखर गया था–गोश्त के लोथड़े और खून बिखरा पड़ा था–लोग उसकी लाश को देखकर घृणा से मुंह सिकोड़ लेते, मुंह और नाक पर रूमाल रख लेते।

मगर ... मगर मेरे जेहन में तब भी लड़की का एक-एक हर्फ गूंज रहा था–मुझे तब भी एहसास था कि उसका थूक मेरे चेहरे पर कहां गिरा था–मेरे

कानों में उसके शब्द आज भी ठीक उसी तरह गूंजते हैं माधुरी जी, आंखें बंद करते ही आज भी वह नंगी लड़की मेरे सामने आ खड़ी होती है और ... और यहां–मेरे बाएं गाल के निचले हिस्से पर उसके मुंह से निकला थूक आकर गिरा था, यहां।'' अजीब-सी दीवानगी के आलम में देवराज ठक्कर ने अंगुली से अपने गाल की तरफ इशारा किया।

जड़वत और अवाक् अवस्था में माधुरी उसे देख रही थी।

उसे!

उक्त कहानी सुनाते-सुनाते जिसकी आंखों में खून के आंसू भर गए थे।

देवराज के चेहरे पर जज्बातों का बवंडर नजर आ रहा था उसे–उसने जो कहा था उसकी कल्पना करके माधुरी का दिल स्वयं वितृष्णा से भर गया, बड़ी ही मुश्किल से खुद को नियंत्रित करके उसने अगला सवाल किया–''दिल दहला देने वाली इस घटना के बाद क्या हुआ?''

''नहीं कह सकता कि उस घटना की जो प्रतिक्रिया मुझ पर हुई वह कम्पार्टमेंट में मौजूद किसी अन्य व्यक्ति पर भी हुई थी या नहीं मगर मेरी हालत यह थी कि रातों की नींद काफूर हो गई–आंखें बंद होते ही नंगी लड़की मेरे सामने आकर खड़ी हो जाती–चीखने चिल्लाने लगती–जेहन में उसके शब्द गूंजने लगते–मेरे गाल पर बार-बार थूकती रही वह–मेरे सपनों में आने लगी–कभी उसे लुटते देखता, कभी चीखते, कभी ट्रेन से कूदते तो कभी पत्थरों की बीच पड़ी उसकी लाश को–मुझे खुद से घृणा होती चली गई, यह सोचकर-सोचकर मैं खुद से नफरत करने लगा कि उस वक्त 'सहमा' क्यों रहा था–मैंने क्यों नहीं उस मंजर को देखने से पहले अपनी जान दे दी–और ... और एक सुबह जब मैं सोकर उठा तो उन पांच दरिन्दों को अपने बंगले में देखकर उछल पड़ा–वे मेरे बाप के कमरे से निकले थे–उन्हें देखते ही मेरी आंखों के सामने घृणात्मक मंजर चकरा उठा–अपने होशो-हवास गंवा बैठा था–नहीं जानता था कि वह जोश और ताकत मेरे जिस्म में किस शक्ति ने भर दी कि जिसके वशीभूत मैंने चाकू से पांच में से एक को मार डाला–सारे बंगले में हाहाकार और हंगामा मच गया–सारे नौकर, मां और मेरा बाप भी पहुंच गया था वहां–मरने वाले के बाकी चार साथियों ने मुझे पकड़ लिया

था और गुस्से में वह शायद मुझे ख़त्म ही करने वाले थे कि मेरे बाप ने उनसे चीखकर कहा कि मुझे कुछ न कहें, मैं उनका बेटा हूं।

वह जहां के तहां रुक गए।

खून से लथपथ चाकू अभी मेरे हाथ में था।

मेरा हाथ, चेहरा और सारे कपड़े खून से रंग गए थे।

फर्श पर पड़ी थी उन दरिन्दों में एक की लाश।

मुझ पर जुनून सवार था–हलक फाड़-फाड़कर चीख रहा था मैं–अपने बाप को मैंने उनकी करतूत बताई, मां से बार-बार पूछता रहा कि उन्होंने इन वहशियों को पहचाना या नहीं मगर वे चुप रहीं।

उस वक्त भी सहमी हुई थीं वे।

ठीक उस तरह जिस तरह कम्पार्टमेंट में सहमी हुई थीं।

मैं हलक फाड़-फाड़कर उनकी करतूत का बखान कर रहा था कि अचानक मेरा बाप चीख पड़ा–उसने मुझे चुप रहने का हुक्म दिया, मेरे गाल पर चांटा मारा।

मैं दंग रह गया।

हतप्रभ।

तब मेरे बाप ने उन चारों से कहा कि वे इस घटना को भूल जाएं क्योंकि उनके साथी को मारने वाला उसका बेटा है–यह भी कहा कि भविष्य में बंगले पर कभी न आएं।

वे चले गए।

मेरे बाप ने मुझे वहां से हटा दिया।

पुलिस बुला ली।

पुलिस रो कहा गया कि बंगले में एक चोर घुस आया था–इत्तेफाक से कौटिल्य ने उसे देख लिया, हाथ में चाकू लिए वह कौटिल्य को मारने दौड़ा मगर हुआ उल्टा–कौटिल्य के हाथ में सब्जी काटने वाला चाकू आ गया और उसने अपनी हत्या का प्रयास करते चोर को मार डाला।

घटनास्थल पर एक अन्य चाकू बरामद दिखाया गया।

वह चाकू जिसे कथित चोर हाथ में लिए मुझे मारने दौड़ा था।

यही कहानी मेरे बाप ने मुझे भी पढ़ाई–कहा कि अगर ऐसा नहीं कहूंगा तो अदालत मुझे फांसी पर लटका देने का हुक्म दे देगी।

मेरी समझ में कुछ नहीं आ रहा था, शान्त रहने के अलावा कोई चारा नहीं था मेरे पास।

मेरे जिस्म पर एक भी घाव नहीं था–जो चाकू कथित चोर का कहकर बरामद दिखाया गया था उस पर खून का एक कतरा तक नहीं लगा था–कम-से-कम 'अब' मैं समझ सकता हूं कि वह कहानी जमने वाली नहीं थी–अगर कोई 'क्रास क्वेश्चन' करने वाला होता तो यह सवाल उठाता कि ऐसा कैसे सम्भव हुआ कि तन्दुरुस्त और कड़ियल जवान पन्द्रह साल के बच्चे पर एक भी वार न कर सका जबकि बच्चे ने सब्जी काटने वाले चाकू से उसकी हत्या तक कर डाली।

परन्तु।

यह सवाल उठता तो तभी न जब कोई उठाने वाला होता?

मेरा बाप मंत्री था।

पुलिस इंस्पेक्टर का व्यवहार उसके चपरासी जैसा था।

उसने मेरे बाप द्वारा सुनाई गई कहानी को पुख्ता रूप दिया और वही कहानी कोर्ट में पेश कर दी गई–अपोजीशन करने वाला दूर-दूर तक नहीं था, लिहाजा दो-तीन तारीखों के बाद ही मुझे बाइज्जत बरी कर दिया गया।

लेकिन नंगी लड़की की रूह से बरी न हो सका था मैं।

सोते-जागते वह मेरी आंखों के सामने चकराती रही।

साथ ही चकराता रहा यह रहस्य कि जब मैंने अपने बाप से उनकी करतूत बता दी थी तो उसने बाकी चारों को भगा क्यों दिया, गिरफ्तार क्यों नहीं कराया उन्हें?

और फिर।

एक दिन मेरे हाथ एक मासिक पत्रिका लग गई।

उसमें कम्पार्टमेंट में हुई घृणित घटना का विस्तृत ब्योरा छपा था–यह पढ़ते ही मेरे कानों में सीटियां-सी बजने लगीं कि वह लड़की एक दूसरे नेता की बेटी थी–ऐसे नेता की जो मेरे बाप का प्रतिद्वंद्वी था। ऐसा समझा जाता

था कि अगर मेरे बाप का मंत्री पद छिना तो उसकी जगह उस नेता को मंत्री बनाया जाएगा।

मेरे जेहन में धमाके से होने लगे।

एक अज्ञात ताकत चीख-चीखकर कहने लगी कि कम्पार्टमेंट में जो कुछ हुआ वह मेरे बाप के इशारे पर हुआ था।

मगर मां चुप क्यों रही?

यह सवाल रह-रहकर मेरे जेहन में कौंधने लगा।

मैंने मां से बात की–शुरू में वह मुझे कुछ भी बताने में आनाकानी करती रही, कहती रही कि तुम अभी बच्चे हो और ऐसी बातों में तुम्हें अपना दिमाग नहीं खपाना चाहिए जो तुम्हारी समझ से परे की हैं, मगर मैं नहीं माना। अंततः मां को टूटना पड़ा–जब वह टूटी तो बोली कि 'जो' तुम आज समझे हो वह मैं उसी दिन समझ गई थी जब तुम्हारे पापा ने उन चारों को भगा दिया था।'

तब मां ने बताया कि इस बारे में मेरे बाप से उसकी बातें हो चुकी हैं–मेरा बाप उसके सामने कुबूल कर चुका है कि कम्पार्टमेंट में जो कुछ हुआ उसी के आदेश पर हुआ था–वह अपने प्रतिद्वंद्वी को सबक सिखाना चाहता था। सुनते ही मैं भड़क उठा।

जुनून सवार हो गया मुझ पर।

और ... और अपनी मां से लगभग वही शब्द कहे मैंने जो नंगी लड़की ने कम्पार्टमेंट में मौजूद लोगों से कहे थे–मेरे दिलो-दिमाग और जुबान पर मानो उस नंगी लड़की की रूह ने कब्जा कर लिया था–मैंने मां से चीखकर कहा कि अगर वह लड़की मेरी बहन होती, उसकी बेटी होती तो क्या तब भी वह सब कुछ जानने के बावजूद इसी तरह चुप रहती?

मां तड़प उठी।

उसने मुझे समझाया कि 'तेरे पिता मेरे पति हैं, मेरा सुहाग हैं–मैं ऐसा कोई कदम भला कैसे उठा सकती हूं जिसके परिणामस्वरूप मेरी मांग में खाक उड़ने लगे?'

मैंने जुनून में चीखकर कह दिया कि अगर आप ऐसा नहीं कर सकती तो

खुदकुशी कर लें, डूबकर मर जाएं।

और।

उस रात मां ने सचमुच खुदकुशी कर ली।''

''क ... क्या?'' माधुरी उछल पड़ी।

परन्तु शून्य में आंखें टिकाए, भभकते चेहरे वाला देवराज ठक्कर दर्दनाक अंदाज में कहता चला गया–''हां माधुरी जी–यह सच है–मां ने उसी रात आत्महत्या कर ली–अगली सुबह अपने कमरे में पंखे में बंधी रस्सी पर उनकी लाश झूल रही थी–मेरे कानों में उन्हें कहा गया अपना एक-एक अल्फाज गूंज रहा था–मैं सिर्फ मैं जानता था कि मां ने आत्महत्या क्यों की है।

बाकी सबके लिए उनका यह कदम एक रहस्य था।

मेरे बाप तक के लिए।

वह दिन मुझ पर एक सदी की तरह गुजरा।

मेरा बाप मुझे अपने कमरे में, अपने बिस्तर पर साथ लेकर सोया था–वह बाप जिसके लिए मेरे दिल में नफरत ही नफरत थी–वह बाप जो मेरी नजर में जिंदा रहने लायक नहीं था–वह बाप जो मेरी मां की मौत का जिम्मेदार था और वह बाप जिसके हुक्म पर कम्पार्टमेंट में एक लड़की को नंगा करके लूटा गया था-मेरे दिलो-दिमाग पर पुनः नंगी लड़की की रूह काबिज हो गई–मैंने एक कागज पर लिखा कि 'मैं अपने बाप का हत्यारा हूं और जो घिनौना काम इसने किया है वैसा काम करने वाले हर दरिन्दे का हत्यारा बनने का ख्वाहिशमंद हूं'–उस कागज को वहीं छोड़कर मैंने तकिये के नीचे रखा अपने बाप का रिवॉल्वर निकाला और उसे गोली मार दी।

वह मर गया।

गोली की आवाज सम्पूर्ण बंगले में गूंजी थी।

सारे नौकर जाग गए, हड़कम्प मच गया।

मगर मैं किसी के हाथ न आया–भाग निकला वहां के अखबार मंत्री जी की हत्या की खबरों से भर गए, मेरे वहां छोड़े गए कागज की फोटो कापियां तक अखबार में छपीं–पुलिस मंत्री जी के हत्यारे बेटे को ढूंढ निकालने के

लिए जमीन-आसमान एक कर रही थी मगर मैं एक के बाद दूसरी ट्रेन में भटक रहा था–भटकता-भटकता पटना आ गया, यहां दादा के हाथ लगा।''

''दादा कौन?'' माधुरी ने पूछा।

''वही, जिसे तुम्हारे सामने रिसेप्शनिस्ट ने मैसेज दिया था।'' देवराज कहता चला गया–''सारी कहानी सुनने के बाद उन्होंने मुझे पुलिस की नजरों से बचाया–अपने धंधे में डाला और तब से आज तक मैंने अपनी नजर में आए ऐसे किसी भी व्यक्ति को जीवित नहीं छोड़ा जो किसी लड़की के साथ हुए बलात्कार के लिए जिम्मेदार हो–अपनी नजर में आते ही मैं ऐसे हर शख्स का कत्ल कर देता हूं, भले ही वह चाहे जो हो।''

''ओह।'' माधुरी बोली–''अब मैं समझी कि उस वक्त तुम इतने जज्बाती क्यों हो गए थे जब मैं तुम्हें अपनी काल्पनिक बहन की कहानी सुना रही थी।''

अपनी ही धुन में देवराज कहता चला गया–''वह शख्स लोगों में अपनी छवि 'लेडी किलर' की बन जाना कभी नहीं बर्दाश्त कर सकता जिस शख्स की एकमात्र ख्वाहिश दुनिया के हर बलात्कारी का कत्ल कर देने की है–वह शख्स यह कैसे सुन सकता है कि उसे हर रात अपने बिस्तर पर एक नई लड़की चाहिए जिस शख्स ने एक अजनबी लड़की के लिए अपनी मां को आत्महत्या करने पर विवश कर दिया–बाप को कत्ल कर डाला–नहीं माधुरी जी, मैं यह सब बर्दाश्त नहीं कर सकता–प्लीज, लोगों को बता दीजिए कि मैं ऐसा नहीं हूं–मैंने इसी मकसद से यह इन्टरव्यू दिया है–प्लीज, इस इन्टरव्यू को जल्दी-से-जल्दी छपवा दीजिए।''

''म ... मगर।''

''क्या। कहना चाहती हैं आप?''

''इस इन्टरव्यू के छपते ही पुलिस तुम्हें गिरफ्तार कर लेगी–जो जुर्म तुमने देवराज ठक्कर के रूप में किए हैं उन्हें भले ही कोर्ट में साबित ना किया जा सकता हो मगर कौटिल्य बजाज के रूप में जो कुछ तुमने किया है उसे पुलिस पलक झपकते ही साबित कर देगी।''

''मैं जानता हूं।''

''अपने बाप की हत्या के जुर्म में तुम्हें फांसी तक हो सकती है।''

''मुझे परवाह नहीं।''

माधुरी अजीब स्वर में गुर्रा उठी–''म ... मगर मुझे है।''

''क ... क्या मतलब?'' देवराज ने चौंककर उसकी तरफ देखा।

''यह इन्टरव्यू तुम्हारी मौत है और तुम्हें मरता मैं किसी हालत में नहीं देख सकती।''

''त ... तुम?'' देवराज हकला गया–''तुम ऐसा क्यों कह रही हो?''

''क्योंकि मेरी नजर में तुमने ऐसा कोई काम नहीं किया जिसकी वह सजा मिले जो कानून देगा–तुमने वह किया है जो स्वार्थ में लिपटी आज की दुनिया में कोई नहीं कर सकता–तुम उस कम्पार्टमेंट में बैठे दूसरे लोगों की तरह कायर नहीं हो–एक अजनबी और नंगी लड़की की पुकार पर अपने बाप को, अपने सगे बाप को मौत के घाट उतार देने वाला कानून की नजर में हत्यारा हो, मगर मेरी नजर में, एक संवेदनशील लड़की की नजर में देवता है पूजनीय हैं, और अपनी जिंदगी का सरताज बनाने के काबिल है।''

''म ... माधुरी जी!'' देवराज के हलक से चीख निकल गई।

''ये इन्टरव्यू कभी नहीं छपेगा देवराज!'' कहने के साथ उसने न सिर्फ टेपरिकॉर्डर ऑफ कर दिया बल्कि एक झटके से कैसिट निकाल ली–वह कैसिट जिसमें देवराज की मौत कैद थी, बोली–''तुम्हें इस दुनिया में जिंदा रहना होगा और यह टेप तुम्हारी जिदंगी के लिए खतरा है, इसे इसी वक्त खत्म हो जाना चाहिए।'' कहने के साथ उसने कैसिट सेन्टर टेबल पर रखी और उसी पर पेपरवेट उठाकर जोर-जोर से कैसिट पर मारने लगी।

हक्का-बक्का देवराज उसकी इस जुनूनी हरकत को देखता रह गया।

माधुरी के हाथ तब तक नहीं रुके जब तक कि कैसिट चूर-चूर न हो गया।

रील तक का भुर्ता बन गया।

कैसिट को उस अवस्था में पहुंचाने तक माधुरी पसीने-पसीने हो गई थी और जब वह संतुष्ट हो गई कि कैसिट किसी से कुछ नहीं कह सकेगी तो देवराज की तरफ देखती हुई बोली–''अगर लोग तुम्हें लेडी किलर समझते हैं तो समझते रहें, अगर लोग यह कहें कि तुम्हें हर रात एक नई लड़की चाहिए

तो कहते रहें, मगर तुम्हें किसी को कोई इन्टरव्यू नहीं देना है, किसी को हकीकत नहीं बतानी है। प्रेस के सामने आने का तुम्हारा निर्णय बेवकूफाना था और तुम्हें मेरी कसम है देवराज, यह बेवकूफी भविष्य में तुम फिर कभी नहीं करोगे।''

देवराज उसे देखता रह गया।

मुंह से बोल न फूटा–जुबान तालू में जा चिपकी थी।

माधुरी उठी और हवा के झोंके की मानिन्द दरवाजा खोलकर कमरे से बाहर चली गई। देवराज हक्का-बक्का-सा बैठा रह गया, अभी तक कोई हरकत नहीं हुई थी उसके जिस्म में।

⅄

''त ... तुम?'' माधुरी चौंकी–''तुम यहां अमित?''

अमित उसकी तरफ बढ़ता हुआ बोला–''क्या रहा?''

''पहले यह बताओ कि तुम यहां क्या कर रहे हो?''

''तुम्हारा इंतजार।''

''इंतजार।'' माधुरी ने पूछा–''क्यों?''

''मुझे डर था कि वह तुम्हारे साथ कोई बदसलूकी कर सकता है–तुम्हारी खैरियत के बारे में जानने के लिए मैं इतना बेचैन हो उठा कि अपने फ्लैट में बंद रहकर इंतजार न कर सका और यहां, होटल के बाहर आकर टहलने लगा। उसने इन्टरव्यू दिया क्या?''

''नहीं।''

''फिर क्या बातें हुई वहां?''

''तुम्हारी शंका हंडरैड परसैन्ट खरी उतरी।''

''कौन-सी शंका?''

''वह मेरा वास्तविक परिचय और मकसद जान चुका था–कहने लगा कि जो हरकत मैंने उसके साथ की है वह यदि किसी समझदार लड़की ने की होती तो वह उसे क़िसी भी हालत में जीवित न छोड़ता–मुझे केवल इसलिए

माफ कर दिया उसने क्योंकि उसकी नजर में मैं एक कमअक्ल, मासूम और भोली-भाली लड़की थी।''

''थैंक गॉड।'' अमित कह उठा–''भगवान का लाख-लाख शुक्र है माधुरी कि तुम्हें उसने ऐसा समझा, मुझे तो जाने किस-किस किस्म की शंकाएं 'डस' रही थीं।''

माधुरी चुप रही।

कुछ देर की चुप्पी के बाद अमित पुनः बोला–''लेकिन तुम्हें वहां देर काफी लगी जबकि जो तुम कह रही हो वह बात तो पांच मिनट में खत्म हो गई होगी–बाकी समय क्या बातें होती रहीं?''

माधुरी ने टालने के अंदाज में कहा–''कोई खास नहीं।''

''फिर भी, कुछ तो हुई होंगी?''

''इससे ज्यादा कुछ नहीं कि वह मुझे समझाता रहा कि जैसा उसके साथ किया है भविष्य में वैसा किसी अन्य के साथ करने की बेवकूफी न करूं।''

''तुम्हारे साथ कोई नाजायज हरकत तो नहीं की उसने?''

''नहीं।'' कहकर माधुरी आगे बढ़ गई और उस क्षण जाने क्यों अमित को ऐसा लगा कि माधुरी उससे कुछ छुपा रही है, अमित का दिल बहुत जोर-जोर से धड़कने लगा था।

⅄

बजरंग सेठी के साथ वैसा पहले कभी नहीं हुआ था जैसे आज हुआ।

आंख खुलते ही जिस वस्तु पर उसकी नजर पड़ी उसे देखते ही सेठी के हलक से चीख निकल गई।

बगल में सोई नग्न लड़की हड़बड़ाकर उठी।

बौखलाकर उसने पूछा–''क ... क्या हुआ, क्या हुआ सर?''

परन्तु।

किसी के किसी सवाल का जवाब देने की अवस्था में कहां था सेठी?

हैरानगी उसके चेहरे पर ताण्डव कर रही थी, आंखों में खौफ नाच रहा

था–अपने ठीक सामने, बैडरूम की दीवार पर लगे एक बड़े फोटो को वह इस तरह देख रहा था जैसे साक्षात ताजमहल को अपने बैडरूम की दीवार पर लगा देख रहा हो। फोटो देवराज ठक्कर का था। फोटो में मुस्करा रहा था वह।

मोहक मुस्कान।

बजरंग सेठी की आंखें फोटो पर चिपककर रह गईं।

''क्या बात है सर?'' लड़की ने पूछा–''आप उस फोटो को इस तरह क्यों देख रहे हैं, उसे देखकर चीख क्यों पड़े आप?''

''खामोश।'' बजरंग सेठी गुर्राया–''अपने कपड़े पहनो।''

लड़की के प्राण खुश्क हो गए।

सूखे पत्ते की तरह कांप उठी वह–शायद इसलिए क्योंकि जानती थीं कि बजरंग सेठी का कहर उसके जिस्म के टुकड़े-टुकड़े कर सकता है। अतः सकपकाकर कपड़ों पर झपटी।

बजरंग सेठी झपटा था इन्टरकॉम पर।

सम्बन्ध स्थापित होते ही वह गुर्राया–''चीका कहां है?''

''बोल रहा हूं सर।'' दूसरी तरफ से कहा गया।

''फौरन यहां आओ।''

''क ... क्या बात है सर, आप कुछ ...

''शटअप!'' जोर से चीखने के साथ बजरंग सेठी ने रिसीवर क्रेडिल पर पटक दिया–चेहरे पर अभी तक गुस्से और हैरानगी के भाव थे–आंखें पुनः देवराज ठक्कर के फोटो पर स्थिर हो गईं।

नाइट गाउन की डोरी कसता हुआ वह फोटो की तरफ बढ़ा।

लड़की ने जल्दी-जल्दी अपने सभी कपड़े तन पर डाल लिए और बजरंग सेठी, अतंरिक्ष में मंडराते अपने दिमाग पर काबू पाने का प्रयत्न कर ही रहा था कि दरवाजे पर दस्तक हुई।

सेठी ने आगे बढ़कर दरवाजा खोल दिया।

सामने चीका खड़ा था।

बदसूरत शक्ल वाला काला-भुजंग और बलिष्ठ चीका।

लम्बे कद का वह तन्दुरुस्त शख्स नीग्रो न होते हुए भी नीग्रो-सा लगता था।

‘‘क्या हुक्म है सर?’’ आज्ञाकारी सेवक की भांति पूछा उसने।

सेठी उसके सवाल का जवाब देने के स्थान पर पलटकर लड़की से बोला–‘‘तुम दफा हो जाओ यहां से।’’

लड़की सचमुच गधे के सींग साबित हुई।

वह कक्ष से बाहर निकली ही थी कि सेठी ने ठक्कर के फोटो की तरफ इशारा करके पूछा–‘‘यह क्या है?’’

चीका ने जब उधर देखा जिधर सेठी ने इशारा किया था तो उछल पड़ा, मुंह से हैरानगी-भरा स्वर निकला–‘‘अ ... अरे यह क्या, ठक्कर का इतना बड़ा फोटो यहां कहां से आ गया?’’

‘‘न मैंने आश्चर्य व्यक्त करने के लिए कहा है और न ही सवाल पूछने के लिए।’’ गुस्से की ज्यादती के कारण एक-एक शब्द को चबाता हुआ बजरंग सेठी गुर्राया–‘‘मैंने तुमसे अपने सवाल का जवाब मांगा है, जानना चाहता हूं कि ठक्कर का फोटो यहां कैसे आया?’’

‘‘म ... मैं क्या बता सकता हूं सर?’’ चीका हकला गया।

‘‘क्या यह जवाब देने से पहले तुम्हें चुल्लू भर पानी में डूबकर नहीं मर जाना चाहिए?’’

‘‘ज ... जी?’’

‘‘तुम मेरे और इस इमारत के सिक्योरिटी इंचार्ज हो न?’’

‘‘जी हां।’’

‘‘इसके बावजूद पूछ रहे हो कि यह फोटो मेरे बैडरूम में कहां से आ गया–क्या यह बात तुम्हारे लिए चुल्लू भर पानी में डूबकर मर जाने के लिए काफी नहीं है?’’

‘‘म ... मगर सर!’’ चीका सम्भलकर बोला–‘‘कल रात जब आप सोये थे तब ...

‘‘हम जानते हैं।’’ उसकी बात पूरी होने से पहले ही सेठी गुर्रा उठा–‘‘हम अच्छी तरह जानते हैं कि यह फोटो रात-ही-रात में किसी ने यहां लगाया

है–सोने से पहले यहां टंगी 'पिकासो' की पेंटिंग हमने अपनी आंखों से देखी थी, वह पेन्टिंग जिसे एक साल पहले हम बैकॉक से लाए थे।''

''हैरत की बात है सर, वह पेन्टिंग गायब है और ...

चीका का वाक्य पुनः अधूरा रह गया।

इस बार घनघनाकर टेलीफोन की घण्टी ने विघ्न डाला था।

बजरंग सेठी ने रिसीवर उठाकर कहा–''हैलो।''

''उम्मीद है कि तुम्हें हमारा फोटो पसन्द आया होगा सेठी?''

''क ... कौन, ठक्कर बोल रहे हो क्या?''

''ठीक पहचाना।''

''ओह, तो यह तुम्हारी हरकत है?''

''यह रहस्य तो मेरा फोटो देखते ही तुम्हारी समझ में आ जाना चाहिए था।''

''म ... मगर इस हरकत का मतलब क्या हुआ?''

''दस दिन के अंदर-अंदर मैंने तुम्हें पटना छोड़ देने का हुक्म दिया था–फोटो यह याद दिलाने के लिए वहां पहुंचाया गया है कि पांच दिन गुजर चुके हैं, अब तुम्हारे पास केवल पांच दिन बाकी है। जरा सोचो, क्या मेरा फोटो वहां पहुंचाने वाला तुम्हारा सिर धड़ से अलग नहीं कर सकता था–जरूर कर सकता था मगर उसने ऐसा नहीं किया–इसलिए नहीं किया क्योंकि उसे ऐसा करने की इजाजत नहीं थी, इजाजत इसलिए नहीं थी क्योंकि आज केवल पांचवां दिन है, ग्यारहवां नहीं–ग्यारहवें दिन अगर तुम पटना में हुए तो वही होगा जो पिछली रात हो सकता था।''

''त ... तुम मुझे धमकी दे रहे हो?''

''धमकी तो पांच दिन पहले दी थी, फिलहाल तो केवल याद दिला रहा हूं।''

सेठी दांत भींचकर गुर्रा उठा–''मैं तुम्हें जिंदा नहीं छोड़ूंगा देवराज।''

''अपने बैडरूम की दीवार पर टंगे मेरे फोटो की तरफ देखकर कहो।''

''किसी के बैडरूम में अपना फोटो पहुंचा देना अलग बात है और उसका सिर धड़ से अलग कर देना अलग बात।''

"जवाब तुम्हें दस दिन बाद मिलेगा।"

सेठी ने चुनौती भरे स्वर में पूछा–"अगर ग्यारहवें दिन तुम मुझे खत्म न कर सके तो ...

"तो ये समझूंगा कि मैं पटना में रहने की योग्यता खो चुका हूं।"

"यानि?"

"बारहवें दिन पटना में तुम्हें मेरी सूरत दिखाई नहीं देगी।"

सेठी ने बात लपककर कहा–"अपनी इस बात को भूल मत जाना ठक्कर।"

ठक्कर हंसा, बोला–"भूलने की बीमारी तुम्हें है सेठी, ठक्कर को नहीं–पिकासो की वह पेन्टिंग इस वक्त मेरे बैडरूम की दीवार की शोभा बढ़ा रही है जिसे तुम बैकॉक से लाए थे, तुम्हारी पसन्द की दाद देता हूं मैं।"

कुछ कहने के लिए सेठी ने मुंह खोला ही था कि दूसरी तरफ से सम्बन्ध विच्छेद कर दिया गया–डायल टोन की किर्र-किर्र-र्र सेठी के सिर्फ कान ही में नहीं बल्कि दिलो-दिमाग तक में उतरती चली गई।

देवराज ठक्कर ने रिसीवर क्रेडिल पर रखा ही था कि बगल में खड़े निरंजन चौधरी ने कहा–"यह बारहवें दिन वाला वायदा करके तुमने अच्छा नहीं किया देवराज।"

"क्यों दादा?"

"अगर तुम ग्यारहवें दिन सेठी को कत्ल नहीं कर सके तो ...

उसकी बात काटकर ठक्कर ठोस स्वर में कह उठा–"सेठी का कत्ल उस क्षण हो जाएगा दादा, जिस क्षण मैं चाहूंगा।"

"तुम्हारी बात में वजन हो सकता है मगर ...

"मगर?"

"अनुभव यह कहता है कि समझदार इंसान को इस किस्म के वायदों में बंधना नहीं चाहिए।"

"मुमकिन है कि आप ठीक कह रहे हों अतः कोशिश करूंगा कि भविष्य में खुद को इस किस्म के वायदों से न बांधूं मगर कम-से-कम वे शब्द अब वापस नहीं आ सकते जो सेठी से कह चुका हूं। इसमें कोई शक नहीं या

तो दस दिन के अंदर सेठी पटना छोड़ देगा या ग्यारहवें दिन उसे दुनिया छोड़ देनी होगी और अगर इन दोनों कामों में से कुछ नहीं हुआ तो ठीक बारहवें दिन मैं पटना छोड़ दूंगा।''

उसे अजीब-सी नजरों से घूरते हुए निरंजन चौधरी ने कहा–''इससे आगे की बात नहीं बताओगे हमें?''

''कौन-सी बात?''

''यह कि सेठी से छिड़ी जंग की समाप्ति के बाद तुम अपराध की दुनिया छोड़ देने वाले हो।''

देवराज उछल पड़ा, चकित स्वर में बोला वह–''म ... मेरे इस इरादे की जानकारी आपको कैसे हो गई?''

''क्या तुम्हारी नजरों में हमारी पहुंच अब इतनी भी नहीं रही कि यह जान सकें कि तुम कब, किससे क्या वायदे करते फिरते हो?''

देवराज सकपका गया।

''होटल मैरीडियन में हुई मुलाकात के बाद माधुरी अगले ही दिन स्वयं तुमसे मिलने यहां आई थी–उस दिन के बाद एक दिन भी ऐसा नहीं गुजरा है जब कहीं-न-कहीं तुम दोनों की मुलाकात न हुई हो। आजकल तुमने सिक्योरिटी गार्ड्स को भी अपने साथ रखना बंद कर दिया है–मगर हम सब कुछ जानते हैं, यह कि कभी तुम माधुरी से गंगा के घाट पर मिलते हो तो कभी 'म्यूजियम' में–'गांधी मैदान' में भी तुम्हारी कई मुलाकातें हुई हैं–इन सब मुलाकातों के बारे में हम इसलिए जानते हैं, क्योंकि मुहब्बत के भूत ने तुम्हें भले ही इतना नाकारा कर दिया हो कि अपनी सिक्योरिटी तक को 'धत्ता' बताने लगे परन्तु हमने इतना लापरवाह नहीं किया कि तुम्हें खतरे में डाल दें।''

''य ... यानि गार्ड्स गुप्त रूप से मेरी सुरक्षा करते रहे हैं?''

''हमारे आदेश पर।'' निरंजन चौधरी ने बात पूरी की।

देवराज ठक्कर के मुंह से बोल न फूटा।

निरंजन चौधरी ने एक सिगरेट सुलगाई और जोरदार कश लगाने के बाद बोला–''हम जानते हैं कि तुम्हारी मुहब्बत दिन दूनी, रात चौगुनी रफ्तार से

परवान चढ़ रही है–इस परवान चढ़ती मुहब्बत में रंग भरने के लिए माधुरी ने तुमसे आपराधिक जिदंगी छोड़ देने की बात कही और तुमने उससे यह वायदा कर लिया कि सेठी से छिड़ी जंग की समाप्ति पर आपराधिक जिंदगी को तिलांजलि दे दोगे–बोलो, माधुरी से तुमने यह वायदा किया है या नहीं?''

''क ... किया है।'' देवराज ने गर्दन झुका ली।

''तुम हर महत्वपूर्ण फैसले लेने से पहले हमसे और सलीम से मशविरा करते हो–क्या इतना अहम फैसला लेने से पहले तुमने ऐसा किया?''

''नहीं।''

''वजह?''

''यह मेरी भूल ही नहीं बल्कि आप और अंकल के प्रति अपराध है।''

निरंजन चौधरी ने सख्त स्वर में कहा–''हमने वजह पूछी है देवराज।''

''आप इसे मुहब्बत की दुनिया में भटक रहे एक दीवाने का फैसला कह सकते हैं।''

''क्या तुम जानते हो कि जिस मानसिकता से ग्रस्त होकर तुमने यह फैसला लिया है उस मानसिकता से ग्रस्त होकर लिए गए फैसले जीवन में दुःख देते हैं?''

''जानता हूं।''

''फिर भी फैसला ले लिया?''

''उस वक्त अपना विवेक मेरे पास नहीं था।''

''अब तो है?''

''बेशक।''

''तो बदल दो उस फैसले को।''

''क्षमा करें दादा–आपके लिए यह 'फैसला' हो सकता है मगर मेरे लिए 'वायदा' है और देवराज ठक्कर 'फैसला' तो बदल सकता था परन्तु 'वायदा' नहीं तोड़ सकता।''

निरंजन चौधरी ने देवराज की तरफ ऐसी नजर से देखा जैसी नजर से लोग सड़क पर कपड़े फाड़े घूम रहे पागल को देखते हैं, कई क्षण की चुप्पी के बाद बोला–''खैर, इस बारे में विस्तार से हम फिर बात करेंगे-तब जबकि

माधुरी भी हमारे बीच होगी–फिलहाल यह बताओ कि सतीश वर्मा के बारे में क्या सोचा?''

उसके बारे में छानबीन करने के लिए मैंने कुछ लोग नियुक्त किए थे।

''सबकी रिपोर्ट आ चुकी है।''

''क्या रहा?''

''अपने बारे में जो कुछ उसने बताया था वह सच है।'' निरंजन चौधरी ने कहा–''मवाना गई टीम की रिपोर्ट आज ही मिली है और उस रिपोर्ट के मुताबिक सतीश वर्मा सचमुच मवाना में रहने वाली एक ऐसी विधवा का इकलौता बेटा है जिसकी पांच लड़कियां हैं-उनकी नॉलिज के मुताबिक सतीश पटना की किसी फैक्टरी में नौकरी के लिए गया हुआ है।'' देवराज ठक्कर के होंठों पर विजयी मुस्कान उभर आई, बोला–''इस रिपोर्ट के बाद आप क्या कहते हैं?''

''मुकम्मल रिपोर्ट आने के बाद यानि अब उसे पुलिस इन्फॉरमर मानने की कोई गुंजाइश नहीं है लेकिन ...

''लेकिन?''

''यह कहने से हम अभी भी नहीं चूकेंगे कि अगर वह पुलिस इन्फॉरमर है तो एक लम्बीं और बेहद विस्तृत एवं पुख्ता योजना के साथ उसे ऑर्गेनाइजेशन में ठूंसा जा रहा है–वे पहले ही से जानते होंगे कि जो बयान उसे देना है हम उसकी छानबीन कर सकते हैं अतः पुलिस के लिए ऐसा जाल बिछाना कतई मुश्किल नहीं है जिससे हमारी छानबीन का नतीजा वही निकले जो निकला है–यहां तक कि 'मवाना' में, उसके बताए एड्रेस पर पुलिस एक ऐसा फर्जी परिवार भी 'प्लांट' कर सकती है जैसा उसने अपने बयान में कहा है।''

देवराज ठक्कर मुस्करा दिया, बोला–''अगर वास्तव में ऐसा है दादा तो मानना पड़ेगा कि इस बार पुलिस वाले बड़ी दूर की कौड़ी लाए हैं।''

''भले ही न लाए हों मगर हमें प्रत्येक पल यह सोचकर सतर्क रहना चाहिए कि वे दूर की कौड़ी ला सकते हैं।''

''तो अब आप क्या कहते हो, सतीश वर्मा का क्या किया जाए?''

''वह स्वस्थ हो चुका है–फिलहाल होटल ही में उसे उसकी योग्यता के मुताबिक कोई काम सौंप दिया जाए–ऐसा काम जिसमें दो नम्बर की 'बू' न आती हो–कुछ दिन देखने-परखने के बाद ही असली काम उसके सुपुर्द किया जाना चाहिए।''

''मैं आपसे सहमत हूं।''

⅄

सतीश वर्मा बने अशोक श्रीवास्तव को होटल के 'सुइट्स' की सफाई का इंचार्ज बना दिया गया।

तनख्वाह थी–तीन हजार रुपये महीना।

अपने बारे में लिए गए देवराज ठक्कर के निर्णय से हालांकि अशोक को निराशा हुई थी परन्तु जो निर्णय ले लिया गया उसे सहर्ष कुबूल कर लेने के अलावा उसके पास कोई चारा नहीं था–इस उम्मीद में वह काम पर जुट गया कि देर-सवेर ऑर्गेनाइजेशन से सम्बन्धित काम भी उसे अवश्य सौंपा जाएगा।

अपनी पहली मुकम्मल तनख्वाह उसने 'मवाना' वाले एड्रेस पर भेज दी थी।

रहने का इन्तजाम होटल के ही एक कमरे में था।

उधर!

देवराज और माधुरी की मुहब्बत दिन-पर-दिन परवान चढ़ रही थी।

एक-दूसरे के दीवाने हो चुके थे वे।

अमित को इस मुहब्बत का हल्का-हल्का इल्म होने लगा था।

वह महसूस करता था कि कभी झूठ न बोलने वाली माधुरी अब उससे 'अक्सर' झूठ बोलने लगी है–पहले उसे मालूम रहता था कि माधुरी किस वक्त कहां है परन्तु अब वह जानबूझकर लम्बे-लम्बे समय तक 'गायब' हो जाती है।

देवराज ठक्कर की बुराई नहीं सुनती वह।

अमित का दिल कई बार चाहा कि इस बारे में माधुरी से साफ-साफ

बात करे मगर हिम्मत न जुटा पाया-सिर्फ शंका के आधार पर माधुरी से बातें करना उसे शर्मनाक लग रहा था–चाहता था कि कोई पुख्ता सबूत हाथ लग जाए।

प्रयत्नशील भी था वह।

किन्तु!

अभी तक कामयाब नहीं हो पाया था।

दिन गुजरते जा रहे थे।

देवराज हर रोज बजरंग सेठी के पास किसी-न-किसी रूप में यह खबर पहुंचा देता कि 'आज इतने वो' दिन गुजार चुका है मगर सेठी भी पूरा जीवट था–धीरे-धीरे दसवें दिन ने दम तोड़ दिया लेकिन सेठी ने पटना नहीं छोड़ा।

टन-टन-टन।

वॉल क्लॉक ने बारह बजने के साथ तारीख बदलने का ऐलान किया।

परन्तु। नर्म गद्दे वाले बैड पर सोई माधुरी को यह ऐलान जगा न सका–उसका जिस्म भले ही बैड पर पड़ा था किन्तु वास्तव में वह अपनी परिकल्पनाओं की मधुर गलियों में कहीं विचरण कर रही थी।

अकेली नहीं बल्कि देवराज ठक्कर के साथ।

एकाएक सिरहाने रखे फोन की घन्टी घनघना उठी।

माधुरी अभी भी अपनी परिकल्पनाओं से बाहर न निकली।

मगर फोन की घन्टी ने एक बार घनघनाना शुरू किया तो तब तक चुप न हुई जब तक कि माधुरी अपने शरीर में न लौट आई–झुंझलाकर वह उठी, रिसीवर उठाकर बोली–"हैलो।"

"मैं बोल रहा हूं माधुरी।"

"क ... कौन?" माधुरी के हलक से प्रसन्नता-भरी किलकारी निकल गई–"देवराज?"

"हां।" आहिस्ता से कहा गया।

माधुरी का समूचा जिस्म रोमांच से भर गया–झुंझलाहट का स्थान

प्रफुल्लता ने ले लिया, सम्भलकर बैठती हुई बोली वह–''क्या बात है, नींद नहीं आ रही क्या?''

''मैं तुमसे मिलना चाहता हूं माधुरी।''

''इस वक्त?''

''हां, इसी वक्त।''

''ऐसी क्या बात हो गई जो इसी वक्त ...

देवराज का गम्भीर स्वर–''वे बातें फोन पर नहीं की जा सकती माधुरी–दादा और सलीम अंकल मेरे खिलाफ हो गए हैं–इस वक्त अपने होटल से भी नहीं बोल रहा हूं मैं, 'ऑर्गेनाइजेशन' के लोग मुझे ढूंढते फिर रहे हैं–यह कहना गलत न होगा कि वे मेरे 'खून' के प्यासे हो चुके हैं।''

माधुरी घबरा गई, बोली–''ऐसा कैसे हो गया?''

''लम्बी कहानी है, तुम इसी वक्त घर से निकल पड़ो।''

''कहां से बोल रहे हो?''

''यह बताना मुनासिब नहीं है, तुम 'गांधी बाग' की तरफ चलो–रास्ते में जहां कहीं मैं ठीक समझूंगा मिल लूंगा–होशियार रहना, सम्भव है कि तुम पर नजर रखी जा रही हो।''

''मैं आ रही हूं–हिम्मत मत हारना देवराज, मुसीबत का सामना हम मिलकर करेंगे।'' दृढ़तापूर्वक कहने के साथ माधुरी ने रिसीवर क्रेडिल पर पटका और जिस्म में मानो बिजली भर गई।

बैड से उछलकर खड़ी हो गई वह। चप्पलें पहनीं।

एक नजर अपने तन पर मौजूद सलवार-कुर्ते पर डाली और अंगुलियों से बिखरे बालों को संवारती हुई तेजी से दरवाजे की तरफ बढ़ी–चटकनी गिराने के बाद एक झटके से उसने दरवाजा खोला ही था कि।

दंग रह गई।

दरवाजे के बीचों-बीच एक भयानक शक्ल वाला काला भुजंग दैत्य खड़ा था।

हां, अपनी कद-काठी के हिसाब से दैत्य ही था वह।

एक क्षण के लिए माधुरी ऐसी अवस्था में खड़ी रह गई जैसे हाड़-मांस

की नहीं बल्कि पत्थर की बनी निर्जीव प्रतिमा हो। उस क्षण उसकी समस्त इन्द्रियों ने काम करना बंद कर दिया था।

अगले पल, मारे खौफ के उसने चीखना चाहा।

दैत्य कबूतरी पर झपटने वाले बाज की मानिन्द झपटा।

माधुरी का मुंह खुला रह गया–उससे चीख न निकल सकी–दैत्य का भालू के पंजे जैसा पंजा उसके होंठों पर गड़ा हुआ था।

माधुरी के हलक से बहुत हल्की गूं-गूं की आवाज निकली। दैत्य उसे बगल में दबाए खींचकर कमरे के अंदर ले गया।

माधुरी खुद को उसके चंगुल से निकालने के लिए झटपटा रही थी किन्तु यह छटपटाहट वैसी ही थी जैसे शेर के पंजे में फंसी हिरनी की होती है।

पांच मिनट बाद। एक नाटे कद का व्यक्ति कमरे में दाखिल हुआ–उसके भद्दे होंठों पर कुटिल मुस्कान और छोटी-छोटी आंखों में हिंसक चमक थी–सबसे पहले उसने दरवाजा अंदर से बंद किया और पलटकर माधुरी से बोला–''हम तुम्हारे फ्लैट में इस तरह दाखिल होना चाहते थे कि जरा भी शोर-शराबा न मचे। दरवाजा बंद था और इस दरवाजे को बिना शोर-शराबे मचाये तुम केवल तब खोल सकती थीं, जबकि ऐसा करने के लिए तुम्हारा आशिक तुमसे कहे–ठक्कर की आवाज की नकल तो कम-से-कम मैं कर ही सकता हूं–बोलो, तुमसे दरवाजा खुलवाने के लिए हमारे द्वारा इस्तेमाल की गई तरकीब कैसी लगी?''

कहने के बाद वह खुद हो-हो करके इस तरह हंस पड़ा जैसे भारी मजाक की बात कही हो और दिल खोलकर हंसने के बाद दैत्य से बोला–''मैं जानता हूं चीका कि तुम आज की तारीख के रात बारह बजे तक इसे इसी तरह अपनी बगल में दबाए खड़े रह सकते हो मगर इतना कष्ट उठाने की जरूरत नहीं है–हमारा काम इसके मुंह में कपड़ा ठूंसकर हाथ-पैर बांधकर एक कोने में डाल देने से भी चल सकता है।''

चीका के काले होंठ फैलकर रह गए।

इसके बाद।

वही हुआ जो नाटे ने कहा था।

अर्थात् माधुरी की मुश्कें कसकर उसे सोफे पर डाल दिया गया।

अब वह अपने हलक से गूं-गूं की आवाज तक निकालने की अवस्था में नहीं थी–आंखों के ठीक सामने, दीवार पर उसके भाई का फोटो लगा हुआ था।

अशोक श्रीवास्तव का फोटो।

सुनहरे रंग के बड़े से फ्रेम में जड़ा कलर्ड फोटो।

फोटो में मुस्करा रहा था वह। यह सोचकर माधुरी के अंदर से रुलाई फूट पड़ी कि अगर अशोक उसे इस अवस्था में देख ले तो उसके चेहरे पर कितने खतरनाक भाव उभरेंगे?

मुस्कराते हुए अपने भैया को अभी वह देख ही रही थी।

नाटा–बेपैंदी के लोटे की तरह लुढ़कता-सा फोन के नजदीक पहुंचा और इच्छित नम्बर पर सम्बन्ध स्थापित करने के बाद बोला–''मुझे देवराज ठक्कर से बात करनी है।''

''बोल रहा हूं।'' ठक्कर की आवाज उभरी।

''ओह, हुजूर खुद बोल रहे हैं?'' बजरंग सेठी चटखारा-सा मारकर बोला–''मैंने यह बताने के लिए फोन किया था सरकार कि मैं आपकी माधुरी के फ्लैट से बोल रहा हूं।''

''त ... तुम वहां कैसे पहुंच गए?''

''कहां?'' सेठी जोर से हंसा–''तुम्हारी माशूका के फ्लैट पर?''

देवराज की गुर्राहट उभरी–''अगर तुमने माधुरी को हाथ भी लगाया तो मैं तुम्हारे जिस्म को बोटियों में नहीं, कोरमे में बदल दूंगा सेठी, भुर्ता बना डालूंगा तुम्हारा।''

''वह तो तुम वैसे भी बनाने वाले थे।''

''क्या मतलब?''

''कल तक तुमने किसी-न-किसी तरीके से मुझे हर रोज याद दिलाया कि तुम्हें धमकी दिए कितने दिन हो चुके हैं मगर आज याद दिलाना भूल गए इसलिए मैं खुद याद दिला रहा हूं–आज ग्यारहवां दिन है ठक्कर और तुम समझ ही गए होंगे कि मैं पटना ही में हूं।''

‘‘इस दिन को तुम पूरा नहीं गुजार सकोगे।’’

‘‘अपनी मौत मुझे मंजूर है। हुजूर बशर्ते कि आपको अपनी माशूका की मौत मंजूर हो।’’

‘‘से ... सेठी!’’ ठक्कर चीख पड़ा।

सेठी हंसा, बोला–‘‘मैंने बहुत सोचा कि ग्यारहवें दिन मुझे अपनी सुरक्षा के क्या इंतजाम करने चाहिए–सुरक्षा व्यवस्था मैं ऐसी चाहता था जिसे तुम यानि पटना के वाइन किंग ‘बेध’ न सको–बहुत-सी सुरक्षा व्यवस्थाएं दिमाग में आईं परन्तु दिल किसी पर ठुका नहीं–लगता कि तुम बड़ी-से-बड़ी सुरक्षा व्यवस्था को बेधकर मुझ तक पहुंच जाओगे–यह सच है कि ग्यारहवें दिन को सुरक्षित निकाल देने के लिए मैं बेहद चिन्तित था–तभी, किसी ने मुझे बताया कि आजकल वाइन किंग पर इश्क का भूत सवार है और मेरी समस्या हल हो गई। यह खोज-खबर निकालने में देर न लगी कि इश्क का यह भूत किसका है–मेरी कोशिश के सिर्फ चौबीस घंटे बाद तुम्हारी माशूका का मुकम्मल ‘बायोडेटा’ मेरे सामने था और यह हकीकत मेरी समझ में आ चुकी थी कि तुम पटना छोड़ सकते हो, आपराधिक जिदंगी छोड़ सकते हो, लेकिन अपनी माशूका को मरते नहीं देख सकते और मैंने अपने प्राणों को तुम्हारी माशूका के प्राणों से जोड़ लिया।’’

‘‘कहना क्या चाहते हो तुम?’’

‘‘सिर्फ इतनी-सी बात कहना चाहता हूं माई डियर कि अगर मैं मरूंगा तो मेरे साथ या उससे एक क्षण पूर्व तुम्हारी माशूका भी मर चुकी होगी।’’

‘‘किसी लड़की की आड़ में छुप जाना बहादुरी नहीं होती सेठी।’’

‘‘सवाल बहादुरी का नहीं है मेरे मुन्ना, सवाल यह है कि इश्क और जंग मे सब जायज होता है–सवाल मेरे सामने सिर्फ इतना है कि ग्यारहवें दिन को सुरक्षित कैसे गुजारूं और जो किया है उससे माकूल सुरक्षा-व्यवस्था मुझे नहीं सूझी–ऐसी व्यवस्था की है मैंने कि जो मेरे कत्ल का ख्वाहिशमंद है यानि तुम खुद मेरी सुरक्षा करोगे।’’

‘‘मैं तुम्हारी सुरक्षा करूंगा?’’

‘‘दौड़कर।’’

''क्यों?''

''क्योंकि तुम्हारी माशूका के प्राण मेरे साथ जुड़ गए हैं–उस माशूका के जिसे बचाना तुम्हारे लिए मुझे मार डालने से कई गुना ज्यादा महत्वपूर्ण है–आज की तारीख की रात बारह बजे तक अगर कोई भी किसी भी दिशा से इस फ्लैट की तरफ बढ़ा तो मैं ये समझूंगा कि वह तुम्हारा आदमी है और तुम्हारी माशूका को मेरे चंगुल से मुक्त कराने के लिए इस तरफ बढ़ रहा है–ऐसा इल्म होते ही मैं माधुरी को गोली मार दूंगा और उसके बाद तुम्हारे हाथों से खुद मरने के लिए तैयार हो जाऊंगा।''

''नहीं सेठी।'' देवराज कसमसाया–''तुम ऐसा नहीं कर सकते।''

एक-एक शब्द को चबाता हुआ बोला सेठी–''मैं ऐसा ही करूंगा बच्चे।''

''म ... मगर सुबह होने के बाद कोई भी ऐसा व्यक्ति माधुरी के फ्लैट पर पहुंच सकता है जिससे मेरा कोई सम्बन्ध न हो–ऐसा व्यक्ति दूध वाला हो सकता है, अखबार वाला हो सकता है या ... या माधुरी का अपना कोई परिचित हो सकता है।''

''बिल्कुल हो सकता है लेकिन ...

''लेकिन?''

''ऐसे किसी भी व्यक्ति को फ्लैट पर न पहुंचने देना तुम्हारी ड्यूटी होगी।''

दूसरी तरफ सन्नाटा छा गया।

कुछ देर तक सेठी देवराज के बोलने का इंतजार करता रहा मगर जब उधर से कोई आवाज न उभरी तो होंठों पर विजय मुस्कान लिए बोला–''इस भुलावे में न रहना कि तुम या तुम्हारा कोई आदमी किसी भेष में मुझ तक पहुंच जाएगा और मुझे पता न लगेगा–ऐसा इन्तजाम मैंने कर दिया है कि इस फ्लैट के दरवाजे, खिड़की या दीवार पर किसी का हाथ रखा जाते ही मुझे सूचना मिल जाएगी।''

देवराज अभी तक खामोश रहा।

''सुन रहे हो न?'' सेठी ने पूछा।

धीरे से संयत स्वर में कहा गया–''सुन रहा हूं?''

''मैं समझा कि तुम्हारा हार्टफेल हो गया है।'' कहकर सेठी जोर से हंसा।

''मैं इसलिए चुप था सेठी जो तुम कह रहे हो उसे सुन लूं–तब बोलूंगा जब तुम्हारी बात पूरी हो जाएगी।''

''मेरी बात पूरी हो गई है सरकार, अब आप फरमाइये।''

''तुम अपना गेम खेल चुके हो।'' देवराज की गुर्राहट उभरी–''अब बारी मेरी है-माधुरी को ढाल बनाकर जो सुरक्षा व्यवस्था तुमने अपने चारों तरफ फैलाई है उसकी मैं तारीफ करता हूं। यकीनन आज के हालात में तुम पाताल में भी उतने महफूज नहीं हो सकते थे जितने माधुरी के साथ उसके फ्लैट में हो लेकिन अगर तुम यह समझ रहे हो कि जो चाल तुमने चली है, देवराज के पास उसका कोई जवाब नहीं है तो यह तुम्हारी भूल है–ग्यारहवां दिन खत्म होने में अभी साढ़े तेईस घंटे बाकी हैं। और इन साढ़े तेईस घंटों में एक क्षण ऐसा अवश्य आएगा जब तुम्हें देवराज की ताकत का इल्म होगा और वह क्षण तुम्हारे जीवन का अन्तिम क्षण होगा मिस्टर बजरंग सेठी–यह तय है कि साढ़े तेईस घंटों के बीच तुम और सिर्फ तुम मारे जाओगे।'' इन शब्दों के साथ दूसरी तरफ से रिसीवर पटक दिया गया।

सेठी खुलकर हंसा, बोला–''झुंझला रहा है बेचारा।''

''खैर!'' सेठी ने पूछा–''तुमने इस फ्लैट के चारों तरफ कैमरे फिट कर दिए हैं न?''

''जी हां।''

''छत पर भी?''

''यस सर।''

''तो जाओ गैलरी से पोर्टेबल टीवी और जनरेटर उठा लाओ और इस कमरे में दाखिल होने से पूर्व मैंने सारा सामान वहीं रख दिया था–हमें प्रत्येक पल फ्लैट के चारों तरफ नजर रखनी है।''

चीका दरवाजे की तरफ बढ़ गया।

⅄

पोर्टेबल टीवी एक मेज पर रखा था।

उसके ठीक सामने एक कुर्सी पर बैठा चीका अपने हाथ में दबे रिमोट कन्ट्रोलर से खेल रहा था–रिमोट कन्ट्रोलर पर थिरकती उसकी अंगुलियों के मुताबिक स्क्रीन पर कभी फ्लैट के सामने का दृश्य उभरता, कभी पीछे का तो कभी दाएं-बाएं का–इच्छानुसार वह फ्लैट की छत तक का निरीक्षण कर लेता था।

रिमोट कन्ट्रोलर में एक स्विच ऐसा भी था जिसके दबते ही स्क्रीन पर अलग-अलग पैनल्स में फ्लैट के दाएं-बाएं आगे-पीछे और छत का दृश्य एक ही समय में देखा जा सकता था। इस वक्त टीवी बिजली से चल रहा था परन्तु छोटे से 'हांडा' जनरेटर का कनैक्शन इस ढंग से जोड़ा जा चुका था कि बिजली गुल होते ही 'एटोमेटिक' रूप से जनरेटर ऑन हो जाए।

सारा इन्तजाम सेठी ने हर किस्म की शंका को ध्यान में रखकर किया था।

गूं-गूं करने का असफल प्रयत्न करती माधुरी ज्यों की त्यों सोफे पर बंधी पड़ी थी–अपनी इच्छा से हिल तक नहीं सकती थी वह–ठीक सामने सोफे पर बजरंग सेठी बैठा सिगार फूंक रहा था।

अपनी छोटी-छोटी आंखों से निरन्तर माधुरी को घूर रहा था वह।

''चीका।'' एकाएक उसमें कमरे में छाई खामोशी भंग की।

''यस सर।'' थोड़ा ढीला पड़ चुका चीका तनकर बैठ गया।

''एक भूल हो गई।''

''क्या?''

''हम यहां समय गुजारने का इन्तजाम करना भूल गए।''

''आप ठीक कह रहे हैं सर, मैं खुद भी बैठा-बैठा यही सोच रहा था–हम पहले से यह अनुमान नहीं लगा पाए कि जो कुछ हमें यहां करना है वह काम भारी बोरियत का होगा–टीवी के जरिए फ्लैट के चारों तरफ नजर रखने के अलावा हमें यहां कोई अन्य काम नहीं है और यह काम इतना बोरियत भरा है कि अभी ठीक से एक घंटा भी नहीं गुजरा है कि उबासियां आने लगीं–मैं तो यह सोच-सोचकर हलकान हुआ जा रहा हूं कि तेईस घंटे स्क्रीन पर नजर रखे-रखे कैसे गुजरेंगे?''

''स्क्रीन पर तो हमें नजर रखनी ही होगी चीका मगर ...

‘‘मगर?’’

‘‘स्क्रीन पर नजर रखने के ‘फेर’ में हम एक खास चीज को नजरअंदाज कर गए।’’

‘‘किस चीज को सर।’’

बड़े अजीब अंदाज में माधुरी की तरफ इशारा करके कहा सेठी ने–‘‘इस चीज को।’’

‘‘आपका इशारा लड़की की तरफ है?’’

‘‘हां।’’

चीका चुप रह गया।

‘‘इस पर ध्यान देने से हमारा समय अच्छा गुजरेगा और फिर जांच-पड़ताल तो हमें करनी ही चाहिए कि इस लड़की में–इस दो टके की लड़की में ऐसा क्या है जिसने वाइन किंग को अपना दीवाना बना लिया?’’

उनकी वार्ता ऐसे मुकाम पर पहुंचने लगी थी कि माधुरी के जिस्म का रोआं-रोआं खड़ा हो गया।

सेठी बोला–‘‘चुप क्यों हो चीका, क्या हम ठीक नहीं कह रहे हैं?’’

‘‘कह तो आप ठीक रहे हैं सर किन्तु ...

‘‘किन्तु?’’

‘‘मैं यह सोच रहा हूं कि अगर देवराज को यह पता लग गया कि उसकी माशूका के साथ आप यहां क्या कर रहे हैं तो क्या उस अवस्था में भी हम उतने ही महफूज रहेंगे जितने इस वक्त हैं?’’

‘‘उसे कैसे पता लगेगा, उसने क्या हमारी तरह यहां का दृश्य देखने के लिए कैमरे लगा रखे हैं?’’

‘‘शायद। हमें यह सब नहीं करना चाहिए।’’

‘‘तुम बेवजह डर रहे हो चीका–उसे ख्वाब चमकने वाला नहीं है–इससे ज्यादा बेवकूफी की बात भला क्या हो सकती है कि वाइन किंग की खूबसूरत माशूका के अपने पहलू में होने के बावजूद हम अपने तेईस घंटे भारी बोरियत के साथ गुजारें–आज पहली बार हम तुम्हें भी इस खेल में अपना पार्टनर बनाएंगे। फिलहाल तुम स्क्रीन पर नजर रखो, हम इससें वह चीज ढूंढते हैं

जिसका जादू वाइन किंग के सिर पर चढ़कर बोल रहा है–उसके बाद स्क्रीन पर नजर हम रखेंगे और वाइन किंग की इस माशूका को तुम भोगना।'' कहने के साथ चीका का जवाब सुने बिना बरजंग सेठी सोफे पर खड़ा हो गया।

चीका विरोध करना चाहता था मगर चुप रह गया–शायद इसलिए क्योंकि वह जानता था कि अब उसके विरोध का कोई नतीजा निकलने वाला नहीं है।

फ्लैट के हर तरफ का दृश्य उसने स्क्रीन पर एक साथ देखा।

सिगार फर्श पर डालने के बाद उसे जूते से मसलता हुआ सेठी माधुरी की तरफ बढ़ा

माधुरी के तिरपन कांप रहे थे।

चेहरे पर खौफ और गुस्से के संयुक्त भाव।

आंखें फटी-फटी।

विरोधस्वरूप चीखने के फेर में उसकी सांसें धौंकनी की मानिन्द चलने लगीं मगर पुरजोर कोशिश के बावजूद किसी भी किस्म की आवाज हलक से बाहर नहीं निकल पा रही थी।

सेठी नजदीक पहुंचा, उसके गालों पर हाथ फिराता हुआ बोला–''हम वह चीज देखना चाहते हैं मेरी जान, जिससे तुमने उस शख्स पर काला जादू चला दिया जिससे टकराकर सारी दुनिया के जादू बेकार हो जाते हैं।''

बेबस पड़ी माधुरी नागिन की मानिन्द उसे घूरती रही।

वहशियाना मुस्कराहट के साथ सेठी ने अपना दायां हाथ बेहिचक उसके गिरेबान में फंसाया और इतनी जोर से झटका दिया कि किर्र-र की आवाज के साथ कुर्ते का एक बड़ा टुकड़ा उसके हाथ में झूल गया।

माधुरी कसमसाकर रह गई परन्तु हिल न सकी।

चीख न सकी।

चेहरा साफ-साफ बता रहा था कि चीख पड़ने के लिए तड़प रही है वह।

ब्रेजरी में कैद दूध की मानिन्द गोरे और पुष्ट वक्षों पर नजर पड़ते ही सेठी की छोटी-छोटी आंखों में वह चमक उभर आई, मलाई को देखकर जो बिल्ली की आंखों में उभरती है।

कुर्ते का टुकड़ा एक तरफ फेंका, उसने भद्दे होंठों पर जीभ फिराई।

और!

इस बार उसने अपना हाथ माधुरी के दोनों वक्षों के बीच डाला और एक ही झटके में ब्रेजरी उसके हाथ में झूल गई–वक्षस्थल नग्न हो गया।

सेठी के होंठों पर लार टपकने लगी।

वहशी कुत्ते की तरह माधुरी की छातियों पर झुक गया वह। अपना गंदा मुंह अभी उसने खोला ही था कि 'पिट्ट' की हल्की आवाज कमरें में गूंजी और सेठी के खुले हुए हलक से चीख निकल पड़ी।

दहकता हुआ एक शोला उसकी कमर में धंस गया था।

माधुरी चकित रह गई।

आंखों में हैरत भर गई थी।

सेठी पलटा। पलटते ही मानो आसमान से गिरा वह। मुंह से निकला–''त ... तुम चीका तुम?''

▲

''त ... तुम?'' देवराज चौंक पड़ा–''तुम इतनी जल्दी मुझसे बात कैसे कर रहे हो, सेठी कहां है?''

''खेल खत्म हो चुका है सर।''

''क्या मतलब?''

''वह मर चुका है।''

देवराज गुर्रा उठा–''ऐसा कैसे हो गया, मैंने तुमसे कहा था कि ...

''जी हां, आपने कहा था कि उससे खेलता रहूं। उन सारी हरकतों का मजा लूटता रहूं–अपनी सफलता के मद में चूर होकर जो वह करे और साइलेंसरयुक्त रिवॉल्वर से उसकी यह लीला ठीक उस वक्त समाप्त करूं जब आज की तारीख खत्म होने वाली हो, रात के बारह बजने में केवल पांच मिनट रह जाएं मगर सेठी ने हालात कुछ ऐसे बना दिए कि आपके निर्देशों को मुझे भूलना पड़ा–अगर नहीं भूलता तो शायद आप मुझे कभी माफ न करते।''

''ऐसा क्या हुआ था?''

चीका ने संक्षेप में बता दिया।

''ओह!'' सुनने के बाद देवराज ने कहा–''तुमने जो किया ठीक किया चीका, मुझे अफसोस है कि मरने से पहले सेठी उतनी देर खुश नहीं रह सका जितनी देर मैं चाहता था। खैर, मैं आ रहा हूं-तब तक तुम लाश और अपने साथ वहां ले गए सामान को समेट लो–कमरे का फर्श इस कदर साफ हो जाना चाहिए कि दुनिया का बड़े से बड़ा जासूस यह न जान सके कि वहां किसी का खून गिरा है।''

''ओके सर।''

''ओके।'' कहने के साथ देवराज ने रिसीवर क्रेडिल पर रख दिया। यही क्षण था जब उसके ठीक सामने बैठे निरंजन चौधरी ने पूछा–''बजरंग सेठी मर गया क्या?''

''हां।''

''क्या उसे चीका ने मारा?''

मोहक मुस्कान के साथ कहा देवराज ने–''आप सुन तो चुके हैं?''

''सुना तो है मगर यह कैसे हो गया?''

''चीका बजरंग सेठी का ओहदा चाहता था दादा और जब यह जानकारी मुझे हो गई तो मेरे लिए कुछ भी मुश्किल नहीं था–न सेठी के अड्डे में घुसे चले जाना, न उसके बैडरूम में अपना फोटो पहुंचा देना और न ही उस क्षण उसका कत्ल करा देना जिस क्षण मैं चाहूं।'' कहने के साथ देवराज कुर्सी से खड़ा होकर 'लम्बे-लम्बे' कदमों के साथ दरवाजे की तरफ बढ़ गया।

⅄

''तुम यहां से जा सकते हो चीका।''

''मैं आपका शुक्रिया करता हूं सर।'' वह सम्मानित स्वर में बोला।

''उसकी जरूरत नहीं है, तुमने कहा था कि सेठी ऑर्गेनाइजशन में नब्बे प्रतिशत लोग गुप्त रूप से तुम्हें चीफ के रूप में कुबूल कर चुके हैं और दस

प्रतिशत लोग बचे हैं, वो उस दिन कुबूल कर लेंगे जिस दिन सेठी इस दुनिया में नहीं रहेगा अर्थात् तुम्हारे चीफ बनने की राह में एकमात्र कांटा सेठी ही था और आज वह साफ हो चुका है, जाकर अपनी गद्दी सम्भाल लो।''

''सेठी अकेला या अल्पमत में जरूर था परन्तु मुझमें उससे आंखें मिलाने की ताकत नहीं थी–कत्ल करने की बात तो आपकी मदद के बगैर सोच तक नहीं सकता था–मैं अपने मकसद में केवल इसलिए कामयाब हो सका क्योंकि सेठी का सम्पूर्ण ध्यान आप और केवल आप में ही अटका हुआ था।''

''हमने अपना स्वार्थ पूरा करने के लिए तुम्हारा साथ दिया है।''

''मैं जानता हूं।''

''क्या जानते हो?''

''आप नहीं चाहते कि 'गर्म गोश्त' का व्यापार हो।''

''इस बात को हमेशा याद रखना, शक्ति के मद में चूर होकर अगर तुमने कभी गर्म गोश्त का व्यापार करने के मन्सूबे बनाए तो अंजाम वही होगा जो सेठी का हुआ है।''

''मैं वायदा करता हूं सर कि ऐसा कोई काम कभी नहीं करूंगा जो आपको पसन्द न हो।''

''जाओ।''

चीका ने बाएं कंधे पर सेठी की लाश डाली, दाएं पर वह गठरी जिसमें टीवी जनरेटर आदि थे–देवराज ठक्कर का धन्यवाद अदा करके वह चला गया।

चीका के जाने के काफी देर बाद तक माधुरी और देवराज के बीच मौन छाया रहा और फिर इस मौन को तोड़ती हुई माधुरी बोली–''मैं सोच भी नहीं सकती थी देवराज कि यह दैत्य तुम्हारी तरफ होगा।''

''विभीषण हर युग में पैदा होते रहेंगे माधुरी और लंकाएं इसी तरह ढहती रहेंगी।''

''क्या अब तुम मुझ से किया गया अपना वायदा पूरा करोगे?''

एक लम्बी सांस लेने के बाद देवराज ने कहा–''फिलहाल मैं जा रहा

हूं–आज की रात अंकल और दादा से बातें करने और अपना ओहदा त्यागने में गुजारूंगा–सुबह जब तुमसे मिलूंगा तो मैं सिर्फ और सिर्फ देवराज ठक्कर होऊंगा, पटना शहर का वाइन किंग नहीं।''

''जाने से पहले मेरे भैया से नहीं मिलोगे?''

''त ... तुम्हारा भाई अशोक, क्या वह ट्रेनिंग से लौट आया?''

माधुरी हंसी, बोली–''फिलहाल तो तुम केवल उनके फोटो से मिल सकते हो।''

''फोटो?'' माधुरी ने अशोक के फोटो की तरफ अंगुली उठा दी–''वो रहा।''

देवराज की निगाहें स्वतः फोटो की तरफ उठ गईं।

और!

दिलो-दिमाग में जोरदार धमाका हुआ।

मस्तिष्क के परखच्चे उड़ गए।

ठीक ऐसी हालत हो गई जैसी उस घड़े की हो जाती है जिसके अंदर रखा शक्तिशाली बम फट जाए।

देवराज की आंखों के सामने चिंगारियां नाच उठीं। अशोक का फोटो ही नहीं बल्कि सारा कमरा फिरकनी की मानिन्द चकरा उठा–अपनी अवस्था देवराज के काबू में नहीं रही थी।

जिस्म पसीने-पसीने हो गया।

दोनों हाथों से अपने सिर को इस तरह जकड़ लिया उसने जैसे टुकड़े-टुकड़े हो जाने से बचाना चाहता हो–अपनी क्षमता से सैकड़ों गुना ज्यादा शराब पी गए शराबी की भांति लहराया वह–अगर माधुरी लपककर सम्भाल न लेती तो धड़ाम से फर्श पर गिरता।

उसे सम्भाले माधुरी चीख रही थी–''क ... क्या हुआ ... क्या हुआ देवराज?''

पसीने से लथपथ देवराज ने अपनी मुकम्मल ताकत का इस्तेमाल खुद को सम्भालने में किया। बंद होती आंखों को इच्छाशक्ति के बूते पर खोला और उन्हें माधुरी के मुखडे पर केन्द्रित करने की कोशिश की।

''क्या बात है देवराज?'' माधुरी अभी तक चीख रही थी–''अचानक आखिर तुम्हें हो क्या गया?''

जबरदस्त प्रयत्नों के बाद देवराज खुद को नियंत्रित करने में कामयाब हुआ और जब उसने खुद को सम्भाल लिया तो बोला-''इस वक्त अगर चाहूं तो यह कह सकता हूं कि मैं तुम्हारे भैया को नहीं जानता, मैंने इसे कभी नहीं देखा मगर मैं ऐसा नहीं कर सकता–मैं ऐसा इसलिए नहीं कह सकता माधुरी, क्योंकि जानता हूं कि झूठ नाम की दीमक मुहब्बत को कुतर-कुतर कर खोखला कर देती है।''

''यानि तुम भैया को जानते हो, उनसे मिले हो?''

''हां।''

''कैसे जानते हो उन्हें, कहां मिले हो?''

''तुमने अखबार में मुझ पर हुए हमले का विवरण पढ़ा था–उस हमले का विवरण जिसे मैं इस फोटो को देखने से पहले सेठी द्वारा कराया गया मानता था–तुम्हें याद होगा कि उस हमले से मुझे एक अन्जान युवक ने बचाया था।''

''याद है।''

''वह अन्जान युवक अशोक था, तुम्हारा भाई था।''

''क ... क्या?''

''यह सच है माधुरी।''

''म ... मगर यह सच कैसे हो सकता है, भैया तो ट्रेनिंग पर गए हुए हैं।''

''क्या अब तुम यह कहना चाहती हो कि मेरी आंखों ने धोखा खाया है?''

''न ... नहीं मेरी मंशा ऐसा कुछ भी कहने की नहीं है–दरअसल मैं ठीक से सोच नहीं पा रही हूं देवराज, समझ नहीं पा रही हूं कि भैया अगर ट्रेनिंग पर थे तो वे तुम्हारी मदद करने कैसे पहुंच गए?''

''अशोक का वहां पहुंचना इत्तेफाक नहीं था।''

''तो?''

''एक सोची-समझी योजना थी , षड्यंत्र था।''

‘‘किसका?’’

‘‘पुलिस का–तुम्हारे भैया का।’’

‘‘क ... क्या कह रहे हो?’’ माधुरी हकला गई।

‘‘यह सच है माधुरी।’’ एक-एक शब्द पर जोर देता हुआ देवराज कहता चला गया–‘‘जो मैं अब समझा हूं, उसकी शंका दादा को पहले ही से थी–आज मैं मान गया कि बुजुर्गों की अनुभव-भरी बातों में ‘तत्व’ होता है–उन्हें सिर्फ इसलिए हवा में नहीं उड़ा देना चाहिए क्योंकि वे तुम्हारे ‘तुच्छ’ दिमाग की कसौटी पर खरी नहीं उतर पा रही हैं–आज मैं साफ-साफ देख रहा हूं कि मुझ पर हमला करने वाले सेठी के नहीं बल्कि पुलिस के आदमी थे–बचाने का नाटक करने वाला वह शख्स था जो सब-इंस्पेक्टर की ट्रेनिंग लेने निकला था–यह सारा ड्रामा पुलिस ने अशोक को मेरे ऑर्गेनाइजेशन में घुसेड़ने के लिए रचा था, वह पुलिस इन्फॉरमर है–तुम्हारा भैया। मेरे ऑर्गेनाइजेशन में पुलिस इन्फॉरमर है–माधुरी, पुलिस इन्फॉरमर।’’

‘‘न ... नहीं।’’ माधुरी हलक फाड़कर चीख पड़ी–‘‘ऐसा नहीं हो सकता–यह झूठ है, यह झूठ है देवराज।’’

देवराज ने धीमे से कहा–‘‘यह सच है माधुरी।’’

‘‘म ... मगर तुम्हें बचाते वक्त उन्हें गोली भी तो लगी थी?’’

‘‘सिर्फ जांघ में, वह सब नाटक था–फिक्र मत करो, फिलहाल वह ठीक है।’’

‘‘फिलहाल से क्या मतलब?’’

देवराज के जबड़े भिंच गए–मुट्ठियां कस गईं, चेहरा पत्थर की मानिन्द सख्त और खुरदरा हो उठा, बोला–‘‘एक बार पुनः मैं सच बोलने के लिए मजबूर हूं और सच यह है माधुरी कि अशोक अब ज्यादा देर तक जीवित नहीं रह सकेगा।’’

‘‘य ... यह क्या बक रहे हो?’’ माधुरी चीख पड़ी–‘‘यह तुम क्या बक रहें हो देवराज?’’

‘‘मेरे ऑर्गेनाइजेशन के विधान के मुताबिक पुलिस इन्फॉरमर के लिए सिर्फ और सिर्फ एक ही सजा है, सजा-ए-मौत।’’

माधुरी दंग रह गई।

अवाक्।

जैसे लकवा मार गया हो।

पत्थर की शिला में तब्दील हुई वह देवराज को देखती रह गई और फिर बेहद लम्बी खामोशी के बाद धीमे से बोली–''क्या तुम अशोक भैया को मार डालोगे, सजा-ए-मौत दोगे उन्हें?''

''अगर नहीं दूंगा तो अपने पेशे के साथ गद्दारी करूंगा और जब मैंने वाइन किंग वाला ओहदा सम्भाला था तब दादा ने बहुत-सी तालीमें दी थीं–उनमें एक तालीम यह थी कि मुझे कभी-भी किसी भी हालत में अपने पेशे से गद्दारी नहीं करनी है, पेशे से गद्दारी करने वाला शख्स कभी सुख-चैन से नहीं रह सकता।''

''और मुहब्बत से गद्दारी करने वाला शख्स?''

''क ... क्या मतलब?''

''अगर तुमने अशोक भैया को हाथ भी लगाया देवराज तो मैं यह समझूंगी कि तुमने मेरी मुहब्बत पर थूक दिया है।''

''न ... नहीं।'' देवराज चीख पड़ा–''मैं अपनी मुहब्बत पर नहीं थूक सकता।''

''यानि मेरे भैया को छोड़ दोगे?''

''ऐसा कब कहा मैंने?''

''जो कहना है साफ-साफ कहो।'' उसकी आंखों में झांकती माधुरी सपाट स्वर में कहती चली गई–''तुम्हें अपना फर्ज प्यारा है या मुहब्बत, तुम्हें अपने प्यार से प्यार है या पेशे से–अगर पेशे से प्यार है तो जाओ, मेरे भैया के सीने में गोलियां उतार दो और अगर मुहब्बत प्यारी है तो इसी वक्त वायदा करो देवराज, वायदा करो कि तुम मेरे भैया को हाथ तक नहीं लगाओगे।''

''नहीं।'' देवराज ने धीमे स्वर में कहा–''मैं यह वायदा नहीं कर सकता।''

''क्यों नहीं कर सकते?''

''इसलिए नहीं कर सकता क्योंकि पहले ही एक वायदा करके अपने पेशे से गद्दारी कर चुका हूं–फर्ज को धोखा दे चुका हूं अंकल और दादा के

जज्बातों के परखच्चे उड़ा चुका हूं—मैं फिर ऐसा नहीं कर सकता—मैं फिर ऐसा इसलिए नहीं कर सकता क्योंकि ऐसा वायदा करना अंकल और दादा के प्रति विश्वासघात होगा।''

''यानि मेरे भैया को तुम मौत के घाट उतार दोगे?''

''नहीं मैं ऐसा भी नहीं कर सकता।''

''फिर क्या कर सकते हो तुम?''

''सच्चाई यही है माधुरी, सच्चाई यही है कि इस वक्त मैं कुछ भी नहीं कर सकता—दरअसल ऐसे महत्वपूर्ण निर्णय मैं अकेला कभी नहीं लेता—सलीम अंकल और दादा मेरे सलाहकार हैं, मैं वह करूंगा जो फैसला उनसे सलाह-मशविरे के बाद होगा।''

''अगर उन्होंने यह कहा कि अशोक को वही सजा मिलनी चाहिए जो हमेशा इन्फॉरमर को मिलती रही है तो ...

''इस वक्त इस सवाल का जवाब देना मेरे वश में नहीं है माधुरी, इस वक्त सिर्फ इतना कह सकता हूं कि अपनी मुहब्बत पर भरोसा रखो, जो होगा ठीक ही होगा।''

''तो जाओ, जो करना है करो, मुझे अपनी मोहब्बत पर भरोसा है—अगर मेरी मुहब्बत में ताकत होगी तो तुम सलीम अंकल और दादा का ही नहीं, बल्कि अपनी अन्तरात्मा का हुक्म मानने से इंकार कर दोगे, मेरी मुहब्बत अपने भैया का बाल तक बांका नहीं होने देगी।''

बिना कुछ कहे देवराज मुड़ा।

लम्बे-लम्बे कदमों के साथ दरवाजे की तरफ बढ़ा और फिर जाने क्या सोचकर दरवाजे के बीचों-बीच ठिठक गया, पलटकर बोला—''इस मुगालते में मत रहना माधुरी कि तुम्हारे द्वारा सूचना पाकर पुलिस या दुनिगा की कोई भी ताकत अशोक को बचा सकती है, कहने का मतलब यह है कि किसी को सूचित करने से कोई लाभ नहीं होगा।''

''मुझे अपनी मुहब्बत से ज्यादा भरोसा किसी पर नहीं है।'' उसकी आंखों में झांकती हुई माधुरी ने कहा—''अगर अशोक भैया बचेंगे तो उन्हें सिर्फ और सिर्फ मेरी मुहब्बत की ताकत बचाएगी।''

अशोक कई रातों से मौके की 'ताक' में था

परन्तु मौका था कि लग ही न रहा था।

लेकिन आज ... आज वह मौका उसके हाथ लग गया जिसकी उसे तलाश थी–देवराज के बाहर निकलते ही वह गैलरियों में छुपता-छुपाता उसके बैडरूम के नजदीक पहुंच गया।

'मास्टर की' के इस्तेमाल से दरवाजे का लॉक खोला और अंदर प्रविष्ट होते ही भीतर की तरफ से 'लॉक' ज्यों का त्यों बंद कर दिया–अब उसके हाथ में विभिन्न किस्म की मास्टर चाबियों का गुच्छा था और दाएं हाथ में पेंसिल टॉर्च।

पेंसिल टार्च के रेखाजनक क्षीण प्रकाश के सहारे वह धीरे-धीरे आगे बढ़ने लगा।

तीस मिनट के अंदर-अंदर सावधानी के साथ सारे बैडरूम की तलाशी ले डाली परन्तु काम की कोई वस्तु हाथ न लगी–अब वह उस तिजोरी की तरफ बढ़ा जो देवराज के बैड के ठीक पीछे रखी थी–तिजोरी की मजबूत 'बॉडी' बता रही थी कि उसमें ऐसी कोई वस्तु जरूर होगी जिसकी कि उसे तलाश है।

सो।

तिजोरी के नजदीक पहुंचा।

विभिन्न आकार की मास्टर चाबियों से उसे खोलने का प्रयत्न करने लगा–सफलता उसे मिली जरूर परन्तु बीस मिनट के थका देने वाले परिश्रम के बाद।

एक चाबी ने अपना करिश्मा दिखाया और 'क्लिक' की आवाज के साथ 'लॉक' खुल गया।

अशोक की सारी थकान काफूर हो गई।

दुगुने जोश के साथ उसने दरवाजा खोला और तिजोरी को फाइलों से ठसाठस भरी देखते ही आंखें जुगनुओं की मानिन्द चमक उठीं–हाथ बढ़ाकर उसने एक फाइल उठा लीं।

कवर पर नजर पड़ते ही उसकी आंखों में मानो हजार-हजार वॉट के बल्ब जल उठे, लिखा था–''कच्ची शराब के अड्डों और उन्हें चलाने वाले हमारे आदमियों का विवरण तथा हिसाब-किताब।''

अशोक ने फाइल तुरन्त ही अपनी शर्ट और पतलून के बीच बैल्ट वाले स्थान पर ठूंस ली तथा लपककर दूसरी फाइल उठाई।

इस फाइल के कवर पर कुछ नहीं लिखा था।

सो।

कवर पृष्ठ पलटा और आंखों के सामने मौजूद कागज पर लिखे हैडिंग को देखते ही अशोक के समूचे जिस्म में रोमांच-सा भर गया, हैडिंग था–''उन पुलिस वालों के परिचय जिन्हें 'ऑर्गेनाइजेशन' 'महीना' देता है।''

पहले नम्बर पर क्रम संख्या थी, दूसरे पर नाम, तीसरे पर रैंक, चौथे पर थाना और पांचवें पर हर महीने दी जाने वाली रकम।

अशोक उसे पढ़ता चला गया और शायद अभी आगे तक पढ़ता कि ...

क्रम संख्या नौ के सामने लिखे नाम को पढ़ते ही उछल पड़ा–एक क्षण को तो यकीन नहीं आया कि जो पढ़ा है वह सच है–सर को झटका दिया उसने, आंखों को दो-तीन बार मिचमिचाने के बाद पेंसिल टॉर्च का सम्पूर्ण प्रकाश क्रम संख्या नौ से सम्बन्धित कॉलम पर स्थिर कर दिया, पढ़ा–वही लिखा था जो उसने पहली बार पढ़ा था।

''अमित वशिष्ठ।''

रैंक और थाने वाले कॉलम पर नजर पड़ते ही अशोक की सारी शंकाएं दूर हो गईं और रकम वाले कॉलम में 'दो हजार रुपये' लिखा देखते ही उसके अंदर से अपने जिगरी दोस्त के लिए नफरत का सैलाब उमड़ पड़ा।

अभी वह भावनाओं के भंवर से निकलकर लिस्ट को आगे पढ़ने की स्थिति में नहीं आ पाया था कि।

गैलरी में कदमों की आवाज गूंजी।

अशोक का दिल बहुत तेजी से धड़का।

घबराकर उसने अंधेरे में डूबे दरवाजे की तरफ देखा और यही क्षण था

जब कदमों की आवाज दरवाजे के ठीक नजदीक आकर रुक गई, अंधेरे में डूबे उस हिस्से में हलचल का-सा आभास मिल रहा था।

बेकाबू होकर धाड़-धाड़ बज रहे दिल के साथ वह अंधेरे को घूर रहा था।

तभी।

ऐसी आवाज उभरी जैसे 'की-होल' में 'की' डाली गई हो।

पलक झपकते ही अशोक ने 'टार्च' ऑफ कर ली और हाथ में दबी फाइल को तिजोरी में सरकाकर तेजी से पलंग के नीचे रेंग गया।

उधर दरवाजा खुला। इधर, अशोक पसीने-पसीने हो गया।

पहली फाइल उसके पेट से चिपकी हुई थी। सांसें इस तरह चल रही थीं जैसे एक पल पूर्व ही मेराथन दौड़ में हिस्सा लेकर हटा हो और उस क्षण तो उसके होश ही उड़ गए जब याद आया कि तिजोरी का भारी पलड़ा खुला पड़ा है, उस पलड़े को बंद करने के लिए अशोक ने हाथ पलंग के नीचे से बाहर निकाला।

पदचाप गूंजी।

इधर उसने पलड़े में हाथ मारा और उधर।

'कट' की हल्की आवाज के साथ कमरा ट्यूब के दूधिया प्रकाश में भर गया।

उस क्षण–उस क्षण तो जैसे अशोक की सांस रुक गई।

दिल ने धड़कना बंद कर दिया।

मारे खौफ के जिस्म में जाने कहां जा छुपा था वह?

समूचे शरीर में विद्युतीय तरंगों की तरह मौत की लहर रह-रहकर घुमड़ रही थी और उस वक्त तो उसके छक्के ही छूट गए जब नजर तिजोरी के पलड़े पर पड़ी। ठीक रो बंद नहीं हुआ था वह, काफी चौडी दरार छुटी हुई थी।

अब हालात मुकम्मल रूप से उसे बंद करने के नहीं थे।

''अरे!'' देवराज ठक्कर की आवाज कमरे में गूंजी–''कौन है यहां?''

अशोक बिल्ली को देख लेने वाले चूहे की तरह सिमट गया। अपने जिस्म को अपने ही जिस्म में समेट लेना चाहता था वह–जी चाह रहा था कि धरती फटे और उसमें समा जाए।

देवराज के जूते और टखने तक की टांगें उसे चमक रही थीं।

आवाज पुनः गूंजी–"तुम जहां भी छुपे हो, बाहर निकल आओ अशोक।"

और।

अशोक के तिरपन कांप उठे।

अब उसे कोई शक नहीं रहा कि वह मरने वाला है।

देवराज ने उसे वास्तविक नाम से पुकारा था–यह तो न समझ सका कि ये चमत्कार कैसे हो गया किन्तु पलक झपकते ही जेहन में यह विचार जरूर कौंध गया कि खेल खत्म हो चुका है।

दुनिया की कोई ताकत अब उसे नहीं बचा सकती।

देवराज ने जब पुनः छुपे हुए स्थान से बाहर निकल आइने की चेतावनी दी तो वह रेंगा और सिर पलंग से बाहर निकाल देवराज की तरफ देखा।

उस देवराज की तरफ जिसके हाथ में रिवॉल्वर था। उस देवराज की तरफ जिसके चेहरे पर मौत नाच रही थी और उस देवराज की तरफ जिसके जिस्म का समस्त खून सिर्फ और सिर्फ उसकी आंखों में उतर आया था, जबड़ों के मसल्स रह-रहकर फूल और पिचक रहे थे।

इसके ठीक विपरीत अशोक का चेहरा पीला पड़ा हुआ था।

पीला जर्द।

आंखों की ज्योति बुझ चुकी थी।

पलंग के नीचे से निकलकर फर्श पर वह खड़ा भले ही हो गया मगर टांगें बुरी तरह कांप रही थीं–लग रहा था कि वे ज्यादा देर तक उसके जिस्म के भार को सम्भाले न रख सकेंगी।

अशोक के चेहरे पर नजरें गड़ाए देवराज गुर्रा उठा-"कुछ देर पहले मैंने फैसला किया था कि अपने पेशे से गद्दारी कर दूंगा–फर्ज के परखच्चे उड़ा दूंगा मगर ... मगर उस तिजोरी को खुला देखकर मेरी अन्तरात्मा कह रही है कि तुम्हें यहां से जीवित निकल जाने देने का मतलब यह होगा कि मैं अपने ऑर्गेनाइजेशन को–उस ऑर्गेनाइजेशन को खुद नेस्तनाबूद कर हूं जिसने मुझे उस वक्त पनाह दी जब मैं लावारिस था, दर-दर भटक रहा था।"

अशोक ने अपने शुष्क होंठों पर जीभ फेरी, बोला–''म ... मैंने किसी फाइल को देखा नहीं।''

''खामोश।'' देवराज इतनी जोर से चीखा कि अशोक का समूचा अस्तित्व कांप उठा, कमरे की दीवारें झनझनाकर रह गईं और फिर वह कहता चला गया–''नहीं मैं तुझे नहीं छोड़ सकता–मैं उस ऑर्गेनाइजेशन को नेस्तनाबूद नहीं होने दे सकता जिसने मुझे पनाह दी, मेरी परवरिश की। मैं अपनी मुहब्बत को दफन कर दूंगा, थूक दूंगा उस पर मगर उसकी बलिवेदी पर अपने ऑर्गेनाइजेशन को नहीं चढ़ा सकता–मरने के लिए तैयार हो जा अशोक, मरने के लिए तैयार हो जा–मैं तेरे जिस्म में इतनी गोलियां भर दूंगा जितनी पहले कभी किसी ने पुलिस इन्फॉरमर के जिस्म में नहीं भरी होंगी।''

अशोक के मुंह से बोल न फूटा।

तने हुए रिवॉल्वर पर देवराज की पकड़ सख्त हो गई, तर्जनी का दबाव ट्रेगर पर बढ़ता चला गया–इधर अशोक के पास आंखें बंद कर लेने के अलावा कोई चारा नहीं था और उधर देवराज के जेहन में माधुरी के अल्फाज गूंज गए–'तो जाओ–जो करना है करो, मुझे अपनी मुहब्बत पर पूरा भरोसा है–अगर मेरी मुहब्बत में ताकत होगी तो तुम अपनी अन्तर्रात्मा तक का हुक्म मानने से इंकार कर दोगे।'

देवराज पसीने-पसीने हो गया।

रिवॉल्वर वाला हाथ बुरी तरह कांप उठा। अचानक ही वह उसे झुकाकर किसी अर्धविक्षिप्त की भांति चीख पड़ा–''भाग जाओ–तुम यहां से भाग जाओ अशोक–मैं तुम्हें जीवनदान देता हूं। मैं तुम्हें नहीं मार सकता।''

और।

परिवर्तित हुए दृश्य को देखकर दंग रह गया।

हिस्टीरियाई अंदाज में देवराज पागलों की तरह चीख रहा था–''नहीं-नहीं मैं तुम्हें नहीं मार सकता–चले जाओ यहां से, चले जाओ अशोक–मैं पागल हो चुका हूं–मुझे खुद नहीं मालूम कि क्या कर रहा हूं और क्या करना चाहता हूं–मुमकिन है कि अगले क्षण मेरा विचार बदल जाए–एक भी क्षण गंवाए बिना तुम यहां से भाग जाओ।''

अशोक का दिमाग चकरघिन्नी की तरह घूमकर रह गया।

देवराज का एक भी शब्द उसके पल्ले नहीं पड़ रहा था।

हां, ऐसा अवश्य लग रहा था कि देवराज सचमुच पागल हो गया है–मारे अचम्भे के अशोक जड़वत खड़ा रह गया था–अपने स्थान से अभी एक इंच भी नहीं हिल पाया था कि देवराज ने पुनः हिस्टीरियाई अंदाज में चीखकर उससे भाग जाने के लिए कहा।

जेहन में सैकड़ों सवाल घुमड़ उठे मगर कम-से-कम इस वक्त देवराज से उसे उन सवालों का जवाब मिलने की उम्मीद नहीं थी, सो दरवाजे की तरफ बढ़ गया।

पहले धीरे-धीरे, फिर तेज।

और।

उस क्षण वह लगभग दौड़कर दरवाजा पार कर जाने वाला था जब–

''ठहरो।'' देवराज की कर्कश आवाज गूंजी।

अशोक जहां-का-तहां ठिठक गया।

ऊपर की सांस ऊपर, नीचे की नीचे।

''इस ऑर्गेनाइजेशन के विधान के मुताबिक पुलिस इन्फॉरमर को सिर्फ और सिर्फ सजा-ए-मौत दी जाती है मगर मैं पहली बार इस नियम को तोड़कर तुम्हें यहां से जीवित जाने दे रहा हूं, जानते हो क्यों?''

''क्यों?''

''अपनी मुहब्बत की खातिर।''

''म ... मुहब्बत–किससे मुहब्बत करते हैं आप?''

''तुम्हारी बहन से, माधुरी से।''

अशोक की आंखों के सामने रंग-बिरंगे तारे नाच उठे, देवराज का शब्द उसके दिलो-दिमाग पर गड़गड़ाती हुई बिजली बनकर गिरे थे।

एक भी शब्द बोलने की स्थिति में नहीं था वह।

''जाओ।'' कहकर देवराज ने उसकी तरफ अपनी पीठ कर ली।

‘‘यह तुमने क्या किया देवराज?’’ निरंजन चौधरी गुर्रा उठा–‘‘क्या क्या बेवकूफी की तुमने?’’

‘‘मुझे कुछ नहीं मालूम दादा–मुझे कुछ याद नहीं कि मैंने क्या किया है और न ही इस बात का इल्म है कि जो मैंने किया उसका किसको क्या नफा-नुकसान होगा–बस इतना मालूम है कि जो कर चुका हूं वह हो चुका है और जो हो चुका है उसे अब वापस नहीं लाया जा सकता।’’

‘‘नहीं देवराज।’’ उसे कहर भरी नजरों से घूरते हुए निरंज चौधरी गुर्राए–‘‘अब तुम भरोसा करने लायक नहीं रहे।’’

‘‘क्या मतलब?’’

‘‘भरोसा उस पर किया जाता है जो होश में हो, अपने विवेक से काम ले रहा हो–उस पर नहीं जो मुहब्बत के दरिया में डूब चुका हो, अपने विवेक की जिसने खुद हत्या कर ली हो।’’

देवराज चुपचाप निरंजन चौधरी की तरफ देखता रहा।

‘‘गलती तुम ही से नहीं, हमसे भी हुई है–हमें आज नहीं बल्कि दस दिन पहले समझ जाना चाहिए था कि तुम मुहब्बत की सलीब पर लटक चुके हो और मुहब्बत की गर्त में गिरे कमजोर इंसान के कंधों पर इतने बड़े ऑर्गेनाइजेशन का जिम्मा नहीं रहना चाहिए।’’

देवराज के मुंह से बोल न फूटा।

‘‘अपनी अंधी मुहब्बत के नशे में चूर होकर तुमने वह सब गंवा दिया बेवकूफ लड़के, जो पन्द्रह साल की आयु से आज तक कमाया था–हमारा विश्वास खो बैठे तुम–तुमने कोई भी महत्वपूर्ण फैसला लेने से पहले हमसे सलाह-मशविरा करने की जो परम्परा डाली थी उसे खुद उस दिन से तोड़ना शुरू कर दिया जिस दिन से मुहब्बत के जहरीले ‘जर्म्स’ तुम्हारे भेजे में घुसे और उस दिन के बाद से तुमने कभी कोई ढंग का फैसला नहीं लिया।’’

देवराज ने कुछ कहने के लिए मुंह खोला ही था कि तिजोरी को चैक कर

रहा सलीम हड़बड़ाये स्वर में बोला–''गजब हो गया दादा, तिजोरी से एक फाइल गायब है।''

''क ... कौन सी फाइल?''

''कच्ची शराब के अड्डों के विवरण वाली।''

इन शब्दों ने देवराज ठक्कर की रूह कंपकंपा दी।

और!

निरंजन चौधरी के दिलो-दिमाग में तो भूकम्प-सा आ गया–बूढ़ा किन्तु तन्दुरुस्त चेहरा भभककर लाल हो गया, आंखें सुलगने लगीं और इन सुलगती हुई आंखों से देवराज पर आग बरसाता हुआ दांत भींचकर वह गुर्राता चला गया–''सुना तुमने, सुना कि सलीम क्या कह रहा है?''

देवराज चुप रहा, बोलने के लिए उसके पास था ही क्या?

''अपनी महबूबा के भाई पर तुम इतने मेहरबान हुए कि उसे यहां से निकालते वक्त उसकी तलाशी तक लेना भूल गए और वह एक ऐसी फाइल ले उड़ा जिसके बूते पर पुलिस वह सब कर सकती है जो वर्षों से करना चाहती थी मगर कर नहीं पा रही थीं–अगर ये ऑर्गेनाइजेशन बर्बाद हुआ तो उस बरबादी के जिम्मेदार तुम होंगे देवराज, तुम–जिस पर हमने सबसे ज्यादा यकीन किया।''

देवराज ने गर्दन झुका ली।

एक कदम आगे बढ़कर सलीम ने कहा–''हमें समय बरबाद नहीं करना चाहिए दादा, उस फाइल में ऑर्गेनाइजेशन की जिन्दगी और मौत कैद है–अगर उसे आईजी और एसएसपी के हाथों में पहुंचने से रोक सकते हैं तो रोका जाना चाहिए और अगर न रोक पाएं तो समझना चाहिए कि ऑर्गेनाइज़ेशन बरबाद हो चुका है।''

जवाब देने के स्थान पर निरंजन चौधरी इन्टरकॉम की तरफ बढ़ा और इच्छित नम्बर पर कॉन्ट्रेक्ट करने के बाद बोला–''अशोक नामक जिस पुलिस इन्फॉरमर के बारे में हमने कुछ देर पहले तुम्हें बताया था उसके कब्जे में ऑर्गेनाइजेशन की एक महत्वपूर्ण फाइल है–अपने आदमियों को शहर के चप्पे-चप्पे पर फैला दो–कोई थाना, किसी पुलिस अफसर का 'रेजीडेंस'

ऐसा न बचे जहां वह दाखिल हो सके–उसका एड्रेस मैं तुम्हें दे ही चुका हूं, वहां चैक करो–देखते ही गोली मार दो उसे, मगर मारने से पहले वह फाइल जरूर हासिल करनी है तुम्हें।''

''न ... नहीं–नहीं दादा।''

चीखता हुआ देवराज निरंजन चौधरी की तरफ लपका–''ऐसा हुक्म मत दो, उसे गोलियों से उड़ा देने का आदेश ...

''शटअप।'' माउथपीस पर हाथ रखकर निरंजन चौधरी दहाड़ उठा–''क्या चाहते हो तुम?''

''अशोक मरना नहीं चाहिए।''

''भले ही हमारे परखच्चे उड़ जाएं, ऑर्गेनाइजेशन नेस्तनाबूद हो जाए?''

''नहीं, ऐसा नहीं होगा।''

''त-तुम ... तुम क्या कर सकते हो?'' व्यंग्य में डूबा स्वर।

''म ... मैं अभी माधुरी को फोन करता हूं–उससे कहूंगा कि किसी भी तरह अशोक को रोके।''

''चुप हो जाओ, चुप हो जाओ देवराज–ये बेवकूफी-भरी बातें इतनी ज्यादा मत करो कि हमारे पास तुम्हें गोली से उड़ा देने के अलावा कोई चारा न बचे–इश्क की दुनिया में भटकता मजनूं कम-से-कम वे काम नहीं कर सकता जो एक ऑर्गेनाइजेशन के रहनुमा को करने पड़ते हैं।''

''म ... मगर मैं अशोक को नहीं मरने दे सकता।'' कहने के साथ उसने निरंजन चौधरी पर झपटना ही चाहा था कि चौधरी ने एक झटके से रिवॉल्वर निकालकर उस पर तान दिया।

देवराज सकपका गया।

''नया-नया इश्क किया है इसलिए शायद मरना तो नहीं चाहोगे तुम?''

''अ ... आप मुझे मार डालेंगे?''

''जरूर मार डालता मगर तब जब मैंने तुम्हें अपना कुत्ता समझा होता–क्योंकि कहावत यह है कि कि कुत्ता जब पागल हो जाए तो उसे गोली मार देनी चाहिए–तुम्हारी खुशकिस्मती यह है देवराज कि मैंने तुम्हें अपना कुत्ता नहीं बल्कि अपना बेटा समझा है और एक बाप अपने बेटे को गोली मारने

से खुद को तब तक रोके रखता है जब तक कि बेटा बाप को ऐसा करने के लिए मजबूर न कर दे।''

हकबकाई अवस्था में देवराज निरंजन चौधरी को देखता रह गया।

चौधरी कहता चला गया–''शायद तुम्हें यह बताने की जरूरत नहीं है कि अब तुम 'फील्ड मार्शल' नहीं रहे, यह 'ओहदा' वापिस सलीम को मिल चुका है–फिलहाल तुम्हें एक कमरे में नजरबंद किया जाता है, वहां तुम उस वक्त तक रहोगे जब तक कि हम फाइल हासिल करके अशोक को खत्म नहीं कर देते।''

''प ... प्लीज ... प्लीज दादा।'' देवराज गिड़गिड़ाकर रह गया।

⅄

अमित हड़बड़ाकर उठा।

बैड के सिरहाने, स्टूल पर रखे फोन की घन्टी निरन्तर घनघनाये जा रही थी।

रिसीवर उठाने के साथ उसने झुंझलाये स्वर में कहा–

''हैलो।''

''मैं थाने से सब-इंस्पेक्टर पांडे बोल रहा हूं सर।''

''क्या आफत हो गई?''

''अभी-अभी सूचना मिली है कि बंतासिंह जेल से भाग निकला है।''

''ब ... बंतासिंह?''

''यस सर, वहीं बंतासिंह, जिसे एक हफ्ते बाद फांसी होने वाली थी–जिसने अपनी बीवी का खून कर दिया था, और ... और जिसे आपने गिरफ्तार किया था।''

अमित दहाड़ उठा–''कैसे भाग निकला वह?''

''इस बारे में मुझे कुछ नहीं मालूम सर, वायरलैस पर निरन्तर इस 'आशय' की सूचना जारी की जा रही है–उसका नाम सुनते ही मुझे कचहरी के प्रांगण का वह दृश्य याद आ गया जब उसने आपको धमकी दी थी–कहा

था कि आपने उसे झूठे केस में फंसाया है और वह आपको जीवित नहीं छोड़ेगा।''

''मुझे फोन करके तुमने अच्छा किया मगर ...

''मगर?''

''मेरी सर्विस रिवॉल्वर तो वहीं थाने में ही है।''

''क्या मैं उसे लेकर आपके फ्लैट पर आऊं?''

कई क्षण तक अमित कुछ सोचता रहा फिर बोला–''छोड़ो।''

''मेरे ख्याल से लापरवाही ठीक नहीं है सर!'' पांडे कहता चला गया–''आपका फ्लैट तो वैसे ही शहर से दूर अविकसित कॉलोनी में है–अभी गिने-चुने मकान ही हैं वहां, वे भी एक-दूसरे से इतनी दूर कि मकान में चली गोली तक की आवाज शायद दूसरे मकान में न सुनी जा सके।''

''इतनी फिक्र मत करो पांडे–सर्विस रिवॉल्वर भले ही न सही मगर मुजरिमों से बरामद एक नहीं तीन-तीन रिवॉल्वर पड़े हैं यहां, अगर कोई इतनी ही खतरे वाली बात होगी तो वे ही काम आएंगे।'' कहने के साथ अमित ने रिसीवर क्रेडिल पर रख दिया।

कमरे में नाइट बल्ब का प्रकाश फैला हुआ था।

कुछ देर बाद वह सेफ के लॉकर में रखे तीन रिवॉल्वरों को बारी-बारी से चैक कर रहा था और फिर उसने वह रिवॉल्वर नाइट गाऊन की जेब में डाल लिया जिसके चैम्बर में छः की छः गोलियां मौजूद थीं।

अभी वह अपने बैड की तरफ बढ़ा ही था कि।

कॉलबैल ने जोर-जोर से चीखना शुरू कर दिया।

वह हड़बड़ा सा उठा।

दिमाग में बड़ी तेजी से यह विचार उभरा कि क्या वास्तव में बंतासिंह यहां पहुंच गया है?

काफी दिमाग घुमाने के बावजूद यह न सोच सका कि बंतासिंह के अलावा रात में इस वक्त कौन आ सकता है?

अमित ने दो बजा रही रिस्टवॉच पर नजर डाली और बैडरूम में लगे सौ वॉट के बल्ब का स्विच 'ऑन' करता हुआ ड्राइंगरूम में पहुंचा–ड्रांइगरूम में

रोशनी करने के बाद जब वह कवर्ड बरामदे को पार करके दरवाजे की तरफ बढ़ा तो जाने क्यों दिल जोर-जोर से धड़कने लगा था।

दरवाजे के बेहद नजदीक पहुंचकर सख्त स्वर में बोला–''कौन है?''

''दरवाजा खोलो अमित।''

''अरे!'' आवाज पहचानते ही अमित चौंका–''अशोक?''

''हां।''

एक झटके से दरवाजा खोल दिया। उसके सामने सचमुच अशोक खड़ा था देखते ही अमित ने उसे लिपटा लिया बोला–''अबे तू, रात के इस वक्त कहां से नमूदार हो गया, ट्रेनिंग से कब लौटा?''

अशोक ने कोई जवाब नहीं दिया–अमित से लिपटने में कोई उत्साह भी नहीं दिखाया उसने–हां, कड़ी नजरों से उसे घूरता जरूर रहा।

उसकी मानसिक अवस्था में फंसे अमित ने काफी देर तक यह महसूस नहीं किया कि अशोक उतने उत्साह में नहीं है जितने उत्साह में इतने दिन बाद मिलने पर होना चाहिए था।

जब महसूस किया तो बोला–''क्या बात है, तू इतना ठंडा-ठंडा क्यों हैं?''

''क्योंकि मैं तेरा असली चेहरा देख चुका हूं।''

''मेरा असली चेहरा? मतलब?''

''तू ... पुलिस वाला नहीं बल्कि पुलिस के नाम पर बदनुमा धब्बा है।'' अशोक चीख पड़ा–''जो पवित्र खाकी वर्दी तूने कानून की हिफाजत करने की कसम खाकर पहनी थी–उसे कानून के दुश्मनों के हाथों बेच चुका है।''

''क्या बक रहा है तू?''

''क्या तू ठक्कर ऑर्गेनाइजेशन से दो हजार रुपया महीना नहीं लेता?''

अमित उछल पड़ा।

चेहरे और आंखों में मौजूद भाव तेजी से बदले।

अशोक को बहुत ध्यान से देखा उसने–उस अशोक को जो ज्वालामुखी की तरह फट पड़ा–''चुप क्यों हो गया, दिलोदिमाग पर सन्नाटा क्यों छा गया–बोलता क्यों नहीं, क्या तू ऑर्गेनाइजेशन का पिट्ठू नहीं है?''

अमित ने धीमे स्वर में कहा–''तुझे किसी ने बहका दिया है।''

''मुझे किसी ने नहीं बहकाया देशद्रोही, सब कुछ अपनी आंखों से देखा है मैंने।''

''क्या देखा है तूने?''

''ठक्कर ऑर्गेनाइजेशन की वह फाइल जिसमें तुम जैसे भ्रष्ट पुलिसियों के नाम, ओहदे और पते हैं, जिसमें यह लिखा है कि किस पुलिसिये को ऑर्गेनाइजेशन से कितना पैसा मिलता है?''

''ए ... ऐसी कोई फाइल तूने कहां देख ली?'' अमित हकला गया।

''ऑर्गेनाइजेशन के अड्डे पर कुत्ते!'' अशोक चीखा–''ठक्कर के बैडरूम में रखी तिजोरी से।''

''त ... तू वहां कैसे पहुंच गया?''

''आईजी साहब ने पहुंचाया–मेरी ट्रेनिंग आज से पन्द्रह दिन पहले खत्म हो चुकी थी मगर उनके निर्देश पर इस खबर को गुप्त रखा गया–इसलिए क्योंकि मुझे पुलिस इन्फॉरमर के रूप में ठक्कर ऑर्गेनाइजेशन में दाखिल किया गया था।''

अमित हक्का-बक्का रह गया।

समझ में नहीं आ रहा था कि क्या कहे, क्या न कहे?

''तुझे अपना दोस्त कहते मुझे शर्म आ रही है–यह सोच-सोचकर अपने आपसे घृणा हो रही है, मुझे कि वर्षों तक मैंने तुझे अपना दोस्त समझा–फाइल में तेरा नाम पढ़कर, रैंक और थाना अच्छी तरह से देखा था मगर फिर भी, जाने क्यों दिल से यह आवाज आ रही थी कि नहीं, मेरा दोस्त ऐसा नहीं कर सकता–मेरा अमित भ्रष्ट नहीं हो सकता और शायद वही आवाज मुझे वहां से सीधा यहां तेरे पास ले आई–मेरे कान तेरे मुंह से यह सुनने के लिए तड़प रहे थे कि मैंने फाइल में जो कुछ देखा वह झूठ है मगर अब मैं तेरी इस काली करतूत का बयान आईजी साहब के सामने करूंगा–एसएसपी साहब को बताऊंगा कि मैंने फाइल में किस-किसके नाम पढ़े हैं।''

''इस वक्त तुम जोश में हो अशोक–इतने जोश में कि होश की बात नहीं सोच पा रहे, जरा सोचो अगर मेरा अनिष्ट हुआ तो किसका अनिष्ट होगा–मैं तुम्हारा होने वाला बहनोई हूं।''

''हूं–बहनाई–थू–मैं थूकता हूं तुम पर।'' घृणा से मुंह सिकोड़कर अशोक कहता चला गया–''अगर तू अब भी यह कल्पना कर रहा है कि मैं माधुरी की शादी तुझसे कर दूंगा तो मैं यह कहूंगा कि तू दुनिया का सबसे बड़ा मूर्ख है।''

अब।

अमित का चेहरा पत्थर की मानिन्द सख्त हो गया–आंखों में खून उतर आया, दांतों पर दांत जमाकर गुर्रा उठा वह–''तुम्हें माधुरी की शादी मुझसे करनी होगी अशोक।''

''जबरदस्ती है?''

''हां।'' अमित दहाड़ उठा–''जबरदस्ती ही है।''

''तुमसे बेहतर तो देवराज है, मैं देवराज से माधुरी की शादी कर सकता हूं मगर तुमसे नहीं–एक-दूसरे से प्यार भी करते हैं वे–इतना महान् प्यार कि उसी प्यार की वजह से मैं यहां जीवित खड़ा हूं।''

''क ... क्या कहा?'' अमित के दिलो-दिमाग पर बिजली-सी गिरी–''माधुरी और देवराज एक-दूसरे से प्यार करते हैं?''

''हां?''

एक जोरदार जलजले ने अमित के मुकम्मल अस्तित्व को झंझोड़कर रख दिया, चेहरा ज्वालामुखी बन गया और फिर बादलों की तरह गरजा वह–''मैंने एक दिन माधुरी से कहा था कि मैं उससे इतनी मुहब्बत करता हूं जितनी कंजूस को अपनी दौलत से होती है और कंजूस अपनी दौलत को अपनी बनाए रखने के लिए जान दे भी सकता है और दूसरों की जान ले भी सकता है।''

''क्या तू मुझे जान से मारने की धमकी दे रहा है?''

''बेशक।''

अशोक हलक फाड़कर कह उठा–''तू पागल हो गया है।''

''पागल तू हो गया है बेवकूफ–अपनी मौत को दावत तूने खुद दे दी है, अगर यह कहा जाए तो गलत न होगा कि मेरे पास तुझे तेरी मौत खींचकर लाई है–तू आईजी और एसएसपी के सामने मेरी करतूतों को बखान करेगा,

तू माधुरी से मेरी शादी नहीं होने देगा–कहने का मतलब यह है कि तू मेरी मुकम्मल जिन्दगी तबाह करने के मन्सूबे बना चुका है और मैं–तुझे जाने दूं–क्या इतना बेवकूफ समझा है मुझे? नहीं अशोक इतना बेवकूफ कोई नहीं होता।''

''तू मुझे क्या मारेगा कमीने, मैं खुद तुझे अधमरा करके आईजी के पास ले जाऊंगा।'' गुस्से में चीखने के साथ अशोक अभी उस पर जम्प लगाना ही चाहता था कि ...

अमित ने एक झटके से रिवॉल्वर निकाल लिया।

अपनी तरफ तने रिवॉल्वर को देखते ही अशोक जहां-का-तहां ठिठक गया।

और अचानक उसके होंठों पर मुस्कान उभरी।

ऐसी मुस्कान जिसने अमित के मस्तिष्क के सभी तारों को बुरी तरह झनझना दिया–अशोक उसके पीछे बैडरूम के दरवाजे की तरफ देखकर मुस्करा रहा था और अभी उसकी समझ में उस मुस्कान की वजह नहीं आई थी कि अशोक बोला–''तुम हमारे बिछाए हुए जाल में फंस गए हो अमित।''

''क ... कैसा जाल?''

''एसएसपी साहब द्वारा बिछाया गया जाल–वह जाल जिसमें फंसकर तुम अपनी जुबान से इनके सामने कुबूल कर चुके हो कि ठक्कर से दो हजार रुपया महीना लेते रहे हो, दरअसल एसएसपी साहब मेरी बात पर विश्वास नहीं कर पाए थे–इसलिए इस नाटक की जरूरत पड़ी–कहिए सर, अब तो आपको यकीन आया कि जो मैंने कहा था, वह सच है?''

अंतिम शब्द अशोक ने अमित के पीछे देखते हुए कहे थे।

सो।

हाथ में रिवॉल्वर लिए अमित फिरकनी की तरह घूमा।

और!

यही क्षण था जब अशोक ने उस पर जम्प लगा दी।

पीछे कोई नहीं था।

बहुत पुरानी और घिसी-पिटी चाल में अमित शायद इसलिए फंस गया क्योंकि अशोक ने वह चाल नये अंदाज में और जबरदस्त 'कॉन्फिडेन्स' के साथ चली थी–इधर दरवाजे की तरफ घूमते ही अमित के जेहन में यह विचार कौंधा कि वह धोखा खा गया है और अभी अपनी भूल में किसी किस्म का सुधार नहीं कर पाया था कि पीछे से जम्प लगाकर अशोक ने उसे दबोच लिया।

अशोक उससे रिवॉल्वर छीनने का प्रयत्न कर रहा था जबकि अमित ने रिवॉल्वर वाला हाथ हवा में उठा लिया, इस वक्त वह अशोक की पकड़ से सिर्फ छः इंच दूर था।

कुछ देर तक उनके बीच छीना-झपटी होती रही।

और फिर।

एक चाल अमित ने चली।

जब भरपूर कोशिश के बावजूद वह खुद को अशोक की गिरफ्त से आजाद न कर सका तो हाथ में दबा रिवॉल्वर ठीक अपने सामने, करीब दो गज दूर फेंक दिया।

अशोक इस चाल में फंस गया।

रिवॉल्वर कब्जाने के लालच में अमित को छोड़ दिया उसने।

और यह उसकी सबसे बड़ी भूल थी।

मुक्त होते ही फर्श पर बिछे 'मैट' पर पड़े रिवॉल्वर पर जम्प लगा दी–जम्प अशोक ने भी लगाई थी किन्तु रिवॉल्वर अमित ने फेंका ही ऐसे स्थान पर था कि जहां वह अशोक से पलभर पूर्व पहुंच सकता था।

वही हुआ।

सिर्फ एक पल पूर्व अमित ने रिवॉल्वर कब्जा लिया और फुर्ती से पलटकर फायर किया–गोली हवा में लहराकर इसी तरफ आ रहे अशोक के सीने में लगी।

हलक से चीख निकल गई, सीने में खून का फव्वारा उछला परन्तु फिर भी, अंततः वह अमित के ऊपर गिरा–उसके दोनों हाथ अमित की गर्दन पर जम गए।

लगभग मरता हुआ अशोक उसकी गर्दन दबाता चला गया मुक्त होने की अमित की सभी कोशिशें बेकार हो गई और उसे ऐसा लगने लगा कि मरता-मरता अशोक उसकी इहलीला समाप्त करने जा रहा है।

तब उसने अपने हाथ में दबे रिवॉल्वर की नाल उसके माथे पर टिकाई।

ट्रेगर दबाया।

धांय ... .!

एक जोरदार आवाज के साथ मस्तक में बने छेद से खून का सैलाब उमड़ा।

चीखने के लिए अशोक ने मुंह खोला तो 'भक्क' से खून की उल्टी हो गई।

यह सारी उल्टी अमित के चेहरे पर जाकर गिरी।

बौखलाकर वह पीछे हटा।

माथे पर गोली लगते ही किसी को जकड़े रखने की अशोक की सारी क्षमताएं 'चुक' गईं।

वह लहराया और 'धड़ाम' से 'मैट' पर गिरा।

चेहरा और सीना लहुलूहान। दोनों हाथ कोहनियों से अभी भी इस तरह मुड़े हुए थे जैसे अमित का गला दबा देना चाहता हो–अपनी खून से भरी फटी-फटी आंखों से वह कमरे की छत को घूर रहा था।

और अमित।

अमित की सांसें इतनी तेज चल रही थीं जैसे अभी-अभी मैराथन की दौड़ जीतकर हटा हो–दिल धाड़-धाड़ करके बज रहा था, घबराकर उसने इधर-उधर देखा तो ठीक सामने रखी ड्रेसिंग टेबल में खुद को देखकर चीख पड़ा।

अपने ही अक्स से डर गया था वह।

हाथ में रिवॉल्वर लिए खून से लथपथ अक्स था ही इतना डरावना–अपने सम्पूर्ण चेहरे को खून में डूबा देखकर अमित के तिरपन कांप उठे थे। घबराकर उसने रिवॉल्वर अशोक की लाश के ऊपर फेंक दिया।

यही क्षण था जब याद आया कि फ्लैट का मुख्य दरवाजा खुला पड़ा है।

वह दौड़ा।

दौड़कर मुख्य दरवाजे के नजदीक पहुंचा ही था कि उसके छक्के छूट गए।

ऐसा लगा कि जैसे अभी-अभी दरवाजे के नजदीक से किसी ने बाहर छाये अंधकार में जम्प लगाई हो।

''क ... कौन है?'' बुरी तरह आतंकित होकर कांपते स्वर में चीखा वह–''क ... कौन है वहां?''

परन्तु।

प्रत्युत्तर में कोई आवाज न उभरी।

चारों तरफ सिर्फ और सिर्फ अंधेरा सांय-सांय कर रहा था।

दहशत में डूबी अपनी आंखें फाड़-फाड़कर वह अंधकार के उस हिस्से को घूर रहा था जहां दरवाजे से किसी के जम्प लगाने का अहसास हुआ था परन्तु हल्की-सी हलचल तक नजर नहीं आई।

घबराकर उसने चारों तरफ देखा।

हर तरफ अंधेरे और सन्नाटे का साम्राज्य था।

इस अविकसित कॉलोनी में अभी तक स्ट्रीट लाइट की उचित व्यवस्था नहीं थी–वह वापस लौटा, दरवाजा अंदर से बंद करने के बाद बरामदे की लाइट ऑफ की और अभी ड्राइंगरूम में पहुंचा ही था कि ...

उछल पड़ा।

निगाहें स्वतः छत की तरफ उठ गईं।

छत पर कोई चल रहा था–मारे खौफ के अमित के जिस्म का रोआं-रोआं खड़ा हो गया–वह साफ-साफ महसूस कर रहा था कि छत पर कोई दबे पांव आहिस्ता-आहिस्ता चल रहा है।

⅄

''क ... कौन हो?'' माधुरी हलक फाड़कर चीख पड़ी–''कौन हो तुम लोग?''

उनमें से एक ने झपटकर माधुरी के बाल पकड़ लिए, गुर्राया–"कहां है तेरा भाई?"

माधुरी चीख पड़ी।

"बोल–वर्ना टुकड़े-टुकड़े कर देंगे तेरे।"

"व ... वह यहां नहीं है।" माधुरी उससे बाल छुड़ाने का असफल प्रयत्न कर रही थी।

उसने अपने साथियों से कहा–"फ्लैट की तलाशी लो।"

चार गुण्डे उसके आदेश का पालन करने में जुट गए–पांच मिनट में उन्होंने फ्लैट का सारा सामान ऐसी हालत में पहुंचा दिया जैसे वह किसी के रहने का स्थान नहीं बल्कि कबाड़खाना हो–मगर न अशोक वहां से मिलना था न मिला। अभी तक माधुरी के बाल जकड़े खड़ा गुण्डा गुर्राया–"अगर वह यहां आए तो कहना कि फाइल को आईजी या एसएसपी के पास पहुंचाने की बेवकूफी न करे।"

"कौन सी फाइल?"

"हमारे ऑर्गेनाइजेशन की एक फाइल लेकर भागा है वह।"

"कौन-सा ऑर्गेनाइजेशन?"

"ठक्कर ऑर्गेनाइजेशन, वह–जिसमें पुलिस इन्फॉरमर बनकर घुसा था वह।" कहने के साथ उसने इतना जोरदार झटका देकर माधुरी के बाल छोड़े कि लड़खड़ाकर वह कमरे के बीचो-बीच जा गिरी।

बाहर निकलते हुए उस गुण्डे ने अपने साथियों से कहा-"चलो याद रहे–किसी भी हालत में उसे जिन्दा नहीं छोड़ना है मगर खत्म करने से पहले फाइल बरामद करनी जरूरी है।"

ये शब्द माधुरी ने अपने कानों से सुने और सुनते ही उछलकर खड़ी हो गई–उसके समूचे अस्तित्व में एक जलजला-सा गुजरा था और फिर चेहरे पर वे भाव स्थायी रूप से कुंडली मारकर बैठ गए जो उस नागिन के चेहरे पर होते हैं जिसने अपने नाग के हत्यारे से प्रतिशोध लेने का संकल्प किया हो।

अमित बुरी तरह आतंकित था।

एक हाथ में टॉर्च, दूसरे में रिवॉल्वर लिए छत का जर्रा-जर्रा छान मारा उसने और छत ही क्यों, फ्लैट के चारों तरफ पड़े खाली 'प्लाट्स' पर इस तरह भटका जैसे किसी सुई की तलाश कर रहा हो।

परन्तु कहीं कोई नजर नहीं आया।

प्रत्येक पल यह अहसास हो रहा था कि आसपास कोई है और यह अहसास उसे खौफ के शिकंजे से आजाद नहीं होने दे रहा था–उस वक्त वह चारदीवारी से घिरे 'किचन लॉन' की झाड़ियों को चैक कर रहा था जब अचानक उछल पड़ा।

बैडरूम में रखे फोन की घन्टी घनघना रही थी।

कुछ देर के लिए तो वह हक्का बक्का सा खड़ा रह गया फिर, किचन लॉन की तरफ वाले बैडरूम के दरवाजे की तरफ लपका परन्तु वह भीतर से बंद था–अमित तेजी से हटा और लगभग भागता हुआ 'फ्रन्ट-लॉन' से गुजरकर मुख्य द्वार के माध्यम से फ्लैट में दाखिल हुआ।

धड़कते दिल से उसने रिसीवर उठाया और बोला–''इंस्पेक्टर अमित हियर।''

''बड़ी गहरी नींद है तुम्हारी?'' कठोर स्वर में कहा गया।

अपनी आवाज को संतुलित बनाए रखने की भरपूर चेष्टा के साथ उसने पूछा–''आप कौन बोल रहे हैं?''

''निरंजन चौधरी।''

''ओह!'' अमित सकपका गया–''अ ... आप आज आपको स्वयं फोन करने की क्या जरूरत पड़ गई?''

''एक शख्स पिछले पन्द्रह दिन से हमारे ऑर्गेनाइजेशन में पुलिस इन्फॉरमर बना घुसपैठ कर रहा था और तुमने हमें सूचना नहीं दी।''

''जी ... जी।'' अमित सम्भलकर बोला–''मेरी नॉलिज में ऐसी कोई बात नहीं आई।''

''सुना है कि वह तुम्हारा 'जिगरी दोस्त' है?''

''द ... दोस्त?''

''अ ... अशोक श्रीवास्तव।''

''अशोक?'' चौंकने की लाजवाब एक्टिंग की अमित ने–''व ... वह तो ट्रेनिंग पर है?''

''नहीं वह हमारे ऑर्गेनाइजेशन में घुसा हुआ था–इस वक्त वह ऑर्गेनाइजेशन की एक महत्वपूर्ण फाइल के साथ फरार है–निश्चित रूप से वह उस फाइल को एसएसपी या आईजी तक पहुंचाने की कुचेष्टा करेगा–सारे शहर में हमारे आदमी उसे ढूंढ रहे हैं और उनकी हर चंद कोशिश है कि अशोक फाइल के साथ किसी ऐसे अफसर तक न पहुंच सके जिसे ऑर्गेनाइजेशन से महीना न मिलता हो लेकिन फिर भी, अगर किसी तरह वह ऐसे किसी स्थान तक पहुंचने में कामयाब हो जाता है तो पुलिस विभाग के अंदर समय रहते उसे रोकने की जिम्मेदारी तुम लोगों यानि उनकी है जिन्हें हम महीना देते हैं।''

''अगर वह यहां आया तो मैं आपको सूचित कर दूंगा।''

''सूचना देने से पहले का काम उसके चंगुल से फाइल निकालना है–अगर फाइल गलत हाथों तक पहुंच गई तो ऑर्गेनाइजेशन नेस्तनाबूद हो जाएगा और अगर ऑर्गेनाइजेशन नेस्तनाबूद हुआ तो बचोगे तुम लोग भी नहीं।'' कठोर स्वर में कहने के साथ ही दूसरी तरफ से सम्बन्ध विच्छेद कर दिया गया।

अमित ने एक नजर 'मैट' पर पड़ी अशोक की वीभत्स लाश पर डाली।

दिमाग में 'फाइल' शब्द चकरा रहा था।

कैसी फाइल थी वह और कहां गई?

इस सवाल का जवाब खोजने के लिए जब उसने ध्यान से अशोक की लाश को देखा तो पहले ही नजर में दृष्टि उसके पेट पर अटक गई–पेट फूला हुआ-सा लग रहा था।

साफ जाहिर था कि कमीज और पतलून के बीच कुछ है।

झपटने के अंदाज में उसने फाइल निकाली और सरसरी नजर से उसका

अध्ययन करते वक्त उसके दिमाग में यह बात बड़ी तेजी से कौंधी कि इस फाइल के बूते पर वह उस ऑर्गेनाइजेशन को लोहे का चने चबवा सकता है जिसका सरगना देवराज ठक्कर है।

वह देवराज ठक्कर जिसने माधुरी को अपने जादू में फंसाया। वह देवराज ठक्कर जो उसकी मुहब्बत पर डाका मारने की कोशिश कर रहा है–वह देवराज ठक्कर जिसके रहते माधुरी को हासिल करना नामुमकिन हो गया है।

जिस्म में मानो बिजली भर गई।

फाइल को सेफ में बंद करने के बाद उसने अशोक की लाश उसी 'मैट' में लपेट दी जिस पर पड़ी थी–बिस्तरबंद की शक्ल में आने के बाद 'मैट' इतना मोटा हो गया कि उसे बैड के नीचे सरकाने में अमित के पसीने छूट गए।

कुछ देर तक वह हांफता रहा।

फिर एक सिगरेट सुलगाई और हौले-हौले कश लगाता हुआ बारीकी के साथ उस फर्श का मुआयना करने लगा जहां से 'मैट' हटाया था–फर्श पर खून की एक बूंद भी न पाकर उसने उस 'घड़ी' का शुक्रिया अदा किया जिस घड़ी कमरों के फर्श पर 'मैट' बिछवाने की बात उसके दिमाग में आई थी।

सिगरेट पीता हुआ अब वह सारे फ्लैट में घूम-घूमकर खून के धब्बों की खोज कर रहा था–दिमाग पर जोर डालकर याद करने की चेष्टा कर रहा था कि अशोक को गोली मारने के बाद उसने किस-किस वस्तु को छेड़ा था–याद आई हर वस्तु को उसने चैक किया।

सिगरेट खत्म होते ही 'ऐश-ट्रे' में मसली और बाथरूम में घुस गया।

रगड़-रगड़कर नहाया वह।

कम-से-कम पांच बार सारे जिस्म को साबुन से धोया। रह रहकर चेहरे को शीशे में देखा खून से लथपथ नाइट गाउन, बनियान और अन्डरवियर 'मैट' की तहों के बीच ठूंस दिए।

नहाने के बाद बाथरूम को धोया उसने और सन्तुष्ट होने के बाद वापस बैडरूम में आया।

वर्दी पहनी।

रूई के बड़े टुकड़े में 'डिटॉल' लगाकर फोन की तरफ बढ़ा और बेहद सावधानी के साथ रिसीवर पर लगे खून के धब्बों को साफ करने के बाद थाने का नम्बर मिलाया।

सब-इंस्पेक्टर पांडे से सम्बन्ध स्थापित होते ही वह बोला।

''बंतासिंह का क्या हुआ?''

''अभी तक नहीं पकड़ा जा सका सर।''

''तुम्हारे फोन के बाद से काफी कोशिश के बावजूद मुझे नींद नहीं आई और अब तो साढ़े तीन बज गए हैं–सुबह पांच बजे लैंड करने वाली फ्लाइट से मनोज आ रहा है, उसे लेने एयरपोर्ट पर जाना है–अब सोच रहा हूं कि अगर सोया तो कहीं सोता ही न रह जाऊं।''

''म ... मनोज! यानि आपके छोटे भाई सर?''

''हां।''

''वही न जो बम्बई में पढ़ रहे हैं?''

''उसके अलावा मेरा इस दुनिया में है ही कौन पांडे! दस दिन की छुट्टी पर आ रहा हैं वह।''

अपने स्वर में सामान्यता लाता हुआ अमित कहता चला गया–''तुम ऐसा करो कि ड्राइवर को जीप लेकर मेरे फ्लैट पर भेज दो।''

''जीप?''

''हां, वह यहां से मेरी मोटरसाइकिल लेकर थाने लौट जाएगा–मोटरसाइकिल पर मनोज को लाना अजीब लगेगा न?''

''भेज रहा हूं सर।''

''जरा जल्दी, एयरपोर्ट पहुंचने में टाइम लगेगा।'' कहने के साथ ही अमित ने सम्बन्ध विच्छेद कर दिया, एक सिगरेट सुलगाई और डिटॉल लगे फाहे से जहां-तहां मौजूद खून के धब्बों को साफ करने में जुट गया।

▲

कॉलबेल चीख पड़ी।

अमित यूं उछला जैसे चार सौ चालीस वॉल्ट का करेंट लगा हो।

एक बार पुनः एक ही झटके में दिलो-दिमाग पर घबराहट काबिज हो गई–बादलों के बीच गड़गड़ाती बिजली के समान यह विचार दिमाग में कौंधा कि इस वक्त कौन हो सकता है?

ड्राइवर?

नहीं, वह इतनी जल्दी यहां नहीं पहुंच सकता।

जीप की आवाज भी तो नहीं आई।

बंतासिंह?

नहीं, वह क्या यहां पहुंचने के बाद 'कॉलबैल' बजाएगा?

फिर कौन हो सकता है?

अभी जेहन में कोई नाम नहीं उभरा था कि कॉलबैल पुनः जोर से चीखी–अमित ने डिटॉलयुक्त फोहा बैड के नीचे ठुसे 'मैट' में ठूंसा और ड्राइंगरूप में पहुंचकर दोनों कमरों के बीच का दरवाजा इस तरह बंद करने के बाद मुख्य द्वार की तरफ बढ़ा।

दरवाजे के नजदीक पहुंचते-पहुंचते उसका दिल बेकाबू होकर जोर-जोर से धड़कने लगा था, आवाज को नियंत्रित रखने की भरपूर चेष्टा के साथ उसने पूछा–''कौन है?''

''दरवाजा खोलो, अमित मैं हूं।''

''म ... माधुरी?'' हलक से निकलती चली गई इस चीख को अमित न रोक सका।

छक्के छूट गए उसके।

पलक झपकते ही पसीने से सराबोर हो गया।

जिस्म के सभी स्थानों ने मानो एक-दूसरे से शर्त लगाकर पसीना उगला था, फैसला न कर सका कि दरवाजा खोलना चाहिए या नहीं?

''क्या सोच रहे हो अमित?'' माधुरी की आवाज गूंजी–''दरवाजा क्यों नहीं खोलते?''

अमित सकपका गया–वह जानता था कि माधुरी किसी भी तरह टलने वाली नहीं है–सो, कांपता हाथ चिटकनी की तरफ बढ़ा।

और यह क्षण ऐसा था जब उसने अपने हलक से निकलने वाली चीख को बड़ी मुश्किल से रोका।

हाथ एक झटके के साथ चिटकनी से इस तरह दूर हटा था जैसे लिपटे सर्प ने फुंफकार मारी हो।

दहशत में डूबी आंखों से अमित चिटकनी पर लगे खून को देख रहा था, भीतर-ही-भीतर छटपटा रहा था वह जैसे कैंसर का मरीज मृत्यु से पांच मिनट पूर्व छटपटाता है।

''क्या हो गया अमित?'' माधुरी झुंझलाई–''तुम दरवाजा क्यों नहीं खोल रहे?''

''न ... नहीं।'' मुंह से भयाक्रान्त स्वर फूटा–''मैं तुम्हारे धोखे में नहीं फंसूगा बंतासिंह।''

''क ... क्या बक रहे हो अमित?'' माधुरी की झुंझलाहट भरी चकित आवाज–''कौन बंतासिंह, मैं कोई बंतासिंह नहीं माधुरी हूं माधुरी–आवाज नहीं पहचानते क्या?''

''मैं ... मैं जानता हूं कि तुम आवाज बदलने में एक्सपर्ट हो।'' माधुरी को टालने का अमित को बहाना मिल गया था–''रात के इस वक्त माधुरी यहां आ ही नहीं सकती।''

''पागल हो गए हो?'' माधुरी चीखी–''लो, मैं तुम्हें सबूत देती हूं कि मैं माधुरी ही हूं।''

''स ... सबूत?''

''मैं तीस नम्बर की ब्रेजरी पहनती हूं, यह बात तुम जानते हो और मेरे इन शब्दों से समझ सकते हो कि मैं माधुरी ही हूं क्योंकि मेरी इतनी प्राइवेट बात किसी अंता-बंतासिंह को पता नहीं हो सकती।''

लाजवाब हो गया अमित।

भाड़-सा मुंह खुला का खुला रह गया।

इतने सबके बाद दरवाजा न खोलना माधुरी को यह समझा देना था कि वह जानबूझकर उसके लिए दरवाजा नहीं खोल रहा है–मियादी बुखार के मरीज के हाथ-सा-कांपता अमित का हाथ खून से सनी चटकनी की तरफ बढ़ा।

माधुरी की गुर्राहट उभरी–''क्या मेरी ब्रेजरी का नम्बर किसी ऐसे आदमी को मालूम हो सकता है अमित, जिसे मैं जानती तक नहीं?''

अमित ने दरवाजा खोल दिया।

''उफ्फ!'' माथे पर हाथ मारकर माधुरी ने मुंह से ऐसी सांस निकाली जैसे जाने कितनी बड़ी मुसीबत से पीछा छूटा हो, वहीं खड़ी बोली वह–''अब तो सन्तुष्ट हो न कि मैं माधुरी ही हूं।''

अमित के मुंह से बोल न फूटा।

चेहरे की हालत वैसी थी जैसी कोल्हू के पाटों के बीच गुजरे गन्ने की होती है।

झुंझलाकर माधुरी ने व्यंग्य किया–''क्या अब तुम यह सोच रहे हो कि माधुरी के मेकअप में कोई अंता-बंतासिंह खड़ा है?''

''न ... नहीं।'' बड़ी मुश्किल से कह सका वह।

''तो फिर चेहरा हल्दी की माफिक पीला क्यों पड़ा हुआ है, कांप क्यों रहे हो तुम?''

खोखली आवाज–''नहीं तो ऐसी तो कोई बात नहीं है?''

''इजाजत हो तो अंदर आ जाऊं?''

''अ ... आओ।'' मरा हुआ स्वर।

प्रविष्ट होती हुई माधुरी बोलीं–''तुम तो इतने डरे हुए हो अमित, जितना डरा हुआ आदमी मैंने जीवन में पहले कभी नहीं देखा।''

''बंतासिंह है ही इतना खतरनाक।'' अमित ने बात सम्भाली।

''कौन है बंतासिंह?''

''ए-एक मुजरिम।''

''और मुजरिम से इंस्पेक्टर साहब इस इस कदर डरते हैं–इस कदर कि छक्के छूटे हुए हैं, तिरपन कांप रहे हैं।''

''उ ... उसने अपनी बीवी की हत्या की थी–एक हफ्ते बाद उसे फांसी होने वाली थी मगर आज रात जेल से भाग निकला, मेरे खून का प्यासा है वह।''

''क्यों?''

''क्योंकि मैंने उसे गिरफ्तार किया था।''

''भगवान ही जाने कि तुमने उसे कैसे गिरफ्तार किया होगा जिसके नाममात्र से चेहरे पर हवाइयां उड़ रही हैं।''

''त ... तुम नहीं समझोगी माधुरी, वह इंसान नहीं दरिन्दा है और दिक्कत की बात यह है कि इस वक्त यहां मेरा सर्विस रिवॉल्वर भी नहीं है जिससे उसका मुकाबला कर सकता, वह रात थाने ही में रह गया।''

''कुछ भी कहो मगर यह मानना पड़ेगा कि बंतासिंह है कोई मार्के का ही आदमी जिसके जेल से भागने का समाचार तुम्हें यूं डराए हुए है जैसे हिरन शेर से डरा रहता है और तुम्हारे इस खौफ का खामियाजा मुझे भी भुगतना पड़ा–रात के इस वक्त कोई सवारी नहीं मिली, इतनी दूर से पैदल आ रही हूं और यहां पहुंचकर दरवाजा खुलवाने के लिए ...

''म ... मगर रात के इस वक्त तुम आई क्यों हो?''

इस सवाल का जवाब में जाने क्या याद आ गया माधुरी को कि चेहरा पत्थर की तरह सख्त हो उठा, मुंह से गुर्राहट निकली–''अंदर चलो बताती हूं।''

''चलो।'' कहने के साथ उसने कदम आगे बढ़ाने का उपक्रम किया।

माधुरी मुड़ गई। दरवाजे की तरफ उसकी पीठ होते ही अमित ने फुर्ती से चटकनी चढ़ाई और इस डर से लपककर उसके नजदीक पहुंचा कि कहीं वह पलटकर दरवाजे की तरफ न देख ले।

⅄

छत पर जाने के लिए जीना कवर्ड बरामदे से था।

जीने की चौड़ी वाली पैड़ी के नीचे थी एक बुखारी। और बुखारी में छुपा था बंतासिंह।

वह बंतासिंह जिसके लम्बे-चौड़े जिस्म पर कैदियों वाला लिबास था।

दरवाजे पर अमित और माधुरी के बीच होने वाली मुकम्मल बातें सुनी थीं उसने और आगे होने वाली बातें सुनने का ख्वाहिशमंद था–इसी मन्शा

से वह बुखारी से निकला और दबे पांव बरामदे तथा ड्राइंगरूम के जोड़ की तरफ बढ़ा।

जब वह सांस लेता था तो मुंह से ऐसी आवाज निकलती थी जैसे जंगली गैंडा सांस ले रहा हो।

⅄

गनीमत थी कि माधुरी ने बैडरूम की तरफ बढ़ने की कोशिश नहीं की–ड्राइंगरूम ही में एक सोफा-चेयर पर बैठती हुई बोली वह–''रात के इस वक्त वर्दी में देखकर हैरान हूं।''

''व ... वर्दी में?'' वह हकला गया–''हां, हैरानी की बात तो है ही मगर ...

''मगर?''

''व ... वर्दी मैंने कुछ ही देर पहले पहनी है–उससे पहले तो नाइटसूट में था, सो रहा था।''

''तो फिर रात के इस वक्त उठकर नहाने और वर्दी पहनने की क्या सूझी?''

''थ ... थाने से सब-इंस्पेक्टर पांडे का फोन आया था न, उसने बंतासिंह के बारे में बताया–स्वाभाविक रूप से नींद काफूर हो गई, निश्चय किया कि यहां से ज्यादा महफूज थाने में रहूंगा–वहां कम-से-कम रिवॉल्वर तो मेरे पास होगा।''

''यानि तुम थाने जाने वाले थे?''

''मेरी बात छोड़ो–अपनी कहो, क्या बातें करना चाहती थीं तुम?''

माधुरी का ध्यान सचमुच उससें हटकर अपने हालात पर आ अटका बोली–''मैं जानती हूं अमित कि मेरी बातें सुनकर तुम्हें दुख होगा–गुस्सा भी आएगा मुझ पर मगर फिर भी वे बातें मैं तुमसे और सिर्फ तुम्हीं से कर सकती हूं–शायद इसलिए क्योंकि आज मैंने तुम्हारी मुहब्बत की कद्र जानी है, अपनी भूल का अहसास किया है।''

''मैं समझा नहीं!''

''पग-पग पर तुम्हारे द्वारा चेताई जाने के बावजूद मैं नहीं चेती–भटकती चली गई और भटकती-भटकती एक जहरीले नाग के 'नागपाश' में बंध गई–अपने जादू के जोर से उसने मानसिक रूप से मेरा 'हरण' कर लिया–मैं देवराज ठक्कर से मुहब्बत करने लगी थी अमित, देवराज ठक्कर से प्यार करने लगी थी मैं।''

''क ... क्या?'' अमित यूं उछला जैसे पहली बार यह बात पता लगी हो।

और एक बार शुरू होने के बाद माधुरी उसे सब कुछ बताती चली गई–चौंकने, हैरान रह जाने और नकली आश्चर्य प्रकट करने की अमित खूबसूरत एक्टिंग करता रहा, गुण्डों के आगमन तक का वृतांत सुनाने के बाद वह बोली–''गुण्डों की बातें मैंने अपने कानों से सुनी हैं, उन्हें अशोक भैया को कत्ल कर देने का हुक्म मिला है और हुक्म देने वाला है वह जिसे मैं प्यार कर बैठी थी–जाहिर है अमित कि उसने अपने पेशे से वफा की, मेरी मुहब्बत पर थूक दिया उसने–देवराज ने उस विश्वास की धज्जियां उड़ा डालीं जिसके बूते पर मैंने उसे अपने फ्लैट से जाने दिया था–अब लग रहा है कि मैं ही ऐसी पागल थी–मेरी 'मति' मारी गई थी जो एक मुजरिम पर विश्वास किया, एक जहरीले नाग के जादू को मुहब्बत समझा–मेरी आंखें खुल गई हैं अमित, मैं तुम्हारी शरण में लौट आई हूं।''

अमित ने गहरी खामोशी के बाद पूछा–''अब क्या चाहती हो तुम?''

''म ... मैं बदला लेना चाहती हूं।'' नागिन की मानिन्द फुंफकारी वह।

''किससे?''

''उस केंचुली वाले इच्छाधारी सांप से जो इस वक्त देवराज ठक्कर के रूप में दुनिया को जहर में डुबो रहा है।''

''किस बात का बदला लेना चाहती हो उससे?''

''अपने भैया की मौत का।''

''म ... मौत का–मरा कहां है अशोक?''

''मुझे विश्वास है कि भैया मर चुके हैं, सिर्फ उनकी लाश मेरे सामने नहीं आई है।''

''क्या बक रही हो माधुरी, शुभ-शुभ बोलो।''

फीकी मुस्कान के साथ कहा माधुरी ने–अब शुभ-शुभ बोलने से कुछ नहीं होगा–मैं जानती हूं कि इच्छाधारी सांप और उसके सपोलों के हाथ कितने लम्बे हैं–अशोक भैया पाताल में छुपकर भी उससे नहीं बच सकते।''

''अगर मान लिया जाए कि वह हो जाता है जिसकी तुम्हें शंका है तब भी देवराज का क्या कर सकोगी तुम?''

दांत भींचकर गुर्रा उठी माधुरी–''मैं उसे फांसी पर चढ़वा दूंगी।''

''कैसे?''

''यह सोचना तुम्हारा काम है।''

''म ... मेरा?''

''हां अमित, तुम्हारा पल्ला पसारकर मैं तुमसे मदद की भीख़ मांगती हूं और फिर अशोक भैया तुम्हारे भी तो दोस्त थे। क्या तुम्हारा खून उनके हत्यारे से बदला लेने के लिए नहीं खौल रहा?''

''इन्टरव्यू के दरम्यान देवराज ने जो कुछ बताया था उसके बूते पर उसे फांसी करायी जा सकती थी मगर तुमने 'कैसिट' नष्ट कर दी–अब, हम इस भेद को खोल तो सकते हैं कि देवराज ठक्कर कौटिल्य बजाज है मगर कोई सबूत पेश नहीं कर सकते–एक नजर में देखने पर यह खबर अकेले पटना के लिए ही नहीं बल्कि सम्पूर्ण देश के लिए जबरदस्त धमाकेदार होगी मगर अंततः देवराज ठक्कर को फांसी पर नहीं चढ़वा सकेगी क्योंकि आज उसके पास वह सबकुछ है जिसके बूते पर कौटिल्य बजाज होने के बावजूद कोर्ट में साबित करा देगा कि वह कौटिल्य बजाज नहीं है।''

''न ... नहीं।'' माधुरी तड़पकर कह उठी–''किसी ऐसे जाल में नहीं फंसाना है उसे जिससे निकल सके–उसे ऐसे जाल में फंसाना है अमित, जिसमें से अपनी एड़ी-चोटी का जोर लगाने के बावजूद उसके फरिश्ते तक न निकल सकें और फिर, वैसे भी मैं यह नहीं चाहती कि वह मेरे भैया की हत्या करे और सजा किसी दूसरे गुनाह की पाए।''

''क्या मतलब?''

''मैं यह चाहती हूं कि उसे अशोक भैया की हत्या के जुर्म में सजा मिले–किसी अन्य के जुर्म में उसे फांसी कराकर मुझे शांति नहीं मिलेगी–मेरे कलेजे में ठंडक तब पड़ेगी अमित, जब न्याय की कुर्सी पर बैठा न्यायधीश यह कहेगा कि 'वाइन-किंग कहे जाने वाले' देवराज ठक्कर को अशोक श्रीवास्तव की हत्या के जुर्म में फांसी का हुक्म दिया जाता है।''

''ऐसा भला कैसे हो सकता है?''

''क्यों नहीं हो सकता, पुलिस सैकड़ों फर्जी केस बनाती है–क्या तुम मेरे लिए एक फर्जी केस नहीं बना सकते?''

''फ ... फर्जी केस?''

''फर्जी मगर पुख्ता–ऐसा जिसके तानों-बानों में वाइन किंग इस तरह उलझकर रह जाए जैसे मकड़ी के जाले में भुनगा उलझकर रह जाता है–तुम्हें ऐसा फर्जी केस तैयार करना है अमित। जो देवराज ठक्कर को अशोक भैया की हत्या के जुर्म में सीधा फांसी के फंदे तक ले जाए।''

''मगर हत्या के जुर्म में अदालत किसी भी अभियुक्त को फांसी की सजा तब तक नहीं देती जब तक कि कम-से-कम चश्मदीद गवाह न हो और तुम जानती हो कि चश्मदीद गवाह की तो बात ही दूर, पटना में रहने वाले एक भी शख्स को वाइन किंग के खिलाफ अदालत में खड़ा होने के लिए तैयार नहीं किया जा सकता।''

''चश्मदीद गवाह मैं बनूंगी, मैं कहूंगी देवराज ने मेरी आंखों के सामने मेरे भैया की हत्या की है?''

''ल ... लेकिन ऐसा फर्जी केस, ऐसा फर्जी प्लान मैं तभी तो बनाने की कोशिश कर सकता हूं जबकि यह पता लगे कि देवराज के आदमियों ने अशोक की हत्या की भी है या नहीं और की है तो कहां, किसने, किन हालात में और किस तरीके से?''

''वह बाद की बात है, फिलहाल तुम सिर्फ इस सवाल का जवाब दो कि मेरा साथ देने के लिए तैयार हो या नहीं–मेरे लिए एक फर्जी केस बनाकर देवराज ठक्कर को फंसाओगे या नहीं?''

अमित के जेहन में एक 'योजना' का खाका बन रहा था–ऐसी योजना का

खाका जिससे उसकी सारी मुसीबतें एक ही झटके में काफूर हो सकती थीं–अशोक की हत्या के जुर्म में देवराज ठक्कर को फंसा देने का मुकम्मल मसाला नजर आ रहा था उसे, मजे की बात तो यह थी कि माधुरी खुद अशोक की हत्या के जुर्म में देवराज को फांसी पर चढ़ता देखने के लिए मरी जा रही थी–यह सोच-सोचकर रोमांचित हो उठा वह हालात किस कदर उसकी मुट्ठी में कैद हो गए हैं।

काश, उसे जरा भी इल्म होता कि उस पर मुसीबत का कितना बड़ा पहाड़ टूटकर गिरने वाला है।

⅄

माधुरी इंजन की आवाज को अभी ध्यान से सुनने की चेष्टा कर रही थी कि अमित एक झटके से खड़ा होता हुआ बोला–

''ड्राइवर जीप लेकर आ गया है शायद।''

''ज ... जीप?''

''हां मैंने थाने जाने के लिए जीप मंगाई थी न?''

माधुरी भी खड़ी होती हुई बोली–''तुम थाने जा रहे हो क्या?''

''अरे-अरे तुम क्यों खड़ी हो गईं?'' मुख्य दरवाजे पर लगे खून के धब्बे की याद आते ही वह बोला–''मैं उससे जीप की चाबी लेकर और अपनी मोटरसाइकिल उसे देकर वापस आता हूं तब तक तुम यहीं रहो।''

''क्या तुम उसके साथ नहीं जा रहे हो?''

''फिलहाल नहीं, वह मेरी मोटरसाइकिल पर चला जाएगा–मैं जीप लेकर बाद में जाऊंगा।''

''ठीक है–तुम चाबी ले आओ, मैं यहीं हूं।'' कहकर वह बैडरूम के बंद दरवाजे की तरफ बढ़ी।

चीख ही जो पड़ा अमित–''अरे-अरे–उधर कहां जा रही हो?''

''क्यों?'' चौंकती हुई वह पलटी–''क्या मैं किसी निषेद्ध क्षेत्र में घुस रही हूं?''

''न ... निषेद्ध क्षेत्र?''

''चीखे तो तुम इसी तरह थे।''

‘‘म ... मगर उधर जा क्यों रही हो तुम?’’

‘‘आज तुम्हें हो क्या गया है अमित, बात-बात पर टोका-टाकी कर रहे हो–मैं तुम्हारे फ्लैट में कहीं भी घूमती फिरूं, पहले तो ऐसी टोका-टाकी तुमने कभी नहीं की?’’

‘‘वो-वो बात यह है कि–स ... सवाल ये उठता है कि अचानक तुम्हें बैडरूम में जाने की क्या सूझी?’’

‘‘मैं बेडरूम में नहीं जा रही हूं।’’

‘‘फ ... फिर?’’

माधुरी ने व्यंग्य-सा किया–‘‘मेरे ख्याल से इस फ्लैट में एक ही लैट्रीन-बाथरूम है और वह भी बैडरूम से अटैच्ड।’’

सकपकाकर चुप रह गया अमित।

चुप रह जाना पड़ा उसे।

दिमाग जाम होकर रह गया था।

समझ में न आया कि क्या कहे, क्या न कहे–क्या करे, क्या न करे?

माधुरी को टॉयलेट जाने से नहीं रोक सकता था वह और दूसरी तरफ उसके बैडरूम में दाखिल होने की कल्पना मात्र से अमित के होश फाख्ता हो रहे थे, चेहरे पर एक बार पुनः खौफ काबिज होता चला गया–हालत यह हो गई कि न उस पर इंकार करते बना न स्वीकार, न माधुरी की तरफ बढ़ सका।

हर तरफ मौत-ही-मौत नजर आई उसे।

कॉलबैल जोर से चीखी।

‘‘जाओ, तुम चाबी लेकर आओ–मैं टॉयलेट से आती हूं बाकी बातें हम बाद में करेंगे।’’ कहने के साथ वह बैडरूम के दरवाजे की तरफ बढ़ गई। अमित उसे टोकने की तीव्र इच्छा होने के बावजूद ठगा-सा खड़ा रह गया।

कुछ भी तो नहीं कर सकता था वह।

ऐसी अवस्था थी जैसी आग की लपटों में घिरे अपने घर को देखकर गृहस्वामी की होती है।

इधर माधुरी ने बैडरूम का दरवाजा खोला, उधर कॉलबैल एक बार फिर चीख पड़ी।

अमित तेजी से पलटकर मुख्य द्वार की तरफ दौड़ा।

दरवाजा खोलते वक्त भी उसके पेट में गैस का एक गोला-सा घुमड़-घुमड़ कर रहा था–रह-रहकर बैडरूम की अवस्था और उसमें माधुरी की मौजूदगी का अहसास उसके छक्के छुड़ाए दे रहा था।

''जयहिन्द सर!'' इस आवाज ने उसकी तन्द्रा भंग की।

हड़बड़ाकर बोला–''ज ... जयहिन्द।''

''सब-इंस्पेक्टर साहब ने जीप भेजी है।'' कहने के साथ उसने अपना चाबी वाला हाथ आगे बढ़ाया तो यह लिखना मुनासिब होगा कि अमित ने उससे चाबी ली नहीं, बल्कि छीन ली और छीनते ही बोला–''मोटरसाइकिल साइड गैलरी में खड़ी है चाबी उसी में है, ले जाओ।''

ड्राइवर संशय में फंसा रह गया था।

अमित को उससे छुटकारा पाकर बैडरूम में पहुंचने की जल्दी थी, लिहाजा दरवाजा बंद कर लिया।

बैडरूम में पहुंचकर देखा कि टॉयलेट का दरवाजा अभी बंद था–दिलो-दिमाग ने 'राहत' के हिलौरे लिए ही थे कि एक झटके से टॉयलेट का दरवाजा खुला और अमित को वहां खड़ा देखकर माधुरी उसे अजीब-सी नजरों से देखने लगी, सकपकाकर अमित ने पूछा–''ऐसे क्या देख रही हो?''

''तुमने यहां कोई गड़बड़ की है क्या?''

''ग ... गड़बड़?'' अमित का दिल जोर से धड़क उठा।

''वह क्या है?''

''वह।'' माधुरी ने पलंग की नीचे ठूंसे 'मैट' की तरफ इशारा किया।

अमित पर 'गाज'-सी गिर पड़ी मगर सम्भलकर तुरन्त बोला–''म ... मैट है और क्या है?''

''मगर इस तरह वहां क्यों ठूंसा पड़ा है?''

''ओफ्फो माधुरी–हो क्या गया है तुम्हें, गंदा हो गया था, धुलने भेजना है।''

''अरे!'' माधुरी की नजर मैट ही पर स्थिर थी–''यह इस पर गाढ़ा-गाढ़ा सा क्या लगा हुआ है?''

और।

अमित की हिम्मत जवाब दे गई।

हकबका गया वह।

एक नजर माधुरी ने उसके 'सुते हुए' चेहरे पर डाली और फिर पलंग के नीचे ठूंसे मैट की तरफ बढ़ गई–अमित ने झपटकर उसकी कलाई पकड़ी और अजीब-सी गिड़गिड़ाहट-भरी चीख के साथ कह उठा–''न ... नहीं माधुरी, प ... प्लीज, उसे मत देखो।''

''क्यों?'' माधुरी ने कठोर स्वर में पूछा।

''म ... मैं कह रहा हूं, इसलिए प्लीज!'' वह गिड़गिड़ा उठा, चेहरा धुले हुए सफेद कपड़े की मानिन्द हो चुका था। आंखें, ऐसी नजर आ रही थीं जैसे मुर्दे की आंखें।

ज्योतिहीन-निस्तेज।

सारा शरीर कांप रहा था उसका।

''हाथ छोड़ो मेरा।'' कहने के साथ ही माधुरी ने अपनी कलाई को इतना तेज झटका दिया कि अमित उसे पकड़े न रह सका–उधर कलाई आजाद होते ही माधुरी मैट पर लपकी इधर, अमित मानो खड़ा-खड़ा, ज्यों-का-त्यों पत्थर की शिला में तब्दील हो गया।

सुन्न पड़े दिमाग में दो शब्द कौंधे–खेल खत्म।

सिट्टी-पिट्टी गुम हो चुकी थी।

काटो तो खून नहीं।

मारे खौफ के दिल धड़कना बंद करके कंठ में आ अटका था।

जुबान तालू से जा चिपकी।

माधुरी ने 'मैट' के गीले स्थान पर अंगुली लगाने के बाद जब अंगुली का सिरा देखा तो रोकते-रोकते भी हलक से चीख निकल गई–''ख ... खून ... खून। इसमें तो खून लगा हुआ है अमित।''

बेचारा अमित।

जवाब तो वह तब दे जब उसने कुछ सुना हो।

और सुनता तब जब जिस्म की कोई इन्द्री काम कर रही होती।

आंख, नाक, कान, मुंह और यहां तक कि दिमाग भी सुन्न पड़ा हुआ

था–किसी किस्म के किसी भी विचार का आवागमन नहीं हो रहा था उसमें जबकि माधुरी झपटकर उसके नजदीक पहुंच उसे बुरी तरह झंझोड़ती हुई हिस्टीरियाई अंदाज में चीखी ''बोलो-बोलो–इस मैट के अंदर तुमनें क्या छिपा रखा है अमित?''

अमित की तन्द्रा लौटी–वह बोला–''मैट में वही है माधुरी जो तुम समझ रही हो।''

''ल ... लाश?''

''हां।''

माधुरी चीख-सी पड़ी–''त ... तुमने हत्या की है?''

यह सोचते हुए अमित ने 'हां' में गर्दन हिला दी कि इंकार करने से अब कुछ होने वाला नहीं है।

''क ... किसकी ... किसकी हत्या की है तुमने?''

''ब ... बंतासिंह।'' वह बड़बड़ाया और फिर अचानक उसे किनारा मिल गया, कहता चला गया वह–''हां, मैंने बंतासिंह को मार डाला–खत्म कर दिया उसे, म ... मैं हत्यारा हूं–खूनी हूं–मैं कातिल हूं माधुरी–मैंने खून किया है।''

''म ... मगर क्यों?'' माधुरी चीख पड़ी–''बंतासिंह को क्यों मार डाला तुमने?''

''म ... मैं उस वक्त सो रहा था जब वह यहां पहुंचा–किचन लॉन में खुलने वाला बैडरूम का दरवाजा मैंने ताजी हवा के लिए खोल रखा था इसलिए मेरे बैड तक पहुंचने में उसे कोई दिक्कत नहीं हुई–यह मेरी हत्या करनी चाहता था, मेरा गला दबाने लगा, मेरी नींद खुल गई–नींद खुलते ही संघर्ष किया मैंने–हम दोनों में हाथापाई होने लगी और फिर–मैंने इसे गोलियां मार दीं, यह मर गया।''

''तुमने तो कहा था कि तुम्हारा सर्विस रिवॉल्वर ...

''म ... मैंने उसे सर्विस रिवॉल्वर से नहीं मारा–मेरे पास एक और रिवॉल्वर था, अवैध रिवॉल्वर–एक मुजरिम से बरामद ऐसा रिवॉल्वर जिसे मैंने 'मालखाने' में जमा न कराकर खुद हथिया लिया था, मेरे तकिये के नीचे

रखा था वह–अगर वक्त रहते रिवॉल्वर मेरे हाथ न आ जाता तो बंतासिंह निश्चित रूप से मेरी हत्या कर देता।''

माधुरी अवाक् रह गई।

चेहरे पर हैरानी और आंखों में दहशत लिए वह मुंह 'बाये' अमित को देखती रह गई–कुछ ऐसे अंदाज में जैसे अचानक उसके सिर पर उपज आने वालें सींगों को देख रही हो और अमित को जो किनारा मिला था उसी का दामन पकड़कर कहता चला गया–''अ ... अब तुम समझ गई होगी माधुरी कि मैं इतना एब्नॉर्मल क्यों था, बात-बात पर उछल क्यों पड़ता था–डर क्यों जाता था–दरवाजा बिना खोले मैं तुम्हें इसी डर से टाल देना चाहता था, इसी डर से जो हुआ है–मुझे मालूम था कि तुम्हें फ्लैट के किसी हिस्से में घूमने-फिरने से नहीं रोक सकूंगा और तुम बंतासिंह की लाश तक पहुंच जाओगी–अब तुम समझ गई होगी कि मैं बंतासिंह के खौफ से आतंकित नहीं था बल्कि तुम्हारे द्वारा पकड़े जाने के डर से थर्राया हुआ था।''

लम्बी खामोशी के बाद माधुरी ने पूछा–''तुम्हें इस सबकी जरूरत क्या थी?''

''क्या मतलब?''

''बंतासिंह जेल से भागा हुआ मुजरिम है, तुम्हारी हत्या करना चाहता था यह–अपनी जान बचाने के लिए किसी को मार डालना जुर्म नहीं है और उस शख्स को मार डालना तो हरगिज नहीं जो हत्या करने के इरादे से जेल से फरार हुआ हो।''

''तुम भूल रही हो माधुरी कि यह निहत्था था और मैंने इसे अवैध रिवॉल्वर से मारा है।''

''क्या मतलब?''

''मैंने इसे आत्मरक्षा हेतु मारा है यह दलील कानून तब कुबूल कर सकता था जबकि इसके पास भी कोई ऐसा हथियार होता जिससे यह मुझे तुरन्त मार सकता–निहत्थे आदमी के खिलाफ कानून इस दलील को नहीं मानता कि सामने वाले ने उसकी हत्या अपनी जान बचाने के लिए की है।''

माधुरी देखती रह गई उसे।

''और मान लिया कि किसी तरह यह साबित कर भी दिया जाता।'' अपनी बात को जमाने के लिए अमित कहता चला गया–''तब मुझसे यह पूछा जाता कि 'यह' रिवॉल्वर तुम्हारे पास कहां से आया तो सोचो, जरा सोचो माधुरी कि क्या जवाब था मेरे पास–क्या मैं फंस नहीं जाता?''

माधुरी निरुत्तर हो गई।

अमित दीन-हीन स्वर में कह उठा–''जो कुछ मुझसे हो गया है वह जुर्म न होते हुए भी कानून की नजर में जुर्म है–इसलिए मैं नहीं चाहता था कि इस घटना की भनक किसी को लगे–त ... तुम भले ही मुझसे मुहब्बत न करती हो मगर यह जानती हो कि मैं तुमसे मुहब्बत करता हूं और उसी मुहब्बत का वास्ता देकर रिक्वेस्ट करता हूं माधुरी कि इस घटना का जिक्र भी किसी से मत करना।''

माधुरी ने अजीब से स्वर में पूछा–''तुम देवराज के खिलाफ अशोक भैया के कत्ल का फर्जी मुकदमा तैयार करोगे न?''

''व ... वह तो मेरा फर्ज है।'' अमित तपाक से कह उठा।

''बंतासिंह की लाश का क्या करोगे?''

''स ... सोच तो यह रहा था कि इसे कहीं ऐसे स्थान पर ठिकाने लगा दूंगा जहां से कभी किसी को बरामद न हो सके।'' अपराधी की तरह गर्दन झुकाकर अमित कहता चला गया–''सच्चाई यह है माधुरी कि जीप मैंने इसी मकसद से मंगाई थी, वर्दी इसीलिए पहनी थी।''

''ताकि कोई पुलिस वाला रोक-टोक न कर सके?''

अमित ने 'हां' में गर्दन हिला दी।

''मैं बंतासिंह की लाश देखना चाहती हूं।'' माधुरी ने एक और धमाका किया।

अमित हकला गया–''क ... क्यों?''

''क्यों से क्या मतलब, देखना चाहती हूं, मतलब देखना चाहती हूं।''

''त ... तुम देख न सकोगी–मरने के बाद उसका चेहरा बेहद भयंकर और डरावना हो गया है–इतना वीभत्स कि देखते ही उबकाई आने लगती है–पुलिस की नौकरी में मैंने अनेक लाशें देखी हैं मगर इतनी खौफनाक

लाश कभी नहीं देखी–न ... नहीं मैं उसे दोबारा नहीं देख सकता और फिर वह लाश है, लाश का भला क्या देखना–लेकिन अगर फिर भी तुम देखना चाहती हो तो देख लो–मैं ड्राइंगरूम में चला जाता हूं।''

''क्या मतलब?''

''मुझसें उसे देखने की हिम्मत नहीं है।'' यह बात अमित ने दो बातें सोचकर कही थी–पहली यह कि शायद उल्टी माधुरी लाश को अकेले में देखने का साहस न जुटा सके और दूसरी यह कि माधुरी की आदत यह थी कि वह उस काम को अवश्य सबसे पहले करती थी, जिसके लिए मना किया जाता है अतः इस बार उसने उल्टी नीति अपनाते हुए दिल पर पत्थर रखकर ड्राइंगरूम की तरफ कदम बढ़ा दिए–वह जानता था कि अगर माधुरी को लाश देखनी है तो वह उसे ऐसा करने से रोक नहीं सकता और यदि उसने लाश देख ही ली तो बचेगा क्या?

मगर!

उल्टी नीति रंग लाई।

अभी वह दरवाजे पर पहुचा ही था कि माधुरी ने कहा–''ठहरो अमित।''

वह ठिठक गया।

''अकेले में, मैं किसी भी लाश को नहीं देख सकती और इसके बारे में तो तुम कह रहे हो कि बहुत डरावनी है।''

अमित पलटा, बोला–''सॉरी माधुरी, मैं इस काम में तुम्हारा साथ नहीं दे सकूंगा।''

''समय कम रह गया है अमित–सुबह होने वाली है, यदि उजाला फैल गया तो लाश को ठिकाने लगाना तुम्हारे लिए मुश्किल हो जाएगा अतः मेरी सलाह यह है कि टाइम बरबाद न किया जाए।''

माधुरी की बात सुनकर अमित का मन मयूर-सा नाच उठा।

ठीक उसी क्षण दूर तक छाए सन्नाटे को मोटरसाइकिल के इंजन की आवाज ने झंझोड़कर रख दिया और फिर मोटरसाइकिल की यह गड़गड़ाहट दूर होती चली गई।

माधुरी ने खुद पलंग के नीचे ठुंसा मैट बाहर निकालने में अमित की मदद की–उस स्थान पर रूई का एक गद्दा लगा दिया था जहां से माधुरी को खून नजर आया था–इस मंशा से कि खून के दाग जीप या कमरे से वहां तक के रास्ते में न लगें जहां जीप खड़ी थी–बिस्तरबंद की शक्ल अख्तियार किए मैट को वे घसीटते हुए किचन लॉन में ले गए।

दोनों पसीने-पसीने हो चुके थे।

उस वक्त अमित को लगा कि उसके लिए अकेले लाश को जीप तक पहुंचाना नामुमकिन था।

मैट को घसीटकर किचन लॉन से फ्रंट लॉन तक लाते-लाते वे बुरी तरह हांफने लगे, मगर हिम्मत न हारी।

कुछ देर सुस्ताने के बाद पुनः जुट गए।

और इस तरह।

धीरे-धीरे करके लाश किसी तरह जीप में लाद ही दी उन्होंने।

इन सभी दृश्यों को झाड़ी में छुपा एक शख्स देख रहा था–वह अपनी समझ में जिसकी लाश को माधुरी ठिकाने लगा रही थी–वह, जो जेल से भागा था और वह, जिसके बलिष्ठ शरीर पर कैदियों वाला लिबास था।

सांसों को नियन्त्रित करने के बाद अमित ड्राइविंग सीट पर बैठा, दूसरी तरफ से माधुरी अभी जीप में बैठना ही चाहती थी कि अमित ने कहा–''न ... नहीं, तुम नहीं माधुरी।''

''क ... क्यों?'' वह चौंकी।

''रास्ते में कोई भी मिल सकता है। गश्ती पुलिस वाले, वे जो बंतासिंह को ढूंढते फिर रहे हैं अथवा वे जिन्हें अशोक की तलाश है और आज की रात किसी के द्वारा तुम्हें कहीं देखा जाना हमारे सारे प्लान को चौपट कर देगा।''

''कौन से प्लान को?''

''मैं देवराज को फर्जी मुकदमें में फंसाने वाले प्लान की बात कर रहा हूं।''

''उस पर क्या फर्क पड़ेगा?''

''मान लो कि तुम्हारी शंकाओं के मुताबिक देवराज ठक्कर के आदमी आज की रात अशोक की हत्या कर देते हैं और हमें देवराज के खिलाफ फर्जी मुकदमा तैयार करने की जरूरत पड़ती है तो तुम चश्मदीद गवाह बनोगी यानि कि दिखाया जाएगा कि आज की रात तुम देवराज के साथ वहां थी, जहां अशोक का कत्ल हो रहा था–उन परिस्थितियों में अगर कोई ऐसा व्यक्ति सामने आ गया जिसने यह दावा कर दिया कि आज की रात उसने तुम्हें मेरे साथ देखा था तो क्या हमारा सारा प्लान चौपट नहीं हो जाएगा?''

बात माधुरी की समझ में आ गई–सो, चुप रह गई वह।

''अगर खाली रहोगी तो दिमाग में पैदा होने वाले विचार तुम्हें डराते रहेंगे अतः कुछ करती रहना, मैं जल्दी ही लौट आऊंगा।''

''करने को यहां है क्या?''

''अगर चाहो तो बहुत कुछ है, वह कर सकती हो जो तुम्हारे आने से पहले मैं कर रहा था।''

''क्या कर रहे थे तुम?''

''रूई पर डिटॉल लगाकर जगह-जगह मौजूद खून के धब्बों को साफ कर रहा था–रूई और डिटॉल बैड की दराज में रखे हैं, अपनी खोजी दृष्टि से ढूंढ-ढूंढकर तुम खून के धब्बों को साफ कर सकती हो–अगर इस काम में लग गई तो तुम्हें पता भी नहीं लगेगा कि टाइम कब गुजर गया और मैं अपना काम निपटाकर लौट आऊंगा।''

मजबूर माधुरी को कहना पड़ा–''ठीक है।''

स्टार्ट करने के बाद अमित ने जीप एक झटके से आगे बढ़ा दी और फिर एक्सीलेटर पर रखे उसके पैर का दबाव बढ़ता चला गया।

असली पुलिस इंस्पेक्टर की असली पुलिस जीप की जांच पड़ताल करता तो कौन?

लिहाजा।

वह पहुंच गया जहां अपनी योजना के मुताबिक पहुंचना उसका लक्ष्य था।

⅄

सूर्योदय होने ही जा रहा था कि अमित लौट आया–बुरी तरह थक गया था वह, ड्राइंगरूम में पहुंचते ही 'घम्म' से सोफे पर गिर पड़ा–कुछ देर तक लम्बी-लम्बी सांसें लेता रहा–सिगरेट सुलगाई। अभी पहला ही कश लिया था कि माधुरी ने पूछा–''क्या रहा?''

''सब कुछ ठीक-ठाक निपट गया है।''

''लाश कहां डाली?''

''पुलिस तो पुलिस, पुलिस के कुत्तों तक को लाश नहीं मिलेगी–इतने भारी और विशाल पत्थर के साथ बांधकर मैंने उसे गंगा के हवाले कर दिया है जो सदियों तक गंगा के बाहर नहीं निकल सकेगा–यूं समझो कि कभी किसी को पता नहीं लगेगा कि जेल से फरार होने के बाद बंतासिंह को धरती निगल गई या आसमान खा गया।''

''मैट और गद्दा?''

''उन्हें मैंने आग लगा दी और राख को गंगा के हवाले कर चुका हूं।''

माधुरी ने कुछ कहने के लिए मुंह खोला ही था कि बैडरूम में रखे फोन की घन्टी घनघना उठी–माधुरी उस तरफ लपकी, अमित ने कहा–''ठहरो।''

वह ठिठक गई।

उठता हुआ अमित बोला–''मत भूलो कि किसी को यह पता नहीं लगना चाहिए कि तुम यहां हो।''

माधुरी चुप रह गई।

''मेरे बाद तो कोई नहीं आया था न?'' उसने बैडरूम की ओर बढ़ते हुए सवाल किया।

पीछे लपकती हुई माधुरी बोली–''नहीं।''

रिसीवर उठाकर कान से लगाते हुए अमित ने कहा-''इंस्पेक्टर अमित हियर।''

''मैंने यह सोचकर फोन किया था सर कि शायद आप एयरपोर्ट से लौट आए हों।'' पांडे की आवाज उभरी।

अमित की तरफ देखता हुआ अमित बोला–''बंतासिंह के बारे में कुछ पता लगा?''

''नहीं सर, लेकिन आपके लिए एक दुःखद खबर है।''

''दुःखद?'' अमित चौंका–''क्या?''

जवाब में पांडे ने जो कहा उसे सुनकर अमित बुरी तरह उछल पड़ा–फिर दुःख और हैरानगी भरे स्वर में कई सवाल किए–जवाब सुनने के बाद उसने तेज स्वर में यह कहने के बाद रिसीवर रख दिया कि 'मैं आ रहा हूं।'

फोन पर बातें करते वक्त जो प्रतिक्रियाएं अमित ने व्यक्त की थीं उन्हें देखकर माधुरी बुरी तरह उद्वेलित हो उठी थी, इधर रिसीवर पटकने के साथ अमित एक झटके से खड़ा हुआ और उधर माधुरी ने पूछा–''क ... क्या हुआ अमित, किसका फोन था?''

''अशोक की लाश मिली है।'' हालांकि माधुरी को इल्म था कि कोई ऐसी ही सूचना मिलने वाली है मगर फिर भी, सूचना मिलते ही वह अवाक् रह गई–कुछ इस तरह जैसे अचानक पत्थर की शिला में तब्दील हो गई हो–अमित ध्यान से उसके चेहरे की तरफ देख रहा था–उस चेहरे की तरफ जिस पर शुरू-शुरू में कोई भाव नहीं थे परन्तु धीरे-धीरे जलजला-सा आता प्रतीत हुआ।

देखते ही देखते माधुरी का सिन्दूरी मुखड़ा काला पड़ गया।

आंखें दहकते हुए अंगारों में तब्दील होती चली गईं–जबड़ों के मसल्स रह-रहकर फूलने और पिचकने लगे, चेहरा पत्थर के कोयले की तरह सख्त और खुरदरा नजर आ रहा था।

और फिर!

कुछ देर बाद ऐसा लगा जैसे कोई जलजला माधुरी के जिस्म के भीतर से सब कुछ तहस-नहस करता गुजर गया हो–अचानक चेहरे पर ऐसी शांति छाती चली गई मानो खदकता हुआ 'लावा' चमत्कारिक ढंग से शांत पड़ गया हो।

चेहरे पर वेदना उभर आई, करुणा भरे स्वर में पूछा उसने–

''त ... तो भैया की लाश मिल गई।''

''हां। गांधी मैदान से, इत्तेफाक से गांधी मैदान मेरे ही थाना क्षेत्र में आता है।''

''उनके पास से कोई फाइल भी मिली है?''

''इस बारे में अभी कुछ नहीं कहा जा सकता।'' कहने के बाद अमित दरवाजे की तरफ बढ़ा।

माधुरी ने अजीब स्वर में पूछा–''ल ... लाश अभी वहीं पड़ी होगी न?''

अमित ठिठका, पलटकर धीरे से बोला–''हां।''

''और मैं वहां नहीं जा सकती।''

''अभी तुम्हारा सामने आना मुनासिब नहीं है, जाने क्या कहानी तैयार करनी पड़े।''

और अचानक।

धैर्य का बांध मानो टूट गया।

जहां खड़ी थी वहीं बैठकर माधुरी फफक पड़ी–अपने घुटनों में मुखड़ा छुपाकर इस कदर फूट-फूटकर रो पड़ी वह कि अमित की आंखों में भी आंसू आ गए–वह दरिन्दा भी रो पड़ा–वह, जिसने अशोक के जिस्म में गोलियां उतारी थीं।

धीरे-धीरे कदम बढ़ाता हुआ वह माधुरी के नजदीक पहुंचा।

झुका और उसके दोनों कंधे पकड़कर ऊपर उठाता हुआ बोला–''अपने आपको संभालो माधुरी, बच्ची मत बनो।''

और!

उसके सीने में मुखड़ा छुपाकर माधुरी कुछ और जोर-जोर से हिचकियां लेने लगी।

जाने क्यों, अमित की टांगें कांपने लगी थीं–वहां खड़ा न रह सका वह।

⁂

अशोक की लाश पार्क में झाड़ियों के बीच पड़ी थी।

सबसे पहले उसे एक 'मार्निंग-वॉक' करने आए सज्जन ने देखा, पुलिस को सूचना दी और इस वक्त सब-इंस्पेंक्टर पांडे के साथ अमित लाश के इर्द-गिर्द का मुआयना इस तरह कर रहा था जैसे वहीं से मुजरिम खोज निकालेगा, बोला–''कत्ल कहीं और हुआ है पांडे, यहां तो सिर्फ लाश लाकर डाली गई है।''

''सो तो इसी से जाहिर है सर कि लाश स्वयं तो खून से लथपथ है मगर आसपास खून बिखरा हुआ नहीं है।''

अपनी ही धुन में अमित कहता चला गया–''जिस गाड़ी में लाश यहां लाई गई उसे हत्यारों ने लगभग वहीं खड़ी की होगी जहां इस वक्त हमारी जीप खड़ी है क्योंकि अगर गाड़ी को डाबर की सड़क से नीचे उतारा गया होता तो 'कच्चे' में उसके टायरों के निशान जरूर होते।''

''मेरे ख्याल से हत्यारे कई नहीं बल्कि सिर्फ एक था सर।''

''ऐसा कैसे कह सकते हो?''

कच्ची जमीन में डाबर की सड़क से यहां तक लाश को घसीटकर लाए जाने के निशान हैं और उनके नीचे छुपे हैं हत्यारे के 'फुट स्टैप्स'। मैंने बहुत ध्यान से देखा है, फुट स्टैप्स केवल एक ही व्यक्ति के है।''

''और जो व्यक्ति लाश को ठिकाने लगाने आया वह बेहद चालाक था।'' अमित ने बात पूरी की–''उसने कहीं भी इतने स्पष्ट फुट स्टैप्स नहीं छोड़े हैं जिससे पता लग सके कि वह किस किस्म का और किस नम्बर का जूता पहने हुए था।''

''जी।''

अमित पुनः इन्वेस्टीगेशन की खानापूर्ति में जुट गया।

फोटोग्राफर और फिंगर प्रिन्ट्स विभाग वाले अपना काम कर रहे थे–पत्रकार लोग भी पहुंच गए थे वहां, मार्निंग वॉक करने वालों की अच्छी-खासी भीड़ जमा हो चुकी थीं।

सारी कार्यवाही सब लोगों के सामने की गई।

जेबों की तलाशी लेने पर पर्स और कुछ रेजगारी के अलावा कोई उल्लेखनीय वस्तु नहीं मिली–पंचनामा आदि करने के बाद लाश का

पोस्टमार्टम के लिए ले जाने का हुक्म देकर अमित पांडे और ड्राइवर के साथ थाने की तरफ चला।

रास्ते में उसने पांडे से पूछा–''क्या तुमने इसकी सूचना माधुरी को दे दी है?''

''नहीं सर, सोचा था कि मुनासिब समझेंगे तो आप खुद दे देंगे।''

''नहीं।'' अमित ने कहा–''मैं माधुरी को यह समाचार नहीं दे सकूंगा, तुम ही फोन कर देना।''

''बेहतर।'' कहने के बाद पांडे ने पूछा–''अशोक तो ट्रेनिंग पर गया हुआ था न सर?''

''हां।''

''तो फिर उसे किसने मार डाला, लाश यहां-कहां से आ गई?''

''यही सब तो पता लगाना है हमें।'' अमित के यह कहते कहते जीप थाने में प्रविष्ट हो गई।

ऑफिस में पहुंचते ही पांडे माधुरी का नम्बर ट्राई करने लगा जो कि अमित का सहायक होने के नाते उसे मालूम था–इधर, एक कांस्टेबल ने अमित को सूचना दी कि आईजी साहब का मैसेज है कि वह फौरन उनसे मिले।

सुनते ही अमित के होंठों पर मुस्कान उभर आई–ऐसे ही किसी मैसेज का इंतजार था उसे, कुर्सी से उठकर खड़ा होता हुआ पांडे से बोला–''क्या बात है, नम्बर नहीं मिल रहा क्या?''

''नम्बर तो मिल रहा है सर, बैल भी जा रही है मगर कोई रिसीवर नहीं उठा रहा।''

अमित ने रिस्टवॉच पर नजर डाली, थोड़े चिन्तित स्वर में बोला–''होनी तो इस वक्त वह अपने ही घर ही चाहिए–तुम ऐसा करो कि यह दुःखद सूचना खुद फ्लैट पर जाकर उसे दो, तब तक मैं आईजी साहब से मिलकर आता हूं।''

''ओके।''

⅄

''य ... ये आप क्या कह रहे हैं सर।'' अमित ने हैरतवश उछल पड़ने की लाजवाब एक्टिंग की।

''यह सच है इंस्पेक्टर।'' आईजी महोदय गम्भीर स्वर में बोले–''और इस सच को सुनने के बाद शायद तुम समझ गए होंगे कि सब-इंस्पेक्टर अशोक की हत्या ठक्कर ऑर्गेनाइजेशन के लोगों ने की है।''

''म ... मैं ठक्कर ऑर्गेनाइजेशन की ईंट से ईंट बजा दूंगा सर।'' अमित दांत भींचकर भावुक स्वर में गुर्रा उठा–''नेस्तनाबूद कर दूंगा उसे और देवराज ... देवराज की तो वो हालत करूंगा जो आवारा कुत्ते की होती है–यूं समझ लीजिए कि अब इस ऑर्गेनाइजेशन के दिन पूरे हो गए हैं, एक-एक को चुन-चुनकर मारूंगा।''

''इंस्पेक्टर।'' आईजी महोदय गुर्रा उठे।

अमित सकपका गया।

आईजी ने कहा–''जोश और जज्बातों से एक पुलिसमैन का कोई रिश्ता नहीं होना चाहिए।''

''स ... सॉरी, सॉरी सर।'' अमित ने ऐसा अभिनय किया जैसे होशो-हवास में लौटा हो–''द ... दरअसल अशोक मेरा दोस्त ही नहीं बल्कि होने वाला ब्रदर-इन-ला भी था।''

''क्या मतलब?''

''उसने ट्रेनिंग से लौटते ही माधुरी से मेरी शादी का वायदा किया था।''

''माधुरी।''

''अशोक की बहन का नाम है, श ... शायद इसी वजह से मैं जज्बातों में ...

वाक्य अधूरा रह गया–आईजी महोदय की मेज पर रखे कई फोनों में से एक की घन्टी घनघना उठी–कुछ देर तक वे बात करते रहे फिर रिसीवर क्रेडिल पर रखते हुए अमित से बोले–''सब-इंस्पेक्टर पांडे का फोन था, वह तुम्हें यह बताना चाहता था कि माधुरी अपने फ्लैट पर नहीं है–वहां ताला लगा हुआ है।''

"त ... ताला लगा हुआ है?" अमित ने आश्चर्य व्यक्त किया।

"पड़ोसियों का कहना है कि कल शाम सात बजे के बाद से उसे किसी ने नहीं देखा–एक सज्जन सुबह चार बजे मार्निंग वॉक पर जाते हैं, उन्होंने बताया है कि आज जब वे गए थे तब भी माधुरी के फ्लैट का ताला लगा हुआ था।"

अमित बड़बड़ाया–"इसका मतलब माधुरी सारी रात फ्लैट से गायब रही–मगर कहां?"

"क्या सोच रहे हो इंस्पेक्टर?" आईजी ने पूछा।

"सोच रहा हूं कि अशोक के मर्डर से माधुरी के रात-भर गायब रहने का कोई सम्बन्ध हो सकता है या नहीं?"

"किस नतीजे पर पहुंचे?"

"हो सकता है।"

आईजी ने पूछा–"क्या?"

"आजकल वह देवराज ठक्कर के चक्कर में उलझी हुई थी।"

"क्या मतलब?" आईजी साहब उछल पड़े।

"दरअसल कुछ ही दिन पहले उसने जर्नलिस्ट का कोर्स कम्पलीट किया है–नौकरी के लिए 'बारूद' में गई थी मगर उसके सम्पादक ने शर्त रख दी कि नौकरी तब दी जा सकती है जबकि देवराज ठक्कर का इन्टरव्यू ले आए और वह बेवकूफ मेरे लाख समझाने के बावजूद देवराज ठक्कर से मिलने चली गई–एक बार मिलने के बाद उनकी मुलाकातें बढ़ गईं, मुझे तो यह डाउट भी है कि कहीं ठक्कर ने उसे अपनी मुहब्बत के काले जादू में तो नहीं फंसा लिया है।"

"कहीं माधुरी ही की वजह से तो सब-इंस्पेक्टर का भेद ठक्कर पर नहीं खुला?"

"ऐसा कैसे हो सकता है?"

"क्यों नहीं हो सकता?" आईजी साहब बोले–"जब उनके सम्बन्ध इतने प्रगाढ़ हैं तो माधुरी के मुंह से यह बात फूटते क्या देर लगती है कि उसका भाई सब-इंस्पेक्टर की ट्रेनिंग पर है और फिर मुमकिन है कि बातों-

बातों में देवराज को यह पता लग गया कि माधुरी का भाई वही है जो अपना नाम सतीश वर्मा बताता है।''

''इसका मतलब तो यह हुआ सर कि माधुरी खुद भी इस वक्त खतरे में है?''

''शायद।''

''श ... शायद नहीं, यकीनन सर–यकीनन।'' भावुकता के स्वर में फंसे व्यक्ति की नायाब एक्टिंग करता हुआ वह कहता चला गया–''माधुरी सारी रात अपने फ्लैट से सामान्य अवस्था में गायब नहीं रह सकती–दरअसल गायब रहने के लिए पटना में उसके पास दूसरा ठिकाना कोई है ही नहीं।''

आईजी साहब बोले–''हम देख रहे हैं इंस्पेक्टर कि इस मामले में तुम बार-बार जज्बाती हो रहे हो–हम फिर कहते हैं कि खुद को नियंत्रित रखो, तुम्हारा मुकाबला उससे है जिससे टकराने में अगर जरा भी चूक गए तो अंजाम बहुत भयानक हो सकता है–देवराज ठक्कर पर जरा भी ढीला हाथ डालने का मतलब है, अपने लिए खतरा उत्पन्न करना।''

''निश्चिंत रहें सर, मैं कोई कच्चा खेल नहीं खेलूंगा मगर यह 'तय' है कि माधुरी और अशोक को छेड़कर देवराज ने अपने जीवन की सबसे घातक और अन्तिम गलती कर दी है।''

⅄

अमित शाम के वक्त फ्लैट पर पहुंचा।

एक बड़ा 'एयर बैग' कंधे पर लटका हुआ था, हाथ में पोलीथीन का थैला–सुबह से उसका इंतजार कर रही माधुरी पागल-सी हो चुकी थी, बोली–''कहां अटक गए थे अमित, मैं यहां ...

''मुकम्मल इंतजाम करके आया हूं।''

''काहे का इंतजाम?''

''देवराज ठक्कर को फर्जी मामले में फंसाने का इंतजाम।''

''हो गया?''

''हां!''

''क्या इंतजाम हुआ?''

''सब कुछ यहीं दरवाजे पर ही पूछ लोगी या अंदर भी आने दोगी?''

''आओ।'' वह दरवाजे के बीच से हट गई।

दरवाजा बंद करने के बाद वे ड्राइंगरूम में पहुंचे–पोलीथीन का थैला सेन्टर टेबल पर रखने के बाद अभी उसने कंधे से 'एयर बैग' उतारकर मैट पर रखा ही था कि माधुरी ने सवाल किया-''इन थैलों में क्या है।''

''एयर बैग में वह सामान है जिसकी जरूरत देवराज को फंसाने के लिए पड़ेगी और पोलीथीन के थैले में खाना।''

''खाना?''

''हां!'' वह बोला–''मुझे उम्मीद है कि सुबह से तुमने कुछ नहीं खाया होगा?''

''ख ... खाना मुझसे नहीं खाया जाएगा अमित।''

''बेवकूफी की बातें मत करो माधुरी।'' अमित ने उसे प्यार भरी डपट पिलाई–''खाना नहीं खाओगी तो जियोगी कैसे और अपने लिए न सही देवराज ठक्कर से बदला लेने के लिए हमें जीना पड़ेगा।''

देवराज ठक्कर का नाम आते ही उसके जिस्म में आग-सी भर गई, बोली–''भैया को उसके सपोलों ने किस हथियार से कत्ल कर किया?''

''रिवॉल्वर से।''

''रिवॉल्वर से?''बड़बड़ाने के साथ अजीब से दर्दनाक स्वर में पूछा उसने–''क-कितनी गोलियां ...

माधुरी वाक्य पूरा न कर सकी।

गला भर्रा गया।

आंखें बरस पड़ीं और साड़ी का पल्लू अपने मुंह में ठूंस लिया उसने। कुछ देर तक अमित चुपचाप देखता रहा–फिर आहिस्ता से सामने वाले सोफे पर बैठकर एक सिगरेट सुलगाई–इस बीच माधुरी खुद को रोने से रोकने का प्रयत्न कर रही थी, उसकी हिचकियों के बीच वह बोला–''अशोक अगर तुम्हारा भाई था मेरा दोस्त भी था माधुरी–ऐसा दोस्त जैसा किसी को सात

जन्म लेने के बावजूद नहीं मिल सकता–दुःख मुझे भी है लेकिन किसी तरह खुद को सम्भाले हुए हूं, शायद यह सोचकर कि भावुक होने से काम नहीं चलेगा–जज्बात विवेक को मार देते हैं और अशोक की मौत का बदला लेने के लिए हमें–हम दोनों को जज्बातों की नहीं विवेक की जरूरत है–अगर देवराज को फंसाना चाहती हो, ऐसे जाल में उलझाना चाहती हो जिससे वह अपनी पुरजोर कोशिश के बावजूद न निकल सके तो प्लीज खुद को भावुकता के भंवर से बचाओ और अपने दिमाग को निर्विघ्न काम करने दो।''

''म ... मैं ठीक हूं अमित।'' वह सम्भलकर बैठती हुई बोली-''यह बताओ कि भैया को कितनी गोलियां लगी हैं?''

''दो।''

''दांत भींचकर सवाल किया उसने–''क ... कहां-कहां?''

''एक सीने में, दूसरी माथे पर।''

माधुरी चुप रह गई, साफ जाहिर था कि वह अंदर से फूट पड़ने वाली रुलाई से जूझ रही थी।

''तुम्हें चश्मदीद गवाह के रूप में पेश होना है।'' अमित अपने एक-एक शब्द पर जोर देता हुआ बोला–''अपने बयान में यह कहना है कि देवराज ठक्कर ने तुम्हारे सामने, तुम्हारी आंखों के सामने पहली गोली अशोक के सीने में मारी, दूसरी माथे पर।''

''कत्ल कहां हुआ दिखाओगे?''

''सुनो–मेरा एक-एक लफ्ज सुनो माधुरी।'' अमित बोला–''तुम चश्मदीद गवाह हो यानि ऐसी गवाह जिसने सबकुछ होते अपनी आंखों से देखा है और जो सारा मंजर अपनी आंखों से देखता है, उसके बयान में कोई भी दो बातें आपस में 'क्रास' करती नहीं हो सकतीं जबकि जिसने 'सचमुच' सब कुछ अपनी आंखों से नहीं देखा होता उसकी दो बातें आपस में स्वाभाविक रूप से 'क्रास' हो जाती है। इसलिए 'फर्जी चश्मदीद' गवाह को 'वास्तविक चश्मदीद' गवाह साबित करना कोर्ट में सबसे मुश्किल काम माना जाता है अतः जो मैं कहूं उसे बेहद ध्यान से सुनो, मेरे एक-एक शब्द

को अपने दिमाग में बैठा लो–कोर्ट में बयान देते वक्त एक शब्द भी इधर से उधर नहीं होना चाहिए।''

''फिक्र मत करो अमित–बताओ कि मुझे क्या कहना है, तुम्हारी पूरी योजना क्या है?''

और एक बार शुरू हुआ अमित, उसे अपनी मुकम्मल योजना सुनाने तथा कोर्ट में उसके द्वारा दिया जाने वाला बयान समझाने के बाद ही चुप हुआ–योजना सुनने के बाद माधुरी की आंखें यूं चमक रही थीं जैसे उसे विश्वास हो गया हो कि देवराज को फांसी के फंदे से दुनिया की कोई ताकत नहीं बचा सकती, अभी वह चुप ही थी कि अमित ने पूछा–''योजना कैसी लगी?''

''म ... मार्वलस।'' माधुरी प्रशंसात्मक स्वर में कह उठी–''मुझे पूरी उम्मीद थी अमित कि तुम जरूर कोई ऐसा जाल तैयार करने में कामयाब हो जाओगे जिसमें फंसने के बाद इच्छाधारी सांप छटपटा तो सके मगर निकल न सके और ऐसा ही होने जा रहा है, योजना सुनने के बाद मुझे इस बात का पूरा यकीन हो गया है।''

''अब खाना खाएं?''

''ख ... खाना।''

''देखो माधुरी इंकार मत करना–तुम्हें मेरी कसम है।'' और इंकार करने के लिए खुला माधुरी का मुंह खुला-का-खुला रह गया।

''फ्रिज में डबलरोटी पड़ी है, उसे भी उठा लाता हूं, वर्ना सूखकर बेकार हो जाएगी।'' कहने के बाद वह किचन में गया, फ्रिज खोला और यह देखकर दंग रह गया कि फ्रिज में डबलरोटी नहीं है।

⅄

अमित के चेहरे पर घनी मूंछ-दाढ़ी नजर आ रही थीं, आंखों पर 'आई-साइड' का-सा नजर आने वाला चश्मा-हेयर स्टाइल तक बदल रखा था उसने।

माधुरी एक ब्याहता स्त्री के रूप में थी।

उस वक्त रात के ठीक बारह बजे थे जब 'चौधरी होटल' के पोर्च में एक टैक्सी रुकी–पिछली सीट पर बैठे वे दोनों दाएं-बाएं दरवाजे से बाहर निकले–होटल के दरबान ने जोरदार सैल्यूट मारा।

अमित ने अपनी गर्दन को सिर्फ हल्का-सा 'खम' दिया।

टैक्सी ड्राइवर ने लपककर डिक्की खोली।

हाथ में हाथ फंसाकर अमित और माधुरी रिसेप्शन की तरफ बढ़े–अटैची सम्भाले ड्राइवर उनके पीछे-पीछे था, रिसेप्शन पर पहुंचकर अमित ने कहा–''हम लोग दिल्ली से आए हैं, पटना के सेठ धनपतराय ने दिन में आपको फोन किया होगा?''

''जी हां।''

रिसेप्शन पर मौजूद युवक आदरपूर्वक बोला–''आप मिस्टर एण्ड मिसेज अग्रवाल हैं न?''

अमित ने स्वीकृति में गर्दन हिलाई।

''आपका रूम बुक है–रूम नम्बर ऐट हन्डरेड सैविन, नाइन्थ फ्लोर।''

''न ... नाइन्थ?'' अमित चिहुंक उठा–''ये होटल ग्यारह मंजिल का है न?''

''जी हां।''

''हमने तो धनपतराय को टॉप फ्लोर पर रूम बुक कराने के लिए बोला था।''

''जी हां।'' युवक ने कहा–''उन्होंने आपके लिए टॉप फ्लोर पर ही रूम मांगा था परन्तु ऊपर के दोनों फ्लोरों पर कोई कमरा खाली नहीं था, तब उन्होंने कहा कि 'नाइन्थ' पर दे दीजिए।''

अमित ने बुरा-सा मुंह बनाया।

जेब से पर्स निकालकर टैक्सी ड्राइवर को पचास को नोट दिया और माधुरी की बांह पकड़कर लिफ्ट की तरफ बढ़ गया–वह जानता था कि होटल के नियमानुसार अटैची लेकर वेटर दूसरी लिफ्ट से कमरे में पहुंचेगा।

तब, जब लिफ्ट ऊपर की तरफ सरकने लगी, माधुरी बोली।

''मुझे तो डर लग रहा था अमित।''

''किस बात का डर?''

''किसी के द्वारा पहचाने जाने का।''

''बेवजह खौफ खा रही हो–मैंने तुम्हें बताया था कि आपराधिक गतिविधियों के लिए ऊपर की केवल दो मंजिलें इस्तेमाल की जाती हैं–बाकी सम्पूर्ण इमारत में होटल का बिजनेस ठीक उस तरह चलता है जैसे आम होटल चलते हैं–ऊपर की दो मंजिलों का और बाकी इमारत का स्टाफ तक अलग है–रिसेप्शन पर खड़ा युवक तो बेचारा मेरी आवाज सुनकर यह भी न जान सका कि मिस्टर एण्ड मिसेज अग्रवाल के नाम से कमरा बुक करवाने वाला पटना का सेठ धनपतराय भी मैं ही हूं।''

माधुरी चुप रह गई।

वे कमरे में पहुंचे, दो मिनट बाद ही अटैची सम्भाले वेटर पहुंच गया।

पांच का नोट अमित ने उसकी हथेली पर रखा। उसके जाते ही दरवाजा बंद करने के बाद माधुरी की तरफ पलटता हुआ बोला–''एक मिनट भी वेस्ट नहीं करना है, मैं सारी रात व्यस्त रहने वाला हूं।''

''मैं तैयार हूं।''

''अटैची खोलो।''

माधुरी ने वक्षस्थल से चाबी निकाली और उसके आदेश का पालन किया। अटैची में एक 'किट बैग' और माधुरी का सलवार कुर्ता थे।

सलवार-कुर्ता लिए माधुरी बाथरूम के अंदर गुम हो गई जबकि अमित ने सड़क की तरफ खुलने वाली खिड़की खोली तथा एक नजर सुनसान पड़ी सड़क पर डालने के बाद ऊपर की तरफ देखा–माधुरी के बाथरूम से बाहर निकलने तक वह अपने मतलब की चीजों का निरीक्षण करता रहा–जब माधुरी बाथरूम से बाहर आई, वह 'ब्याहता' नहीं बल्कि वही माधुरी थी, जो थी।

उस वक्त वह 'ब्याहता' वाला लिबास अटैची में रख रही थी जब अमित ने 'किट बैग' निकालकर कमर पर लादने के साथ कहा–''देवराज का कमरा दसवीं मंजिल पर इस कमरे से बाईं तरफ वाला आठवां है।''

‘‘फिर?’’ उसने अटैची बंद की।

‘‘अगर इत्तेफाक से हमें उसके कमरे के ठीक नीचे कमरा मिल जाता तो हम सीधे उसके कमरे में पहुंच सकते थे परन्तु इस वक्त ऐसा नहीं हो सकता–पहले हमें छत पर पहुंचना होगा और फिर उसके कमरे में।’’

‘‘तुम्हारे छत पर पहुंचने के लिए पाइप है?’’

‘‘नहीं, आसपास कोई ‘वाटर पाइप’ नजर नहीं आ रहा।’’

‘‘फिर?’’

‘‘फिक्र मत करो, प्रत्येक मंजिल के कमरे की खिड़की का ‘शैड लैंटर’ उससे ऊपर वाले कमरे की खिड़की की चौखट से इतना ऊपर है कि मैं आराम से छत पर पहुंच सकता हूं।’’ कहने के साथ वह खिड़की की तरफ बढ़ गया और अभी वह खिड़की की चौखट पर चढ़ा ही था कि माधुरी ने कहा–‘‘सम्भलकर अमित।’’

‘‘चिंता मत करो।’’ कहने के साथ उसने उछलकर अपने दोनों हाथ उस कमरे की खिड़की के शैड-लैंटर के किनारे पर जमाए और हवा में झूल गया।

उसके देखते ही देखते अमित का जिस्म ऊपर उठना शुरू हुआ और ‘शैड-लैंटर’ के ऊपर पहुंच गया।

अब वह माधुरी को नजर नहीं आ रहा था।

वह, जिसने अपने कमरे के शैड-लैंटर पर खड़े होकर दसवीं मंजिल के कमरे की बंद खिड़की की चौखट का निचला हिस्सा थोड़ा-सा उछलने के बाद आराम से पकड़ लिया ओर फिर हाथों के बल सरकता हुआ उसका सारा जिस्म खिड़की पर पहुंच गया।

खिड़की पर खड़े होकर उसने यह यानि दसवीं मंजिल के कमरे की खिड़की का ‘शैड-लैंटर’ पकड़ा और पल भर में उसके ऊपर पहुंच गया।

इस प्रकार, मुश्किल से पांच मिनट बाद वह ‘चौधरी होटल’ की लम्बी-चौड़ी छत पर था।

वहां पहुंचते ही उसने ‘किट बैग’ से एक मोटी रस्सी निकाली और उसका एक सिरा छत की रेलिंग के साथ बांधकर दूसरा सिरा नीचे लटका दिया कुछ देर बाद इस रस्सी पर चढ़ती हुई माधुरी भी छत पर पहुंच गई।

अमित ने रस्सी वापस खींचकर गुच्छी बनाई और किट-बैग कमर पर लाद लिया।

माधुरी तब तक लम्बी-लम्बी सांसें लेती हुई खुद को नियंत्रित करने का प्रयत्न कर रही थी।

''आओ।'' कहकर अमित बाईं तरफ को बढ़ गया।

माधुरी पीछे लपकी।

अमित देवराज के कमरे की खिड़की के ऊपर पहुंच गया।

अगले पल उसने रस्सी का सिरा रेलिंग में बांधा और शेष रस्सी को नीचे लटकाकर उस पर उतरता चला गया–माधुरी धड़कते दिल से उसे उतरते देखती रही।

⅄

''मैं बोल रहा हूं आईजी साहब, इंस्पेक्टर अमित वशिष्ठ।''

''इतनी रात गए कहां से बोल रहे हो तुम?''

पब्लिक टेलीफोन बूथ में खड़े अमित ने कहा–''अपने रेजिडैन्स से सर।''

''क्या बात है?''

''मैं इसी वक्त आपसे मिलना चाहता हूं।''

''इस वक्त?'' आईजी चौंके–''किस सिलसिले में?''

''सब-इंस्पेक्टर अशोक मर्डर केस के सिलसिले में मेरे हाथ एक महत्वपूर्ण 'क्ल्यू' लगा है।''

''कैसा 'क्ल्यू'?''

''मिलने पर ही बता पाऊंगा सर।''

''क्या कोई ऐसा 'क्ल्यू' है जिसे लेकर तुम्हारे ख्याल से इसी वक्त मिलना जरूरी है?''

''जी हां।'' अमित ने अपने एक-एक शब्द पर जोर देते हुए कहा–''क्ल्यू ऐसा है कि अगर वह अनुमान सही निकला जो मैं लगा रहा हूं तो हम ठक्कर ऑर्गेनाइजेशन का नामोनिशान मिटा सकते हैं।''

“ठीक है।” ऑर्गेनाइजेशन का नाम आते ही आईजी साहब चाक-चौबन्द नजर आए, बोले–“तुम इसी वक्त आ जाओ, हम कोठी पर तैनात सशस्त्र पुलिसियों से कह देते हैं।”

“थैंक्यू सर।” कहने के बाद उसने रिसीवर हैंगर पर लटका दिया।

बूथ से बाहर निकलते वक्त अमित के होंठों पर वहीं मुस्कान थी जो अशोक की लाश ठिकाने लगाने के बाद से निरन्तर उसके होंठों का श्रृंगार बनी हुई थी।

सफलतामयी मुस्कान।

एक सिगरेट सुलगाने के बाद उसने उन बातों को दिमाग में व्यवस्थित किया जो अपनी योजना के मुताबिक आईजी साहब से करनी थीं और जब वे सब बातें व्यवस्थित हो गईं तो अपने दिमाग और अपने प्लान पर खुद मुग्ध-सा होता हुआ आगे बढ़ गया।

इस वक्त मिस्टर अग्रवाल नहीं बल्कि अमित और सिर्फ अमित नजर आ रहा था।

तीस मिनट बाद वह आईजी की कोठी के ड्राइंगहॉल में उनके सामने बैठा था–नाइटगाउन पहने आईजी साहब ने अपना पाइप सुलगाने के बाद पूछा–“कैसे क्ल्यू की बात कर रहे थे?”

अमित ने जेब से पर्स निकाला और बोला–“यह सब-इंस्पेक्टर अशोक का पर्स है सर, जो अन्य साधारण सामान के साथ उसकी डैड बॉडी से बरामद हुआ था।”

“फिर?”

अमित ने पर्स में लगी छोटी-सी ‘टेलीफोन-इन्डेक्स’ डायरी का एक पृष्ठ खोला और उसे बीच में पड़ी सेन्टर टेबल पर रखता हुआ बोला–“इसे देखिए।”

आईजी साहब ने झुककर डायरी के छोटे से पृष्ठ को देखा–उस पृष्ठ को जिस पर आड़ी-तिरछी लकीरों का एक जाल सा बुना हुआ था–लकीरों के बीच एक ‘बॉक्स’ जैसी वस्तु बनी हुई थी।

कई लकीरों पर ‘ऐरो’ के निशान थे।

कोई अक्षर या अंक लिखा हुआ नहीं था।

आईजी साहब काफी देर तक उसे ध्यान से देखते रहे, जब कुछ समझ में नहीं आया तो बोले–''क्या है यह?''

''नक्शा।''

''न ... नक्शा?'' आईजी साहब चिहुंक उठे–''कैसा नक्शा?''

''आपके पास से लौटने के बाद जब मैं थाने पहुंचा और अशोक की जेब से मिले अन्य सामान के साथ इस पर्स को उलट-पुलटकर देखने लगा तो नजर लकीरों के इस जाल पर उलझ गईं–हालांकि उस वक्त मेरी समझ में कुछ नहीं आया था परन्तु दिमाग जाने क्यों यह कहने लगा कि अशोक द्वारा बनाया गया यह जाल 'बेसबब' नहीं हो सकता–निश्चित रूप से इसका कोई गहरा मतलब है–इसी धुन में डूबा मैं इसे समझने की कोशिश करता रहा मगर कुछ पल्ले न पड़ा–ड्यूटी ऑफ होने पर इसे अपने रेजिडैंस पर ले गया–बिस्तर पर पड़ा-पड़ा माथापच्ची करता रहा मगर कोई नतीजा न निकला और जाने कब मैं सो गया?''

''फिर?'' आईजी साहब ने उत्सुक भाव से पूछा।

''साढ़े ग्यारह बजे फोन की घन्टी ने मेरी नींद तोड़ दी और रिसीवर उठाया तो पता लगा कि देवराज ठक्कर बोल रहा है।''

''ठ ... ठक्कर?'' आईजी साहब उछल पड़े।

''जी हां।''

''वह क्या चाहता था?''

''कहने लगा कि हमें मालूम है कि इंस्पेक्टर अशोक मर्डर केस की छानबीन तुम कर रहे हो–अपनी छानबीन में अगर तुम्हें कोई फाइल मिले तो उसे हमारे हवाले कर दोगे।''

''फ-फाइल?'' मैंने चौंककर पूछा–''कैसी फाइल?''

''वह फाइल हमारे ऑर्गेनाइजेशन से सम्बन्धित है।'' उसने कहा–''वह फाइल जिसे पुलिस इन्फॉरमर चुराने में कामयाब हो गया था और जिसके बारे में मरते दम तक उसने कुछ नहीं बताया।''

''क्या था फाइल में?'' मैंने सवाल किया।

''इस बात से तुम्हें कोई मतलब नहीं होना चाहिए।'' एकाएक उसका लहजा कठोर हो गया–''तुम्हारे काम की बात सिर्फ यह है कि उस फाइल की हम तुम्हें मुंहमांगी कीमत दे सकते हैं।''

''कितनी?'' मैंने पूछा।

वह बोला–''मुंह खोलो।''

''दस लाख।'' मैंने ऐसे ही कह दिया और यह हैरत की बात है सर कि मेरी यह ऑफर उसने बेहिचक कुबूल कर ली–उसने यह कहकर फोन रख दिया कि अगर फाइल मुझे मिले तो उससे दस लाख रुपये ले लूं–साथ ही धमकी दी कि अगर मैंने धोखा देने या चालाकी दिखाने की चेष्टा की तो मुझे गोली मार दी जाएगी।''

''तुमने क्या कहा?'' आईजी साहब ने पूछा।

''यह कि मैं इतना मूर्ख नहीं हूं कि दस लाख कमाने की जगह मौत को गले लगाऊं।''

''गुड़–वैरी गुड।'' आईजी साहब कह उठे–''तुम्हें यही नीति अख्तियार करनी चाहिए थी–लोहे को लोहा काटता है इंस्पेक्टर, झूठे को सिर्फ झूठ से मारा जा सकता है।''

''उसके फोन से उसे तो क्या फायदा पहुंचना था सर, मगर मुझे तत्काल जबरदस्त फायदा पहुंचा–मुझे यह बात पता लग गई कि मरने से पूर्व अशोक ने ऑर्गेनाइजेशन से सम्बन्धित कोई फाइल कहीं छुपा दी है और वह फाइल इतनी महत्वपूर्ण है कि देवराज उसके दस लाख देने को तैयार है।''

''कहीं यह नक्शा उस फाइल तक ही पहुंचने का तो नहीं है?''

''देवराज से बातें करने के बाद 'तुरन्त' यही विचार मेरे दिमाग में भी कौंधा सर और जब इस विचार के साथ इन आड़ी-तिरछी लकीरों को देखा तो मैं अपने दोस्त के प्रति अभिभूत हो उठा–साफ जाहिर था कि मरते-मरते वह अपना फर्ज पूरा कर गया–मरते मर गया मगर फाइल का पता देवराज को नहीं बताया बल्कि अपनी लाश के जरिये यह नक्शा हम तक पहुंचाकर फाइल का पता हमें बता गया वह।''

आईजी साहब की आंखें चमक उठीं–सेन्टर टेबल से पर्स उठाकर इस

बार आड़ी-तिरछी लकीरों को दुगने-चौगुने ध्यान से देखते हुए बोले–"म ... मगर सवाल यह उठता है कि यह नक्शा है कहां का?"

"मैं समझ चुका हूं सर।"

आईजी महोदय चौंककर बोले–"समझ चुके हो?"

"जी हां।"

"फाइल चौधरी होटल की लिफ्ट नम्बर पांच के गड्ढे में होनी चाहिए।"

"ऐसा कैसे कह सकते हो तुम?"

"आप चौधरी होटल के रिसेप्शन हॉल में गए हैं न?"

"कई बार।"

"अब यह पर्स यहां रखिए।" अमित के कहते ही पर्स उन्होंने सेन्टर टेबल पर रख दिया, दोनों टेबल पर झुक गए और अमित समझाने लगा–"ये देखिए, अगर आप इन लकीरों को ध्यान से देखेंगे तो पाएंगे कि इस स्थान पर लकीरों से 'काउंटर' बनाया गया है–काउंटर के पीछे लकीरों ही से ऐसी आकृति बनाई गई है जैसे कोई आदमी बैठा हो–साफ जाहिर है कि अशोक ने यह बताने की कोशिश की है कि ये रिसेप्शन है।"

"व ... वाकई।" आईजी साहब कह उठे।

"अब जरा इस लकीर पर आगे बढ़िए जिस पर 'ऐरो' का निशान लगा हुआ है–यह लकीर एक दायरे पर जाकर खत्म होती है–ऐसे दायरे पर जहां से पांच तरफ की लकीरें खींची गई हैं–याद कीजिए, चौधरी होटल के रिसेप्शन के बाद जो वेटिंग हॉल आता है वह गोल है और उसमें पांच तरफ को पांच रास्ते जाते हैं–एक चाइनीज हॉल की तरफ, दूसरा इण्डियन हॉल की तरफ, तीसरा बार की तरफ, चौथा स्वीमिंग पूल की तरफ और पांचवां गैलरी की तरफ जिधर लिफ्ट है।"

"यानि दायरे में फूटने वाली ये पांच लकीरें पांच रास्ते हैं?"

"यकीनन सर।" उत्साहजनक स्वर में अमित अपने ही द्वारा बनाए गए नक्शे पर अपनी कारीगरी दिखाता हुआ बोला–"रास्ते पांचों दिखाए गए हैं किन्तु 'ऐरो' के निशान एक ही लकीर पर हैं।"

"इस पर।" आईजी साहब बोले।

''जी हां और आप जानते हैं कि यह रास्ता लिफ्ट वाली गैलरी की तरफ जाता है–गैलरी पूरब से पश्चिम दिशा की तरफ है–ए–ये देखिए, ऐरो के निशान वाली लकीर एक ऐसी लकीर से जा मिली है जो पूरब से पश्चिम की तरफ खिंची हुई है–जाहिर है कि वह लकीर अशोक ने गैलरी के प्रतीक के रूप में बनाई है, इस लकीर के साथ 'ऐरो' भी है–वह हमें इस तरफ बढ़ने के लिए कह रहा है–अब जरा ध्यान से देखिए इस गैलरी वाली लकीर को अशोक ने बहुत छोटी-छोटी आठ लकीरों में काट रखा है–आप जानते हैं कि गैलरी में आठ लिफ्ट हैं।''

''बेशक।''

''कहने का मतलब यह कि ये आठ क्रॉस, आठ लिफ्ट हैं और ध्यान से देखिए, पांचवें क्रॉस के सामने 'ऐरो' का निशान है और इस निशान के सामने बना है एक 'बॉक्स'–बॉक्स मतलब लिफ्ट, क्या इसका सीधा-सादा मतलब यह नहीं निकलता कि अशोक हमें लिफ्ट नम्बर पांच में जाने के लिए कह रहा है?''

''बेशक यही मतलब निकलता है।'' अब आईजी साहब भी हल्के से उत्तेजित नजर आने लगे थे, नक्शे पर नजरें टिकाए वे स्वयं ही बोले–''एक ऐरो लिफ्ट के फर्श को क्रॉस करता हुआ नीचे की तरफ को बनाया गया है और इस 'ऐरो' के काफी नीचे एक 'बुक' बनाई गई है।''

''तुम्हारा अनुमान हन्ड्रेड परसेन्ट खरा है इंस्पेक्टर।'' उसका कंधा थपथपाते हुए आईजी साहब तारीख कर उठे–''तुम मेहनती हो, ब्रिलिएन्ट हो–हम तुम्हारे प्रमोशन की गारन्टी लेते हैं।''

''मेरे ख्याल से अब इस फाइल को यहां से निकालने की कार्यवाही होनी चाहिए।''

''बेशक।''

''एक रिक्वेस्ट है आपसे।''

''बोलो?''

''इस कार्यवाही को अगर सिर्फ मैं, आप और एसएसपी साहब करें तो बेहतर होगा–आप जानते हैं कि बहुत से पुलिसिए देवराज ठक्कर से महीना

लेते हैं–अगर हमारे इरादे की भनक किसी ऐसे भ्रष्ट पुलिसिए को लग गई तो फाइल तो जाएगी ही, हम लोगों की जान तक जा सकती है।''

''हम सिर्फ एसएसपी को फोन करके यहां बुला रहे हैं।''

''थैंक्यू सर।'' अब अमित इसलिए खुश था क्योंकि उसने आईजी को मूर्ख बना दिया था।

⅄

तीनों सादे लिबास में थे।

चेहरों पर हल्का-हल्का मेकअप भी कर लिया था।

ऐसा कि पहली नजर में कोई पहचान न सके–अमित 'शेख' बना था और जिस्म पर एक ढीला-ढाला लबादा डाले हुए था।

फाइव स्टार होटल एक ऐसी जगर होती है जहां कभी रात नहीं होती।

कम या ज्यादा लोगों की आवाजाही लगी रहती है–अतः निर्विघ्न लिफ्ट नम्बर पांच के नजदीक पहुंच गए।

गैलरी में सन्नाटा था।

इक्का-दुक्का लोग लिफ्टों का इस्तेमाल कर रहे थे–लिफ्ट नम्बर पांच इस वक्त ग्राउन्ड फ्लोर पर थी–तीनों की नजरें मिलीं, नजरों ही नजरों में बात हुई और आईजी साहब लिफ्ट में समा गए।

'चैनल' बन्द किया।

स्विच दबाते ही लिफ्ट ऊपर की तरफ सरकने लगी।

'ऐटोमेटिक' शटर बंद होने के लिए दोनों तरफ बढ़े परन्तु अभी वे मिल नहीं पाए थे कि अमित ने फुर्ती के साथ लबादे में छुपा तीन इंच मोटा छः इंच चौड़ा और दो फुट लम्बा लकड़ी का 'फट्टा' लम्बा करके शटर के बीच में फंसा दिया।

लिफ्ट ऊपर चली गई थी।

शटर के बीच दो फुट चौड़ी दरार रह गई।

दरार के पार था–'लिफ्ट वे'।

एसएसपी साहब तुरन्त शटर के बीच से निकलकर लिफ्ट' से जुड़े कई मोटे-मोटे तारों में से एक को पकड़कर झूल गए और फिर वे भी लिफ्ट के साथ ऊपर खिंचते तार के साथ ऊपर चले गए।

अमित ने दोनों हाथों से 'फट्टा' पकड़ा और जोरदार झटके के साथ दोनों पलड़ों के बीच से खींच लिया।

ऐटोमेटिक शटर के दोनों पलड़े 'धप्प' की जोरदार आवाज के साथ मिल गए–फट्टे को पुनः लबादे में छुपाने के साथ उसने 'बोर्ड' पर नजर डाली।

उस वक्त लिफ्ट दूसरी और तीसरी मंजिल के बीच थी।

फिर वह तीसरी मंजिल पर जाकर रुक गई।

तभी, नशे में धुत् एक व्यक्ति लिफ्ट तीन में दाखिल हुआ–उसे देखकर अमित खुद भी शराबी की एक्टिंग करने लगा था किन्तु अगले ही पल उसकी समझ में यह बात आई कि एक्टिंग की कोई जरूरत नहीं थी।

शराबी इतना धुत् था अमित की तरफ देखा तक नहीं था उसने।

जब वह लिफ्ट में गुम हो गया तो अमित ने पुनः बोर्ड पर नजर डाली–तीसरी मंजिल से लौटती हुई लिफ्ट नम्बर पांच अभी-अभी दूसरी मंजिल क्रॉस करके पहली मंजिल की तरफ बढ़ी थी।

देखते-देखते लिफ्ट वापस ग्राउन्ड फ्लोर पर आ गई।

आईजी साहब बाहर निकले और फिर वे दोनों टहलते हुए गैलरी से बाहर की तरफ बढ़ गए।

उधर।

एसएसपी साहब मोटा तार पकड़े अभी भी लिफ्ट के नीचे लटके हुए थे।

चारों तरफ 'घुप्प' अंधेरा।

अपने जिस्म का बोझ एक हाथ पर छोड़कर उन्होंने दूसरे हाथ से टॉर्च निकाली और फर्श का मुआयना किया। करीब दस फुट नीचे 'लिफ्ट वे' का फर्श था–वहां एक बड़ा मोटर रखा था और रखी थीं वे बड़ी-बड़ी चकरियां जिन पर लिफ्ट से जुड़े मोटे-मोटे तार लिपटे हुए थे।

तार पर फिसलते हुए वे फर्श पर पहुंचे।

घुटन, सीलन और अजीब-सी बदबू उन्हें बेचैन किए हुए थी किन्तु

शक्तिशाली टॉर्च की मदद से फाइल ढूंढने में एक मिनट से ज्यादा न लगा–फाइल पर नजर पड़ते ही आंखें चमक उठीं, जोश में भरकर उन्होंने फाइल पेट और पतलून की बैल्ट के बीच में फंसा ली।

एक 'कैलकुलेटर' जैसी वस्तु निकालकर जल्दी-जल्दी उसके बटन दबाए।

आईजी और अमित अभी वेटिंग हॉल के सिरे पर ही पहुंचे थे कि आईजी की ऊपर वाली जेब में रखी पॉकेट ट्रांजिस्टर जैसी वस्तु से पिक्-पिक् की ध्वनि निकलने लगी।

आवाज दोनों ने सुनी थी–सो, ठिठक गए।

वापस घूमे और तेज कदमों के साथ गैलरी की तरफ बढ़े।

आपस में एक लफ्ज तक नहीं बोले थे वे–सारा अभियान इस तरह चल रहा था जैसे तीनों को भली-भांति मालूम हो कि कब, कहां, किसे क्या करना है–लिफ्ट नम्बर पांच में सवार होकर आईजी साहब एक बार पुनः ऊपर की तरफ बढ़े।

अमित ने लकड़ी का फट्टा शटर के बीच में फंसाया।

लिफ्ट पहली मंजिल पर जाकर रुक गई और तार पर झूल रहे एसएसपी साहब अमित को साफ नजर आने लगे। शटर के बीच बनी दो फुट चौड़ी दरार से अमित ने हाथ अंदर डाला।

एसएसपी ने कैलकुलेटर के बटन दबाए और परिणाम स्वरूप पहली मंजिल पर रुकी लिफ्ट वापस ग्राउन्ड फ्लोर की तरफ आने लगीं।

⅄

''इस फाइल को देवराज दस लाख में लेने के लिए यूं ही तैयार नहीं था सर।'' आईजी के ऑफिस में बैठा अमित कह रहा था–''फाइल में वह सब है जिसके अभाव में हम कभी चौधरी होटल की ऊपरी दो मंजिलों पर 'रेड' न डाल सके–इसमें ऑर्गेनाइजेशन की देख-रेख में चलने वाली कच्ची शराब के सभी अड्डों का विवरण और हिसाब-किताब है, प्रत्येक पृष्ठ पर निरंजन चौधरी के हस्ताक्षर हैं।''

''मैंने कहा था न सर कि वैसा सब-इंस्पेक्टर कभी मेरी निगाह से नहीं गुजरा था।'' एसएसपी साहब कह उठे–''वह देशभक्त था, मुजरिमों के लिए उसके दिल में अजीब सी घृणा थी–उसने जान दे दी मगर हमारे हाथों में एक ऐसी फाइल पहुंचा गया जिसके आधार पर वह कर सकते हैं जो वर्षों से करना चाहते थे मगर नहीं कर पा रहे थे।''

''इस फाइल की बरामदगी में इंस्पेक्टर अमित का योगदान भी सब-इंस्पेक्टर अशोक से कम नहीं है।'' आईजी साहब बोले–''अशोक द्वारा बनाए गए जटिल नक्शे को इसने इतना 'एक्यूरेट' समझा कि फाइल ठीक वहीं मिली जहां होने की बात इसने नक्शा देखकर कही थी, हम एक बार फिर तुम्हारी प्रशंसा करते हैं इंस्पेक्टर।''

अन्दर-ही-अन्दर अमित फूला न समा रहा था परन्तु प्रत्यक्ष में बोला–''टाइम बहुत कीमती है सर–मेरी राय यह है कि हमें एक क्षण भी वेस्ट नहीं करना चाहिए।''

''क्या तुम्हारा इशारा 'रेड' डालने की तरफ है?''

अमित बोला–''क्या हमारा अगला कदम यह नहीं होना चाहिए सर!''

''निश्चित रूप से हमारा अगला कदम यही है, कल दिन में।''

''स ... सॉरी सर।'' अमित बोला–''मैं कुछ कहना चाहता हूं।''

''बोलो।''

''मेरे ख्याल से 'रेड' के लिए हमें दिन निकलने का इंतजार नहीं करना चाहिए।''

''क्यों?''

''मुमकिन है कि वैसा करने से हमें उतना लाभ न पहुंच सके जितना पहुंचना चाहिए।''

''हम समझे नहीं।''

''अमित जानता था कि अगर वह आईजी साहब से अपनी बात मनवाने में कामयाब न हो सका तो सारी योजना टांय-टांय फिस्स हो जाएगी अतः एक-एक शब्द का इस्तेमाल प्रभावशाली ढंग से करता हुआ बोला–''देवराज ठक्कर को मालूम है कि ऑर्गेनाइजेशन से सम्बन्धित इतनी महत्वपूर्ण फाइल

गायब है जो अगर पुलिस के हाथ लग गई तो वह हो जाएगा जो कभी नहीं हुआ यानि 'रेड' पड़ जाएगी–रेड का मतलब यह है कि ऑर्गेनाइजेशन की सारी करतूतें खुलकर सामने आ जाएंगी।''

''वह कैसे?''

''यह फाइल सिर्फ एक फाइल है सर, ऐसी फाइल जिसमें सिर्फ कच्ची शराब से सम्बन्धित अड्डों का कच्चा चिट्ठा है–आप जानते हैं कि ऑर्गेनाइजेशन दूसरे सैकड़ों गैरकानूनी धंधे करता है–जाहिर है कि हैडक्वॉर्टर पर उन सभी धंधों से सम्बन्धित फाइलें होंगी जिन्हें हम 'तुरन्त' रेड करके बरामद कर सकते हैं–अगर उनके हर गैरकानूनी धंधे से सम्बन्धित फाइल हाथ लग जाए तो क्या निश्चित रूप से ऑर्गेनाइजेशन नेस्तनाबूद नहीं हो जाएगा?''

''बात तो तुम्हारी ठीक है मगर दिन निकलने तक तुम्हारे ख्याल से हालात में क्या 'तब्दीली आ सकती है?''

''रेड के डर से अन्य गैरकानूनी धंघों से सम्बन्धित रिकॉर्ड वहां से हटा सकते हैं अथवा नष्ट कर सकते हैं–मेरी राय यह है कि उन्हें इतना मौका नहीं दिया जाना चाहिए।''

एसएसपी कह उठे–''मैं इंस्पेक्टर की राय से सहमत हूं सर।''

''तीन बजकर दस मिनट हुए हैं।'' अमित ने कहा–''अगर हम कोशिश करें तो सुबह साढ़े चार बजे तक रेड डालने की सभी तैयारियां मुकम्मल कर सकते हैं–यह समय ऐसा होगा तब देवराज, निरंजन चौधरी और सलीम अख्तर तथा उनके सभी छोटे-मोटे प्यादे सो रहे होंगे अथवा लापरवाह होंगे और 'रेड' से जब तक चेतेंगे तब तक काफी देर हो चुकी होगी, हालात मुकम्मल रूप से हमारी मुट्ठी में होंगे–न उनमें से किसी के पास भाग निकलने का मौका होगा, न किसी गैरकानूनी धंधे से सम्बन्धित रिकॉर्ड को नष्ट करने का।''

''कह तो तुम ठीक रहे हो इंस्पेक्टर मगर ...

''मगर?'' एसएसपी ने कहा।

''रेड की खबर गुप्त रहनी चाहिए जबकि आनन-फानन में की जाने वाली

तैयारी की खबर देवराज ठक्कर को लग सकती है–हमें यह नहीं मालूम कि कितने और कौन-कौन से पुलिसिए उससे महीना लेते हैं–अगर 'रेड टीम' में ऐसा एक भी पुलिसिया शामिल हो गया तो हमारी सारी मेहनत पर पानी फिर जाएगा।''

एसएसपी बोले–''इस खतरे से बचने के लिए मेरी एक सलाह है सर।''

''कहो।''

''रेड के लिए हम पटना से बाहर की फोर्स का इंतजाम करें।''

''वैरी गुड।'' आईजी साहब तुरन्त कह उठे–''यह ठीक रहेगा। हम अभी पटना से बाहर की फोर्स का इन्तजाम करते हैं तब तक तुम लोग रेड की रूपरेखा बना लो–रेड सूरज निकलने से पहले ही पड़ेगी।''

''ओके सर।'' उत्साह से भरा अमित कह उठा।

⅄

रेड की रूपरेखा एसएसपी और अमित ने मिलकर तैयार की–अभी उन्होंने उसे अन्तिम रूप दिया ही था कि आईजी साहब अंदर दाखिल हुए।

दोनों खड़े हो गए।

आईजी साहब ने बैठते हुए कहा–''बैठो।''

बैठते हुए एसएसपी ने पूछा–''क्या रहा सर?''

''गया से दो सौ सशस्त्र जवान एक घन्टे के अंदर यहां पहुंच जाएंगे।''

यह सोचकर अमित का दिल नाचने को कर रहा था कि उसने ऐसे हालात क्रियेट कर दिए हैं कि एसएसपी और आईजी जैसी रैंक के लोग उसके मुताबिक उसकी योजना पर काम कर रहे हैं–पाइप सुलगाने के बाद आईजी साहब ने एसएसपी से पूछा–''रूपरेखा बनी?''

''जी।''

''बताओ।''

''आप जानते हैं कि ग्यारह मंजिले चौधरी होटल की ऊपर की केवल दो मंजिलों का इस्तेमाल ऑर्गेनाइजेशन को चलाने के लिए होता है, बाकी

सम्पूर्ण होटल साधारण फाइव स्टार होटलों की तरह हैं, यानि संक्षेप में हम यह कह सकते हैं कि ऑर्गेनाइजेशन का हैडक्वॉर्टर मुकम्मल चौधरी होटल न होकर उसके ऊपर की दो मंजिलें हैं अतः हमें अपना सारा ध्यान इन्हीं दो मंजिलों पर केन्द्रित करके रेड डालनी है।''

''करैक्ट।''

''यूं तो चौधरी होटल में आठ लिफ्ट और चार जीने हैं मगर ग्यारहवीं मंजिल से केवल दो लिफ्ट जुड़ी हुई हैं–लिफ्ट नम्बर पांच और तीन।'' एसएसपी साहब कहते चले गए–''बाकी छहों लिफ्टें केवल नवीं मंजिल तक जा सकती हैं और जीनों की स्थिति यह हैं कि सभी जीने होटल की छत तक गए हैं परन्तु चारों जीनों पर दसवीं से ग्यारहवीं मंजिल तक लगभग हर सीढ़ी पर सशस्त्र गनमैन तैनात रहते हैं।''

''यह बात किसने बताई?''

''मैंने सर।'' अमित बोला।

''तुम्हें कैसे मालूम?''

''आखिर चौधरी होटल मेरे इलाके में है सर, इतना तो मुझे मालूम होना ही चाहिए।''

''खैर।'' आईजी साहब ने एसएसपी से कहा-''आगे बढ़ो।''

''ग्राउण्ड फ्लोर पर मुख्य रिसेप्शन के अलावा एक और रिसेप्शन है–इस रिसेप्शन का सम्बन्ध ऊपर की दो मंजिलों यानि हैडक्वॉर्टर से है–यह रिसेप्शन चाइनीज हॉल के पीछे है–कोई भी व्यक्ति अगर दसवीं या ग्यारहवीं मंजिल पर जाना चाहता है तो उसे वहां से 'क्लियेरेंस टोकन' लेना पड़ता है–एक आम आदमी यदि गलती से होटल के इस हिस्से में चला जाए तो उसे तुरन्त ही इल्म करा दिया जाता है कि वह किसी 'निषिद्ध क्षेत्र' में घुस गया है।''

आईजी महोदय चुपचाप पाइप पीते रहे।

एसएसपी ने आगे कहा–''रेड टीम को ग्यारह टुकड़ियों में बांटा जाएगा–सारी कार्यवाही इतनी चुस्ती, फुर्ती और तेजी के साथ होगी जैसे कमांडो कार्यवाही होती है–एक टीम हैडक्वॉर्टर से सम्बन्धित रिसेप्शन पर कब्जा

करेगी–दो टीमें लिफ्ट नम्बर तीन और पांच पर–चार टीमें दसवीं मंजिल से ग्यारहवीं मंजिल तक तैनात गनमैनों से उलझेंगी ओर चार टीमों का काम चारों जीनों से दसवीं मंजिल पर पहुंच जाना होगा–वहां पहुंचकर ये चार टीमें दो टीमों में तब्दील हो जाएंगी–एक टीम दसवीं मंजिल को सम्भालेगी, दूसरी ग्यारहवीं मंजिल को–इन मंजिलों पर जो शख्स जहां जिस अवस्था में मिलेगा, गिरफ्तार कर लिया जाएगा–किसी को भागने या रिकॉर्ड नष्ट करने का मौका नहीं दिया जाएगा।''

आईजी साहब ने पूछा–''छः लिफ्टें क्यों छोड़ दी गईं?''

''उनका सम्बन्ध दसवीं और ग्यारहवीं मंजिल से नहीं है न सर!''

''फिर भी वे कवर की जानी चाहिए–हर वह रास्ता कवर किया जाना चाहिए जिससे चिड़िया का बच्चा भी चौधरी होटल से बाहर निकल सके–माना कि पूरा होटल हैडक्वॉर्टर नहीं है परन्तु अगर हमने नौ मंजिलों पर मौजूद साधारण लोगों को इमारत से बाहर जाने दिया तो उनकी आड़ में ऑर्गेनाइजेशन से जुड़े लोग भी फरार हो सकते हैं–कहने का मतलब यह है कि 'रेड टाइम' में कोई भी शख्स इमारत से बाहर न निकल सके।''

''यानि मुकम्मल होटल की नाकेबन्दी करनी है?''

''श्योर।'' आईजी साहब ने कहा–''जब हमारे जवान दसवीं मंजिल पर पहुंचेंगे तो जाहिर है कि ऑर्गेनाइजेशन के गनमैनों से मुकाबला होगा, गोलियां चलेंगी–उस वक्त रेड गुप्त नहीं रह जाएगी अतः ठीक उसी वक्त माइक पर यह घोषणा की जानी शुरू कर दी जानी चाहिए कि चौधरी होटल में जो जहां है वहां रहे, और नवीं मंजिल तक मौजूद लोग घबराएं नहीं क्योंकि पुलिस का लक्ष्य दसवीं और ग्यारहवीं मंजिल पर मौजूद मुजरिम हैं।''

''ठीक है सर।''

आईजी साहब ने कुछ और निर्देश दिए।

सभी को नोट करने के बाद एसएसपी ने कहा–''मैंने इन्हें रेड की रूपरेखा में शामिल कर लिया है सर।''

''गुड।''

⅄

धांय ... धांय ... धांय!

चौधरी होटल के आसपास का इलाका गोलियों की आवाज, चीखों और चीत्कारों से थर्रा उठा।

माइक पर घोषणा की जाने लगी।

एक कमरे में नजरबंद देवराज उछल पड़ा।

यह दूसरी रात थी जब वह एक पल के लिए भी सो नहीं पाया था कि अचानक ही शुरू हो गए हाहाकारी माहौल ने तो उसके छक्के छुड़ा दिए–दौड़कर वह खिड़की रहित इस कमरे के एकमात्र दरवाजे पर लपका।

वह दरवाजा, जो बाहर से बंद था।

खुलवाने के लिए देवराज जोर-जोर से चीखने लगा, दरवाजे को बुरी तरह झंझोड़ डाला उसने और अभी वह पिंजरे में कैद भूखे शेर की तरह दहाड़ ही रहा था कि एक झटके से दरवाजा खुला।

हाथों में रिवॉल्वर और चेहरे पर उड़ती हवाइयां लिए सलीम और निरंजन चौधरी कमरे में दाखिल हुए ही थे कि देवराज हलक फाड़कर चीख पड़ा–''य ... ये क्या हो रहा है दादा, इतनी फ़ायरिंग क्यों हो रही है?''

''वह फसल फल-फूल रही है देवराज जिसके बीज तूने बोए थे।'' उसे कहरभरी नजरों से घूरता हुआ निरंजन चौधरी दहाड़ उठा–''तूने अशोक को फाइल ले जाने दी थी–वह मर गया मगर मरने से पहले फाइल आईजी तक पहुंचा दी–ये ऑर्गेनाइजेशन ये सारी हुकूमत मिट्टी में मिल गईं और यह सब कुछ करने वाला है तू ... तू–तेरी वजह से सब कुछ तबाह हो गया, मैं तुझे जिंदा नहीं छोडूंगा।''

अशोक के मरने की खबर सुनते ही देवराज को लकवा-सा मार गया।

गुस्से से भरे सलीम ने अभी उसकी तरफ रिवॉल्वर ताना ही था कि ...

''नहीं सलीम, इस कुत्ते को मारने से अब कोई फायदा नहीं होगा।'' निरंजन चौधरी चीख पड़ा।

सलीम दहाड़ा–''मैं इसे जिंदा नहीं छोडूंगा दादा, इसके परखच्चे उड़ा दूंगा।''

कहने के साथ अभी वह ट्रेगर दबाने ही वाला था कि अचानक निरंजन चौधरी के हाथ में दबा रिवॉल्वर गरज उठा।

एक साथ तीन गोलियां सलीम के जिस्म में धंस गई।

रिवॉल्वर उसके हाथ से छूटकर फर्श पर गिरा–बुरी तरह जख्मी वह निरंजन चौधरी की तरफ पलटा और अपने अन्तिम समय में चेहरे और आंखों में सारी दुनिया की हैरत समेटे 'धड़ाम' से फर्श पर जा गिरा।

निरंजन चौधरी के रिवॉल्वर से धुएं की लकीर निकल रही थी।

स्टैचू में तब्दील हुआ खड़ा था वह।

जबकि इस मंजर को देखकर देवराज चीख पड़ा–''य-ये आपने क्या किया दादा, स ... सलीम अंकल को ...

''हां।'' निरंजन चौधरी हिस्टीरियाई अंदाज में चिल्लाया–''मैंने सलीम को मार डाला–मैंने एक गद्दार को बचाने के लिए वफादार को मार डाला–मैंने इसे इसलिए मार डाला जलील, क्योंकि यह तुझे मारना चाहता था–तुझे, जो गद्दार होने के बावजूद मेरा बेटा है–मैंने अपने गद्दार बेटे के लिए वफा को सूली पर चढ़ा दिया और उसकी हत्या कर दी जो हर सांस ऑर्गेनाइजेशन की बेहतरी के लिए लेता था–मैं खुद्दार हूं, कमीना, जलील और जाहिल हूं।''

''द ... दादा।'' देवराज अवाक् रह गया।

देवराज को लगा कि दादा पागल हो गए हैं, सो झपटकर उनके नजदीक पहुंचा और दोनों हाथों से उन्हें झंझोड़ता हुआ चीखा।

''द ... दादा ... दादा होश में आओ।''

और दादा ने जोर से रिवॉल्वर उसके चेहरे पर मारा।

एक चीख के साथ देवराज फर्श पर जा गिरा, रिवॉल्वर की चोट से चेहरा लहुलूहान हो गया था।

निरंजन चौधरी दहाड़ रहा था–''मुझे मत छू कमीने, जा–भाग जा यहां से–मेरा बेटा कहलाने लायक नहीं है तू–मेरी आंखों के सामने से गारत हो जा और असल बाप की औलाद है तो फिर कभी मुझे अपनी शक्ल मत दिखाना–मैं तुझसे नफरत करता हूं, मैं तेरी मनहूस सूरत नहीं देखना चाहता–

सब कुछ बरबाद कर दिया तूने।'' बार-बार यही चीखता-चिल्लाता निरंजन चौधरी कमरे से बाहर निकल गया।

देवराज ठगा-सा खड़ा रह गया था।

आंखें सलीम की लाश पर स्थिर थीं और सांय-सांय करता दिमाग बार-बार यह सोच रहा था कि दादा की उसके प्रति यह कैसी नफरत थी जिसके वशीभूत उन्होंने उसे बचाने के लिए अपने सलीम जैसे वफादार साथी को मार डाला। अभी वह कुछ भी समझ नहीं पाया था कि ...

बाहर कोई चीखा–''रिवॉल्वर फेंक दो, निरंजन चौधरी, हाथ ऊपर उठा लो।''

''निरंजन चौधरी मर सकता है आईजी, मगर झुक नहीं सकता।'' दादा की चीखभरी गुर्राहट देवराज के कानों तक पहुंची और फिर सारा वातावरण गोलियों की आवाज से थर्रा उठा।

देवराज आंधी-तूफान की तरह दरवाजे पर झपटा।

और गैलरी में जो दृश्य देखा उसे देखकर मानो पागल हो गया।

पुलिस की गोलियों से छलनी निरंजन चौधरी का जिस्म नशे में धुत् शराबी के जिस्म की मानिन्द लहरा रहा था–रिवॉल्वर उसके हाथ से निकलकर गैलरी में गिर चुका था–सामने वाले छोर पर फोर्स के बीच आईजी खड़े थे।

''द ... दादा-दादा।'' अपनी सभी शक्तियों को समेटकर देवराज इतनी जोर से चीखता हुआ निरंजन चौधरी की तरफ दौड़ा कि पांच सितारा होटल की दीवारें झनझनाकर रह गईं।

लहराते हुए निरंजन चौधरी को उसने गिरने से पहले अपनी भुजाओं में सम्भाल लिया।

फोर्स ने अपनी गनें देवराज की तरफ तानी ही थीं कि आईजी साहब चीख पड़े–''नहीं, जब तक वह हमला न करे तब तक कोई गोली नहीं चलाएगा।''

सारी दुनिया से बेखबर देवराज निरंजन चौधरी के जख्मी जिस्म को लिए गैलरी में बैठ गया, उसकी गोद में सिर रखे निरंजन चौधरी बड़बड़ाया–''त

... तू मुझे हाथ मत लगा कमीने–तू वह शख्स है जिसने अपनी मुहब्बत में गिरफ्तार करके मुझसे मेरे अन्तिम समय में सलीम जैसे वफादार साथी की हत्या करने का पाप करा दिया–तूने मेरा बेटा कहलाने जैसा कोई काम नहीं किया मगर फिर भी, दिल के हाथों मजबूर होकर मैं तुझे अपना बेटा मानता रहा–मैं मरता-मरता खुद नहीं समझ पा रहा हूं कि मैं तुझसे मुहब्बत करता हूं या नफरत–दिल कहता है कि तुझसे मुहब्बत करता हूं और विवेक कहता है कि तू नफरत का हकदार है-मुहब्बत और नफरत के बीच में झूलता हुआ मैं तुझे हुक्म देता हूं कि मेरी चिता को हाथ मत लगाना–त ... तू मेरा बेटा होने के बावजूद मेरा कोई नहीं है।''

और!

निरंजन चौधरी के मुंह से निकलने वाले ये अन्तिम शब्द थे।

गर्दन एक तरफ को लुढ़क गई।

''द ... दादा!'' चीखकर देवराज उसकी लाश से लिपट गया–फूट-फूटकर रो पड़ा वह और रोते ही रोते जाने क्या हुआ कि फर्श पर पड़े रिवॉल्वर पर जम्प लगा दी उसने मगर रिवॉल्वर आईजी साहब के भारी बूट के नीचे दबा हुआ था–देवराज ने रिवॉल्वर एक झटके से बूट के नीचे से निकाला परन्तु तब तक अनेक हाथ उसे दबोच चुके थे।

⅄

वातावरण शांत हो चुका था।

अब कहीं कोई गोली नहीं चल रही थी।

ऑर्गेनाइजेशन से सम्बन्धित लोग या तो गिरफ्तार हो गए थे अथवा मारे जा चुके थे–इस वक्त दसवीं और ग्यारहवीं मंजिल की तलाशी चल रही थी।

एक-एक कमरे को चैक किया जा रहा था।

देवराज को गिरफ्त में लिए आईजी, एसपी और अमित उसके बैडरूम में दाखिल हुए ही थे कि ...

सब उछल पड़े।

देवराज ठक्कर तक।

केवल एक शख्स था जो वास्तव में नहीं चौंका था मगर चौंकने की एक्टिंग लाजवाब की और वह शख्स था अमित–वह अमित जिसने देवराज के बैडरूम में कदम रखते ही कहा–''अरे, यहां तो किसी की हत्या की गई लगती है सर।''

देवराज सहित सभी की नजर कमरे में बिछे कॉलीन पर सूख चुके खून पर जम गई।

बैड के नजदीक कालीन पर ढेर सारा खून बिखरा पड़ा था।

एसएसपी महोदय कह उठे–''मुमकिन है कि अशोक की हत्या यहीं की गई हो।''

''मेरा दिमाग भी यही कहता है सर।'' अमित ने तुरन्त बात लपक ली–''निश्चित रूप से यहां अशोक की हत्या की गई है, मेरे दोस्त को यहीं मारा गया है–आप-आप यहां बिखरे खून की जांच भले ही लैबोरेटरी में करा लीजिएगा–मुझे पूरा यकीन है कि यहां बिखरा खून मेरे दोस्त का है, मेरे अशोक का है।''

''चिंता न करो इंस्पेक्टर।'' आईजी साहब कह उठे–''यह इलाका भी तुम्हारा है और वह भी जहां अशोक की लाश मिली, सारी इन्वेस्टिगेशन तुम्हें खुद करनी है।''

देवराज की समझ में कुछ नहीं आ रहा था।

यूं खड़ा था वह जैसे पत्थर की बनी प्रतिमा हो।

अमित कालीन पर बिख़रे खून के चारों तरफ घूम-घूमकर स्पॉट को इस तरह देख रहा था जैसे उसी में से कोई ऐसा 'क्ल्यू' निकलेगा जिससे देवराज सीधा फांसी के फंदे पर पहुंच जाएगा।

उधर एसएसपी के आदेश पर तिजोरी तोड़ दी गई।

एक को छोड़कर सारी फाइलें बरामद हो गईं–जो फाइल गायब थी, वह–वह थी जिसमें ऑर्गेनाइजेशन से 'महीना' लेने वाले पुलिसियों का विवरण था।

कमरे की तलाशी ले रहे अमित ने बैड पर बिछे गद्दे के नीचे से रिवॉल्वर

बरामद किया। यह वह रिवॉल्वर था जिससे उसने अशोक की हत्या की थी, उसकी नाल को सूंघने के बाद बोला–''बारूद की गंध आ रही है सर, मुझे लगता है कि अशोक के सीने में गोलियां इसी रिवॉल्वर से उतारी गई हैं।''

''ये तुमने क्या बेवकूफी की इंस्पेक्टर?'' एसएसपी बोला–''तुमने इस पर हत्यारे की अंगुलियों के निशान के ऊपर अपनी अंगुलियों के निशान बना दिए हैं।''

अमित ने रिवॉल्वर एकदम इस तरह कालीन पर फेंक दिया जैसे गलती का अहसास हुआ हो। अपना काम वह कर चुका था। और फिर तब, जबकि उसने एक झटके से बाथरूम का दरवाजा खोला।

हलक से चीख निकल गई उसके।

''क ... क्या ... क्या हुआ?'' आईजी और एसएसपी सहित एक साथ सभी चौंक पड़े।

''म ... माधुरी?'' अमित ने लाजवाब एक्टिंग की–''स ... सर, यहां माधुरी है।''

''म ... माधुरी?'' आईजी और एसएसपी एक साथ बाथरूम की तरफ लपके।

और!

माधुरी का नाम सुनते ही देवराज के सारे शरीर में अनोखी रोमांच की लहर दौड़ गई।

बाथरूम के अंदर से गूं-गूं की आवाज उसके कानों तक आ रही थी।

उधर, बाथरूम का दृश्य देखते ही आईजी और एसएसपी चौंक पड़े।

तन पर अन्डरवियर और ब्रेजरी के अलावा कुछ भी नहीं था।

कुर्ता-सलवार बाथरूम के एक कोने में पड़े थे।

माधुरी के जिस्म पर जगह-जगह ऐसे दाग थे जैसे उसे जलती सिगरेट से दागा गया हो–सिगरेटों के कई टोटे बाथरूम में बिखरे पड़े थे–अधीर होने की एक्टिंग करता हुआ अमित उसे खोलने के लिए आगे बढ़ा।

''ठहरो इंस्पेक्टर।'' एसएसपी ने कहा।

अमित ठिठक गया, सवालिया नजरों से एसएसपी की तरफ देखने लगा वह।

''माधुरी को आजाद करने से पहले इसकी इस अवस्था के फोटो लेना मुनासिब होगा।''

उन्हें देखकर माधुरी गूं-गूं करती हुई कुछ ज्यादा ही जोर से मचलने लगी।

अमित पीछे हट गया, चेहरा से लग रहा था माधुरी को बंधनमुक्त करने के लिए मरा जा रहा है जब वास्तम में यह सोच सोचकर 'मस्त' हुआ जा रहा था कि अपने जाल में उसने अकेले देवराज को नहीं बल्कि बड़े-बड़े धुरन्धरों को फंसा लिया है–आईजी और एसएसपी तक न जान सके कि क्या खेल खेला है उसने।

⅄

अमित सुबह के नौ बजे फ्लैट पर पहुंचा।

पूरी तरह मस्त था वह।

सफलता के नशे में चूर–दो रातों का जागा हुआ था, आंखें लाल हो रही थीं परन्तु खुश था–इतना खुश कि रास्ते में 'ऐरिस्टोक्रेट' की एक बोतल खरीदी–इरादा 'छक' कर पीने के बाद 'डट' कर सोने का था।

परन्तु। बैडरूम में कदम रखते ही सारी मस्ती काफूर हो गई।

हलक से चीख ही तो निकल पड़ी–''त ... तुम?''

''हां, मैं।'' बलिष्ठ शरीर और भयंकर शकल वाला शख्स बोला–''बंतासिंह।''

''म ... मगर तुम ...

अमित वाक्य पूरा न कर सका हकलाकर रह गया वह–होश फाख्ता हो जाने की सबसे पहली वजह तो बंतासिंह की यहां मौजूदगी ही थी। 'करेला और नीम चढ़ा' वाली कहावत चरितार्थ कर रहा था बंतासिंह के हाथ में दबा रिवॉल्वर–हालांकि बंतासिंह उसे उस पर ताने हुए नहीं था मगर रिवॉल्वर था उसके पास, यह कम खतरनाक बात नहीं थी।

उसके बैड पर, उसके अपने बैड पर पुश्त से पीठ टिकाये बंतासिंह अधलेटी अवस्था में पड़ा था–फिट न आने के बावजूद बंतासिंह कपड़े तक उसी के पहने हुए था।

उसकी अवस्था देखकर बंतासिंह मुस्कराया।

जालिम की मुस्कराहट भी इतनी खतरनाक थी कि क्या किसी का गुस्सा खतरनाक होगा–अमित अभी अपने होशो-हवास काबू में नहीं कर पाया था कि वह बोला–''हां-हां–बोलो इंस्पेक्टर क्या जानना चाहते थे?''

''त ... तुम यहां कैसे पहुंच गए?''

''कैसे से मतलब?''

''फ्लैट तो बंद था न?''

जालिम मुस्कान के साथ बंतासिंह ने जवाब दिया–''तुम मुझे खुद अपने फ्लैट में बंद कर गए थे।''

''म ... मैं?''

''हां''

''कब?''

''रात के साढ़े ग्यारह बजे।'' बंतासिंह ने चटखारा-सा लेकर कहा–''तब, जबकि माधुरी ब्याहता स्त्री बनी थी और तुम चेहरे पर मूंछ-दाढ़ी लगाकर मिस्टर अग्रवाल।''

अमित के पैरों तले से जमीन खिसक गई–''त ... तुम–तुम उस वक्त फ्लैट के अंदर थे?''

''आफ कोर्स।''

''क ... कहां थे तुम?''

''बरामदे में जीना है, जीने के नीचे एक बुखारी–बंदा उसी में था।''

''क ... कब से?''

''जब से हुजूर ने अशोक का खून किया।''

''म ... मैंने!'' अमित के छक्के छूट गए–''मैंने अशोक का खून किया?''

''यह बात सिर्फ मुझे मालूम है जबकि माधुरी बेचारी अपने भाई की लाश को बंतासिंह की लाश समझकर ठिकाने लगाती रही–उस बंतासिंह की लाश को, जो इस वक्त तुम्हारे कपड़ों में, तुम्हारे बैड पर आराम फरमा रहा है।''

अमित के मुंह से बोल न फूटा, जुबान तालू से जा चिपकी।

हक्का-बक्का रह गया था वह।

काटो तो खून नहीं।

बंतासिंह के चंद ही शब्दों ने उसे बता दिया था कि अशोक के यहां आने से लेकर अब तक जो कुछ हुआ है वह सब बंतासिंह को पता है–उस बंतासिंह को जो उसके खून का प्यासा है–जिसने कचहरी परिसर में उससे बदला लेने की कसम खाई थी–जो अमित अब से केवल दस मिनट पूर्व यह सोच-सोचकर मस्त हुआ जा रहा था कि इन दो रातों में उसने वह कमा लिया है जो अब तक के मुकम्मल जीवन में नहीं कमा पाया था, वही अमित इस वक्त अपनी आंखों के सामने झूलता फांसी का फंदा देख रहा था।

चेहरा पसीने-पसीने हो गया।

टांगें कांपने लगीं–सिर बुरी तरह चकरा रहा था।

भविष्य के वे सभी सपने टूट-टूटकर बिखर रहे थे जो उसने थाने से यहां तक रास्ते में देखे थे–कुछ देर तक बंतासिंह स्टैचू में तब्दील हुए अमित की दयनीय अवस्था का आनन्द लूटता रहा फिर पलंग से खड़ा होकर उसकी तरफ बढ़ता हुआ बोला–''इस वक्त ठक्कर ऑर्गेनाइजेशन को नेस्तनाबूद करने में कामयाबी हासिल करके लौटे हो। माधुरी को तुमने अपनी पूरी स्कीम बताई थी, मैंने एक-एक लफ्ज सुना था।''

''म ... मगर क्या जरूरी है कि अपनी स्कीम में कामयाब होकर ही लौटा होऊं?''

''यह बात तुम्हारी उस 'मस्त' चाल ने मुझे बता दी जिसके साथ तुम यहां आए थे।''

अमित चुप रह गया।

बंतासिंह ने पुनः कहा–''अब सवाल यह पैदा होता है कि परसों रात से कल रात साढ़े ग्यारह बजे तक जो कुछ यहां होता रहा उसे मैं यानि वह बंतासिंह चुपचाप देखता और सुनता क्यों रहा जिसने कचहरी परिसर में तुमसे बदला लेने की कसम खाई थी–परसों रात जब तुम लाश को ठिकाने लगाने चले गए-कल जब सारे दिन 'फ्लैट' से गायब रहे तब माधुरी यहां

अकेली थी–अगर चाहता तो एक सेकेंड में तुम्हारा भंडाफोड़ कर सकता था, सब कुछ बता सकता था उसे–वह सब कुछ जिससे तुम्हारी वह शानदार और फुल-प्रूफ योजना रेत के महल की तरह धराशायी हो जाती जिसके लिए तुम निश्चित रूप से बार-बार अपने दिमाग को दाद दे रहे होगे।''

''तुमने ऐसा क्यों नहीं किया?''

''मेरा अपना स्वार्थ था।''

''क्या?''

''उसे सुनने से पहले मेरी चंद बातें सुननी पड़ेंगी तुम्हें।''

इस 'जानकारी' ने अमित को राहत पहुंचाई कि बंतासिंह का भी कोई 'स्वार्थ' उससे अटका हुआ है अतः थोड़े आत्म-विश्वास-भरे स्वर में बोला–''बोलो।''

''जो कुछ यहां देखा और सुना, वह सब विस्तारपूर्वक एक डायरी में लिख दिया है–वह डायरी अपने जेल वाले कपड़ों में लपेटकर कहीं छुपा दी है मैंने–कहां छुपाई है इसकी जानकारी मेरे अलावा मेरे एक ऐसे दोस्त को है जिसका फोन नम्बर मेरे दिमाग में महफूज है–मैंने उससे कह दिया है कि प्रत्येक बारह घन्टे बाद यानि दिन के बारह बजे और फिर रात के बारह बजे मैं उसे अपनी खैरियत की सूचना दूंगा–अगर ठीक बारह बजे उसे सूचना न मिले तो समझे कि मैं मर गया हूं और आईजी के पास जाकर उन्हें मेरे कपड़े और डायरी बरामद करा दे।''

''ओह!'' अमित की आंखें सुकड़ गईं।

''तुम अगर कपड़े और डायरी ढूंढ़ने की चेष्टा करोगे तो मेरा दावा है कि कामयाब नहीं हो सकोगे–कहने का मतलब यह है कि अगर मुझे खत्म करने की कोशिश की तो यह सोचकर करना कि जो कामयाबी तुम्हें मिली है, एक ही झटके में वह न सिर्फ नाकामयाबी में बदल जाएगी बल्कि दुनिया की कोई ताकत फांसी के फंदे से नहीं बचा सकेगी तुम्हें।''

''न ... नहीं।'' अमित बोला–''मैं तुम्हें मारने की कोशिश नहीं कर सकता–यह सुनने के बाद तो हरगिज नहीं कि अगर मैं यहां सुरक्षित खड़ा हूं तो उसमें बहुत बड़ा हाथ तुम्हारा है, मैं तुम्हारा अहसानमन्द हूं बंतासिंह।''

"मुझे 'भरमाने' की कोशिश मत करो इंस्पेक्टर।" बंतासिंह खतरनाक मुस्कराहट के साथ बोला–"अपने 'लच्छेदार' शब्दों के उस जाल को मुझसे दूर रखो जिसमें मेरे देखते ही देखते तुमने माधुरी को फंसाया था–मैं भी मुजरिम हूं और तुम भी–मुजरिम न किसी पर अहसान करता है, न किसी का अहसान मानता है–मुजरिम जो करता है सिर्फ अपना स्वार्थ सिद्ध करने के लिए करता है–सबकुछ देखने और सुनने के बावजूद अगर मैं चुप रहा तो सिर्फ अपने स्वार्थ की खातिर–अगर स्वार्थ बीच में न हो तो मैं इसी वक्त तुम्हें गोली मारकर कचहरी परिसर में खाई गई अपनी कसम पूरी कर लूं और यदि तुम्हें यह विश्वास हो जाए कि मेरा कत्ल करके खुद बचे रहोगे तो बिना एक क्षण भी गंवाए तुम मेरी हत्या कर दो–अपने-अपने स्वार्थ के लिए हम एक-दूसरे का अहित भले ही न करें, भले ही एक-दूसरे की मदद करते रहें लेकिन इससे यह हकीकत नहीं बदल जाएगी कि हम एक-दूसरे के खून के प्यासे हैं और हमेशा रहेंगे।"

अमित देखता रह गया उसे।

उसे जिसने ठोस हकीकत बहुत साफ लफ्जों में बयान कर दी थी।

अभी वह चुप ही था कि बंतासिंह पुनः बोला–"मेरे चुप रहने के पीछे एक स्वार्थ यह था कि तुम देवराज ठक्कर के खिलाफ योजना बना रहे थे–उस ऑर्गेनाइजेशन को नेस्तनाबूद करने की तरफ बढ़ रहे थे जिसका मैं कभी एक मुलाजिम हुआ करता था–मैं ऑर्गेनाइजेशन के अंग्रेजी शराब के एक ठेके का इंचार्ज था–पांच साल रहा भी परन्तु उसके बाद मैंने ऑर्गेनाइजेशन से सम्बन्ध तोड़ लिया–ठेके की कमाई ऑर्गेनाइजेशन को पहुंचानी बंद कर दी और यह ऐलान कर दिया कि मैं ऑर्गेनाइजेशन का पेड इंचार्ज नहीं, बल्कि ठेके का मालिक हूं–ऑर्गेनाइजेशन के विधान के मुताबिक मेरी यह हरकत 'गद्दारी' थी और ऑर्गेनाइजेशन जिस तरह गद्दारों को सबक सिखाता था उसी तरह मुझे भी सिखाया गया–देवराज ठक्कर के मवालियों ने मेरी पत्नी की हत्या कर दी और तुमने ऑर्गेनाइजेशन से मिलने वाले दो हजार रुपए 'महीना' को हलाल करते हुए मुझे अपनी पत्नी की हत्या के जुर्म में फंसा दिया–फंसाया भी ऐसा कि फांसी की सजा हो गई–मेरी पांच साल की बच्ची अनाथ हो गई इंस्पेक्टर, मुझे नहीं मालूम कि वह किस हाल में

होगी–सुना है कि आजकल मेरे साले के पास रह रही है–जो कुछ मेरे साथ हुआ, उसकी प्रतिक्रिया स्वरूप जितना शेष मेरे जेहन में तुम्हारे खिलाफ था और यहां आकर मैंने पाया कि तुम उसी नापाक ऑर्गेनाइजेशन को मिट्टी में मिला देने की तरफ बढ़ रहे हो–तुम्हारी स्कीम सुनकर मुझे लगा कि वह पुख्ता है, निश्चित रूप से तुम अपने मन्सूबों में कामयाब हो जाओगे–उन मन्सूबों में जो खुद मेरा भी लक्ष्य थे–माधुरी से मुझे सहानुभूति है, मेरे देखते-ही-देखते उस बेचारी के साथ जो कुछ हुआ वह बेहद दर्दनाक है–यह देखकर एक बार को तो उस पर सारा भेद खोल देने की इच्छा हुई कि वह बेचारी अपने भाई के हत्यारे को अपना रहनुमा और वास्तविक रहनुमा को भाई का हत्यारा समझकर हत्यारे का साथ दे रही थी। मगर पहले भी कह चुका हूं और फिर कहता हूं कि एक मुजरिम के लिए अपने स्वार्थ से ऊपर कोई चीज नहीं होती–वही जीता–जेल से भागने के बाद मुझे जितना खतरा पुलिस से था उससे कई गुना ज्यादा ऑर्गेनाइजेशन के मवालियों और गनमैनों से था–इस अवस्था में भला मैं ऐसी कोई हरकत कैसे कर सकता था जिसके परिणामस्वरूप ऑर्गेनाइजेशन को तहस-नहस कर देने के तुम्हारे मन्सूबों पर पानी फिर जाता?''

''म ... मगर अब तो ऑर्गेनाइजेशन तबाह हो चुका है।''

''बिल्कुल ठीक है।'' बंतासिंह बड़ी गहरी मुस्कराहट के साथ बोला–''तुम बिल्कुल ठीक सोच रहे हो इंस्पेक्टर–तुम यह सोच रहे हो कि अब जबकि ऑर्गेनाइजेशन तबाह हो चुका है तो मैं अपने दुश्मन नम्बर दो यानि तुम्हें तबाह कर सकता हूं, माधुरी के कान में मारी गई मेरी एक फूंक तुम्हें मुकम्मल रूप से बरबाद कर देगी।''

अमित के प्राण खुश्क हो गए।

तिरपन कांप गए थे उसके।

मुंह से बोल न फूटा जबकि बंतासिंह कहता चला गया–''मगर सब कुछ जानते-बूझते मैं अब भी माधुरी के कान में फूंक मारने की जगह तुमसे बात कर रहा हूं, वजह फिर वही है–स्वार्थ–एक मुजरिम का स्वार्थ–शुक्र मनाओ इंस्पेक्टर कि बंतासिंह का स्वार्थ तुमसे अटका हुआ है।''

बड़ी कठिनाई से कह सका अमित–''म ... मैं तुम्हारे किस काम आ सकता हूं?''

''तुम्हें मेरे अमेरिका जाने का इंतजाम करना होगा।''

''अमेरिका?''

''हां।''

''क्यों?''

''दिल में जिंदा रहने की ख्वाहिश जो उमड़ आई है।''

''जिंदा रहने की ख्वाहिश?''

''मैं दुनिया में घूमना-फिरना और ऐश उड़ाना चाहता हूं–तुम जानते हो कि यह इंडिया में रहकर नहीं कर सकता। इसलिए सोचा कि अमेरिका चला जाऊं, इंडियन कानून के हाथ शायद वहां पहुंचकर मेरी गर्दन नहीं जकड़ सकेंगे?''

''क्या इंतजाम चाहते हो तुम?''

''टिकट, पासपोर्ट, वीसा और उनके ऊपर दो लाख रुपये।''

''इ ... इतना सब कुछ मैं कहां से कर पाऊंगा?''

''इस बारे में बताना मेरी 'हैडेक' नहीं है।''

''म ... मगर ...

''अगर-मगर करके बंतासिंह को बेवकूफ बनाने की कोशिश मत करो इंस्पेक्टर!'' वह कठोर स्वर में कह उठा–मेरा अमेरिका जाना जितना जरूरी मेरे लिए है उससे कई गुना ज्यादा जरूरी तुम्हारे लिए है–जहां मैं जिंदा रहने की ललक के वशीभूत अमेरिका जाना चाहता हूं वहीं तुम भी मुझे अमेरिका भेजने के लिए मजबूर हो–तुम्हारे सामने भी वही सवाल है–जिदंगी और मौत का सवाल। जीता-जागता बंतासिंह तुम्हारे गले में पड़ा मौत का फंदा है, ऐसा फंदा जो अगर भारत में रहा तो देर-सवेर तुम्हारे गले में पड़ना ही पड़ना है–जाहिर है कि मौत के इस फंदे को तुम अपनी गर्दन से दूर हटाने के लिए मजबूर हो।''

बुरी तरह फंसे अमित को कहना पड़ा–''ठीक है, मैं कोशिश करूंगा।''

''कोशिश नहीं करोगे इंस्पेक्टर, बल्कि मुझे अमेरिका भेजोगे और पन्द्रह दिन के अंदर भेजोगे।''

''प ... पन्द्रह दिन के अंदर।''

''सोलहवें दिन मेरी समझ में यह बात आ जाएगी कि मुझे अमेरिका भेजना तुम्हारे बस का रोग नहीं है और उस वक्त मुझे जीने की ललक का पीछा छोड़कर कचहरी परिसर में खाई कसम पूरी करनी पड़ेगी।''

''मान लो मैं तुम्हें अमेरिका भेज देता हूं, उस वक्त मेरी पोजीशन क्या होगी?''

''तुम्हारी पोजीशन बहुत बेहतर होगी।'' बंतासिंह ने उसी की 'टुन्न' में कहा–''जेल वाले कपड़ों में लिपटी अपनी डायरी मैं तुम्हें सौंप जाऊंगा–दोस्त को फोन कर दूंगा कि अमेरिका जा रहा हूं–मैं वहां मौज-मस्ती के साथ जिंदगी पूरी करूंगा और तुम यहां जैसे चाहो अपना जीवन गुजार सकते हो।''

बात अमित को जंची।

शायद इसलिए जंची क्योंकि बंतासिंह की बात मान लेने के अलावा उसके पास कोई चारा नहीं था।

सब कुछ सोचने के बाद लगा कि बंतासिंह का ऑफर मान लेना उसके लिए बेहतर भी है और मजबूरी भी, सो बोला–''ठीक है, तुम मेरा खेल नहीं बिगाड़ोगे और मैं तुम्हें अमेरिका भेजूंगा।''

''पन्द्रह दिन के अंदर?''

''ओके।''

''अब जरा कुछ खाने-पीने का इंतजाम करो।'' कहते हुए बंतासिंह ने रिवॉल्वर जेब में रख लिया–''परसों रात से सिर्फ एक डबलरोटी पेट में गई है।''

⅄

''सोच लीजिए मिस माधुरी।'' सरकारी वकील ने 'विटनेस बॉक्स' में खड़ी

माधुरी की आंखों में आंखें डालकर कहा–''एक बार फिर सोच लीजिए कि आप क्या कह रही हैं?''

''मैंने जो कुछ कहा है, अच्छी तरह सोचने-समझने के बाद कहा है वकील साहब।'' पूरी दृढ़ता के साथ माधुरी कहती चली गई–''अगर आप चाहेंगे तो मैं बार-बार चीख-चीखकर कहूंगी कि ये शख्स ... ।'' उसने अपनी अंगुली गन की नाल की मानिन्द सामने वाले कटघरे में खड़े देवराज ठक्कर की तरफ 'तान' कर कहा-''ये शख्स मेरे भाई का हत्यारा है, इस शख्स ने मेरी इन आंखों के सामने मेरे भैया को मौत के घाट उतार दिया, उसके सीने में आग भर दी।''

जोश और भावुकता-भरे स्वर में चीखने के बाद माधुरी हांफने लगी।

खचाखच भरे 'कोर्ट रूम' में ऐसी खामोशी छाई हुई थी कि अगर सुई भी गिरे तो आवाज स्पष्ट सुनी जा सके। कोर्ट रूम से बाहर यानि कचहरी परिसर तक में खड़ा विशाल जनसमूह 'वाइन किंग' पर चलाये जा रहे इस मुकदमे की कार्यवाही को सुन रहा था–अत्यधिक और अनियंत्रित भीड़ तब कहीं जाकर नियंत्रित हो पाई थी जब इस कोर्ट रूम में चल रहे मुकदमे की कार्यवाही को विशेष लाउडस्पीकर्स द्वारा कचहरी में कहीं भी सुनाये जाने की विशेष व्यवस्था कर दी गई।

वाइन किंग कटघरे में चुपचाप खड़ा था।

पूर्णतया शांत।

गोरे-चिट्टे चेहरे पर ऐसी कठोरता विराजमान थी कि वह काला और खुरदरा नजर आने लगा था। पथराई सी आंखों से वह एकटक विटनेस बॉक्स में खड़ी, माधुरी को देखे जा रहा था–उस माधुरी को जिसके चेहरे और दिलो-दिमाग में उसके लिए रहम का एक जर्रा तक नजर नहीं आता था।

हांफती हुई माधुरी ने जब स्वयं को नियंत्रित कर लिया तो सरकारी वकील ने अपना सवाल किया–''आप इस शख्स यानि देवराज ठक्कर को कैसे जानती हैं?''

''मैं इस इच्छाधारी सांप के नागपाश में बंध गई थी वकील साहब, इसकी मुहब्बत के काले जादू का शिकार हो गई थी मैं।''

''यानि आप दोनों मुहब्बत करते थे?''

''जी हां।''

''इस बात का कोई सबूत है आपके पास?''

''स ... सबूत?''

''या कोई गवाह जो यह साबित कर सके कि आप दोनों मुहब्बत करते थे।''

''ग ... गवाह!'' माधुरी दांत भींचकर कह उठी, जहर में बुझे शब्द उसके मुंह से फूटते चले गए–''गवाह तो ये खुद है वकील साहब–खुद इसी से पूछ लीजिए कि यह मुझसे मुहब्बत करता था या नहीं–किसी अन्य गवाह की जरूरत तो तब पड़ेगी जब यह खुद इंकार कर दे।''

सरकारी वकील ने पलटकर देवराज से पूछा–''क्या मिस माधुरी सच कह रही हैं मिस्टर देवराज?''

''जी हां, यह सच है।'' देवराज ने धीर-गम्भीर स्वर में कहा।

माधुरी के होंठों पर जहरीली मुस्कान उभर आई, सरकारी वकील ने पुनः उसकी तरफ पलटकर सवाल किया–''इसने आपके भाई की हत्या कहां की?''

''अपने बैडरूम में।''

''किस वक्त?''

''रात को करीब डेढ़ बजा था।''

''इतनी रात गए देवराज ठक्कर के बैडरूम में आप क्या कर रही थी?''

माधुरी ने जबड़े भींचकर कहा–''वही जो इतनी रात गए बैड पर प्रेमी-प्रेमिका के बीच होता है।''

''क्या आप अक्सर अपनी रातें देवराज ठक्कर के बैडरूम में गुजारती थीं?''

''जी हां।''

''उस रात यानि दस जनवरी की रात में वहां क्या हुआ?''

''उस वक्त करीब सवा बजा था जब अचानक फोन की घन्टी घनघना उठी!'' माधुरी अमित द्वारा रटाया गया एक-एक शब्द नाप-तोलकर कहती

चली गई–''देवराज के साथ-साथ मेरी नींद भी टूट गई–यह तो नहीं जानती थी कि दूसरी तरफ से कौन बोल रहा था मगर इतना देख सकती थी कि दूसरी तरफ से कुछ ऐसा कहा गया जिसे सुनकर देवराज ठक्कर चौंक पड़ा, चौंककर इसने कहा था–''क ... क्या कहा, हमारे ऑर्गेनाइजेशन में पुलिस इन्फॉरमर घुसा हुआ है–सतीश वर्मा–सतीश वर्मा पुलिस इन्फॉरमर है? मुझे नहीं मालूम कि दूसरी तरफ से क्या कहा गया–बस, इतना बता सकती हूं कि इसने यह कहकर रिसीवर रख दिया कि 'सतीश वर्मा' को इसी वक्त मेरे पास लेकर आओ।''

''इसके बाद क्या हुआ?'' सरकारी वकील ने पूछा।

''जिज्ञासावश जब मैंने पूछा तो इसने बताया कि ऑर्गेनाइजेशन में एक पुलिस इन्फॉरमर घुसा हुआ था मेरे आदमियों ने उसे पकड़ लिया है। उनका कहना है कि पुलिस इन्फॉरमर ऑर्गेनाइजेशन की एक महत्वपूर्ण फाइल चुराने में कामयाब हो गया है और यह बताने के लिए तैयार नहीं है कि चुराने के बाद उसने फाइल कहां रखी है।''

सरकारी वकील ने पूछा–''फिर?''

''कुछ देर बात तीन व्यक्ति पुलिस इन्फॉरमर को जकड़े कमरे में दाखिल हुए।''

''क्या आप उन तीन व्यक्तियों को पहचान सकती हैं?''

''वे मर चुके हैं।''

''क्या मतलब?''

''पुलिस रेड के बाद चौधरी होटल की दसवीं और ग्यारहवीं मंजिल पर जो लाशें मैंने देखी हैं, उन तीनों की लाशें उन्हीं में थीं–मैंने उसी वक्त पुलिस को उन तीनों के बारे में बताया था।''

''खैर, पुलिस इन्फॉरमर के कमरे में आने के बाद क्या हुआ?''

''उस शख्स को देखते ही मैं बिस्तर से उछल पड़ी वकील साहब और–मुझे देखते ही वह चीख पड़ा–वह मेरा भाई था, वह मेरा अशोक था वकील साहब जिस तरह हैरत में डूबी मैंने उसे 'भैया' कहकर पुकारा, उसी तरह उसने मुझे 'माधुरी' कहकर। मेरी नॉलिज में वह ट्रेनिंग पर गया हुआ था,

उसे वहां 'सतीश वर्मा' के रूप में देखकर जैसे मैं बौखला गई वैसे ही मुझे देवराज ठक्कर के बैड पर देखकर अशोक हक्का-बक्का रह गया–बुरी तरह चीखकर वह मेरी तरह लपकना चाहता था मगर इसके साथियों ने उसे जकड़े रखा और मैं पागलों की तरह इससे चीखकर इससे अपने भैया को छोड़ देने के लिए कहने लगी मगर इस पर भला कहां असर होना था–इसके होंठों पर कुटिल, व्यंग्य भरी हिंसक मुस्कान नाच रही थी–इसकी आंखों में उस वक्त वह चमक थी वकील साहब, जो चूहे को देखकर बिल्ली की आंखों में उभरती है–यह जानने के बाद ये कुछ ज्यादा ही खतरनाक नजर आने लगा कि मेरे अशोक के बीच भाई-बहन का रिश्ता है–तड़पकर मैं अपने भैया की तरफ दौड़ना चाहती थी कि इसने झपटकर मुझे पकड़ लिया–मैं इसके बदले हुए रूप को देखती रह गई वकील साहब। उस वक्त वह कसमें खाने वाला देवराज नहीं बल्कि मरने-मारने पर आमादा देवराज ठक्कर नजर आया–उस वक्त ऐसा कतई नहीं लग रहा था जैसे इसने मुझसे मुहब्बत की हो–इसने बैड पर बिछे गद्दे के नीचे से रिवॉल्वर निकाला, मुझे तीन में से दो आदमियों के हवाले किया–उस वक्त भैया को केवल एक आदमी जकड़े हुए था जब यह खतरनाक अंदाज में उनकी तरफ बढ़ा–नजदीक पहुंचकर रिवॉल्वर की नाल उनकी नाक में घुसेड़ता हुआ बोला–''यह बात तो तुम अब कह नहीं सकते 'बेटे' कि तुम्हारा नाम सतीश वर्मा है और तुम पुलिस इन्फॉरमर नहीं हो–इत्तेफाक से तुम्हारे इस कमरे में कदम रखते ही हमें तुम्हारा असली नाम पता लग गया है–यह भी पता लग गया है कि तुम सब-इंस्पेक्टर की ट्रेनिंग पर गए हुए थे–सो समझ सकते हो कि हमारे आदमियों ने तुम्हें गलत नहीं पकड़ा है–तुम सचमुच पुलिस इन्फॉरमर हो–अब फटाफट बता दो कि हमारे ऑर्गेनाइजेशन से सम्बन्धित फाइल चुराने के बाद तुमने कहां रखी है?''

सरकारी वकील ने पूछा–''अशोक ने क्या जवाब दिया?''

''उन्होंने कहा कि वे किसी भी हालत में फाइल का पता नहीं बताएंगे।''

''तब?''

''तब इस जालिम ने उनके चेहरे पर एक जोरदार घूंसा मारा और एक ही बार मारने के बाद रुक नहीं गया बल्कि वहशियों की भांति उन्हें मारता रहा,

बार-बार फाइल के बारे में पूछता रहा, परन्तु उन्होंने एक लफ्ज नहीं बताया और हालत यह हो गई कि यह उन्हें मारता-मारता थक गया–''तब, यह स्वयं ही बोला कि 'मैं गलत ढंग से ट्राई कर रहा हूं।' ऐसा कहने के बाद यह मेरी तरफ बढ़ा और मुझे मार-मारकर भैया से फाइल का पता पूछने की कोशिश करने लगा–जब उन्होंने तब भी नहीं बताया तो इसने तीनों में से एक से सिगरेट सुलगाने के लिए कहा और फिर अशोक को दिखा-दिखाकर जलती सिगरेट से मेरे जिस्म को दागा जाने लगा।''

''ओह।''

''मैं चीख रही थी, चिल्ला रही थी–उधर अशोक भी रह रहकर मुझे छोड़ देने के लिए चिंघाड़ रहा था परन्तु इन दरिन्दों पर किसी भी चीख का कोई असर नहीं पड़ रहा था वकील साहब, देवराज ठक्कर ने साफ-साफ कह दिया था कि यह उस वक्त मुझे टॉर्चर करता रहेगा जब तक कि भैया फाइल का पता नहीं बता देते–मैं चीख-चीखकर भैया से फाइल का पता न बताने के लिए कह रही थी–भैया तड़पते रहे, चीखते रहे मगर फाइल के बारे में इन्हें एक लफ्ज नहीं बताया उन्होंने तब–देवराज ठक्कर नाम के इस निशाचर ने एक भाई के सामने बहन को नग्न कर देने का हुक्म दनदना दिया–मेरे जिस्म पर मौजूद मात्र दो कपड़ों को नोंचने के लिए इसके 'गुलाम' मेरी तरफ बढ़े, वे मेरे नजदीक पहुंचे ही थे कि एक भाई के जिस्म में देवी शक्ति समा गई–खुद को एक ही झटके में बंधनमुक्त करके अशोक ने इस जालिम पर छलांग लगा दी और–और घबराकर इस कमीने ने मेरे भैया पर गोली चला दी।''

''गोली अशोक को कहां लगीं?''

''स ... सीने में।'' माधुरी कहती चली गई–''गोली भैया के सीने में लगी थी परन्तु इसके बावजूद उन्होंने झपटकर इसे जकड़ लिया–भैया के हाथ इस इच्छाधारी सांप की गर्दन पर थे–इसके दो गुलामों के बंधन में जकड़ी मैं चीख-चिल्ला रही थी–मैंने साफ-साफ देखा वकील साहब, मैंने अपनी आंखों से देखा कि जब इसे लगा कि जख्मी होने के बावजूद भैया गर्दन दबाकर इसे मार डालेंगे तब ... तब ... तब इस हत्यारे ने रिवॉल्वर की नाल

मेरे भैया के माथे पर रखकर गोली चला दी और अन्तिम चीख के साथ भैया धड़ाम से फर्श पर गिरे।''

''इसके बाद क्या हुआ?''

''चीखने-चिल्लाने और इसके गुलामों के बंधन से आजाद होने की नाकाम कोशिश के अलावा मैं कर भी क्या सकती थी, सो वही करती रही जबकि इस हैवान ने अपने आदमियों से कहा कि बिना फाइल का पता जाने हमें इसे मारना नहीं चाहिए था मगर इस कुत्ते ने हालात ही ऐसे 'क्रियेट' कर दिए कि हमारे पास कोई चारा न बचा–अब जैसे भी हो, जल्दी से जल्दी यह पता लगाकर फाइल हासिल करो कि उसे इसने कहां छुपाया है।''

''तब?''

''चीखते-चीखते मैं बेहोश हो गई वकील साहब और जब होश में आई तो खुद को इसके बैडरूम के साथ 'अटैच्ड' बाथरूम के नल के पास बंधी पाया–मुझे नहीं मालूम कि कितने समय के बाद होश में आई–बस इतना जानती हूं कि मेरे हाथ-पैर बंधे हुए थे, मुंह में रूई ठुंसी हुई थी होंठों पर रूमाल बंधा हुआ था–हिलने डुलने की तो बात ही दूर वकील साहब, स्वेच्छापूर्वक मुंह से आवाज तक नहीं निकाल सकती थी मैं।''

''दैट्स ऑल योर ऑनर।'' सरकारी वकील ने ऊंची आवाज में न्यायाधीश से कहा–''आईजी पुलिस, एसएसपी और इस केस के विवेचना अधिकारी इंस्पेक्टर अमित के बयान यह अदालत सुन चुकी है–माधुरी इन लोगों को देवराज ठक्कर के बाथरूम में ठीक उसी अवस्था में मिली थी जिसका जिक्र अभी-अभी स्वयं मिस माधुरी ने किया है–उस वक्त के फोटो भी अदालत में पेश किए जा चुके हैं–पोस्टमार्टम की गुप्त रिपोर्ट से मिस माधुरी का बयान अक्षरशः मेल खाता है–वह रिवॉल्वर, भी कोर्ट के सुपुर्द कर दिया गया है, लैबोरेटरी की रिपोर्ट के मुताबिक जिससे मकतूल की हत्या हुई है और जिस पर लगा खून मकतूल का ही है–देवराज ठक्कर के बैडरूम में, बिछे कालीन पर से भी मकतूल के ही ब्लड ग्रुप का ब्लड मिला है, इन सब और ऐसे ही दूसरे पुख्ता सबूतों तथा मिस माधुरी की चश्मदीद गवाही के बाद इसमें कोई संदेह नहीं रह जाता कि अशोक श्रीवास्तव नाम के एक

ऐसे कर्तव्यनिष्ठ, ईमानदार, और देशभक्त की हत्या 'वाइन किंग' के नाम से कुख्यात देवराज ठक्कर ने अपने पूरे होशो-हवास में, सोच-समझकर केवल इसलिए कर डाली क्योंकि सब-इंस्पेक्टर अशोक अपने फर्ज का निर्वाह कर रहा था–मैं अदालत से पुरजोर दरख्वास्त करता हूं कि देवराज ठक्कर नाम के इस कसाई को वह सजा दी जाए जिसका ये हकदार है–इसने न सिर्फ अपना फर्ज निभाने का प्रयत्न करते कानून के एक रक्षक की हत्या की है बल्कि उसे उसकी बहन के सामने मारा है–मारने से पूर्व उसकी बहन को टॉर्चर करके नग्न करने की धमकी देकर मानसिक रूप से प्रताड़ित भी किया है उसे। ऐसे बेरहम शैतान के लिए ही कानून की किताबों में फांसी की सजा का जिक्र है, मैं बार-बार अपील करूंगा कि देवराज ठक्कर को फांसी की सजा का हुक्म दिया जाए।''

''ऑब्जेक्शन योर ऑनर।'' बेरिस्टर भटनागर अपने स्थान से खड़ा होता हुआ चीखा–''मेरे काबिल दोस्त यह भूल रहे हैं कि बचाव पक्ष का पक्ष सुने बिना कोई कोर्ट किसी मुल्जिम को मुजरिम करार नहीं दे सकती–फांसी की बात तो बहुत दूर की है। और इस मामले में बचाव पक्ष यानि मैंने अभी तक किसी गवाह से कोई बहस नहीं की है, सरकारी वकील द्वारा पेश किए गए किसी सबूत को 'क्रॉस नहीं किया है।''

''आप कहना क्या चाहते हैं?'' स्वयं न्यायाधीश ने पूछा।

''मैं यह कहना चाहता हूं सर कि सारा ड्रामा पुलिस द्वारा प्लांट किया गया है।'' भटनागर ने अपने एक-एक शब्द पर जोर देते हुए कहा–''सारे सबूत फर्जी हैं, चश्मदीद गवाह फर्जी है।''

''कहने से नहीं मिस्टर भटनागर, साबित करने से काम चलेगा।''

''यही तो मुसीबत है सर।'' भटनागर ने शिकायती अंदाज में देवराज ठक्कर की तरफ देखते हुए कहा–''जो मैं समझ रहा हूं बल्कि यह कहा जाना चाहिए कि जो मैं जानता हूं उसे सिर्फ इसलिए साबित नहीं कर पा रहा हूं, क्योंकि मुझे मेरे मुवक्किल का सहयोग हासिल नहीं है।''

''क्या आप चश्मदीद गवाह से कुछ पूछना चाहते हैं?''

''श-श्योर।'' कहने के बाद भटनागर ने अपने चेहरे को अफसोस के

भावों से मुक्त किया और देवराज पर से नजरें हटाकर 'विटनेस-बॉक्स' की तरफ बढ़ा, नजदीक पहुंचकर माधुरी की आंखों में आंखें डालीं उसने और सवाल किया–''आप का कहना यह है मिस माधुरी कि आप और देवराज आपस में मुहब्बत करते थे?''

माधुरी ने तीखे स्वर में जवाब दिया–''आपके क्लाइन्ट महोदय खुद इस सच्चाई को कुबूल कर चुके हैं।''

''उसकी बात छोड़ो, वह तो यह भी कुबूल कर रहा है कि अशोक की हत्या उसी ने की है।''

''तो आप ही के पेट में दर्द क्यों हो रहा है?''

माधुरी ने व्यंग्यात्मक स्वर में कहा तो कोर्टरूम में मौजूद लोग ठहाके लगाकर हंस पड़े–''कोर्टरूम के बाहर इन शब्दों को सुन रहे जनसमूह के होंठों पर भी मुस्कान रेंग गई।''

''ऑर्डर-ऑर्डर।'' न्यायाधीश महोदय ने शांति बहाल की।

ठहाके रुकने पर भटनागर पुनः माधुरी की तरफ घूमा और बोला–''जब सरकारी वकील ने आपसे यह पूछा कि इतनी रात गए आप देवराज ठक्कर के साथ उसके बैड पर क्या कर रही थीं तो आपने जवाब दिया कि 'वही जो प्रेमी-प्रेमिका बैड पर करते हैं'–मैं इस जवाब का मतलब नहीं समझा, क्या कहना चाहती हैं आप–साफ-साफ कहें, देवराज ठक्कर के साथ उस वक्त आप क्या कर रही थीं?''

माधुरी थोड़ा हिचकी।

कक्ष में ब्लेड की धार जैसा पैना सन्नाटा व्याप्त हो गया था।

देवराज सहित सभी लोग इस बात का इंतजार कर रहे थे कि माधुरी इस सवाल का जवाब देने के लिए किन शब्दों का इस्तेमाल करती है, कुछ देर की खामोशी के बाद उसने उल्टा सवाल किया–''आप सचमुच नहीं समझे कि मैं क्या कहना चाहती हूं।''

''नहीं।'' भटनागर निरन्तर उसकी आंखों में झांक रहा था।

माधुरी के होंठों पर व्यंग्य में डूबी जहरीली मुस्कराहट उभर आई, बोली–''मैं जानती हूं वकील साहब कि अदालत के इस कटघरे में खड़ी करके आप

लोग नारी की कौन-सी ‘कमजोरी’ का लाभ उठाने के ‘फन’ में माहिर होते हैं—आप यह जानते हैं कि नारी पुरुषों की तरह बेहया नहीं हो सकती—रात के अंधेरे में, बैड पर जो कुछ होता है उसे नारी आपकी तरह भरी अदालत में अपने मुंह से नहीं निकाल सकती—आप नारी की इस ‘हया’ और ‘शर्म’ का अवैध लाभ उठाकर ‘रेप’ के सच्चे मुकदमों तक को झूठा साबित करने के ‘हुनरमंद’ होते हैं—मगर मैं आपके इस ‘हुनर’ का शिकार नहीं होऊंगी—अगर आप एक नारी की हया, लाज और शर्म को बेपर्दा करना चाहते हैं तो यह बताइए कि आपके कितने बच्चे हैं?''

''इ ... इस सवाल का क्या मतलब?'' भटनागर बौखला गया।

माधुरी गुर्राई—''जवाब दीजिए वकील साहब, कितने बच्चे हैं आपके?''

''द ... दो।''

''कैसे पैदा हुए थे वे?''

''क ... क्या मतलब?''

''मैं यह पूछ रही हूं, वकील साहब कि आपने अपने दो बच्चे कैसे पैदा किए?''

भटनागर गुर्राया—''मैं यह जानना चाहता हूं कि क्या तुम देवराज के साथ वही कर रही थीं जिसके करने से बच्चे पैदा होते हैं?''

''बेशक।''

''बस योर ऑनर।'' भटनागर ने बहुत जोर से विटनेस बॉक्स के हत्थे पर घूंसा मारा और न्यायाधीश की तरफ पलटकर पुरजोर स्वर में चीखा—''मैं मिस माधुरी के मुंह से यही कहलवाना चाहता था—यह कि इनके बीच शारीरिक सम्बन्ध हो चुके थे, दरअसल उस वक्त तक यह बात ‘क्लियर’ नहीं थी जब तक कि मिस माधुरी ने यह कहा था कि ये लोग वह कर रहे थे जो प्रेमी-प्रेमिका के बीच होता है—कल मिस माधुरी यह कहकर मेरे जाल से बच सकती थीं कि इन्होंने प्रेमी-प्रेमिका के बीच हो सकने वाली बात कही थी, पति-पत्नि के बीच होने वाली नहीं।''

न्यायाधीश ने पूछा—''आप कहना क्या चाहते हैं?''

''मैं अदालत से दरख्वास्त करता हूं कि मिस माधुरी की मेडिकल जांच

की जाए, कौमार्य परीक्षण किया जाए।'' भटनागर अपने एक-एक शब्द पर जोर देता हुआ कहता चला गया–''अगर मेडिकल जांच में मिस माधुरी कुंवारी निकलीं तो साबित हो जाएगा कि ये झूठीं हैं, फर्जी चश्मदीद गवाह हैं और मुझे पूरा विश्वास है कि कौमार्य परीक्षण में मिस माधुरी कुंवारी साबित होंगी।''

''ऐसा विश्वास क्यों है आपको?''

भटनागर ने देवराज ठक्कर की तरफ देखा जिसके चेहरे पर इस वक्त हवाइयां उड़ रही थीं, उसकी सुनसान पड़ी आंखों में झांकता हुआ भटनागर कह उठा–''इस बात को छोड़िए जज साहब कि मुझे इतना विश्वास क्यों है, अगर जरूरी हुआ तो इस सवाल का जवाब 'कौमार्य परीक्षण' की रिपोर्ट आने के बाद दूंगा–फिलहाल अदालत से मेरी सिर्फ इतनी दरख्वास्त है कि मेडिकल जांच का आदेश जारी किया जाए।''

''मुझे आपत्ति है योर ऑनर।'' सरकारी वकील कह उठा।

''किसी नारी का कौमार्य परीक्षण कराना अमानवीय है, इंसानियत के विरुद्ध है अतः यह परीक्षण नहीं किया जाना चाहिए।''

''परीक्षण कराना तब शायद अमानवीय होता जज साहब जब मिस माधुरी यह कह रही होतीं कि वे कुंवारी हैं और मैं उनके कथन को चुनौती दे रहा होता।'' भटनागर सरकारी वकील से कहीं ज्यादा बुलन्द और जोरदार आवाज में कहता चला गया–''मगर यहां बात उल्टी है, मिस माधुरी कह रही हैं कि वे कुंवारी नहीं हैं और मैं परीक्षण यह साबित करने के लिए कराना चाहता हूं कि ये कुंवारी हैं–मैं मिस माधुरी का अपमान करने के लिए परीक्षण कराए जाने की अपील नहीं कर रहा बल्कि उस अपमान को बहाल कराए जाने की मंशा से कर रहा हूं जिसे देवराज ठक्कर से हुई नफरत के कारण, इसे सजा कराने की 'धुन' में बेवजह खो रही हैं और वैसे भी सच्चाई तक पहुंचने के लिए मुझे यह एकमात्र रास्ता सूझा है–अदालत को मेरी यह मांग कबूल करनी ही चाहिए।''

सरकारी वकील ने पुनः विरोध किया।

परन्तु।

वह विरोध भटनागर की दलील के सामने बहुत 'बोदा' था।

सो, न्यायाधीश ने फैसला सुनाया–''सच्चाई तक पहुंचने के लिए बचाव प्रक्ष की अपील स्वीकार कर लेना न्यायसंगत है अतः अदालत हुक्म जारी करती है कि अगली तारीख पर मिस माधुरी के कौमार्य परीक्षण की रिपोर्ट कोर्ट में पेश की जाए।''

माधुरी का चेहरा 'सूत' की तरह सफेद पड़ गया था।

साफ जाहिर था कि उसे केस अपने हाथ से निकलता नजर आ रहा था–उस जाल में उसे एक बहुत बड़ा छेद नजर आ रहा था जिसे उसने और अमित ने मिलकर देवराज ठक्कर के चारों तरफ 'बुना' था।

⅄

अमित ने गौर से अपने सामने बैठे दो गुण्डों को देखा और बोला–''मुझे एक कत्ल कराना है।''

''सो तो इसी बात से जाहिर है कि तुम करीब एक घण्टा पहले मुम्बई की इस बदनाम बस्ती में दाखिल हुए और किट्टू-छंगा का पता पूछते हुए इस शराबखाने तक पहुंच गए। पतले शरीर और लम्बे कद वाला वह शख्स कहता गया जिसके गाल पर चाकू के बने जख्म का लम्बा निशान था–हम नहीं बल्कि सारा इलाका जानता है कि किट्टू-छंगा 'टुच्चे' काम नहीं करते–हमारे पास सिर्फ और सिर्फ कत्ल के केस आते हैं। क्यों छंगा?''

''बिल्कुल ठीक है।'' नाटे शरीर और छोटी-छोटी आंखों वाले उस शख्स ने 'टुन्न' मिलाई जिसके हाथ में छः अंगुलियां थीं, अमित के चेहरे पर नजरें गड़ाकर पूछा उसने–''हमारा रेट मालूम है?''

''अब बता दो।''

किट्टू का सपाट स्वर–''एक लाख।''

''दो मिलेंगे।'' अमित ने लपककर कहा।

''द ... दो?'' छंगा सम्भलकर बैठ गया।

''आधे काम से पहले और आधे काम के बाद।''

दोनों में से 'तुरन्त' कोई नहीं बोला–हां, एक-दूसरे की तरफ देखा अवश्य उन्होंने–आंखों ही आंखों में कुछ बातें हुई और किट्टू ने अमित से पूछा–''पियोगे?''

अमित ने गन्दी से मेज पर रखी ठर्रे की बोतल, आधे भरे हुए किट्टू-छंगा के गिलास और एक 'दोने' में पड़ी आलूगोभी की पकोड़ियों पर एक नजर डालने के बाद कहा–''नहीं।''

''विलायती पीते होगे?'' छंगा ने कहा।

अमित का सपाट स्वर–''तुमने मेरे सवाल का जवाब नहीं दिया।''

''दो लाख में तो हम 'अंडरवर्ल्ड' के बादशाह का खून कर सकते हैं।''

''इतनी बुलन्द हस्ती नहीं है वह।''

अपना गिलास खाली करके मेज पर पटकते हुए छंगा ने कहा–''नाम बोलो।''

''कमलकान्त।'' जेब से एक फोटो निकालकर अमित ने गंदी मेज पर डाल दिया।

किट्टू-छंगा की नजरें पासपोर्ट साईज के फोटो पर चिपक गईं–उस फोटो पर जो किसी घनी दाढ़ी-मूंछ वाले स्वस्थ व्यक्ति का था–नाक फैली हुई-सी थी, आंखों पर 'आई-साइड का चश्मा' और बाल पीछे की तरफ को संवरे हुए थे, उस पर नजरें टिकाए किट्टू ने पूछा–''पता?''

''आज बारह तारीख है न?''

छंगा ने लापरवाही के साथ कहा–''तुम्हें ज्यादा पता होगा।''

''क्या मतलब?''

''हम दिन और तारीखों का हिसाब नहीं रखते।'' किट्टू बोला।

अमित ने कहा–''मगर अब रखना पड़ेगा।''

''दो लाख के लिए रख लेंगे।'' छंगा ने अपना गिलास खाली किया।

''पन्द्रह तारीख की रात को दस बजकर पच्चीस मिनट पर बम्बई के सांताक्रूज हवाई अड्डे पर लैंड करने वाले विमान से यह शख्स उतरेगा।''

''प्लेन कहां से आएगा?''

''पटना से।''

''एयरपोर्ट से कहां जाएगा यह?''

''अमेरिका।''

''मतलब?''

अमित ने ठोस स्वर में कहा–''मगर जाना नहीं चाहिए।''

''पूरी स्थिति स्पष्ट करो।'' किट्टू ने कहा।

''शायद तुम्हें मालूम होगा कि रात के दो बजकर पांच मिनट पर सांताक्रूज हवाई अड्डे से वाशिंगटन के लिए एक प्लेन उड़ता है।'' अमित कहता चला गया–''प्रोग्राम के मुताबिक इसे उस प्लेन से अमेरिका जाना है–तुम्हारे पास करीब साढ़े तीन घन्टे होंगे, वे साढ़े तीन घन्टे जिन्हें यह शख्स अपने मूड के मुताबिक एयरपोर्ट पर या मुम्बई में कहीं गुजारेगा–तुम्हें इन साढ़े तीन घन्टों में इसका काम तमाम कर देना है।''

किट्टू ने पुनः दोनों गिलास भरते हुए कहा–''हो जाएगा।''

''अब सवाल यह उठता है कि तुमने एक लाख मांगा था तो मैंने दो लाख देने का वायदा क्यों किया?''

छंगा ने स्पाट स्वर में कहा–''तुम्हें इसकी मौत से मोटा फायदा पहुंचने वाला होगा।''

''नहीं, यह बात नहीं है।''

''फिर?''

''दरअसल मेरे लिए इसका मरना इतना जरूरी नहीं है जितना जरूरी इसकी मौत को गुप्त रखना है।''

''यानि हमें इसकी लाश को 'ठिकाने' नहीं लगाना है बल्कि 'खत्म' कर देना है।'' किट्टू कहता चला गया–''तुम यह चाहते हो कि कभी किसी को यह पता न लग सके कि कमलकान्त नाम के शख्स को धरती खा गई या आसमान निगल गया?''

''करैक्ट।''

''हो जाएगा।'' छंगा ने बीड़ी सुलगाई।

''एक लाख कत्ल के हैं और एक लाख लाश गायब करने के।''

''हम समझ गए।''

''सौदा तुम्हें मंजूर है न?''

किट्टू ने कहा–''स्टाम्प पेपर पर लिखकर देना पड़ेगा क्या?''

''मेरे साथ चलो, एक लाख तुम्हें अभी मिल जाएंगे।''

''और बाद वाले एक लाख?''

अमित ने सतर्क स्वर में कहा–''वो तब मिलेंगे जब काम मेरी इच्छा के मुताबिक 'फिनिश' हो चुका होगा।''

''हम तुम्हें काम 'फिनिश' हो जाने की सूचना कहां देंगे?''

''तुम्हें कोई ऐसा फोन नम्बर देना होगा जिस पर मैं तुमसे कॉन्टैक्ट कर सकूं।''

''क्यों?''

''पन्द्रह तारीख की रात को दो से ढाई के बीच मैं फोन करके पूछूंगा कि काम 'फिनिश' हो गया है या नहीं,''

''यानि तुम हमें अपना नाम नहीं बताना चाहते?''

''जाहिर है।''

''तो काम 'फिनिश' होने के बाद वाले एक लाख क्या हम कमलकान्त की लाश से वसूल करेंगे?''

अमित ने तपाक से कहा–''तुम बिल्कुल ठीक समझे छंगा।''

''क्या मतलब?'' किट्टू ने पूछा।

''कमलकान्त के पास एरिस्टोक्रेट की चौबीस इंची अटैची होगी–उसमें उसके अन्य सामान के साथ एक लाख 'कैश' होगा।''

किट्टू और छंगा ने एक-दूसरे की तरफ देखा, आंखों ही आंखों में बातें हुईं और किट्टू ने अमित से पूछा–''अगर उसकी अटैची से हमें एक लाख रुपया नहीं मिला तो?''

''तो तुम उसकी लाश को 'खत्म' नहीं करोगे बल्कि किसी ऐसे स्थान पर डाल दोगे जहां से वह पुलिस को बरामद हो जाए।''

''इससे क्या होगा?''

''कह चुका हूं एक लाख कत्ल करने के हैं और बाद वाले एक लाख लाश को खत्म करने के–'कत्ल' के पैसे मैं दे ही रहा हूं–अगर बाद वाले

एक लाख अटैची से न मिलें तो लाश को खत्म करने वाला मेरा काम मत करना, हिसाब क्लियर।''

''बात तो माकूल है।'' छंगा ने कहा।

''मगर ऐसा होगा नहीं।'' अमित बोला–''बता चुका हूं कि मेरे लिए लाश का 'खत्म' होना उसका कत्ल होने से कई गुना ज्यादा जरूरी है। अतः अटैची से तुम्हें निश्चित रूप से एक लाख रुपये मिलेंगे।''

''और अगर हम बाद वाले एक लाख हथिया लेने के बावजूद उसकी लाश को खत्म न करें तो?''

''तो मैं फोन करके पुलिस को बता दूंगा कि कमलकान्त नाम के जिस व्यक्ति की लाश पुलिस को मिली है–उसकी हत्या किट्टू और छंगा ने की है।'' अमित बेधड़क कहता चला गया–''उस अवस्था में न आज वाले एक लाख तुम्हारे किसी काम के रह जाएंगे और न ही अटैची से बरामद होने वाले क्योंकि जेल में रहने-खाने की सुविधा मुफ्त है।''

एकाएक छंगा ने हाथ उठाकर कहा–''हमें क्या, हम तो उतना काम कर देंगे जितना पैसा मिलेगा।''

''यही तो मैं कहना चाहता हूं।'' अमित मुस्करा दिया।

⅄

सलाखों के पास खड़े देवराज ठक्कर ने दांतों पर दांत जमाने के बाद कहा–''ये तुमने क्या किया भटनागर, ये क्या बेवकूफी की तुमने?''

''चलो, खैरियत है कि तुम बोले तो सही।'' भटनागर के होंठों पर विजय मुस्कान नाच रही थी–''आज यह पहला दिन है जब तुमने मुंह खोलकर इस केस के सम्बन्ध में कोई बात कही है–वर्ना तो मैं और चीका देवराज ठक्कर नाम के पत्थर से सिर टकरा टकराकर 'बेहाल' हो चुके थे–तुम्हें हजार कसमें दीं, हजार सवाल किए–बार-बार पूछा कि तुमने अशोक का मर्डर किया है या नहीं मगर तुम कुछ नहीं बोले–अपने होंठ 'सीं' लिए थे तुमने–हर सवाल के जवाब में तुम चेहरे पर संगमरमरी कठोरता लिए पथराई आंखों से सिर्फ

हमारी तरफ देखते रहते थे–तुम्हारा मुंह खुलवाने की, मेरी और चीका की हर कोशिश नाकाम हो गई थी–मगर आज ... आज तुम बिना हमारे सवाल किए बोल रहे हो, हमारे लिए यह शुभ संकेत है ... क्यों चीका?''

''आप ठीक कह रहे हैं वकील साहब।'' भटनागर की बगल में खड़ा चीका बोला–''पता नहीं ठक्कर साहब खुद को किस गुनाह की सजा देना चाहते हैं–भगवान ही जाने कि इस सारे मामले की हकीकत क्यों नहीं बताना चाहते ये–क्यों उस जुर्म के इल्जाम के जुर्म में फांसी पर चढ़ जाना चाहते हैं जो इन्होंने नहीं किया–मैंने इनसे कई बार कहा वकील साहब, कई बार कहा कि इनका अपना ऑर्गेनाइजेशन ध्वस्त हो गया तो क्या हुआ, चीका तो है-चीका का ऑर्गेनाइजेशन तो है–इसे भी अपना ही ऑर्गेनाइजेशन समझें, चीका का बाल-बाल इनके कर्ज में बिंधा पड़ा है–एक बार, सिर्फ एक बार ये मुझे हुक्म दे दें–न अमित वशिष्ठ नाम का इंस्पेक्टर इस दुनिया में रहेगा, न सरकारी वकील कोर्ट में चीखेगा और न ही माधुरी नाम की वह सर्पणी जहर उगलने के लिए कचहरी तक पहुंच सकेगी।''

''च ... चीका!'' देवराज इतनी जोर से दहाड़ उठा कि मुलाकाती कक्ष की दरो-दीवार झनझना उठीं।

''बस–यही हालत है इनकी।'' चीका कहता चला गया–''जब भी इस बारे में बात करता हूं तब इसी तरह चीखकर मुझे खामोश कर देते हैं–मेरी समझ में नहीं आता वकील साहब कि वे बातें इनकी समझ में आनी बंद क्यों हो गईं जिन पर अमल करते-करते सारी जिदंगी गुजर गई–क्या अब यह बात इन्हें मुझे सगझाने की जरूरत है कि गवाहों को किस तरह अपने पक्ष में गवाही देने के लिए मजबूर किया जाता है। और जो टूटते नहीं उन्हें खत्म कैसे किया जाता है?''

''चिंता मत करो चीका।'' भटनागर ने कहा–''अब देवराज बोलेगा–मैं कोर्ट में अपना पक्ष मजबूती के साथ इसलिए नहीं रख पा रहा था कि यह कुछ बोलता नहीं था, बताता नहीं था।''

''तुम क्यों मेरे पीछे हाथ धोकर पड़ गए हो भटनागर?''

''म ... मैं तुम्हारे पीछे हाथ धोकर पड़ गया हूं?''

''और नहीं तो क्या?'' देवराज कहता चला गया-''मैं तुमसे कोर्ट में अपनी पैरवी न करने की 'रिक्वेस्ट' कर रहा हूं–बार-बार कह रहा हूं कि मुझे वकील की जरूरत नहीं है मगर एक तुम हो कि मान ही नहीं रहे, जिद्द पर अड़े हुए हो कि मुझे कोर्ट से बाइज्जत बरी कराके दम लोगे।''

''मेरी इस जिद्द को तुम हाथ धोकर पीछे पड़ना कहते हो?''

''हां।''

''हाथ धोकर अपने पीछे तो तुम खुद पड़ गए हो ठक्कर।''

''म ... मैं?''

''हां, तुम-तुम खुद को मुहब्बत की सलीब पर लटका लेना चाहते हो– तुम एक ऐसे बेवकूफाना ख्याल के लिए खुद को खत्म कर लेना चाहते हो जिसका कम-से-कम विवेक से कोई ताल्लुक नहीं है मगर मैं ... मैं ऐसा नहीं होने दूंगा देवराज–मैं निरंजन चौधरी का दोस्त हूं-मैं उस शख्स का गुलाम हूं जिसे तुम दादा कहते थे–उस हस्ती के मुझ पर सैकड़ों अहसान हैं जो तुम्हें अपना बेटा मानती थी और आज उसके बाद अगर मैं उसके बेटे को 'आत्महत्या' करते चुपचाप देखता रहूं तो लानत है मुझ पर।''

''मैं ... मैं आत्महत्या कर रहा हूं?''

''जो तुम कर रहे हो वह आत्महत्या नहीं तो और क्या है?''

''प ... प्लीज भटनागर।'' देवराज गिड़गिड़ा सा उठा–''मुझे मेरे हाल पर छोड़ दो।''

भटनागर मुस्करा दिया, बोला–''एक बात पहले भी कह चुका हूं और फिर कहता हूं।''

''क्या?''

''सच-सच बता दो कि क्या हुआ था, अगर तुमने सचमुच अशोक का कत्ल किया होगा तो मैं तुम्हारी पैरवी नहीं करूंगा।''

देवराज के चेहरे पर सख्ती के भाव उभर आए, जाने क्या सोचकर सवाल किया उसने-''क्या तुम मेरे द्वारा या दादा, अंकल के द्वारा किए कामों को अलग-अलग मानते हो?''

''नहीं।''

''यानि?''

''जो काम तुम तीनों में से कोई एक करता था वह तीनों के द्वारा संयुक्त रूप से किया गया माना जाता था।''

''तो फिर मान लो कि अशोक की हत्या मैंने की है।''

''क्या मतलब?''

अपने दिमाग में बिखरे विचारों को समेटते हुए देवराज ने कहा–''तुम्हें यकीन दिलाने के लिए मैं कसम खाकर कहता हूं भटनागर कि अशोक की हत्या दादा और सलीम अंकल ने की थी।''

''क्या बक रहे हो तुम?''

''जानते हो कि कम-से-कम तुम्हारी कसम मैं झूठी नहीं खा सकता।''

''म ... मगर यह सब हुआ कैसे?'' भटनागर हकला गया था–''सारा किस्सा सुनाओ मुझे।''

एक सांस में देवराज सबकुछ सुना गया, सुनाने के बाद बोला–''अब तुम समझ सकते हो, फर्क सिर्फ इतना है कि माधुरी दादा और सलीम अंकल के कत्ल को मेरा नाम लेकर कह रही है और ऐसा वह इसलिए कर रही है क्योंकि उसका मतलब मुझसे था–दादा और सलीम अंकल से नहीं–उसे अपने भैया की मौत का प्रतिशोध मुझसे लेने का पूरा हक है।''

''इसके बावजूद कि तुम हत्यारे नहीं हो?''

''तुम बहकने लगे भटनागर, कुछ देर पहले खुद कुबूल कर चुके हो कि हममें से किसी भी एक के द्वारा किया गया कार्य तीनों के द्वारा किया गया माना जाता था।''

''वह कार्य हत्या नहीं हो सकता, हत्या की सजा सिर्फ उसे मिल सकती है जिसने की हो।''

''तो अब क्या तुम यह चाहते हो कि मैं खुद को बचाने के लिए अदालत में चीख-चीखकर यह कहूं कि नहीं अशोक की हत्या मैंने नहीं कि बल्कि दादा ने की थी–''नहीं भटनागर, यह मुझसे नहीं होगा–खुद को बचाने की गर्ज से मैं अपने उस महान् बाप को हत्यारा होते हुए भी हत्यारा नहीं कह सकता जिसने मुझे जैसे गद्दार और अहसानफरामोश बेटे के लिए सलीम

अंकल जैसे वफादार साथी को मौत के घाट उतार दिया–मरते-मरते दादा ने कहा था कि मैंने ऐसा कभी कोई काम नहीं किया जिसकी वजह से उन्हें मुझे अपना बेटा कहने में फख्र हासिल हो और यह सच था भटनागर–यह सच था कि मुझे अपना बेटा बनाये रखने के लिए उन्हें हमेशा शर्मिन्दगी का सामना करना पड़ा–नजरें झुकाए रखनी पड़ी और अपने अन्तिम समय में तो उनकी आत्मा पर मेरे लिए किए गए पाप तक का बोझ था–कम-से-कम अब उनके बाद तो मुझे कोई ऐसा काम न करने दो जिससे उन्हें मुझे अपना बेटा मानने में ग्लानि का अहसास हो–खुद को बचाने के लिए भरी अदालत में दादा को हत्यारा कहना क्या ऐसा काम नहीं होगा–क्या स्वर्ग में बैठी दादा की आत्मा मुझे मेरे इस स्वार्थ भरे कृत्य के लिए धिक्कारेगी नहीं?''

भटनागर ने ध्यान से भावुकतावश दहककर सुर्ख हो चुके देवराज ठक्कर के चेहरे को देखा और फिर एक लम्बी सांस लेने के बाद बोला–''मैं तुम्हारी भावनाओं को समझता हूं ठक्कर और यह कहने में मुझे कोई हिचक नहीं कि तुम्हारी चुप्पी का अर्थ मैं बहुत गलत लगा रहा था।''

''तुम क्या सोच रहे थे?''

''यह कि तुम सूली पर चढ़ने के लिए इसलिए तैयार हो क्योंकि तुम्हारी 'लवर' ऐसा चाहती है।'' भटनागर ने कहा–''कच्ची उम्र के प्रेमियों में ऐसा बचकानी और बेवकूफाना भावनाएं होती हैं–मैं ग्रह सोच रहा था कि ऐसी ही किसी कच्ची और अविवेकशील भावना का शिकार होकर तुम मरने के लिए तैयार हो गए हो।''

देवराज चुप रहा।

''खैर।'' भटनागर ने विषय चेंज किया-''मैं यह जानना चाहता हूं कि जब तुम अशोक को होटल से निकालने से लेकर रेड पड़ने तक नजरबंद थे तो यह कैसे कह सकते हो कि अशोक की हत्या निरंजन चौधरी और सलीम ने की है?''

''पहली बात तो यह है कि अन्य किसी को अशोक की हत्या करने की जरूरत क्या थी और मान लो कि किसी को थी भी तो क्या वह मेरे हैडक्वार्टर में, मेरे बैडरूम में अशोक की हत्या कर सकता था–तुम जानते

हो कि ऐसा नहीं हो सकता, हत्या जैसा अपराध करने के लिए किसी बाहरी व्यक्ति की पहुंच मेरे बैडरूम तक होने की तो बात ही दूर, दसवीं और ग्यारहवीं मंजिल तक भी नहीं हो सकती–इसमें कोई शक नहीं कि हत्या मेरे बैडरूम में हुई है–अकेली यही हकीकत स्पष्ट कर देती है कि जो कुछ माधुरी ने कोर्ट में मेरा नाम लेकर कहा वह सब दादा और सलीम अंकल ने किया है–उन्हें आदमियों को हुक्म देते मैंने अपने कानों से सुना था। जाहिर है कि बाद में ऑर्गेनाइजेशन के लोगों ने उसे पकड़ लिया होगा–उससे फाइल का राज उगलवाने के लिए दादा ने माधुरी को भी पकड़कर वहां बुलवा लिया होगा–हालात ऐसे बने कि दादा को अशोक की हत्या करनी पड़ी और उस सबके बाद माधुरी को वे छोड़ नहीं सकते थे, सो कैद कर ली गई।''

''यह सब तुम्हारा अनुमान ही तो है न?''

''क्या इसके अलावा भी कुछ और हुआ हो सकता है?''

''क्यों नहीं?''

''क्या?''

''फिलहाल इस सवाल का जवाब मेरे पास नहीं है।''

''फिर भी जबरदस्ती मेरे दिमाग में यह ठूंसना चाहते हो कि हत्या दादा और सलीम ने नहीं की ताकि मैं कोर्ट में यह कहने के लिए तैयार हो जाऊं कि मैं हत्यारा नहीं हूं।''

''कम से कम अब मेरी सेहत पर इस बात से कोई फर्क पड़ने वाला नहीं है कि तुम कोर्ट में क्या कहते हो, क्या नहीं?''

''क्यों?''

''मैंने प्वाइंट ही ऐसा उठा लिया है जिसके परिणामस्वरूप, अगली डेट पर माधुरी झूठी साबित हो जाएगी और किसी भी मर्डर केस का आधा दम उस दिन निकल जाता है जिस दिन बचाव पक्ष का वकील यह साबित कर दे कि चश्मदीद गवाह फर्जी है–माधुरी को झूठी साबित करने के बाद तुम्हें बचाने के लिए मुझे कोर्ट में यह हकीकत बताने की जरूरत नहीं पड़ेगी कि असल में अशोक की हत्या निरंजन चौधरी और सलीम अख्तर ने की थी।''

''तुम्हें इतना विश्वास कैसे है कि माधुरी कुंवारी निकलेगी?''

रहस्यमय मुस्कान के साथ कहा भटनागर ने–''अपने बछड़े के दांत मैं अच्छी तरह जानता हूं।''

''य ... यानि?''

''मुझे मालूम है कि देवराज ठक्कर ने कभी किसी क्षेत्र में अपनी सीमाओं का उल्लंघन नहीं किया और इसलिए वह मुहब्बत के क्षेत्र में भी अपनी सीमाओं का उल्लंघन नहीं कर सकता। वह जानता है कि प्रेमी-प्रेमिका का रिश्ता क्या होता है? उसे मालूम है कि प्रेमी-प्रेमिका पति-पत्नी नहीं होते और इसलिए वह प्रेमिका से पत्नी वाला रिश्ता कायम नहीं कर सकता और तुम्हारे करैक्टर की इसी खूबी के बल पर मैं वह जुआ खेल गया–वह जुआ जिसके 'पासे' कम से कम अब मुझे अपने पक्ष में पड़े साफ नजर आ रहे हैं।''

''तुम्हारी सोच धोखा खा रही है भटनागर।''

''क्या मतलब?''

गर्दन झुकाकर देवराज ने कहा–''एक रात हम बहक गए थे।''

''ऐसा नहीं हो सकता।'' उसके चेहरे को बहुत ध्यान से देखते हुए भटनागर ने कहा।

''ऐसा हो चुका है।''

''नहीं।'' भटनागर का दृढ़ता भरा स्वर–''तुम्हारे बारे में मेरी रीडिंग गलत नहीं हो सकती।''

देवराज ने ठोस लहजे में कहा–''इस बारे में हो रही है।''

''अगर ऐसा है तो ऐसा ही सही, जो होगा अगली डेट पर सामने आ जाएगा।''

''नहीं भटनागर ऐसा मत होने दो–भरी अदालत में माधुरी को अपमानित मत करो। अदालत से की गई अपनी मांग वापस ले लो–मैं बता रहा हूं कि परीक्षण का क्या रिजल्ट निकलेगा।''

बेहद कड़ी दृष्टि से उसे घूरते हुए भटनागर ने कहा–''जो हो चुका है, कम से कम अब उसे वापस नहीं लाया जा सकता। अदालत मेडिकल जांच का आदेश दे चुकी है, सो–वह तो अब होगी ही और अगली डेट पर रिपोर्ट भी पेश की जाएगी।''

''समझने की कोशिश ...

''मैं सब समझ रहा हूं देवराज!'' भटनागर एक-एक शब्द को चबाता हुआ बोला–''मुझे 'भरमाने' और 'बेवकूफ' बनाने की कोशिश कर रहे हो तुम–मेडिकल जांच की रिपोर्ट कोर्ट में पेश होगी और हर हाल में होगी–चलो चीका, देवराज ठक्कर पागल हो चुका है और पागल आदमी से फालतू बातें नहीं करना चाहिए।'' अंतिम शब्द उत्तेजित होकर गुस्से में कहने के बाद भटनागर पलट गया।

चीका ने उसके आदेश का पालन किया।

अभी वे दो या तीन कदम दूर ही जा पाए थे कि सलाखों के पीछे खड़ा देवराज बड़े ही दर्दनाक स्वर में चीख पड़ा–''रहने दो भटनागर, मैं तुम्हारे हाथ जोड़ता हूं, पैर पड़ता हूं, किसी तरह मेडिकल जांच को होने से रोको।''

भटनागर पलटा–उसका समूचा चेहरा भभक रहा था, वहीं खड़ा-खड़ा वह एक-एक शब्द को चबाता हुआ बोला–''सॉरी देवराज, तुम्हारी बेवकूफी में मैं तुम्हारा साथ नहीं दे सकता–हां, इतना वायदा कर सकता हूं कि अगर जांच रिपोर्ट से यह केस मेरे हाथ में न आया तो अदालत को यह बताने की कीमत पर तुम्हें बचाने की कोशिश नहीं करूंगा कि अशोक के वास्तविक हत्यारे निरंजन चौधरी और सलीम अख्तर हैं।''

कहने के बाद वह मुड़ा और देवराज के चीखने-चिल्लाने की परवाह किए बगैर वहां से चला गया।

▲

बंतासिंह ने पूछा–''पासपोर्ट बना या नहीं?''

''बन गया है।'' अमित ने जेब से पासपोर्ट निकालकर उसे पकड़ा दिया, बंतासिंह ने खोला तथा फोटो पर नजर पड़ते ही बोला–''यह मेरा ही फोटो है न?''

''भूल गए क्या खुद मैंने ही तो खींचा था।''

''नहीं, भूला नहीं हूं इंस्पेक्टर–भूलने का तो सवाल ही नहीं उठता–

''मुझे याद है कि चेहरे पर असली नजर आने वाली दाढ़ी-मूंछ, जीरो लैंस का 'व्हाइट ग्लास' वाला चश्मा और नथुनों के बीच 'छोटे-छोटे' स्प्रिंग्स फंसाकर तुमने मेरा यह फोटो छः दिन पहले खींचा था।''

''इस रूप में तुम्हारा नाम कमलकान्त है–एयरकन्डीशनर बनाने का बिजनेस करते हो और उसी के सिलसिले में अमेरिका जा रहे हो, अपना यह परिचय तुम्हें अच्छी तरह याद रहना चाहिए।''

''फिक्र मत करो, मुझे सब याद है–यह भी कि यहां से निकलते वक्त चेहरे पर मूंछ-दाढ़ी, चश्मा और नथूनों में स्प्रिंग्स लगाने हैं। मैं तो यह कह रहा हूं कि किसी अन्य के द्वारा तो पहचाने जाने का सवाल ही नहीं उठता, खुद मैं यकीन नहीं कर पा रहा हूं कि पासपोर्ट पर लगे 'फोटो' के पीछे बंतासिंह का चेहरा है।''

''तुम्हें पहचान लिया जाना तुमसे ज्यादा खतरनाक मेरे लिए है।''

''सो तो है।'' मजेदार स्वर में कहने के बाद बंतासिंह ने पूछा–''रवाना कब होना है मुझे?''

''आज ही रात को आठ बजे।''

''अ ... आज ही?'' बंतासिंह चौंक पड़ा।''

''नौ वाली फ्लाइट से तुम बम्बई पहुंचोगे और वहां से दो बजकर पांच मिनट पर अमेरिका के लिए उड़ने वाली प्लेन में सवार हो जाओगे।''

''टिकट कहां है?''

अमित जेब से दो टिकट निकालकर मेज पर रखता हुआ बोला–''एक टिकट यहां से बम्बई तक का है, दूसरा बम्बई से वाशिंगटन तक का।''

''तुमने तो कमाल कर दिया इंस्पेक्टर।'' टिकटों को देखते हुए बंतासिंह ने कहा।

''क्या कमाल कर दिया?''

''आज केवल बारहवां दिन है और तुमने मेरी रवानगी का पूरा इंतजाम कर दिया।''

''जब भेजने का निश्चय कर ही लिया तो पन्द्रहवें दिन का इंतजार किसलिए करना था?'' अमित ने एक सिगरेट सुलगाने के साथ कहा–''अब तुम्हें अपने जेल वाले कपड़े और डायरी मेरे हवाले कर देने चाहिए।''

''अभी नहीं।'' बंतासिंह ने सतर्क स्वर में कहा।

''क्यों?''

''वीसा और दो लाख रुपये?''

''वीसा तो है मगर रुपये केवल एक लाख हैं।''

''क्यों?''

''इससे ज्यादा का इंतजाम नहीं हो सका।''

''कोई बात नहीं, मैं और इंतजार कर सकता हूं।''

''कैसे कर सकते हो, ये टिकट जो खरीद चुका हूं मैं?''

''इतनी जल्दी टिकट खरीदने के लिए तुमसे 'मैंने' नहीं कहा था और फिर बगैर दो लाख का इंतजाम किए टिकट खरीदने की बेवकूफी तुमने की क्यों? क्या यह सोचकर कि बंतासिंह एक लाख रुपल्ली में टल जाएगा?''

''नहीं,ऐसी बात नहीं है बंतासिंह–मजबूरी है, समझने की कोशिश करो।'' अमित गिड़गिड़ाता चला गया–''तुम जानते हो कि टिकट, पासपोर्ट और वीसा तैयार करने में करीब पचास हजार रुपये लग गए–एक लाख कैश दे रहा हूं–मैं ही जानता हूं कि डेढ़ लाख रुपयों का इंतजाम कैसे-कैसे किया है? यकीन मानो बंतासिंह–मैं पूरी तरह निचुड़ चुका हूं–हर उस जगह से उधार ले चुका हूं जहां से ले सकता था–इससे ज्यादा एक भी पैसे का इंतजाम करना मेरे बूते से बाहर की बात है।''

कुछ देर तक बंतासिंह चुपचाप उसके चेहरे को घूरता हुआ जाने क्या सोचता रहा फिर अचानक बोला–''चलो, तुम भी क्या याद रखोगे कि किसी अमीर से पाला पड़ा था, एक लाख ही निकालो।''

''इस सूटकेस में हैं।'' अमित ने 'एरिस्टोक्रेट' के सूटकेस की तरफ इशारा किया।

''गुड!'' कहने के साथ बंतासिंह ने सूटकेस खोला–गड्डियों पर नजर पड़ते ही उसकी आंखों में चमक उत्पन्न हो गई, उस वक्त वह गड्डियों को गिनने और उनमें फुरेरी लगाने में मस्त था जब अमित ने कहा–''अब डायरी मुझे मिल जानी चाहिए।''

फुरेरी लगाना छोड़कर बंतासिंह उसकी तरफ देखता हुआ बोला–''ताकि

तुम मेरा 'क्रियाकर्म' करके लाश किसी ऐसे स्थान पर ठिकाने लगा दो जहां से कभी किसी को बरामद न हो सके?''

''क्या मतलब?''

''मतलब यह इंस्पेक्टर कि जो मैं कह रहा हूं उसे तुम अब तक पांच सौ पचपन बार कर चुके होते–अड़चन है तो सिर्फ यह कि मेरी मौत के बाद मेरा दोस्त कपड़े और डायरी आईजी साहब को बरामद करा देगा–डायरी हाथ में आते ही तुम्हारी अड़चन दूर हो जाएगी और बंतासिंह नाम की मुसीबत से हमेशा के लिए 'निजात' पाकर अपने ये एक लाख रुपये भी बचा लोगे, थोड़ा बहुत कमीशन काटकर टिकट भी रिटर्न हो सकते हैं?''

''मैं ऐसा नहीं सोच रहा हूं।''

''कमाल की बात है–जो तुम्हें सोचना चाहिए वह नहीं सोच रहे हो, खैर–अगर नहीं सोच रहे हो तो मत सोचो मगर कम से कम मुझे तो वह कहने दो जो सोचा है।''

''क्या सोचा है तुमने?''

''यह कि डायरी और कपड़ों का पता मैं तुम्हें ठीक उस क्षण बताऊंगा जब 'वेटिंग हॉल' की सीमा क्रॉस करके रनवे की तरफ बढूंगा।''

''यानि-यानि मुझे तुम्हारे साथ एयरपोर्ट जाना होगा?''

लच्छेदार स्वर में बंतासिंह ने कहा–''ऐसा करना तो वैसे भी तुम्हारा फर्ज बनता है इंस्पेक्टर, घर में इतने दिन रहा मेहमान हमेशा के लिए मुल्क छोड़कर जा रहा है–क्या शिष्टाचार के नाते तुम्हें उसे 'सी ऑफ' करने नहीं जाना चाहिए?''

''फोन करके अपने दोस्त से मेरा पीछा कब छुड़ाओगे?''

''फ्लाइट जाने के तीस मिनट पहले एयरपोर्ट से फोन कर दूंगा।''

''यानि जो करोगे एयरपोर्ट पर पहुंचकर करोगे?''

''ताकि तुम वह न कर सको जिसका मुझे डर है।'' बंतासिंह कहता चला गया–''एयरपोर्ट पर मेरे शिकंजे से मुक्त होने के बावजूद तुम मेरा 'क्रियाकर्म' इसलिए नहीं कर सकोगे क्योंकि वहां 'क्रियाकर्म' करके मेरी लाश किसी को मिल गई तो बंतासिंह के मरने का समाचार अखबारों में इतने मोटे-मोटे

अक्षरों में छपेगा कि तुम उसे माधुरी की आंखों से नहीं छुपा सकोगे–मेरी मौत का समाचार किसी और ढंग से छपा देखते ही माधुरी के दिमाग में यह सवाल कौंधेगा कि अगर बंतासिंह 'अब' मरा है है वह लाश किसकी थी जिसे हटाने में उसने तुम्हारी मदद की–कहने का मतलब यह है कि वह फूंक माधुरी के कान में मेरी लाश भी मार सकती है जिसके परिणामस्वरूप तुम बरबाद हो जाओगे।''

''घबराओ मत बेटे, मैंने ऐसा इंतजाम कर दिया है कि भविष्य में कभी तुम्हारी लाश तक माधुरी के कान में फूंक नहीं मार सकेगी–भले ही तुम सारी जिदंगी भारत के बाहर गुजार देने का 'वायदा' कर रहे हो मगर मैं ऐसा रिस्क नहीं ले सकता कि सारे जीवन मेरी गर्दन पर इस खौफ की नंगी तलवार लटकी रहे कि अगर कभी माधुरी को तुम्हारे जरिए वास्तविकता पता लग गई तो क्या होगा?'' अमित सोचता चला गया–''मैं खतरे को जड़ से साफ कर देने में विश्वास रखता हूं और तुम्हारा इंतजाम मैंने कर दिया है। इधर मैं तुम्हारी डायरी को नेस्तनाबूद करूंगा उधर किट्टू-छंगा तुम्हें ठिकाने लगा देंगे। एक लाख कमाने और जेल से बाहर रहने के लिए तुम्हारी लाश गायब करनी ही पड़ेगी उन्हें।''

''क्या सोचने लगे इंस्पेक्टर?'' एकाएक बंतासिंह ने उसकी विचार श्रृंखला भंग की।

''आ ... ?'' वह चौंका किन्तु सम्भलकर बोला–''क ... कुछ नहीं, तुम व्यर्थ में वहम कर रहे हो बंतासिंह–यकीन मानो, मेरे दिमाग में तुम्हें किसी भी किस्म का धोखा देने का विचार नहीं है।''

''तो फिर मुझे 'सी ऑफ' करने एयरपोर्ट पर चलोगे न?''

अमित ने हथियार डालने की एक्टिंग की–''मजबूरी है।''

बंतासिंह के होंठों पर धूर्त मुस्कान रेंगकर रह गई।

▲

''खट् ... खट् ... खट्!''

रात के सन्नाटे में फावड़ा चलने की आवाज दूर तक गूंज रही थी, परन्तु जिस इलाके में गोलियां की आवाज सुनने वाला कोई नहीं रहता था वहां भला जमीन खोदे जाने की आवाज कौन सुनता–एयरपोर्ट से लौटने के तुरन्त बाद यानि आधे घंटे से अमित फावड़ा लिए उस पौधे की जड़ खोदने में जुटा पड़ा था जिसकी जड़ में बंतासिंह ने रनवे की तरफ बढ़ते वक्त डायरी होना कुबूल किया था।

पसीने से तर-बतर हो चुका था वह।

गड्ढा काफी गहरा हो चुका था।

सांस बुरी तरह फूल रही थी।

कुछ देर बार खट् ... खट् की आवाज बंद हो गई-फावड़ा अपने पैरों के नजदीक फेंककर अमित ने टॉर्च रोशन की और दायरे में सिमटे रोशनी के झाग गड्ढे में डालकर निरीक्षण करने लगा, अपने काम की कोई वस्तु कहीं नजर नहीं आई उसे, अतः बड़बड़ा उठा–''डायरी पाताल में उतार गया है क्या हरामजादा?''

अभी वह ठीक से अपनी सांसों को व्यवस्थित नहीं कर पाया था कि ...

''अमित-अमित!''

माधुरी की आवाज सुनकर वह उछल पड़ा, टार्च एक झटके से ऑफ कर दी उसने।

मुंह से बोल न फूटा।

जबकि माधुरी की आवाज पुनः गूंजी–''अमित, तुम बोलते क्यों नहीं–लॉन में क्या कर रहे हो?''

अमित के प्राण खुश्क हो गए।

वह समझ गया कि टॉर्च माधुरी को बता चुकी है कि वह यहां है मगर अभी भी उसके मुंह से बोल न फूट पाया था कि एक साया अपनी तरफ बढ़ता नजर आया, सारी शक्तियां समेटकर बोला वह–''मा ... माधुरी?''

''हां।'' नजदीक आ रहे साये के मुंह से आवाज निकली।

''त ... तुम इस वक्त यहां?''

नजदीक पहुंचती हुई माधुरी ने कहा–''हां।''

‘‘म ... मुझे तो पता ही नहीं लगा कि तुम कब यहां आ गईं?’’

‘‘पैदल आई हूं न–तुम्हारा फ्लैट शहर से है ही इतनी दूर कि रात के वक्त कोई आटोरिक्शा वाला इधर आने के लिए तैयार नहीं होता।’’ बताने के बाद माधुरी अजीब से स्वर में कहती चली गई–‘‘और आज ... आज तो मैंने किसी ऑटोरिक्शा वाले से बात भी नहीं की।’’

‘‘क्यों?’’

‘‘क्योंकि मैं नहीं चाहती कि आज की रात के मेरे यहां आगमन के बारे में किसी को पता लगे।’’

‘‘ए ... ऐसी क्या बात है?’’

‘‘तुम्हारे इस सवाल का जवाब मैं बाद में दूंगी अमित।’’ कहती हुई माधुरी उसके बेहद नजदीक पहुंच गई थी–‘‘पहले यह बताओ कि रात के इस वक्त तुम लॉन में फावड़े से ...

मगर।

माधुरी के मुंह से निकलने वाले आगे के शब्द गुड़मुड़ होकर एक चीख में तब्दील हो गए।

दरअसल उसका पैर गड्ढे में पड़ गया था।

‘‘अरे सम्भलो।’’अमित ने लपककर उसे गिरने से बचाया।

‘‘यह क्या कर रखा है तुमने?’’ अमित की बांहों में कैद माधुरी गड्ढे से बाहर निकलने का प्रयत्न करती हुई बोली–‘‘इतना गहरा गड्ढा क्यों खोद रखा है?’’

‘‘व ... वो बात ये है माधुरी कि ...

अमित की जुबान लड़खड़ाकर रह गई। कोई बहाना नहीं सूझ रहा था उसे–यह विचार होश उड़ाए हुए था कि माधुरी के सवालों का सामना कैसे करेगा जबकि गड्ढे से निकलने और अमित की बांहों से मुक्त होने के बाद माधुरी ने कहा–‘‘टॉर्च ऑन करो। देखूं तो सही कि रात के इस वक्त तुम यहां इतना गहरा गड्ढा क्यों खोद रहे हो?’’

‘‘क ... कोई खास बात नहीं थी माधुरी।’’ बहाना उसके दिमाग ने स्वयं उगला–‘‘दरअसल मैं बंतासिंह की हथकड़ियां ढूढने की कोशिश कर रहा था।’’

''हथकड़ियां?''

''हां, जेल से भागते वक्त उसके हाथों में हथकड़ियां थीं।'' दिमाग द्वारा उगले गए बहाने पर उसने 'पॉलिश' शुरू कर दी–''जबकि मैंने उसे खुले हाथों देखा था। पता नहीं साले ने हथकड़ियां कैसे खोलीं और कहां डाल दीं?''

''हथकड़ियों का ख्याल तुम्हें इतने दिन बाद आ रहा है?''

''ह ... हथकड़ियों के बारे में मुझे कल, हर हफ्ते होने वाली पुलिस की मीटिंग में पता लगा–इस बात पर चर्चा हो रही थी कि जेल से भागने के बाद बंतासिंह कहां गायब हो गया जबकि उसके हाथों में हथकड़ियां भी थीं–यह बात सुनते ही मैं चौंक पड़ा, तब से यह सोच-सोचकर परेशान हूं कि हथकड़ियां उसने डालीं तो कहां डालीं?''

''कहीं भी डाली हों, इससे तुम्हें क्या फर्क पड़ता है?''

''क ... कमाल की बात कर रही हो माधुरी, कल अगर किसी को मेरे लॉन या इस कॉलोनी में से भी हथकड़ियां मिल गई तो इस इलाके के इंस्पेक्टर को यह समझते देर न लगेगी कि बंतासिंह इस कालोनी में किस मकसद से किसके पास आया होगा और इस अवस्था में उसके द्वारा पूछे जाने वाले सवालों का जवाब देना मेरे लिए मुश्किल हो जाएगा।''

''मगर तुम्हें यह कैसे मालूम कि हथकड़ियां उसने यहां छुपाई हैं?''

''मैंने कब कहा कि मुझे मालूम है?''

''तो फिर 'पर्टीकुलर' इसी जगह गड्ढा खोदकर क्यों देख रहे थे तुम?''

अमित ने अपने दिमाग में तैयार हो चुका जवाब दिया–''दिन में जब मैं लॉन का निरीक्षण करता हुआ घूम रहा था तब यहां, इस पौधे की जड़ के नजदीक ऐसा लगा जैसे किसी ने वहां गड्ढा खोदने के बाद पुनः भरा हो और ऐसा देखने के बाद मेरे दिमाग में विचार कौंधा कि कहीं बंतासिंह ने हथकड़ियां 'यहीं' तो नहीं छुपा दी हैं–दिन के उजाले में चैक करना मैंने मुनासिब नहीं समझा इसलिए इस वक्त चैक कर रहा था।''

''मिली?''

''नहीं।''

''तो और खोदो–टार्च मैं पकड़ लेती हूं।''

''न ... नहीं।'' यह सोचकर अमित के हलक से चीख सी निकलती चली गई कि अगर फावड़े की दो-चार चोटों के बाद बंतासिंह की डायरी नजर आने लगी तो वह माधुरी को उसे पढ़ने से नहीं रोक सकेगा, संभलकर बोला-''नहीं, अब यहां से हथकड़ियां मिलने की कोई उम्मीद नहीं है–गड्ढा काफी गहरा खोद चुका हूं, इससे ज्यादा गहराई में उसने हथकड़ियां नहीं छुपाई होंगी।''

''फिर भी।'' माधुरी ने कहा–''थोड़ी ट्राई और कर लेते हैं।''

''अब छोड़ो भी।'' अमित माधुरी की कमर पर हाथ रखते हुए बोला–''आओ अंदर चलते हैं–यह भी तो जानना है कि रात के इस वक्त तुम यहां क्यों आई हो और क्यों नहीं चाहतीं कि आज की रात तुम्हारे यहां आगमन की जानकारी किसी को हो।''

शुक्र था कि माधुरी ने ज्यादा जिद्द नहीं की।

इस वक्त वे किचन लॉन में थे–कुछ देर बाद दोनों 'फ्रन्ट लॉन' की तरफ बढ़ गए, अमित ने टॉर्च ऑन कर ली थी।

फ्लैट में दाखिल होने के लिए अभी वे दरवाजे पर पहुंचे ही थे कि ...

'धड़ाम!' एक जबरदस्त विस्फोट की आवाज दूर-दूर तक गूंज गई।

एक साथ दोनों बौखला गए।

घबराकर अमित ने टॉर्च 'ऑन' कर ली।

विस्फोट की आवाज के साथ 'किचन लॉन' की तरफ से उन्हें पल भर के लिए आग की रोशनी-सी नजर आई थी और उसके बाद तत्काल अंधेरा छा गया, सन्नाटे ने पुनः कुंडली मारकर अपना स्थान ग्रहण किया।

माधुरी और अमित अभी हक्के-बक्के ही थे कि दूर करीब बारह 'प्लाट' दूर मौजूद इमारत की एक खिड़की खुली, रोशनी नजर आई और रोशनी में नजर आया एक मर्द का चेहरा–खोजी नजरों से उसने अपने कमरे के बाहर छाए अंधकार को घूरा–कुछ देर तक घूरता रहा मगर फिर कुछ समझ में न आने की मुद्रा में खिड़की से हट गया।

खिड़की बंद हो गई।

माधुरी और अमित ने सांसें तब लीं जब खिड़की की दरारों से झांकती रोशनी ने दम तोड़ दिया, अमित फुसफुसा उठा–''विस्फोट ने उसकी नींद तोड़ दी लेकिन समझ नहीं सका कि विस्फोट कहां हुआ है।''

''मगर यह विस्फोट था कैसा अमित?''

''मैं भला क्या कह सकता हूं?''

''हुआ तो किचन लॉन में ही था न?''

''हां।'' पसीने-पसीने हुआ अमित बोला–''विस्फोट के साथ रोशनी तो उधर ही चमकी थी।''

''आओ, देखें तो सही।'' अमित स्वयं भी यही चाहता था–सांय-सांय करते दिमाग के साथ वह किचन लॉन की तरफ बढ़ गया, माधुरी साथ थी और उस वक्त पट्ठे के सभी मसामों ने शर्त लगाकर पसीना उगल दिया जब उस पौधे की हालत देखी जिसकी जड़ में गड्ढा खोदा था।

जड़ सहित जमीन से उखड़ा 'पौधा' पड़ा था।

वातावरण में बारूद की गंध फैली हुई थी। गड्ढे और उसके आस-पास छितराए पड़े बारूद और बम के टुकड़ों को देखकर अमित की टांगें कांपने लगी थीं–वहां खड़े रहना मुश्किल हो गया उसे–अन्तरिक्ष में मंडराते दिमाग में बार-बार यह ख्याल कौंधकर उसके होश फाख्ता किए जा रहा था कि पौधे की जड़ में बंतासिंह ने डायरी नहीं बल्कि बम छुपाया था'–यह सोच-सोचकर उसका कलेजा मुंह को आने लगा कि 'बंतासिंह उसकी इहलीला समाप्त कर देने का पूरा इंतजाम करके गया था।'

जिस्म में झुरझुरी सी दौड़ती चली गई–पुरजोर चेष्टा के बावजूद वह अपनी कांपती टांगों को नियंत्रित न कर सका–कल्पनाओं में वह अपने जिस्म के लोथड़ों को गड्ढे के आस-पास पड़े देख रहा था।

⅄

ड्राइंग-रूम में पहुंचने के बाद शारीरिक और मानसिक रूप से थका अमित अभी सोफे पर गिरने ही वाला था कि माधुरी ने कहा–''नहीं, यहां नहीं अमित।''

''क्या मतलब?'' वह चौंका।

माधुरी ने अजीब स्वर में कहा–''बैडरूम में चलो।''

''ब ... बैडरूम में?'' वह हकला सा गया–''म ... मैं समझा नहीं।''

माधुरी ने रहस्यमय स्वर में कहा–''समझ जाओगे, चलो तो सही।''

दिलो-दिमाग में धमाके से होने लगे, इन धमाकों के बाद जो विचार जेहन में कौंधा उसने तो मानो अमित के छक्के ही छुड़ा दिए और वह विचार यह था कि कहीं जाते-जाते बंतासिंह ने कुछ ऐसा तो नहीं कर दिया है, जिससे माधुरी को हकीकत पता लग गई हो?

ध्यान से बहुत ध्यान से माधुरी की तरफ देखा उसने। अपने दिमाग में कौंध रहा विचार उसे सही लगा।

माधुरी का चेहरा मुकम्मल तौर पर सपाट नजर आ रहा था–सख्त और खुरदरे पत्थर जैसा–लाख खोजने के बावजूद अमित को कोई भाव नहीं आया–खुद पर टिकी माधुरी की आंखें उसे 'पत्थर की आंखें' सी लगीं–रत्ती भर भी गर्दिश या हलचल नहीं थी उनमें–ऐसा लगता था जैसे वह कोई बेहद भयानक और अप्रिय निर्णय ले चुकी हो–अनायास ही अमित का दिल जोर-जोर से धड़कने लगा, बड़ी मुश्किल से पूछ सका वह–''त ... तुम्हारी तबियत तो ठीक है न माधुरी?''

''शायद नहीं है।'' मुंह से ऐसा लहजा निकला जैसे रूह बोल रही हो।

''क ... क्या मतलब?'' अमित बुरी तरह चौंक पड़ा–''क्या हुआ तुम्हें?''

''बैडरूम में चलो, बताती हूं।'' तीव्र गड़गड़ाहट के बाद अमित के जेहन में पुनः धमाके गूंजे–बैडरूम में चलने के लिए माधुरी इतना जोर डाल रही थी कि दिमाग में खतरे की घन्टी घनघनाने लगी–वह बार-बार गह सोचने लगा कि माधुरी बैडरूम में चलने के लिए इतना जोर क्यों डाल रही है, उस बैडरूम में जिसमें अशोक की हत्या हुई थी।

अभी भी वह विचारों में ही गुम था कि माधुरी ने पूछा–''क्या सोचने लगे?''

''स ... सोच रहा हूं कि ऐसी क्या बात है जिसे तुम सिर्फ बैडरूम में करना चाहती हो?''

''है कोई बात, आओ तो सही।'' कहने के बाद वह मुड़ी और फिर सचमुच किसी रूह की मानिन्द सीधी चलती हुई बैडरूम की तरफ बढ़ गई–अमित उसे देखता रह गया, दिल जोर-जोर से पसलियों से सिर टकरा रहा था–हालत यह हो गई कि खुद को सामान्य अवस्था में लाने के लिए उसे एक सिगरेट सुलगानी पड़ी।

उधर, माधुरी दोनों कमरों के बीच के दरवाजे पर जाकर ठिठकी, पलटी और उसे वहीं खड़ा देखकर बोली–''तुम अभी तक वहीं खड़े हो अमित, आओ न!''

अमित को आगे बढ़ना पड़ा।

कोरी स्लेट जैसे मुखड़े वाली माधुरी के नजदीक से गुजरकर जब उसने बैडरूम में कदम रखा तो सारे जिस्म में सनसनी दौड़ गई–कुछ वैसी ही सनसनी जैसे बम विस्फोट के बाद दौड़ी थी और उस वक्त तो अमित के रोंगटे खड़े हो गए जब माधुरी ने दरवाजा बंद करके चटकनी चढ़ा लीं।

पलटकर वह सीधी अमित की आंखों में झांकती हुई बोली–''विस्फोट कैसे हुआ?''

''तुम और मैं, दोनों सिर्फ इतना जानते हैं कि वह किसी बम का धमाका था–ऐसे बम का धमाका था जो शायद वहां कहीं रखा था जहां मैं गड्ढा खोद रहा था।''

''मगर सवाल यह है कि वहां उसे किसने, किस उद्देश्य से रखा था?''

''हालात से जाहिर है कि बम मेरे परखच्चे उड़ाने के लिए रखा गया था।''

''त ... तुम्हारे लिए?''

''और नहीं तो क्या, जरा सोचो–रात के इस वक्त अगर इत्तेफाक से तुम न आ गई होती तो क्या मैं वहीं न होता, क्या मेरे जिस्म को परखच्चों में तब्दील होने से कोई रोक सकता था?''

''इसका मतलब किसी ने तुम्हारी हत्या की कोशिश की?''

''जाहिर है।''

''ऐसी कोशिश कौन कर सकता है?''

''यही सवाल मुझे हलकान किए जा रहा है माधुरी, मगर लाख दिमाग घुमाने के बावजूद ऐसा कोई शख्स दिमाग में नहीं आ रहा जो मेरी मौत का ख्वाहिशमंद हो।''

''जबकि मेरे दिमाग में आ रहा है।'' माधुरी ने कहा–''मैं समझ सकती हूं कि तुम्हारी मौत का ख्वाहिशमंद कौन हो सकता है?''

''क ... किसके बारे में बात कर रही हो तुम?'' अमित ने धड़कते दिल से पूछा।

''इच्छाधारी सांप के बारे में।''

''द ... देवराज?'' अमित उछल पड़ा–''वह भला यह सब कैसे कर सकता है वह तो जेल में ...

''जेल में सिर्फ ठक्कर है अमित, उसके शुभचिन्तक नहीं।''

''श ... शुभचिन्तक?'' अपने 'हवा हो गए' दिमाग को नियंत्रित करता अमित कहता चला गया–''उसके गिरोह के ज्यादातर लोग या तो मारे जा चुके हैं या गिरफ्तार हो चुके हैं।''

''तुम चीका को भूल रहे हो।''

''च ... चीका?''

''हां, वह चीका जो आज की तारीख में उस गिरोह का सरगना है जिसका सरगना कभी बजंरग सेठी हुआ करता था–वह चीका जिसे उस गिरोह का सरगना देवराज ठक्कर ने बनाया था–मैंने अपनी आंखों से देखा है अमित, अपनी आंखों से मैंने यह देखा है कि चीका देवराज ठक्कर के हुक्म का गुलाम है, उसकी आंख के इशारे पर वह कुछ भी कर सकता है।''

''यानि तुम यह कहना चाहती हो कि मेरी हत्या की कोशिश चीका ने की है?''

''चीका ने नहीं, इच्छाधारी सांप के शुभचिन्तक ने–इच्छाधारी सांप के इशारे पर।''

चाहता तो अमित यह कहकर माधुरी को 'क्रॉस' कर सकता था कि चीका या देवराज ठक्कर के किसी शुभचिन्तक को क्या मालूम कि मैं किस वक्त वहां गड्ढा खोद रहा होऊंगा मगर ऐसा कहा नहीं उसने–कहने पर

ऐसा सवाल उठता जो माधुरी को किसी दूसरी दिशा में सोचने पर मजबूर कर देता जबकि इस वक्त वह एक ही दिशा यानि देवराज ठक्कर के बारे में सोचकर संतुष्ट थी–स्वयं तो अमित जानता ही था कि बम किसने रखा होगा–इससे अच्छी बात क्या हो सकती थी कि माधुरी इस घटना को भी देवराज ठक्कर के माथे 'गढ़' रही थी। काफी लम्बी खामोशी के बाद अमित बोला–"लगता है कि माधुरी तुम ठीक कह रही हो, उसके अलावा मेरी मौत का ख्वाहिशमन्द कम से कम आज की तारीख में कोई नहीं है–एक बंतासिंह था, सो मर चुका है।"

"एक बात कहूं अमित?"

"बोलो।"

"इस बार इत्तेफाक से तुम बच गए मगर वे फिर वार कर सकते हैं।"

"फिक्र मत करो माधुरी–इस बार लापरवाह था, मुझे उम्मीद नहीं थी कि इस किस्म का कोई प्राणघातक हमला हो सकता है–दरअसल चीका तक सोच नहीं पाया था मैं मगर अब इस क्षण के बाद मैं सतर्क रहूंगा, अगर चीका ने जरूरत से ज्यादा उछलने की कोशिश की तो उसका और उसके ऑर्गेनाइजेशन का अन्जाम भी वही होगा जो देवराज ठक्कर का हुआ है।"

अपनी ही धुन में कहती चली गई माधुरी–"तुम पर इस कातिलाना हमले से एक बात और स्पष्ट हो जाती है।"

"वह क्या?"

"यह कि तुम्हारे जाल में फंसा इच्छाधारी सांप छटपटा रहा है–यह कि जाल से बच निकलने का रास्ता नहीं मिल रहा है उसे और यह कि कोर्ट में वह और उसके शुभचिन्तक खुद को हमारे सामने कमजोर महसूस कर रहे हैं तभी तो तभी तो अब वे फैसला कोर्ट से बाहर करना चाहते हैं, छिछोरी हरकतों पर उतर आए हैं।"

"शायद तुम ठीक कह रही हो।"

"हमें हर मोर्चे पर सतर्क रहना है, अपने जाल को पूरी तरह कसे रखना है हमें–किसी भी चाल से इच्छाधारी सांप हमारे जाल से निकल न पाए।"

"कोर्ट वाले मोर्चे पर तो हमने उसे बांध ही लिया है।"

“नहीं।” माधुरी अजीब स्वर में कह उठी–“अभी ऐसा नहीं है, अभी बच निकलने का एक रास्ता उसके पास है–वह रास्ता जिसका जिक्र उसके वकील ने पिछली डेट पर किया था।”

“मैं समझा नहीं।”

“माधुरी ने ‘तुरन्त’ कुछ नहीं कहा, चुप रह गई वह जबकि अमित सवालिया नजरों से उसकी तरफ देखता रहा था और उसके देखते ही देखते माधुरी का चेहरा एक बार फिर सपाट, सख्त और खुरदरा हो उठा–आंखें पथराकर कांच की गोलियों में तब्दील होती चली गईं–शिफॉन की सफेद और चिकनी साड़ी में लिपटी वह इस वक्त प्रेतात्मा-सी लग रही थी–सिन्दूरी मुखड़े पर विराजमान कठोरता में वृद्धि होती चली गई और फिर जबड़े भींचकर एक-एक शब्द को चबाती हुई बोली वह–“तुम्हें मालूम है न कि कल मेरी मेडिकल जांच होनी है?”

“त … .तो?” अमित हकला गया।

“जांच रिपोर्ट में वही आना चाहिए जो हम चाहते हैं–जो हमारे हक में है।”

“क … क्या मतलब?” अमित उछल पड़ा–“व … वह नहीं आएगा क्या?”

“अ … अमित!” माधुरी चीख-सी पड़ी, उसके चेहरे पर भूकम्प के भाव उभरे और विलुप्त होते चले गए–साफ जाहिर था कि अमित के सवाल ने उसके दिल पर सीधी चोट की है–कई क्षण तक वह अपने जख्मी दिल को सम्भालने का प्रयत्न करती रही, सम्भलकर बोली–“नहीं, कौमार्य रिपोर्ट में वह नहीं आएगा जो हमारे हक में है।”

मारे आश्चर्य के अमित का बुरा हाल हो गया, चेहरे पर उमड़ते आश्चर्य के सागर को काबू में करने की नाकाम कोशिश के साथ बोला–“अ … अगर ऐसी बात थी तो तुम्हें मुझसे पहले जिक्र करना चाहिए था।”

“क्या कर लेते तुम?”

“म … मैं वह कहानी ही नहीं ‘गढ़ता’ जो ‘गढ़ी’ है, कोई और कहानी ‘गढ़ता’ मैं।”

“मैंने तुमसे यही कब कहा था कि ‘सबकुछ’ हो चुका है?”

''म ... मगर ... ।'' अमित बुरी तरह बौखला गया था–''म ... मैंने सोचा कि–मैंने सोचा कि देवराज ठक्कर के सान्निध्य में रहकर भला कौन बच सकता है, तुम ... तुम सच कह रही हो न?''

माधुरी के मुंह से जहर में बुझा स्वर निकला–''यकीन नहीं आ रहा है?''

''त ... तुम खुद कह रही हो तो बेयकीनी की कोई बात ही नहीं रह जाती मगर ... मगर यह सच है तो स्थिति बड़ी विकट हो गई है माधुरी, हम फंस गए हैं–साफ जाहिर है कि अगली डेट पर तुम कोर्ट में झूठी साबित हो जाओगी और बता चुका हूं कि चश्मदीद गवाह के झूठा साबित होने पर क्या होता है?''

''नहीं, मैं झूठी साबित नहीं होऊंगी।'' माधुरी के जबड़े भिंच गए।

अमित उछल पड़ा, बोला–''ऐसा कैसे हो सकता है?''

''ऐसा होगा अमित, निश्चित रूप से ऐसा ही होगा।''

''कैसे?''

माधुरी ने अपने वक्षस्थल से सफेद और चिकनी साड़ी का पल्लू हटाया, उसके 'घूम' खोलती हुई बोली–''मैं उस जहरीले और इच्छाधारी सांप को बताऊंगी कि प्रतिशोध की आग में भस्म हुई नारी क्या-क्या कर सकती है।''

''न ... नहीं–नहीं माधुरी।'' अमित के हलक से चीख निकलती चली गई–''त ..., तुम ऐसा नहीं कर सकती, तुम ऐसा नहीं कर सकती माधुरी।''

साड़ी उतारकर एक तरफ फेंकती हुई माधुरी ने कहा।

''त ... तुम ... तुम भी आखिर एक मर्द हो अमित, इसलिए तुम भी नहीं समझ सकते कि इंतकाम के लिए औरत क्या कुछ कर सकती है?''

''त ... तुम ... तुम पागल हो गई हो क्या?''

ब्लाऊज के हुक्स खोलती हुई बोली वह–''इच्छाधारी सांप बहुत चालाक है, वह जानता है कि कोर्ट में मुल्जिम द्वारा जुर्म कुबूल कर लेने से कोर्ट की कार्यवाही पर कोई खास फर्क नहीं पड़ता, इसलिए मेरी सहानुभूति हासिल करने की गर्ज से खुद अपने मुंह से जुर्म कुबूल कर रहा है अमित–ताकि मैं इस 'भ्रमजाल' में फंस जाऊं कि वह अब भी मुझसे मुहब्बत करता है, इस धोखे में आ जाऊं कि मेरी मुहब्बत की खातिर वह फांसी तक पर

चढ़ने को तैयार है जबकि ... जबकि हकीकत यह है कि अपने वकील को उसने सबकुछ बता दिया है, यह भी कि मैं अदालत में झूठी कैसे साबित हो सकती हूं मगर मैं ... मैं उसकी हर चाल को नाकाम कर दूंगी अमित। दांत भींचे और आंखों में चिंगारियां-सी उगलती माधुरी गुर्राती चली गई– ''इच्छाधारी सांप की हर चाल का मुंहतोड़ जवाब दूंगी मैं, मेडिकल जांच की रिपोर्ट उसके 'खुशफहम इरादों' की धज्जियां उड़ा देगी।''

अमित अवाक् रह गया था।

मुंह से बोल न फूटा था।

जबकि माधुरी ने अपना ब्लाऊज उतारकर एक तरफ फेंक दिया था।

ब्रेजरी में कैद पुष्ट वक्षस्थल पर अमित की नजर जरूर पड़ी मगर दिलो-दिमाग में वे भाव नहीं उभरे जो प्रेमिका को इस रूप में, अपने बैडरूम में देखकर उभरा करते हैं जिसे वह प्यार से हासिल करना चाहता था, जिसकी मुहब्बत का तलबगार था वह–वह खुद को उसे सौंप जरूर रही थी मगर उसके प्यार में अभिभूत होकर नहीं बल्कि इंतकाम की आग में सुलगकर, देवराज ठक्कर के प्रति असीम घृणा के वशीभूत–अमित साफ-साफ देख रहा था कि माधुरी की सिर्फ आंखों से नहीं बल्कि समूचे जिस्म से प्रतिशोध की चिंगारियां अनार की चिंगारियों की मानिन्द फूट रही थीं।

अभी वह अपने होशो-हवास काबू में न कर पाया था कि ब्रेजरी और पेटीकोट पहने माधुरी ठीक इस तरह चलती हुई स्विच बोर्ड तक पहुंची जैसे लाश चल रही हो और फिर 'कट' की आवाज के साथ कमरे में अंधकार छा गया।

▲

तूफान ज्यादा देर के लिए नहीं आता।

चंद क्षणों के लिए आता है और सब कुछ तहस-नहस करता हुआ गुजर जाता है।

वही हुआ।

सबकुछ तहस-नहस करके गुजरे तूफान को आए तीन घंटे गुजर चुके थे।

अमित की आंखों में नींद नहीं थी–कमरे में अभी तक अंधकार छाया हुआ था–बेचैनी के आलम में वह बार-बार अपनी 'रेडियम डायल' रिस्टवॉच में टाइम देखने लगता था–जेहन में कभी बंतासिंह द्वारा रखे गए बम का धमाका गूंजने लगता तो कभी माधुरी द्वारा किया गया समर्पण!

विचित्र समर्पण।

किट्टू और छंगा के चेहरे रह-रहकर उसके जेहन में उभर रहे थे और दिमाग बार-बार यह सोचने लगता था कि क्या वे कामयाब हो पाएंगे–क्या बंतासिंह को मारकर उसकी लाश को गायब कर देंगे वे–उसने बंतासिंह की मौत के लिए जाल बिछाया था और बंतासिंह ने उसकी मौत के लिए–वह तो इत्तेफाक से बच गया मगर क्या बंतासिंह बच पाएगा?

अगर वह बच गया तो क्या होगा?

कल्पना मात्र से अमित के सम्पूर्ण जिस्म में झुरझुरी-सी दौड़ गई।

उसके लिए यह रहस्य जहां अभी तक रहस्य ही था कि जेल से फरार हुए बंतासिंह के पास 'बम' कहां से आ गया वहीं वह इस सवाल का भी कोई जवाब नहीं खोज पाया था कि बंतासिंह ने अपने कपड़े और डायरी कहां छुपाए होंगे?

उसने कोई डायरी लिखी भी थी या नहीं?

सवा दो बज गए, छंगा और किट्टू से फोन पर बात करने का वक्त।

वह आहिस्ता से उठा, आहिस्ता से इसलिए कि कहीं माधुरी की नींद न खुल पाए।

नग्न जिस्म पर नाइट गाउन डालने के बाद अंधेरे ही में चलता हुआ स्विच बोर्ड तक पहुंचा–हल्की-सी 'कट' की आवाज के साथ कमरे के नाइट बल्ब का मद्धिम प्रकाश बिखर गया।

उसने इस उम्मीद से माधुरी की तरफ देखा था कि सो गई होगी मगर माधुरी पर नजर पड़ते ही दिल 'धक' से रह गया।

आंखें खोले पूरी तरह जागृत अवस्था में थी वह।

गर्दन से नीचे का जिस्म चादर से ढंका हुआ था।

बौखलाए हुए दिमाग को काबू में करके वह बोला–''त ... तुम अभी तक सोई नहीं माधुरी?''

''नींद नहीं आई।''

''क्यों?''

''तुम भी तो नहीं सोए?''

एकदम से अमित को जवाब नहीं सूझा–दिमाग जबरदस्त उलझन में फंस गया था, छंगा और किट्टू से केवल ढाई बजे तक बात हो सकती थी–किट्टू द्वारा कहे गए शब्द उसके कानों में गूंजते चले गए–''हमारा अपना कोई फोन नहीं है, जो नम्बर दे रहे हैं उस पर सिर्फ ढाई बजे तक उपलब्ध रहेंगे।''

और!

ढाई बजे तक माधुरी के सो जाने या चली जाने की कोई सम्भावना नहीं थी।

सो, छंगा और किट्टू से माधुरी के सामने ही बातें करना मजबूरी थी और अभी उन पर सम्भावित शब्दों के बारे में सोच ही रहा था जो उसे फोन पर बोलने पड़ सकते थे कि माधुरी ने पूछा–''क्या सोचने लगे अमित?''

''क ... कुछ नहीं।''

''तुम्हें नींद क्यों नहीं आई?''

''म ... मुझे एक फोन करना है।''

''इस वक्त?'' माधुरी चौंकी–''किसे?''

''क ... किट्टू और छंगा को।''

''ये कौन हैं?''

''मेरे इलाके के छटे हुए बदमाशों के नाम हैं ये।''

''तो?''

''रिपोर्ट मिली थी कि अपने 'रेस्टोरेंट' के 'अन्डरग्राउण्ड' हॉल में ये सारी रात जुआ खिलवाते हैं।'' कहानियां 'गढ़ने' में माहिर अमित कहता चला गया–''मैं उनके अड्डे पर छापा मारना चाहता हूं मगर तब जब वे स्वयं भी वहां मौजूद हों।''

''तो यह जानने के लिए फोन करोगे कि वे अड्डे पर हैं या नहीं?''

''हां।'' रिस्टवॉच पर नजर डालते हुए अमित ने कहा–''वे दो और ढाई के बीच वहां पहुंच जाते हैं।''

''खुद उनसे बात करोगे?''

''हां।''

''तब तो तुमने पकड़ लिया जुआ, क्या तुम्हारे फोन से वे सब कुछ समझ नहीं जाएंगे?''

''मैं उनसे इंस्पेक्टर अमित की हैसियत से बात नहीं करूंगा।''

''और?''

''उनका एक विश्वासी साथी है कमलकान्त–वह मेरा मुखबिर बन गया है, छंगा और किट्टू से वह कह चुका होगा कि उसका एक दोस्त जुआ खेलने उनके रेस्टोरेंट में आना चाहता है, कमलकान्त के दोस्त की हैसियत से ही फोन करूंगा मैं।''

''ओह!''

अमित फोन के नजदीक पहुंचा–नम्बर रिंग किया और सम्बन्ध स्थापित होने पर बोला–''मुझे छंगा और किट्टू से मिलना है।''

''आप कौन बोल रहे हैं?'' दूसरी तरफ से पूछा गया।

''कमलकान्त का दोस्त।''

''ओह!'' कहा गया–''तुम्हारे लिए एक बुरी सूचना है मिस्टर।''

''बुरी सूचना?''

''छंगा और किट्टू मारे जा चुके हैं।''

''क ... क्या?'' अमित इस तरह उछल पड़ा जैसे हजारों बिच्छुओं ने जिस्म के प्रत्येक जर्रे में एक साथ डंक मारा हो और अभी उसके मुंह से कोई लफ्ज नहीं निकल पाया था कि दूसरी तरफ से कहा गया–''मैं तुम्हारे ही फोन की प्रतीक्षा कर रहा था, उन्होंने कहा था कि दो और ढाई के बीच में वे यहां रहेंगे क्योंकि कमलकान्त नाम के किसी शख्स के दोस्त का फोन आएगा और उन्हें तुम्हें तुम्हारे किसी काम के बारे में सूचना देनी है मगर मुझे अफसोस के साथ बताना पड़ रहा है कि अब वे कभी किसी को उपलब्ध नहीं हो सकेंगे–डेढ़ बजे के करीब पुलिस ने उन दोनों की लाश बरामद की है।''

''क ... कहां से?'' अमित बुरी तरह हकला उठा था।

''सान्ताक्रुज एयरपोर्ट के 'टॉयलेट' नम्बर पांच से।''

दूसरी तरफ से बोलने वाले ये शब्द अमित के लिए केवल शब्द ही नहीं रह गए थे बल्कि गड़गड़ाती हुई बिजली बन गए थे–ऐसी बिजली जो एक जोरदार धमाके के साथ सीधी उसके दिलो-दिमाग पर गिरी।

मानो सब कुछ ध्वस्त होकर रह गया, राख में तब्दील हो गया।

''पता नहीं वे सान्ताक्रूज क्यों गए थे, क्या काम था उन्हें वहां?'' दूसरी तरफ से कहा जा रहा था–''क्या तुम्हें इन सवालों का जवाब मालूम है, क्या वे वहां तुम्हारे किसी काम से गए थे?''

अमित के मुंह से बोल न फूटा।

''हैलो-हैलो।'' दूसरी तरफ से बोलने वाला चीखा–''अगर वे वहां तुम्हारे काम से गए थे तो मुझे बता दो, इस बात से शायद उनके हत्यारों का पता लग जाए–मैं छंगा और किट्टू का दोस्त हूं, उनके हत्यारों को छोड़ूंगा नहीं मैं–प्लीज, बोलो।''

जुबान तालू में चिपकी रही।

दूसरी तरफ वाला बार-बार चिल्लाकर 'हैलो-हैलो कहता रहा जबकि अमित का रिसीवर वाला हाथ किसी मशीन के हत्थे की मानिन्द क्रेडिल की तरह बढ़ा और रिसीवर को आहिस्ता से क्रेडिल पर रखने के बाद भी उसके 'पोज' में कोई खास तब्दीली नहीं हुई–यूं ही 'जड़' सा हुआ बैठा रहा।

मानो किसी संन्यासी के श्राप से पत्थर की शिला बन गया हो।

मस्तिष्क सांय-सांय कर रहा था, कानों के इर्द-गिर्द ऐसी आवाजें गूंज रही थी जैसे सैकड़ों सीटियां मिलकर जोर-जोर से चीख रही हों और फिर उन सीढ़ियों की आवाज को 'बेधती' माधुरी की आवाज कानों में पड़ी, वह पूछ रही थी–''क्या हुआ अमित, ऐसी हालत क्यों हो गई तुम्हारी?''

''छंगा और किट्टू मर गए हैं माधुरी।'' शब्द उसकी जुबान से फिसलते चले गए।

''म ... मर गए हैं?''

''हां।''

''कैसे मर गए?''

''किसी ने उनकी हत्या कर दी।''

''किसने?''

मुंह से बंतासिंह का नाम फूटने वाला था कि अमित ने खुद को सम्भाल लिया और बोला–''मार दिया होगा उन्हीं जैसे किसी गुण्डे ने–गुण्डे, बदमाश और मवालियों का अंजाम इसके अलावा और होता भी क्या है–जब तक जिन्दा रहते हैं तब तक किसी-न-किसी को मारते रहते हैं और एक दिन कोई-न-कोई उन्हें मार डालता है।''

''तो अब तुम उनके मर्डर की तफ्तीश करने जाओगे?''

''नहीं।'' उनकी लाशें मेरे इलाके में नहीं पाई गई हैं।''

''तो फिर चेहरे पर बारह क्यों बजा रखे हैं, हवाइयां क्यों उड़ रही हैं इस पर?''

''ह ... हवाइयां?'' अमित सकपकाया–''म-मेरे चेहरे पर हवाइयां क्यों उड़तीं?''

''उड़ रही हैं, मैं साफ देख रही हूं–तुम्हारे चेहरे पर दुःख और रंज के ऐसे भाव हैं जैसा तुम्हारा अपना कोई बहुत 'प्रिय' मर गया हो, थोड़े आतंकित भी नजर आ रहे हो तुम।''

''ऐसी कोई बात नहीं है।'' कहने के साथ अमित ने अपने चेहरे पर कुंडली मारकर बैठ गए 'खौफ' के भावों से मुक्त होने की आरजू से एक सिगरेट सुलगाई और बोला–''मुझे सिर्फ यह दुःख है माधुरी कि एक बड़ा जुआ पकड़ने का मौका हाथ से निकल गया, इसी दुःख से उत्पन्न भाव 'भ्रमित' कर रहे हैं।''

''इतने 'हल्के सदमे' में तो नहीं लग रहे थे तुम।''

''छोड़ो माधुरी!'' कहने के साथ वह बैड पर उसकी बगल में लेटता हुआ बोला–''अब इस 'टॉपिक' में कुछ नहीं रखा।''

कहने को तो अमित ने कह दिया और माधुरी चुप भी रह गई मगर कम-से-कम अमित के लिए 'टॉपिक' ऐसा नहीं था, जिसे वह सिर को हल्का-सा झटका देकर मस्तिष्क से 'आउट' कर देता-उसे कोई शक नहीं था कि किट्टू-

छंगा की हत्या बंतासिंह और सिर्फ बंतासिंह ने की है–स्पष्ट था कि बंतासिंह उसकी 'मौत' बना इस दुनिया में सांसें ले रहा था।

वह बंतासिंह जिसका 'टारगेट' उसकी हत्या है।

वह बंतासिंह जो यह जानने के बाद भीषण रूप से उग्र हो चुका होगा कि उसने किट्टू-छंगा के जरिए उसकी हत्या का प्रयास किया और वह बंतासिंह जो सचमुच 'फूंक मारकर' उसको मुकम्मल रूप से बरबाद कर देने की स्थिति में है।

अभी वह यह सोच ही रहा था कि बंतासिंह भारत ही में होगा या प्लेन में सवार होकर वाशिंगटन की तरफ बढ़ रहा होगा कि माधुरी ने पूछा–"तुम्हें हो क्या गया है अमित, बार-बार किन विचारों में गुम हो जाते हो तुम?"

अमित भंवर से बाहर निकला, बोला–"क ... कुछ नहीं।"

"कुछ तो सोच रहे थे?"

बात बनाते हुए अमित ने कहा–"मैं सोच रहा था माधुरी कि अब हमें शादी कर लेनी चाहिए।"

"श ... शादी?"

"हां।"

"क्यों?"

अमित ने चौंककर उसकी तरफ देखा, पूछा–"क्यों से मतलब?"

"कुछ देर पहले हमारे बीच जो कुछ हुआ है, अगर तुम इसके कारण मुझसे शादी करना चाहते हो तो मैं यह कहूंगी अमित कि किसी दबाव में मत आओ–वह अपने मरहूम भैया के लिए मेरी श्रद्धांजलि थी।"

"बेवकूफों जैसी बातें मत करो माधुरी।" अमित गुर्रा उठा–"तुम जानती हो कि मैं तुमसे कितनी मुहब्बत करता हूं, मैं आज नहीं बल्कि वर्षों से तुमसे शादी करने की बात कह रहा हूं, तुम्हारी हां का इंतजार कर रहा हूं–आज की घटना–आज की घटना तो सिर्फ उस प्रस्ताव को तुम्हारे सामने ठोस तरीके से रखने का सम्बल मात्र है–अगर हमने शादी न की तो जो किया वह 'पाप' होगा और फिर, तुम जानती हो कि अशोक की इच्छा भी यही थी–क्या उसकी अन्तिम इच्छा को पूर्ण करना हमारा हम दोनों का कर्तव्य नहीं है?"

‘‘अगर तुम मुझसे भैया की इच्छा पूर्ण करने के लिए शादी करना चाहते हो तो मैं तैयार हूं अमित मगर ...

‘‘मगर?’’

‘‘यह शादी उस दिन होगी जिस दिन कोर्ट में यह ऐलान किया जाएगा कि देवराज ठक्कर नाम के कसाई को अशोक श्रीवास्तव की हत्या के जुर्म में फांसी पर चढ़ा दिया जाए।’’

⅄

कौमार्य जांच की रिपोर्ट कोर्ट में पेश की गई।

उसमें साफ-साफ लिखा था कि माधुरी कुंवारी नहीं है।

देवराज ठक्कर के मुकम्मल दिमाग पर सन्नाटा सा फैल गया।

भटनागर, चीका और देवराज के प्रत्येक शुभचिन्तक के चेहरों पर हवाइयां उड़ने लगीं।

और वह।

वह इस तरह मुस्करा रही थी जैसे सिर्फ और सिर्फ वह लड़की मुस्करा सकती है जिसे भरे समाज के बीच ‘पाकीजा’ का खिताब मिला हो–माधुरी की गर्दन गुरूर से यूं अकड़ी हुई थी जैसे रिपोर्ट ने उसे ‘कुंवारी’ बताया हो–होंठों पर ‘जहर बुझी’ मुस्कान लिए वह सामने वाले कटघरे में खड़े देवराज ठक्कर को देख रही थी–उस देवराज ठक्कर को जिसके चेहरे पर सारे जमाने की हैरत सिमटी हुई थी।

मारे अचम्भे के उसका मुंह खुला का खुला रह गया था।

इस कक्ष ही में नहीं बल्कि मुकम्मल कचहरी में ऐसा सन्नाटा व्याप्त था कि सुई के गिरने की आवाज लोगों को बम के धमाके की तरह उछाल सकती थी और फिर सन्नाटे को ‘धूल चटाता’ हुआ सरकारी वकील पुरजोर स्वर में दहाड़ा–‘‘साबित हो चुका है योर ऑनर कि उस रात माधुरी देवराज ठक्कर के बैडरूम में थी और अपने भाई का कत्ल होते इसने अपनी आंखों से देखा है–मैं तो शुरू से ही अदालत से चीख चीखकर यह बता रहा हूं मगर

भटनागर साहब को यकीन नहीं था–अपनी समझ में बड़ा जबरदस्त प्वाइंट निकाला था उन्होंने मगर गच्चा खा गए, चलो–शायद अच्छा ही हुआ कि उनकी ख्वाहिश पूरी हो गई–कहिए भटनागर साहब, कोई और ख्वाहिश है आपकी–अगर हो तो उसे भी पूरा कर लें–आपके दिल में कोई मलाल नहीं रहना चाहिए।''

भटनागर ने एक नजर सरकारी वकील पर डाली और फिर चेहरे पर घृणा लिए देवराज ठक्कर की तरफ देखता हुआ बोला–''तुमसे मुझे ऐसी उम्मीद नहीं थी देवराज, तुमने मेरे विश्वास की धज्जियां उड़ाकर रख दीं।''

''मैं भटनागर साहब से दरख्वास्त करता हूं योर ऑनर कि अगर मुझसे या चश्मदीद गवाह से जिरह कर सकते हैं तो करें, अगर उन्हें किसी से कोई गिला शिकवा है तो उसे करने की इजाजत कम-से-कम कोर्ट में नहीं है।''

न्यायधीश ने चश्मा दुरुस्त किया, भटनागर से बोले–''क्या आप सरकारी वकील, चश्मदीद गवाह या अन्य किसी गवाह से जिरह करना चाहते हैं?''

''अब मुझे किसी से जिरह करने की जरूरत नहीं रह गई है सर, थैंक्यू।'' कहने के बाद भटनागर तेजी से पलटा और अपनी कुर्सी पर बैठकर गर्दन झुका ली।

कक्ष में अजीब-सी खलबली और शोर मच गया।

और जब शांति स्थापित हो गई तो सरकारी वकील एक बार पुनः उठा–''अब मुझे यह कहने की कोई जरूरत नहीं है योर ऑनर कि देवराज ठक्कर अशोक श्रीवास्तव का हत्यारा साबित हो चुका है क्योंकि बचाव पक्ष के वकील साहब ने खुद सच्चाई को कुबूल कर लिया है–अब तो मैं अदालत से सिर्फ यह दरख्वास्त करूंगा कि देवराज ठक्कर को फांसी की सजा दी जाए–कानून की किताबों में फांसी की सजा का प्रावधान देवराज ठक्कर जैसे ही जालिम हत्यारों के लिए दिया गया है–यह फांसी की सजा का हकदार है योर ऑनर, अगर इस कसाई को मुकम्मल सबूत और शहादतों के बावजूद फांसी से कम सजा दी गई तो मैं खुले शब्दों में कहता हूं कि वह अदालत और कानून की तौहीन होगी–अपनी गंदी सांसों से समाज में प्रदूषण फैला रहे देवराज ठक्कर जैसे अन्य भेड़ियों को यह सबक देने के लिए कि जो

करतूत वे कर रहे हैं उनका अंजाम क्या होता है, ठक्कर को फांसी पर चढ़ाना जायज होगा।''

सरकारी वकील चुप हो गया, उस वक्त वह लम्बी-लम्बी सांसें ले रहा था जब न्यायधीश ने कहा–''अगली तारीख इस मुकदमे के फैसले की तारीख होगी।''

और अदालत उठ गई।

विभिन्न किस्म की कानाफूसी और शोर-शराबे से वातावरण गर्म हो उठा।

फिर आई अगली तारीख।

वह तारीख जिसके कार्ड अमित और माधुरी के परिचितों में बंट चुके थे।

माधुरी और अमित की शादी के कार्ड।

शादी शाम को थी।

अदालत ठीक दस बजे बैठी और फिर कक्ष में न्यायाधीश की धीर-गम्भीर आवाज गूंजी–''इस मुकदमे के हर पहलू, हर शहादत और हर सबूत पर गौर करने के बाद अदालत इस नतीजे पर पहुंची है कि मुल्जिम देवराज ठक्कर बेशक अशोक श्रीवास्तव का हत्यारा है और हत्यारा भी इतना बेरहम और क्रूर कि उसने मकतूल के सामने उसकी बहन को बेइज्जत किया। अदालत की नजर में मुल्जिम किसी किस्म के रहम का हकदार नहीं है, लिहाजा सरकारी वकील की दरख्वास्त से मुकम्मल इत्तेफाक रखती हुई यह अदालत मुल्जिम को मुजरिम करार देती हुई दफा तीन सौ दो के तहत फांसी का हुक्म देती है।''

उधर कलम तोड़ने के बाद न्यायाधीश चैम्बर में गए इधर कटघरे में खड़ी माधुरी के मुंह स अट्टहास उबलते चले गए, लोगों ने चौंककर उसकी तरफ देखा।

उसकी तरफ जो पागलों की तरह हंस रही थी।

अमित ने दौड़कर उसे सम्भाला, झंझोड़ता हुआ जोर से चीखा ''माधुरी होश में आओ, खुद को सम्भालो–मैं कहता हूं होश में आओ।''

''मैं ठीक हूं अमित, मैं ठीक हूं–तुम डरो मत।''

अट्टहासों के बीच माधुरी कहती चली गई–अपने भैया के हत्यारे को फांसी की सजा कराकर मैं खुश जरूर हुई हूं मगर इतनी नहीं कि पागल हो जाऊं–अभी तो मुझे अपनी आंखों से इसे फांसी पर चढ़ते देखना है–इसे बता दो, इस कमीने को बता दो अमित कि आज हमारी शादी है–मेरे शादी के लिए आज से ज्यादा मुबारक दिन कभी नहीं हो सकता था। सुना तूने?'' वह सीधी देवराज से बोली–''तूने सुना दरिन्दे, आज मेरी शादी है–थू ... थू–मैं थूकती हूं तुझ पर।''

पटना का 'वाइन किंग' कटघरे में पत्थर की शिला बना खड़ा रहा।

⅄

''ब ... बंतासिंह?'' अमित उछल पड़ा–''य ... ये क्या बक रहे हो पांडे, बंतासिंह पकड़ा गया है?''

''जी हां।''

''अ ... आज चार साल बाद?''

''इत्तेफाक की बात है सर।'' पांडे की आवाज उभरी–''संयोग ही से पकड़ा गया वह।''

''किसने पकड़ा?''

''खुद मैंने।''

''कहां से?''

''डाक बंगला रोड की रेड लाइट के नजदीक से।'' पांडे कहता चला गया–''दरोगा, कॉस्टेबल और चार सिपाहियों के साथ मैं 'रूटीन गश्त' पर था उस वक्त जीप रेड लाइट पर रुकी हुई थी–तभी मेरी नजर बगल में रुकी खड़ी एक टैक्सी की पिछली सीट पर पड़ी–वहां एक घनी दाढ़ी-मूंछ वाला शख्स आंखों पर काला चश्मा लगाए बैठा था–हालांकि हुलिया पूरी तरह बदला हुआ था मगर मुझे लगा कि वह बंतासिंह है–मैं तुरन्त होलेस्टर से रिवॉल्वर निकालता हुआ टैक्सी पर झपटा और अभी अपना रिवॉल्वर वाला हाथ टैक्सी के अंदर डालकर 'डोन्ट मूव' कह ही पाया था कि वह फुर्ती के

साथ दूसरी तरफ वाला दरवाजा खोलकर बाहर कूद गया–ठीक उसी क्षण लाइट ऑन हो गई और ट्रैफिक चल पड़ा–जब तक मैंने खुद को ट्रैफिक से निकाला तब तक वह दौड़ता हुआ काफी दूर निकल चुका था–भीड़ की वजह से मैं रिवॉल्वर का इस्तेमाल नहीं कर सकता था अतः उसके पीछे भागा, यह सुनकर आपको आश्चर्य होगा सर कि वह आपके बंगले की तरफ भागा था।''

''हमारे बंगले की तरफ?''

''जी हां, इतनी कम दूरी की रेस लगाकर उसे ठीक उस वक्त धर दबोचा जब वह आपके बंगले की चारदीवारी पर चढ़ने का प्रयत्न कर रहा था–पब्लिक ने भी मदद की और फिर उसे काबू में करने में मुझे ज्यादा वक्त नहीं लगा।''

अमित ने धड़कते दिल से पूछा–''माधुरी तो बंगले से बाहर नहीं निकल आई थी?''

''नहीं सर।''

''इस वक्त कहां है वह?''

''मेरे थाने के लॉकअप में।'' पांडे ने बताया–''मेरे ख्याल से अभी तक उसके सिर से आपसे बदला लेने का भूत उतरा नहीं है।''

''ऐसा अनुमान तुमने कैसे लगाया?''

''पहली बात यह है कि वह आपके बंगले में दाखिल होना चाहता था, दूसरी यह कि जिस टैक्सी में सवार था, उसके ड्राइवर का कहना है कि बंतासिंह ने टैक्सी एसपी हाऊस तक के लिए ही ली थी और तीसरी बात यह है कि लॉकअप में पड़ा वह बार-बार चीखकर आपसे और सिर्फ आपसे मिलने की डिमांड कर रहा है।''

अमित के दिमाग पर सन्नाटा-सा छा गया–कुछ कहते न बन पड़ा उस पर, कई क्षण तक निश्चय न कर सका कि उसे क्या एक्शन लेना चाहिए और कुछ क्षणों की चुप्पी के बाद बोला–''मैं आ रहा हूं पांडे।''

''ओके सर।''

रिसीवर क्रेडिल पर रखते वक्त 'एसपी' की वर्दी में लकदक अमित के चेहरे पर हवाइयां उड़ रही थीं–उसे लग रहा था कि आज–चार साल

बाद बंतासिंह उसकी मौत बनकर पटना में आ चुका है–वह जानता था कि बंतासिंह के मुंह से निकला एक और सिर्फ एक लफ्ज उसके मुकम्मल वर्तमान महल को रेत की मानिन्द भरभराकर गिरा देगा।

सो, मिलना जरूरी था।

कुर्सी छोड़ने से पहले उसने बंगले पर फोन मिलाया, रिसीवर उठाए जाने के साथ आवाज उभरी–''मनोज हियर।''

''मैं बोल रहा हूं मनोज।''

''ओह, भैया?''

''अपनी भाभी से बात कराओ।''

''जी। मनोज की इस आवाज के बाद लाइन पर खामोशी छा गई, कुछ देर बाद माधुरी की आवाज उभरी–''हैलो?''

''शुभम कैसा है माधुरी?'' अमित ने पूछा।

''अब तो बुखार कुछ कम है।''

''दवा कितनी बार दीं?''

''एक बार।''

''बस-तुममें यही खराबी है माधुरी।'' अमित नागवारी भरे स्वर में बोला–''तुम उसे टाइम से दवा देना याद नहीं रखतीं–दोपहर हो चुकी है और तुमने अभी तक दवा सिर्फ एक बार दी है, डॉक्टर ने कहा था कि ...

''सॉरी, अमित, मैं दवा ही देने जा रही थी।''

''तो फिर फोन पर क्यों खड़ी हो, दवा दो उसे।'' कहने के तुरन्त बाद अमित ने रिसीवर क्रेडिल पर पटक दिया–दरअसल उसका वह मकसद पूरा हो चुका था जिसके लिए 'बंगले' पर फोन किया था–वह यह देखना चाहता था कि माधुरी के 'बिहेव' में कोई चेंज तो नहीं है–चेंज न होना इस बात का प्रमाण था कि बंतासिंह अभी तक उससे नहीं मिल पाया है।

▲

''आओ-आओ एसपी साहब।'' अमित को देखते ही लॉकअप में कैद

बंतासिंह व्यंग्य में डूबी जहरीली मुस्कान के साथ कह उठा–''मुझे आप ही का इंतजार था, और मेरा ख्याल है कि उस क्षण के बाद से आप भी मुझसे मिलने के इच्छुक होंगे जब से मेरी गिरफ्तारी की सूचना मिली होगी।''

अमित चुप रहा।

पांडे उसके साथ था।

बंतासिंह ने अभी तक पांडे को उसका भेद नहीं बताया था, इस सच्चाई ने हालांकि अमित को यह समझा दिया था कि बंतासिंह एक बार पुनः उससे कोई 'सौदा' करने की 'फिराक' में है मगर इतना समझने के बावजूद वह मन-ही-मन 'थर्राया' हुआ था। अभी उसके मुंह से कोई बोल न फूट पाया था कि बंतासिंह ने अजीब स्वर में कहा–''अपने इस इंस्पेक्टर को समझाओ एसपी साहब जब से इसने मुझे पकड़ा है तब से एक ही सवाल पूछ रहा हूं मगर ये है कि जवाब ही नहीं देता।''

''कैसा सवाल?''

''आप तो इंस्पेक्टर से एसपी इसलिए बन गए क्यों कि 'वाइन किंग' और उसके ऑर्गेनाइजेशन को मिट्टी में मिला देने का कीर्तिमान स्थापित किया था मगर ये सब-इंस्पेक्टर से इंस्पेक्टर कैसे बन गया, क्या इसने भी कोई इतना ही जबरदस्त कीर्तिमान स्थापित किया था?''

न पांडे कुछ बोल सका न अमित।

जबकि अमित पर पूरी तरह हावी बंतासिंह ने अमित की आंखों में आंखें डालते हुए रहस्यमय स्वर में कहा–''मुझे आपसे कुछ बातें करनी हैं एसपी साहब, अकेले में मुनासिब होगा या शुरू हो जाऊं?''

''हरामजादे।'' पांडे अपने हाथ में दबा रूल हवा में उठाकर उसकी तरफ लपका–''साहब से बातें किस अंदाज में कर रहा है तू?''

बंतासिंह तेजी से सलाखों से दूर हटता हुआ बोला–''अपने गुर्गे को समझा लो एसपी वर्ना अच्छा नहीं ...

भन्नाए हुए पांडे ने उसकी तरफ बढ़ना ही चाहा था कि अमित ने उसका रूल वाला हाथ पकड़कर रोका–''पांडे ने चकित नजरों से उसकी तरफ देखा, अमित बोला–''बदमाशों के इस तरह चीखने पर उत्तेजित नहीं होना

चाहिए पांडे–तुम जाओ यहां से, हम इससे अकेले में बात करना चाहते हैं।''

सारे संसार के आश्चर्य की मीटिंग पांडे के चेहरे पर होने लगी।

परन्तु।

आदेश एसपी का था और एक इंस्पेक्टर उसे मानने के लिए बाध्य था अतः बंतासिंह को खा जाने वाली नजरों से घूरता हुआ वहां से चला गया। उसके जाते ही खौफनाक अंदाज में 'ही-ही' करके हंसता हुआ बंतासिंह पुनः सलाखों के नजदीक आया और आंखें फाड़-फाड़कर धीमे तथा रहस्यमय स्वर में बोला–''उस बेचारे को तुम्हारी मजबूरी क्या मालूम एसपी?''

अमित कुछ बोला नहीं, दरअसल उस पर कुछ बोलते न बन पड़ रहा था।

एकटक बंतासिंह को देखे चला जा रहा था वह।

''ऐसे क्या देख रहे हो एसपी?'' बंतासिंह अपनी दाढ़ी पर हाथ फिराता हुआ बोला–''ये कमलकान्त वाली नकली नहीं बल्कि बंतासिंह वाली असली दाढ़ी-मूंछ हैं।''

''तुम तो अमेरिका चले गए थे?''

''हां, चला गया था–किट्टू और छंगा नाम के तुम्हारे छोड़े गए 'टुच्चे-बदमाशों' के घनघोर विरोध के बावजूद चला गया था–यह अलग बात है कि मुझे उनका 'क्रिया-कर्म' करना पड़ा–उनके अंजाम की सूचना मिलने के बाद तुमने पटना ही में बैठे-बैठे सान्ताक्रुज एयरपोर्ट पर फोन मिलाया होगा और पूछ लिया होगा कि कमलकान्त नाम का यात्री दो बजकर पांच मिनट वाली फ्लाइट से वाशिंगटन चला गया है या नहीं?''

''अब यहां क्यों आए हो?''

बंतासिंह ने बेखौफ कहा–''आया तो तुमसे हिसाब चुकता करने था मगर ...

''मगर?''

''तुम्हारा मुकद्दर बेहतरीन है, एक बार फिर मेरा कुछ ...

देर तक अमित उसे चुपचाप घूरता रहा फिर बोला–''कौन-सा हिसाब चुकता करना चाहते हो?''

''तुमने किट्टू-छंगा को मेरी हत्या के लिए मुकर्रर किया था।''

''तुमने भी तो बम से मुझे उड़ा देने की स्कीम बनाई थी।''

''चलो हिसाब बराबर हुआ।'' बंतासिंह ने चटखारा-सा लिया–''तुमने मुझे मारना चाहा मगर मैं बच गया और मैंने तुम्हें मारना चाहा, इत्तेफाक से तुम भी बच गए।''

''टाइम बम कहां से हासिल किया था तुमने?''

''बंतासिंह को तब भी पता था और आज भी मालूम है कि पटना शहर में कौन-सा हथियार कैसे और किससे मिल सकता है?''

''म ... मगर तुम तो मेरे फ्लैट से बाहर निकले ही नहीं थे।''

''यह तुमने किसने कह दिया?''

''य ... यानि?''

''मैं तुम्हारे बाद फ्लैट से निकला था और तुम्हारे पैसों से जरायम की दुनिया से टाइम बम ...

''अपने पकड़े जाने का खौफ नहीं था तुम्हें?''

''पकड़े जाने का खौफ बंतासिंह को हो सकता था कमलकान्त को नहीं।''

''ओह, तुम कमलकान्त बनकर गए थे।''

''बेशक!'' बंतासिंह मुस्कुराया–''उसी बहाने परीक्षण भी हो गया कि कमलकान्त के रूप में अमेरिका तक का सफर करते वक्त मेरे सामने पहचाने जाने की प्रॉब्लम तो नहीं आएगी।''

''चार साल बाद तुम्हें वहां से लौटने की क्या सूझी?''

''शायद भूल गए एसपी साहब, मैंने आपसे अपनी एक बेटी का जिक्र किया था–उस बेटी की जिसकी परवरिश मेरा साला कर रहा है–इन चार सालों में मैंने तुम्हारे द्वारा दिए गए नाम यानि कमलकान्त के नाम से न्यूयॉर्क में अच्छा-खासा कारोबार जमा लिया है, शादी भी कर ली मगर अब डॉक्टरों ने बताया कि मेरी नई बीवी मां नहीं बन सकती तो अपनी बेटी के लिए जबरदस्त रूप से तड़पने लगा, तभी पटना से टूर पर गए एक दल से न्यूयॉर्क में मेरी भेंट हुई–इस दल से पता लगा 'वाइन किंग' के गिरोह का सफाया

करने के तुम्हें दो इनाम मिले हैं, पहला यह वर्दी और दूसरा बीवी के रूप में माधुरी–उस दल के लोगों से बात करने से पहले मैं इस खुशफहमी में था कि तुम मेरे द्वारा फिट किए गए टाइम-बम का शिकार हो गए होगे–उस दल ने मुझे वह सारी कहानी सुनाई जो पटना में आम निवासी की जानकारी में थी–तुम्हारा गुणगान किया, यह भी बताया कि माधुरी ने तुमसे ठीक उस दिन शादी की जिस दिन निचली अदालत ने देवराज ठक्कर को फांसी का हुक्म सुनाया मगर यहां तुम्हारा मुकद्दर मुकम्मल रूप से खरा नहीं उतरा एसपी साहब, भावुकता के वेग में जिस भटनागर ने निचली अदालत में हथियार डाल दिए थे, जाने क्या सोचकर उसने हाईकोर्ट में अपील कर दी और फिर देवराज ठक्कर को बरी भले ही न करा सका हो मगर फांसी की सजा को आजीवन कारावास में तब्दील कराने में जरूर कामयाब हो गया–देवराज ठक्कर आज भी जेल में एड़ियां रगड़ रगड़कर उस सजा को भोग रहा है और तुम ... तुम अशोक के हत्यारे होने के बावजूद उसकी बहन को पत्नी बनाए ऐश कर रहे हो–अब तो उससे तुम्हारा एक बेटा भी है, क्या नाम है उसका–बड़ा भला सा नाम है, हां शुभम। यह सब कुछ जानने के बाद मैं खुद को यहां आने से रोक न सका–पहला मकसद अपनी बेटी को 'न्यूयॉर्क' ले जाना था, दूसरा जाते-जाते माधुरी के कान में फूंक मार जाना। बेटी के साथ यात्रा की तैयारियां मुकम्मल करने के बाद आज जब माधुरी के कान में फूंक मारने जा रहा था तो पांडे ने धर दबोचा।''

''तुम्हारे कपड़ों और डायरी का क्या हुआ?''

बंतासिंह विचित्र-सी मुस्कान के साथ बोला–''तो अभी तक मूर्ख बने हुए हो तुम?''

''म ... मूर्ख?''

''जेल के कपड़े जलाकर मैंने राख कर दिए थे और वैसी डायरी कभी कहीं थी ही नहीं जैसी का तुम्हारे दिमाग में मैंने हव्वा खड़ा किया–दोस्त भी कोई नहीं था, एक हव्वा था–सिर्फ हव्वा, जिससे मैंने तुम्हें डराए रखा।''

''अब क्या चाहते हो?''

''पुलिस के वर्तमान जंजाल से मुझे निकालने की जिम्मेदारी तुम्हारी है।''

''ताकि इस जंजाल से निकलते ही तुम माधुरी से मिलो और उसे सब कुछ बता दो?''

''नहीं, अगर तुम मुझ पर यह अहसान करोगे तो मैं तुम्हारे साथ ऐसी हिमाकत नहीं कर सकता।''

उसे घूरते हुए अमित ने पूछा–''क्या तुम समझते हो कि मुझे तुम पर विश्वास करना चाहिए?''

''क्या अब मुझे यह भी बताना पड़ेगा कि अगर तुमने वह नहीं किया जो मैं कह रहा हूं तो मैं क्या करूंगा?''

''वह तो तुम वैसे भी करने पर आमादा थे और तुम्हारी फितरत से लगता है कि हमेशा आमादा रहोगे।'' अमित कहता चला गया–''जब वह सब होना ही है तो मैं तुम्हारी कोई मदद क्यों करूं? तुम्हें जीवित क्यों निकल जाने दूं?''

''कह तो तुम ठीक रहे हो एसपी मगर ...

''मगर?''

''दुःख है हालात पर बारीकी-से गौर नहीं कर पा रहे हो तुम।''

''क्या मतलब?''

''अगर किया होता तो समझ जाते कि जिंदा रहने की ललक मेरे अंदर तीन साल से कहीं ज्यादा प्रबल है–उस वक्त मेरे सामने केवल भारत से बाहर निकल जाने का लक्ष्य था। यह नहीं जानता था कि अपनी कोई नई दुनिया बसाने में कामयाब हो पाऊंगा या नहीं जबकि आज मेरी दुनिया बसी-बसाई है न्यूयॉर्क के सम्मानित लोगों में गिना जाता हूं मैं–एक पत्नी है, एक बच्ची को लेने आया ही था।''

''मुझसे हिसाब भी तो चुकता करना चाहते थे?''

''केवल उस 'कन्डीशन' में जबकि मुझे नुकसान न होता। गौर करो एसपी, खुद को नुकसान पहुंचाने की कीमत पर मैं तुम्हें नुकसान पहुंचाने का ख्वाहिशमन्द न पहले था, न आज हो सकता हूं–आज तुम मुझे मेरी बेटी के साथ भारत से निकाल दोगे तो तुम्हारी दुनिया भी उसी तरह बसी रहेगी जिस तरह बसी हुई है।''

''तुम्हारा पिछला रिकॉर्ड ऐसा है कि मैं तुम पर यकीन नहीं कर सकता।''

''रिकॉर्ड तो तुम्हारा भी ऐसा ही है एसपी कि मुझे तुम पर कतई विश्वास नहीं करना चाहिए मगर फिर भी कर रहा हूं-इसलिए कर रहा हूं क्योंकि मजबूर हूं, विश्वास करने के अलावा दूसरा कोई चारा नहीं है और 'सेम' स्थिति तुम्हारी भी है–हम एक ही किश्ती के सवार हैं एसपी–अगर ये किश्ती डूबी तो हम दोनों डूब जाएंगे। मेरा रिकॉर्ड खराब होने के बावजूद तुम्हारे सामने मुझ पर विश्वास करने के अलावा कोई चारा नहीं है।''

अमित को चुप रह जाना पड़ा।

विचित्र होने के बावजूद बंतासिंह की बात 'सटीक' थी। विश्वास या फिलहाल विश्वास का नाटक करके बंतासिंह की डिमांड मान लेने के अलावा उसके पास कोई चारा नहीं था अतः बोला–''अगर तुम इस सच्चाई को समझ रहे हो बंतासिंह कि हम एक ऐसी किश्ती के सवार हैं जो अगर डूबी तो दोनों को लेकर डूबेगी तो अपनी बच्ची की कसम खाकर कहो कि मुझसे अपना स्वार्थ पूरा हो जाने के बाद तुम भविष्य में कभी किसी को मेरा भेद नहीं बताओगे।''

''पहले तुम अपने बेटे की कसम खाकर कहो कि मेरी मौत के लिए कभी किसी किस्म का जाल नहीं बिछाओगे।''

अमित ने कसम खाई या कसम खाने का नाटक किया और जब वैसा ही बंतासिंह भी कर चुका तो कुछ क्षणों की खामोशी के बाद अमित ने पूछा–''अब कहो कि क्या चाहते हो तुम?''

''सबसे पहले पुलिस के चंगुल से मुक्ति।''

''फिलहाल, कम-से-कम एकदम से ऐसा कर देना मेरे हाथ में नहीं है।''

''बहुत खूब!'' बंतासिंह व्यंग्य कर उठा–''एसपी पुलिस कह रहा है कि वह मुझे पुलिस के चंगुल से मुक्ति नहीं दिला सकता।''

''हालात को समझने की कोशिश करो बंतासिंह।'' अमित समझाने वाले भाव से बोला–''एसपी पुलिस होने का मतलब यह नहीं है कि वह किसी इंस्पेक्टर द्वारा पकड़े गए मुजरिम को बिना किसी आधार के मुक्त कर सकता है फिलहाल मेरे पास ऐसा कोई आधार नहीं है जिसके बूते पर तुम्हें पुलिस

के चंगुल से निकाल दूं और पांडे की नजरों में संदिग्ध भी न बनूं–पांडे जानता है कि तुम मेरे खून के प्यासे हो। तुम्हारे फेवर में उससे कहा गया मेरा एक ही शब्द मुझे उसकी नजरों में संदिग्ध कर देगा। वैसे भी यह खबर ऊपर तक पहुंच चुकी है कि चार साल से फरार फांसी का मुजरिम बंतासिंह इस वक्त लॉकअप में है, अब तुम्हें इस चंगुल से निकालना मेरे बूते की बात नहीं है।''

''यानि नैया डूबी समझूं?''

अमित हकला गया–''ऐसा कब कहा मैंने?''

''तो फिर?''

''मेरा मतलब सिर्फ इतना है बंतासिंह कि फिलहाल हालात कुछ ऐसे बन गए हैं कि मेरे हाथ में कुछ भी नहीं है–हां वायदा करता हूं कि शीघ्र ही अपनी कोशिश से हालात बदल दूंगा–तुम्हें थोड़ा धैर्य रखना पड़ेगा।''

''मैं जानता हूं एसपी कि तुम बिगड़े हुए हालात को अपने पक्ष में कर लेने के मामले में माहिर हो और अगर तुम ईमानदारी से कोशिश करोगे तो सब कुछ ठीक हो जाएगा परन्तु ...

''परन्तु?''

''एक बार फिर मैं तुम्हें पन्द्रह दिन का टाइम देता हूं।''

''प ... प्लीज ... प्लीज बंतासिंह।'' अमित गिड़गिड़ा उठा–''इस बार किसी सीमा में मत बांधों मुझे। हालात बहुत बिगड़े हुए हैं। मैं खुद नहीं जानता कि इन्हें अपने फेवर में कब और कैसे मोड़ पाऊंगा।''

''मैं सारी जिंदगी हालात तुम्हारे फेवर में हो जाने की इंतजार नहीं कर सकता।''

''फ ... फिर भी, इतना कम टाइम ...

''हां, यह बात मानी कि टाइम कम है।'' उसकी बात काटकर बंतासिंह कहता चला गया–''चलो पन्द्रह की जगह तीस दिन दिए। याद रखना इकत्तीसवें दिन मेरी समझ में यह बात आ जाएगी कि तुम हालात को अपने 'फेवर' में 'घुमा' लेने का 'टेलेन्ट' खो चुके हो और अगर मेरी समझ में यह बात आ गई तो मैं तुम्हारी नैया डुबो दूंगा।''

अमित चुप रह गया।

फिलहाल बंतासिंह को टाले रखना ही उसके सामने एकमात्र नीति

थी–उससे कैसे निपटना है, यह सोचने के लिए टाइम की दरकार थी उसे, बोला–''मैं कोशिश करूंगा कि तीस दिन के अंदर तुम्हें पुलिस के चंगुल से आजाद करा सकूं।''

''तीस दिन बाद तो मैं जेल में होऊंगा न?''

''जेल तो तुम्हें आज ही कोर्ट में पेश करने के बाद भेज दिया जाएगा।''

''तो क्या जेल से फरार कराओगे मुझे?''

''फिलहाल इसके अलावा कोई चारा नहीं है।''

''मेरी गिरफ्तारी की खबर सारे अखबारों में छपेगी।'' बंतासिंह ने कहा–''रेडियो और टीवी पर भी प्रसारित हो सकती है, उसे अपनी बीवी की नजरों से आने से कैसे रोकोगे?''

कुछ सोचने के बाद अमित ने कहा–''मुझे आज ही एक हफ्ते की छुट्टी लेकर शिमला जाना होगा।''

⅄

''श ... शिमला?'' माधुरी चौंक पड़ी–''शिमला चलना है?''

''हां।'' अपनी कैप उतारते हुए अमित ने कहा।

''कब?''

''आज ही शाम को–जो तैयारियां करनी हैं कर लो।''

''म ... मगर ये अचानक आपने शिमला का प्रोग्राम कैसे बना लिया?''

''तुम भी कमाल करती हो माधुरी।'' लम्बे-चौड़े ड्राइंगरूम की तीन दीवारों के सहारे पड़े तीन लम्बे-लम्बे सोफों में से एक में धंसता हुआ अमित बोला–''महीनों से खुद शिमला चलने की जिद पकड़े हुए थीं और अब प्रोग्राम बनाया तो पूछ रही हो कि कैसे बना लिया?''

''मेरा मतलब यह नहीं है, मैं तो यह कहना चाहती हूं कि इतनी आनन-फानन में प्रोग्राम कैसे बना?''

''हम पुलिस वालों के प्रोग्राम आनन-फानन में ही बनते हैं–अब टाइम वेस्ट मत करो, तैयारी शुरू कर दो–मनोज कहां है?''

‘‘मैं यहां हूं भैया।’’ एक लम्बे और सांवले किन्तु आकर्षक लड़के ने ड्राइंगरूम में कदम रखा।

‘‘मैं, माधुरी और शुभम एक हफ्ते के लिए शिमला जा रहे हैं, तुम यहीं रहोगे।’’

‘‘म ... मगर भैया।’’

‘‘हां-हां, बोलो, क्या बात है?’’

‘‘कल मुझे ‘गया’ जाना है।’’

‘‘क्यों?’’

‘‘वहां की फैक्ट्री से इन्टरव्यू लैटर आया है।’’

‘‘ओफ्फो मनोज, तुमसे कितनी बार कहा है कि जब तक मैं हूं तुम्हें नौकरी की कोई जरूरत नहीं है–मगर एक तुम हो कि न जाने कहां-कहां ‘एप्लाई’ करते रहते हो?’’

‘‘बेरोजगार आदमी इससे ज्यादा और कर भी क्या सकता है भैया?’’

‘‘छोड़ो इस बात को!’’ कहने के बाद अमित ने पुनः माधुरी की तरफ पलटकर पूछा–‘‘शुभम कहां है?’’

‘‘बैडरूम में।’’ माधुरी ने बताया-‘‘बड़ी मुश्किल से अभी-अभी सोया है।’’

‘‘तबियत कैसी है उसकी?’’

‘‘वही तो मैं कह रही हूं–तीन दिन से चढ़ा बुखार आज कहीं जाकर टूटा है, शिमला की सर्दी में यदि वह फिर बीमार पड़ गया तो सारा मजा किरकिरा हो जाएगा।’’

‘‘कुछ नहीं होगा माधुरी।’’ नागवारी वाले अंदाज में बोला वह–‘‘मूड खराब मत करो मेरा, चलने की तैयारी करो।’’

माधुरी ने काफी कोशिश की।

मगर।

न अमित को उसकी चलने देनी थी न चलने दी।

⅄

‘जाखू के मन्दिर’ से दो सौ गज ऊपर एक छोटी-सी पहाड़ी पर बने ‘कॉटेज’

में अमित ने 'पनाह' ली–माधुरी बेचारी कहती रह गई कि 'माल रोड' के आसपास किसी होटल में ठहर लिया जाए मगर उससे भला अमित का मकसद कहां पूरा होना था।

सो कहता रहा कि हिल स्टेशन का असली मजा ऊंची से ऊंची पहाड़ी पर स्थित कॉटेज में रहने में है।

यह माधुरी को एक हफ्ता ऐसे स्थान पर रखना चाहता था कि जहां न सुनने के लिए रेडियो-ट्रांजिस्टर मिले, न देखने के लिए टीवी और अखबार के तो दर्शन तक न हों।

कॉटेज के चारों तरफ हजारों फुट गहरी खाइयां थीं। और खाइयों के उस पार थे ऊंचे-ऊंचे सुनसान पड़े पहाड़–दिन में भले ही वह स्थान रमणीक लगता था परन्तु रात के वक्त भयावह हो उठता।

माल रोड से इतनी ऊंचाई पर था वह कि आने-जाने के लिए खच्चर की जरूरत पड़ती थी।

माधुरी ठिनकती रही, बोर होती रही।

मगर उसे न कोई ऐसा काम करना था, न किया जिससे किसी समाचार माध्यम तक माधुरी की पहुंच हो सके।

अमित ने वहां चार दिन गुजार दिए।

पांचवें दिन माधुरी और शुभम को कॉटेज ही में छोड़कर अपना खाना खाने और माधुरी का खाना ले जाने की मंशा से माल रोड पर आया हुआ था कि बुक स्टाल पर रखे अखबार का हैडिंग देखकर उछल पड़ा।

हैडिंग थी–पटना का वाइन किंग कहलाने वाला देवराज ठक्कर जेल से फरार।

अमित के छक्के छूट गए।

झपटकर उसने अखबार उठा लिया और जब खबर का विवरण पढ़ा तो रोंगटे खड़े हो गए उसके–अखबार में पिछली रात देवराज ठक्कर के जेल से फरार होने का पूरा विवरण छपा था। जेल की चारदीवारी तोड़कर फरार हुआ था वह।

सारा अखबार छान मारा उसने।

बंतासिंह से सम्बन्धित कोई खबर न थी।

पांच दिन गुजर जाने के कारण उससे सम्बन्धित किसी 'न्यूज' की उम्मीद भी नहीं थी उसे।

अखबार लिए कॉटेज में पहुंचा।

हैडिंग पर नजर पड़ते ही माधुरी इस तरह उछल पड़ी मानो सैकड़ों बिच्छुओं ने एक साथ डंक मारा हो, मुंह से चीख-सी निकलती चली गई– "ठ ... ठक्कर जेल से फरार हो गया है?"

"अखबार में छपी यह खबर झूठी नहीं हो सकती।"

"क्या अब वह फिर अपने जुर्म की काली दुनिया बसाएगा?"

"एक अपराधी इससे ज्यादा और कर भी क्या सकता है। लेकिन ...

"लेकिन?"

"जब तक वह पकड़ा नहीं जाता तब तक हमें चौकस रहना होगा माधुरी।"

"हमें?" वह चौंकी–"हमें क्यों?"

"क्योंकि हम उसके सबसे बड़े दुश्मन हैं।" अमित कहता चला गया– "हम वह हैं जिन्होंने उसके ऑर्गेनाइजेशन को नेस्तनाबूद किया, जिसकी वजह से आजीवन कारावास में पड़ा सड़ रहा था वह।"

"क्या वह हम पर हमला कर सकता है?"

"मेरा ख्याल तो यह है कि उसका सबसे पहला टारगेट हम ही से निबटना होगा।" अमित कहता चला गया–"जुर्म की जिस काली दुनिया को बसाने की जो बात तुमने अभी-अभी कही है उसे वह हमसे बदला लेने के बाद बसाएगा।"

एकाएक माधुरी का चेहरा पत्थर की तरह कठोर और खुरदरा हो गया– कुछ वैसा ही जैसा तब हुआ था जब उसने देवराज ठक्कर को फांसी पर चढ़वाने का संकल्प लिया था, आंखें अंतरिक्ष में जा टिकीं और हलक से गुर्राहट-सी निकली–"मेरी जिदंगी का एकमात्र मकसद शायद पूरा होने जा रहा है अमित!"

"क्या मतलब?" वह चौंक पड़ा।

शून्य में आंखें टिकाए माधुरी कुछ ऐसे अंदाज में कहती चली गई जैसे अमित का सवाल सुना ही न हो–"चार साल पहले मेरे जीवित रहने का केवल एक ही मकसद था, एक ही लक्ष्य था–इच्छाधारी सांप को अपने भैया की हत्या के जुर्म में फांसी पर चढ़ते देखना–निचली अदालत ने मेरे सपने को साकार भी कर दिया था परन्तु हाईकोर्ट ने फैसला उलट दिया–तब तक शुभम पैदा हो चुका था–जिस दिन फांसी की सजा को आजीवन कारावास में तब्दील किया गया उस दिन मैं पागल-सी हो गई थी मगर तुमने, मनोज ने और तुम्हारे दूसरे शुभचिन्तकों ने समझा-बुझाकर मुझे शांत कर दिया–शुभम का वास्ता देकर मेरी ममता को जगाया गया और मैं शांत पड़ गई–अदालत के फैसले को भगवान का फैसला मानकर निष्क्रिय हो गई मैं, शुभम में खो गई मगर आज ... आज अहसास हो रहा है वह मेरी भूल थी–ऐसा नहीं है कि हाईकोर्ट के फैसले को बदला नहीं जा सकता, फैसला बदला जा सकता है अमित और हाईकोर्ट के फैसले को बदलेगा मेरे हाथ में दबा रिवॉल्वर।"

"म ... माधुरी!" अमित के हलक से चीख निकल गई।

"हां, अमित हां। वह उसी अवस्था में कहती चली गई-"मेरे हाथ में दबा रिवॉल्वर हाईकोर्ट के उस फैसले को बदल सकता है–यह बात आज से पहले मेरे दिमाग में नहीं आई थी, आज आई है और जब यह सुन रही हूं कि इच्छाधारी सांप जेल तोड़कर भाग निकला है और वह बदला लेने हमारे सामने आएगा, हमारे नजदीक आएगा-वह हमसे बदला क्या लेगा अमित, मैं अपना अधूरा बदला पूरा करूंगी–उसके सीने में अंगारे भर दूंगी मैं।"

"भावुकता का वेग तुम्हें पागल किए दे रहा है माधुरी, प ... प्लीज खुद को सम्भालो।"

"डरो मत अमित, अपने भैया की मौत का बदला लेने से पहले पागल नहीं होऊंगी मैं।"

"मैं यह नहीं कह रहा कि तुम पागल होने जा रही हो बल्कि सिर्फ इतना कहना चाहता हूं कि तुम्हें और मुझे भावुकता के वेग में इतना पागल नहीं होना चाहिए कि कोई समझदारी भरा कदम न उठा सकें–इसमें कोई शक नहीं बल्कि मैं तुमसे सहमत हूं निश्चित रूप से हमें उससे बदला लेने का मौका

मिला है। जेल से भागे मुजरिम को अगर हम मार भी डालें तो कानून की नजर में वह जुर्म नहीं होगा परन्तु जब हम उसकी हत्या को विशेष परिस्थितियों में की गई आवश्यक कार्यवाही साबित कर सकें, साबित कर सकें कि हमने अपनी जान बचाने के लिए उसे मारा है।''

भावुकता के भंवर से निकलती हुई माधुरी बोली–''शायद तुम ठीक कह रहे हो।''

''दुश्मन के कलेजे पर अपनी फतह का झंडा गाड़ने के ख्वाहिशमन्द शख्स को इस खुशफहमी में नहीं डूबे रहना चाहिए कि वह क्या कर सकता है?'' अमित उस पर हावी होता चला गया–''बल्कि इस बात पर मनन करना चाहिए कि दुश्मन हमारे खिलाफ क्या-क्या और कैसे-कैसे कदम उठा सकता है? अगर हम उसके सम्भावित कदमों की काट पहले ही सोच लें तो दुनिया की कोई ताकत हमें उसके कलेजे पर फतह का झंडा गाड़ने से नहीं रोक सकती।''

''क्या-क्या कर सकता है वह?''

''सबसे पहली बात यह है कि आज उसके साथ 'चीका गिरोह' की ताकत होगी और तुम जानती हो कि आज चीका गिरोह पटना के अन्डरवर्ल्ड की सबसे बड़ी ताकत है। लिहाजा हमें दिमाग में यह बात बैठा लेना चाहिए कि हमारा मुकाबला अकेले देवराज ठक्कर से नहीं बल्कि अन्डरवर्ल्ड के सबसे शक्तिशाली ऑर्गेनाइजेशन से होगा और हमें अपनी तैयारियां इतनी पुख्ता करनी हैं जिनके बूते पर 'चीका' ऑर्गेनाइजेशन से निबटा जा सके।''

''मैं सहमत हूं अमित।''

''दूसरी बात यह कि वह कोई ऐसा खेल खेल सकता है जिससे हमारे ... दोनों के बीच गलतफहमी की दीवार खड़ी हो जाए।''

''इसका क्या मतलब हुआ?''

''वह मुझसे तुम्हारे बारे में या तुमसे मेरे बारे में कुछ ऐसी बातें कह सकता है जिसके परिणामस्वरूप तुम मुझे या मैं तुम्हें अपना दुश्मन नजर आने लगूं–दुश्मन को नेस्तनाबूद कर देने के लिए यह बहुत पुरानी मगर अचूक चाल है माधुरी–एक समझदार शख्स सबसे पहले अपने ही दुश्मनों

के बीच अविश्वास की खाई खोदता है ताकि दोनों आपस में लड़ मरकर इस खाई में दफन हो जाएं और देवराज ठक्कर ऐसी खाई खोदने की कुचेष्टा कर सकता है, लिहाजा हमें आज और इसी वक्त कसम खानी चाहिए कि देवराज ठक्कर के मुंह से निकले किसी भी लफ्ज को सच नहीं मानेंगे।''

''और क्या कर सकता है वह?'' माधुरी ने पूछा।

अमित ने कुछ कहने के लिए मुंह खोला ही था कि ... .

''और मैं तुम्हारी इस नापाक औलाद को खत्म कर सकता हूं।'' जिस्मों में सर्द लहर दौड़ा देने वाली यह गर्जीली आवाज अकेले उस कक्ष में ही नहीं बल्कि सम्पूर्ण कॉटेज में गूंज गई।

अमित और माधुरी ने फिरकनी की तरह पलटकर आवाज की दिशा में देखा।

भौचक्के रह गए वे।

होश फाख्ता हो चले, पैरों तले से जमीन खिसक गई।

वह देवराज था।

वह देवराज ठक्कर था।

कॉटेज के ड्राइंगरूम और बैडरूम के बीच वाले दरवाजे के बीचो-बीच खड़ा था वह।

वह जो बेहद लम्बा था वह, जिसकी शेव बढ़ी हुई थी–वह, जिसकी आंखें दहककर शोलों में तब्दील हुई नजर आ रही थीं और वह, जिसका खूबसूरत चेहरा इस वक्त खूबसूरत नहीं बल्कि खूंखार नजर आ रहा था। जर्रे-जर्रे पर घृणा, प्रतिहिंसा और प्रतिशोध की आग तांडव करती नजर आ रही थी।

ऊपर से नीचे तक काले लिबास में था वह।

दाएं हाथ में रिवॉल्वर था और बाएं हाथ से सम्भाले हुए था शुभम को–गिद्ध के पंजे जैसा हाथ साढ़े तीन वर्षीय शुभम के मुंह से चिपका हुआ था, वह बोल नहीं सकता था–देवराज ठक्कर की बगल में दबा यूं फड़फड़ा रहा था जैसे बाज की बगल में दबा कबूतर अपनी इहलीला समाप्त होने से पहले फड़फड़ाता है।

अमित और माधुरी के छक्के छूट गए थे।

मुंह से बोल न फूटे, मारे दहशत के जुबान तालू में जा चिपकी थी जबकि शुभम को बगल में दबाए मौत का फरिश्ता सा नजर आ रहा ठक्कर धीरे-धीरे किन्तु लम्बे कदमों के साथ उनकी तरफ बढ़ता हुआ गुर्राया–''शायद तुमने सुना नहीं है कि मैं तुम्हारी इस नापाक औलाद को खत्म कर सकता हूं।''

अमित अभी तक खुद को मुंह से कोई लफ्ज निकालने की पोजीशन में नहीं ला पाया था कि माधुरी दांत भींचकर चीख पड़ी–''इससे ज्यादा तू कर भी क्या सकता है कमीने, इंसानों का खून तेरी खुराक बन चुकी है–आदमखोर जानवर बन गया है तू मगर याद रख, मैं तेरी धज्जियां उड़ाकर रख दूंगी।''

और तब।

तब देवराज ठक्कर के लहजे में उससे कहीं ज्यादा घृणा थी, गुर्राता चला गया वह–''भूल जा कमजर्फ–भूल जा कि मैंने कभी तुझसे मुहब्बत की थी–अगर तू इस भुलावे में रही तो वक्त से पहले तेरी, तेरे बेटे की और तेरे सुहाग की बोटियां इस कॉटेज के जर्रे-जर्रे पर बिखरी पड़ी होंगी। मैं चार साल चुप रहा, जेल में एड़ियां रगड़ता रहा–सबकुछ कर सकने की ताकत होने के बावजूद मैंने कुछ नहीं किया–कोर्ट में अपने होंठों को 'सिये' मन ही मन यह दुआ करता रहा कि वही हो जाए जो तू चाहती है, मैं फांसी तक चढ़ जाने के लिए तैयार था तो सिर्फ इसलिए क्योंकि मैं एक गलतफहमी का शिकार था मगर कल ... कल अचानक वह गलतफहमी दूर हो गई और देख ले, कल ही मैं उस मांद से निकल पड़ा, जिसमें कैद करके तू यह सोच-सोचकर खुश हुआ करती थी कि वहां मुझे 'तूने' कैद किया हुआ है–वो जमाने लद गए बेवफा औरत, वो सपना टूट गया जिसमें फंसा देवराज ठक्कर तेरा दीवाना बना हुआ था–अब ... अब तो मैं तुझे यह समझाने की खातिर जेल से भागा हूं कि 'रिवेंज' क्या होता है–तेरी उस मुहब्बत का बुखार देवराज ठक्कर के दिलो-दिमाग से उतर चुका है जिसके नशे में चूर होकर मैं सलीम अंकल को खा गया, दादा को मौत की सलीब पर लटका दिया, अपने ऑर्गेनाइजेशन को नेस्तनाबूद होने दिया और यहां तक कि खुद को जिंदा लाश बना डाला–

उन सबका, तेरे एक-एक जुल्म का हिसाब चुकाना है मुझे।''

''डरा किसे रहा है कमीने?'' माधुरी बिफर पड़ी–''पटना का बच्चा-बच्चा डरता होगा तुझसे मगर माधुरी नहीं डरती–चला गोली, ताकत है तो मेरे सीने में आग भर दे।''

''म ... माधुरी!'' अमित चीख पड़ा।

जबकि देवराज ठक्कर के होंठ मुस्करा उठे–ठीक ऐसी मुस्कराहट थी उसकी जैसे नरभक्षी अपना शिकार देखकर मुस्कराया हो, बोला–''ना इतनी आसानी से नहीं, इतनी आसान मौत नहीं मर सकती तू–अगर इतनी आसानी से भर गई तो चार साल के दरम्यान जो कुछ मेरे साथ हुआ है उसका हिसाब कौन चुकाएगा तेरा नम्बर सबसे बाद में है, सबसे पहले तेरी यह नापाक औलाद मरेगी, उसके बाद सुहाग उजड़ेगा तेरा–सुहाग, तब–तब मैं तुझे ऐसी मौत मारूंगा जिसे जीते-जी मौत कहते हैं–मेरी तरह जिंदा लाश बन जाएगी तू–तुझे किसी हथियार से नहीं मारूंगा मैं बल्कि एक 'रहस्य' से मारूंगा–हां, रहस्य से–इन दोनों की मौत के बाद तू जीते जी मर जाएगी, जिंदा लाश बन जाएगी तू–क्यों एसपी गलत तो नहीं कह रहा हूं मैं–उस रहस्य को जानने के बाद जिंदा लाश ही तो बन जाएगी न यह?''

अमित के समस्त जिस्म में झुरझुरी दौड़ गई।

वह समझ सकता था, देवराज ठक्कर कौन से रहस्य की बात कर रहा है, उसे विश्वास हो गया कि ठक्कर वह सब जान गया है जो केवल बंतासिंह जानता था सम्भलकर बोला वह–''शुभम ने तुम्हारा कुछ नहीं बिगाड़ा ठक्कर, इसे छोड़ दो–हम दोनों के साथ तुम जैसा चाहो सुलूक कर सकते हो मगर शुभम को ...

''छोड़ दू?'' देवराज आंखें फाड़कर बोला–''इस नापाक और नामुराद बच्चे को छोड़ दूं जो बच्चा नहीं मेरी उस मुहब्बत के माथे पर लगा बदनुमा धब्बा है जो कभी मैंने तेरी बीवी से की थी–हां, मैं इसे छोड़ सकता हूं–एक शर्त पर इसे छोड़ सकता हूं मैं।''

ममता उफन पड़ी–''श ... शर्त बोलो।''

''गुड ... वैरी गुड।'' देवराज व्यंग्यात्मक स्वर में कह उठा–''यानि

अपनी इस नापाक औलाद को बचाने के लिए एसपी से कहीं ज्यादा उत्सुक आप हैं?

"त-तुम शर्त बोलो ठक्कर।" माधुरी दांत भींचकर कह उठी।

"खुद मेरे नजदीक आकर मेरी गोद से ले लो इसे।"

अमित और माधुरी अवाक् रह गए।

एक साथ दोनों के जेहन में एक ही सवाल उभरा–"यह भला क्या शर्त हुई?"

कुछ भी समझ में न आने के कारण दोनों अपने-अपने स्थान पर 'स्टैचू' बने खड़े रहे जबकि व्यंग्य में डूबी जहरीली और भेद भरी मुस्कान के साथ ठक्कर ने कहा–"क्यों शर्त मंजूर नहीं है क्या?"

दोनों ठगे से खड़े थे।

यह बात समझते देर न लगी कि 'मामूली' सी नजर आने वाली जो शर्त देवराज ने रखी है उसके पीछे वास्तव में उसका कोई भयानक इरादा है और अमित अभी यह सोचने की चेष्टा कर ही रहा था कि वह भयानक इरादा क्या हो सकता है कि दृढ़ इच्छाशक्ति और किसी भी किस्म की वारदात को भुगत लेने के लिए तैयार वाले भाव चेहरे पर लिए माधुरी उसकी तरफ बढ़ गई, उसे रोकने के लिए अमित ने मुंह खोला ही था कि ठक्कर के बेहद नजदीक पहुंचकर बांहें फैलाती हुई बोली वह–"लाओ शुभम को मुझे दे दो।"

देवराज ठक्कर ने बड़े खूंखार भाव से उसकी आंखों में झांका।

और फिर।

उसने ऐसी हरकत की जिसकी कल्पना न अमित कर पाया था न माधुरी।

बिजली की-सी गति से उसने अपने हाथ में दबे रिवॉल्वर का वार माधुरी की कनपटी पर किया, फिजां में उसकी चीख गूंज उठी, उस वक्त माधुरी लहराकर कॉटेज के फर्श पर गिरी थी जब ... "ठक्कर!" चीखते हुए अमित ने अपना रिवॉल्वर निकाल लिया।

मगर।

धांय!

देवराज ठक्कर के रिवॉल्वर से निकला शोला सीधा अमित के रिवॉल्वर पर जाकर लगा।

रिवॉल्वर हाथ से निकलकर दूर जा गिरा, हाथ अभी झनझना ही रहा था कि ...

''डोन्ट मूव मिस्टर एसपी, डोन्ट मूव।'' देवराज गुर्रा उठा–''अगर तुमने अपने जिस्म को तकलीफ देने की कोशिश की तो वक्त से पहले ठंडे हो जाओगे।''

अमित हक्का-बक्का रह गया।

आंखों में मौत और सिर्फ मौत गर्दिश कर रही थी।

देवराज ठक्कर ने एक नजर अपने कदमों में बेहोश पड़ी माधुरी पर डाली और फिर अमित से बोला–''घबराओ मत, तुम्हारी बीवी मरी नहीं है–''सिर्फ बेहोश हुई है।''

''त ... तुम चाहते क्या हो?''

''जल्दी क्या है आराम से बैठकर बात करेंगे।'' देवराज कहता चला गया–''पहले जरा मैं तुम्हारे इस पिल्ले की भी ऐसी हालत कर दूं कि हमारी प्यार भरी बातों में खलल न डाल सके।''

▲

''बैठो।'' कहने के बाद देवराज ठक्कर आराम से एक सोफे पर बैठ गया।

अमित ने एक नजर बेहोश पड़ी माधुरी पर डाली, दूसरी एक कोने में बंधे पड़े शुभम पर और तीसरी देवराज ठक्कर पर–उस देवराज ठक्कर पर, एक रिवॉल्वर जिसके हाथ में था, दूसरा जेब में।

जो जेब में था वह अमित का था–अमित का अपना सर्विस रिवॉल्वर।

शुभम के मुंह में रुई ठूंसी हुई थी, मुंह पर टेप।

देवराज ने कहा–''बैठ जाओ एसपी, मुझे तुमसे कुछ बातें करनी हैं–ऐसी बातें जिन्हें सुनने के बाद तुम भगवान को लाख-लाख धन्यवाद देकर मन-ही-मन यह कहोगे कि शुक्र है कि इस समय माधुरी बेहोश है।''

अमित को उसके आदेश का पालन करना पड़ा।

कुछ देर तक कमरे में खामोशी छाई रही फिर देवराज ठक्कर ने अजीब बात पूछी–"तुम्हें सिगरेट की तलब नहीं लग रही?"

अमित पर जवाब न बन पड़ा।

"तुम्हें न सही मगर मुझे इस वक्त सिगरेट की तलब लग रही है। पुनः ठक्कर ही बोला–"लाओ, एक सिगरेट दो–तब मुझे बात करने में मजा आएगा।"

अंतरिक्ष में मंडरा रहे अपने दिमाग को खोपड़ी में फिट करने के असफल प्रयत्न के साथ अमित ने एक सिगरेट ठक्कर को दी और दूसरी खुद सुलगा ली, सिगरेट में कश लगाने के बाद देवराज ने कहा–"तुम बहुत चालाक हो एसपी, तुम्हारी चालाकी का अंदाजा उन बातों से लगाया जा सकता है जो मेरे प्रकट होने से पहले माधुरी को पढ़ा रहे थे–मेरे जेल से फरार होने की खबर अखबार में पढ़ते ही तुम्हारे दिमाग में सवाल कौंधा कि जिस ठक्कर ने चार साल तक अंगुली तक नहीं हिलाई, जिस ठक्कर ने अशोक का हत्यारा न होने के बावजूद, चुपचाप हत्यारा होना कुबूल कर लिया उस ठक्कर को आज–चार साल बाद अचानक क्या हो गया जो जेल की चारदीवारी तोड़कर भाग निकला और इस सवाल का जवाब भी तुम्हारे दिमाग में तुरन्त कौंध गया–तुम्हें याद आया कि बंतासिंह भी जेल में है और तुम समझ गए कि ठक्कर और बंतासिंह की मुलाकात हो गई होगी–यह बात तुम्हें जंच गई कि बंतासिंह के मुंह से सबकुछ सुनने के बाद ही मुझे हकीकत पता लगी होगी और परिणाम स्वरूप देवराज जेल तोड़कर भाग निकला। अब ... अब तुम्हें इस बात का भय सताने लगा कि देवराज ठक्कर माधुरी को वह हकीकत बता देगा, अपने स्वार्थ के कारण जो बंतासिंह ने नहीं बताई और तुमने उस सम्भावित खतरे से निपटने के लिए माधुरी के जेहन में यह बात ठूंसनी शुरू कर दी कि देवराज तुम्हारे बीच अविश्वास की खाई खोदने की चेष्टा कर सकता है–तुम यह चाहते थे कि सब कुछ सुन लेने के बावजूद माधुरी सच्चाई पर यकीन न करे, सच को 'झूठ' समझे और इस भ्रमजाल में फंसी रहे कि यह सब कुछ देवराज अमित और उसके बीच गलतफहमी की दीवार

खड़ी करने की आरजू से कह रहा है–अपनी जगह तुम ठीक थे एसपी, तुम जैसे घटिया आदमी अगर घटिया बातें नहीं सोचेंगे तो 'घटिया' बातें बेचारी किसकी मां को अपनी मां कहेंगी–तुम कभी देवराज ठक्कर के अंदाज में नहीं सोच सकते एसपी–तुममें और मुझमें बुनियादी फर्क है–वही फर्क जो लोमड़ी और शेर में होता है–तुम लोमड़ी हो सकते हो जो चालाक होती है मगर दिलेर नहीं, तुम शेर नहीं हो सकते हो जो चालाक भले ही लोमड़ी से कम हो मगर दिलेर होता है–तुमने लोमड़ी वाले अंदाज में यह सोचा कि अब देवराज माधुरी को हकीकत बताकर उसी के हाथों तुम्हें कत्ल कराने की कोशिश करेगा मगर यह न सोच सके कि शेर अपना शिकार खुद करता है–जो शख्स शेर की नस्ल वाले होते हैं वे किसी दूसरे के कंधे पर रखकर बन्दूक नहीं चलाया करते हैं–मैं लोमड़ी नहीं हूं बेवकूफ, जो तुम्हारे और इस बेवफा औरत के बीच अविश्वास की खाई खोदकर अपना उल्लू सीधा करूं–मेरा 'रिवेंज' कोई और नहीं, मैं खुद लूंगा–तुमसे भी और इससे भी–बंतासिंह की तरह मेरी नजर में माधुरी बेगुनाह नहीं है, इसका गुनाह और किस्म का है, तेरा गुनाह किसी और किस्म का बल्कि अगर यह कहूं तो गलत न होगा कि मेरी नजर में इस कमीनी का गुनाह तेरे गुनाह से लाख गुना ज्यादा संगीन है–जो तूने किया वह इसे हासिल करने के लिए किया–सो, मैं यह कह सकता हूं कि वह तेरी मुहब्बत की पराकाष्ठा थी–कहते हैं कि इश्क दुनिया की सबसे बड़ी जंग का नाम है और जंग में फतह हासिल करने के लिए तुमने जो किया वह जायज है मगर जो इसने किया वह दुनिया के किसी भी सिद्धान्त से जायज नहीं है–इसने मुहब्बत पर अविश्वास किया–तेरी बीवी का सबसे बड़ा और संगीन गुनाह यह है एसपी कि इसने देवराज ठक्कर को अशोक का हत्यारा मान लिया और इसलिए देवराज ठक्कर इसे तुमसे हजार गुना संगीन सजा देगा–तेरी सजा तो सिर्फ एक गोली है वह गोली जो सलीम अंकल और दादा की मौत का बदला लेने के लिए चलेगी–वह गोली जिसका लक्ष्य देवराज ठक्कर के ऑर्गेनाइजेशन को नेस्तनाबूद करने वालों को मिटा देना होगा मगर तेरी बीवी की सजा इतनी आसान नहीं होगी–इसे तड़पा-तड़पाकर मारूंगा मैं–ठीक उसी तरह जैसे इसने मुझे मारा है–मैं इसे बताऊंगा एसपी कि किसी

की सच्ची मुहब्बत पर थूक देने का अंजाम कितना भयानक होता है–इसने मुझ पर अविश्वास किया है और देवराज ठक्कर पर अविश्वास करने वाले की सजा उतनी आसान नहीं हो सकती जितनी तुझे मिलने वाली है।''

''इसे क्या सजा दोगे तुम?'' अमित हकला उठा।

''पहले इसकी आंखों के सामने यह पिल्ला मरेगा जिसे इसने मुझे 'चिढ़ाने' के लिए पैदा किया है, फिर इसकी मांग में भरा सिन्दूर खुरचकर फेंक दूंगा मैं और तब ... तब इसे बताऊंगा कि हकीकत क्या थी–तब रहस्य खोलूंगा कि अशोक की हत्या मैंने नहीं तूने की थी–उसी लाश को ठिकाने इसने खुद लगाया था–बस, यह रहस्य खोलने के बाद मैं तेरी और तेरे पिल्ले की हत्या के जुर्म में फांसी चढ़ जाऊंगा–रह जाएगी यह-अकेली यह या मेरा बताया हुआ रहस्य जो अंदर ही अंदर इसे कचोट-कचोट कर इस तरह खा जाएगा जैसे दीमक लकड़ी को खाती है–रहस्य अगर तब खुले जब यह अपने भैया के वास्तविक हत्यारे यानि तुझसे बदला ले सके तो इसके कलेजे में ठंडक पड़ जाएगी और मैं इसे ठंडक पहुंचाने के लिए नहीं बल्कि इसकी अपनी ही आग में जलाकर भस्म कर देने के लिए जेल से फरार हुआ हूं–रहस्य तब खोलूंगा एसपी जब इसके भाई का वास्तविक हत्यारा इस दुनिया में नहीं होगा ताकि यह उसे अपने हाथ से मारकर अपने कलेजे को ठंडक न पहुंचा सके बल्कि तड़पती रहे, छटपटाती रहे–गर्म रेत पर पड़ी मछली जैसी हालत हो जाए इसकी–यह अहसास इसकी आत्मा को नोच-नोचकर खा जाएगा कि जिसे इसने अपने भाई का हत्यारा समझकर आजीवन कारावास में डलवा दिया वह इससे बेइन्तहा मुहब्बत करता था और जिसे सिन्दूर के रूप में सजाकर अपनी मांग में बैठा लिया वह इसके भाई का हत्यारा था–वह जिससे यह बदला तक नहीं ले सकती।''

यह सच्चाई है कि देवराज ठक्कर के भयानक इरादों के बारे में जानकर अमित दहल उठा–वह स्वप्न में भी नहीं सोच सकता था कि देवराज इस अंदाज में बदला लेने के मन्सूबे बनाएगा अतः बोला–''इससे बेहतर तो यह है देवराज कि तुम मेरे जीते जी माधुरी को रहस्य बता दो।''

ठक्कर हंसा।

बहुत जोर से, कॉटेज की छत की तरफ चेहरा उठाकर ठहाका लगाया उसने।

इतना जोरदार कि जैसे कॉटेज की छत को 'भक्क' से उड़ा देना चाहता हो और खुलकर हंसने के बाद बोला–"तो अब तुम्हारी समझ में भी यह बात आ गई कि जो सजा मैंने इस कमजर्फ और बेवकूफ औरत के लिए मुकर्रर की है उससे ज्यादा भयानक सजा कोई और नहीं हो सकती।"

"प ... प्लीज ... प्लीज देवराज, अपने भयानक इरादों को परवान चढ़ाने की कोशिश मत करना।"

बड़े ही मजेदार स्वर में पूछा देवराज ने–"तो तुम अपनी बीवी को उस सजा से बचाना चाहते हो?"

"हां।"

"अभी एक रास्ता तुम्हारे पास है।"

"क्या?"

"जो रहस्य मैं तुम्हारी मौत के बाद बताने वाला था उसे खुद अपने मुंह से बता दो।"

अमित की खोपड़ी घूम गई।

दिमाग चकरा गया।

पलक झपकते ही उसके जेहन में यह विचार कौंधा कि देवराज ठक्कर उसे फंसा रहा है–हौलनाक बातों से डराकर देवराज का मकसद उसे इस मानसिक अवस्था में ले जाना है कि वह खुद सारा रहस्य माधुरी को बता दे–अपने पैरों में खुद कुल्हाड़ी मार ले।

यह विचार दिमाग में कौंधते ही अमित सतर्क हो गया।

समझ गया कि देवराज उसे जाल में फंसाकर माधुरी के सामने सबकुछ खुद उसी के मुंह से उगलवाने के मन्सूबे बना रहा है–उसके जाल में कतई न फंसने का मन ही मन दृढ़ निश्चय करने के बाद अमित बोला–"शायद यही ठीक रहेगा।"

"क्या ठीक रहेगा?"

"यह कि सारी हकीकत माधुरी को मैं खुद बता दूं।"

देवराज ठक्कर व्यंग्यपूर्वक हंसा, बोला–''मुझे बेवकूफ समझते हो तुम?''

''क्या मतलब?''

''मैं जानता हूं एसपी कि तुम लोमड़ी हो, ये शेर वाली दिलेरी तुम नहीं दिखा सकते।''

''म ... मगर इसके अलावा अब मेरे पास रास्ता भी क्या है?''

''रास्ता है।'' ठक्कर ने अपने एक-एक शब्द पर जोर देते हुए कहा–''वह रास्ता है जो तुम जैसी स्थिति में फंसने के बाद लोमड़ी सोचा करती है, चालाकी वाला रास्ता। मैं हंड्रेड परसेन्ट जानता हूं एसपी कि इस वक्त तुम क्या सोच सकते हो–मुझे खत्म करने के लिए व्यूह-रचना तैयार करने हेतु तुम्हें वक्त की दरकार है–इस वक्त तुम यह सोच रहे हो कि अगर फिलहाल मैं यहां से बगैर तुम्हारा कोई अहित किये चला जाऊं तो तुम ऐसा जाल तैयार करो जिसमें फंसकर देवराज को सिर्फ मौत मिले और अगर तुम अपने मन्सूबों में कामयाब हो गए तो फिर मैं वैसा कुछ नहीं कर पाऊंगा जैसा कहा है।''

अमित को लकवा-सा मार गया, सब कुछ समझ रहा था वह घाघ।

अभी उसके मुंह से बोल न फूट पाया था कि देवराज खड़ा हो गया– सिगरेट का अन्तिम सिरा अपने जूते से कुचलने के बाद चहलकदमी-सी करता हुआ बोला–''और मेरी दिलेरी देखो, एक शेर की दिलेरी देखो एसपी कि सब कुछ जानने के बावजूद मैं यहां से जा रहा हूं, फिलहाल तुम्हारा कोई भी अहित किए बगैर जा रहा हूं।'' कहने के बाद वह दरवाजे की तरफ बढ़ा।

चकित अमित मुंह 'बाये' उसे देख रहा था।

और फिर दरवाजे पर पहुंचकर वह ठिठका, पलटकर अमित की आंखों में झांकता हुआ बोला–''तुम चकित हो न समझ नहीं पा रहे हो कि तुम्हारा सब कुछ बिगाड़ लेने की स्थिति में होने के बावजूद मैं बगैर कुछ बिगाड़े वापस क्यों जा रहा हूं?''

बेचारा अमित।

बोलता भी तो क्या बोलता?

''एक बार फिर तुम इसलिए हैरान हो क्योंकि तुम्हारी सोच लोमड़ी वाली है।'' दिलचस्प स्वर में देवराज कहता चला गया–''तुम कल्पना तक नहीं कर सकते कि शेर के सोचने का अंदाज क्या होता है–सुनो, दरअसल मैं यहां तुम्हारा किसी किस्म का अहित करने की आरजू से आया ही नहीं था–फिलहाल मैं सिर्फ तुम्हें 'चेताने' आया था–दुश्मन पर पीछे से या धोखे से वार करना शेर की फितरत नहीं होती–वह सामने से मारता है और यह मेरी बहुत पुरानी बीमारी है, फिलहाल केवल चैलेंज देकर जा रहा हूं कि मैं तुम्हें कत्ल करने वाला हूं अतः अपने बचाव में जो तैयारियां कर सको कर लो, हमला अगली मुलाकात पर करूंगा–एक बार फिर हाथ आए मौके को हाथ से न निकलने देने का सिद्धान्त उनका होता है कि 'जो मौका हाथ लगा है वैसा मौका शायद भविष्य में फिर कभी हाथ न लग सके'–मैं इस खौफ का शिकार नहीं हूं एसपी मैं जानता हूं कि ऐसा मौका जब चाहूं हासिल कर सकता हूं–मुझे मालूम है कि भविष्य में जब-जब मैं और तुम सामने आएंगे तब–तब मेरे सामने तुम्हारी स्थिति उतनी ही निरीह होगी जितनी इस वक्त है।''

कहने के बाद वह तेजी से पलटा और हवा के झोंके की तरह कॉटेज के खुले दरवाजे से बाहर निकल गया–अमित को एक क्षण बाद उसके पीछे लपकने का होश आया, दरवाजे पर लपका भी वह मगर देवराज तो दूर, उसकी परछाईं तक कहीं नजर नहीं आई उसे।

गधे के सींग की तरह गायब हो गया था वह।

सामने–ठीक सामने, गहरी खाई के पार खड़ा एक मौन गगनचुम्बी पर्वत सांय-सांय कर रहा था–जाने क्यों उस पर्वत की तरफ देखते वक्त अमित के दिलो-दिमाग में दहशत-सी प्रविष्ट होती चली गई।

⅄

सोचते-सोचते अमित के दिमाग में दर्द होने लगा, फिर यह शंका दिल में घर कर गई कि अगर माधुरी वास्तव में बेहोश न हुई हो यह अर्धमूर्छित अवस्था

में हो और जो बातें यहां हुई हैं वो उसने सुन ली हों तो क्या होगा?

इस शंका से ग्रस्त वह लपककर बेहोश पड़ी माधुरी के नजदीक पहुंचा।

हर तरह से जांच-पड़ताल की कि वह बेहोश है अथवा नहीं।

और सन्तुष्ट तब हुआ जब यकीन हो गया कि माधुरी रिवॉल्वर के दस्ते की चोट के बाद से अब तक सौ प्रतिशत बेहोश थी–सबसे पहले उसने लपककर शुभम को खोला, मुंह से टेप हटाकर हलक से रुई निकाली।

बुरी तरह डरा-सहमा शुभम उससे लिपटकर रो पड़ा।

काफी देर बाद माधुरी को तब कहीं जाकर होश आया जब अमित उसके ऊपर कई बाल्टी पानी डाल चुका–होश में आते ही वह बौखलाकर उठी–इधर-उधर देखा और देवराज को कहीं न पाकर बोली–''कहां गया वह?''

''वह जा चुका है।''

''च ... चला गया?'' माधुरी चौंकी–''ऐसे कैसे चला गया?''

''बताता हूं, शुभम को सम्भालो।''

और फिर।

शुभम को अपनी छातियों में भींचकर माधुरी जोर-जोर से रो पड़ी–सान्त्वना देने वाले अंदाज में अमित उसके सिर पर हाथ फेरता हुआ बोला–''अपनी आदत के मुताबिक आज वह यहां हमें सिर्फ चैलेंज देने आया था, यह चैलेंज देने कि वह हम तीनों का कत्ल करने वाला है–अगर खुद को बचा सकते हों तो बचा लें।''

माधुरी के कानों में सीटियों की आवाज गूंजने लगी।

▲

''म ... मैं भूल गया।'' नशे में मस्त मनोज ने कहा–''क ... कुछ देर पहले अपना क्या नाम बताया था तुमने?''

जवाब भी नशे में डूबी आवाज ने ही दिया–''माधुरी।''

''म ... माधुरी?'' वह चौंका, फिर बड़बड़ाया–''म ... माधुरी?''

''हां।'' लड़की ने कहा–''म ... मगर तुम चौंक क्यों पड़े?''

''क्योंकि ये मेरी भाभी का नाम है।'' मुकम्मल नशे में था मनोज–''मेरी प्यारी-प्यारी भाभी का नाम।''

लड़की गुर्रा उठीं–''तो क्या इस नाम पर सिर्फ तुम्हारी भाभी का अधिकार हो गया है, मेरा नाम माधुरी नहीं हो सकता।''

''क ... क ... क्यों नहीं हो सकता?'' मनोज एकदम यूं बोला जैसे उसके रूठने से डर गया हो, सम्भलने का प्रयास करता हुआ वह कहता चला गया–''ब ... बिल्कुल हो सकता है बल्कि मैं तो यह कहता हूं कि यह नाम सिर्फ तुम्हारा हो सकता है, भाभी का नाम कुछ और होगा, उस साली का नाम भला इतना सुन्दर कैसे हो सकता है। माधुरी, वाह कितना बढ़िया नाम है, आज से पहले मुझे कभी अहसास ही नहीं हुआ कि यह नाम इतना बढ़िया है।''

लड़की मुस्करा दी।

वह नशे की सिर्फ एक्टिंग कर रही थी, वास्तव में जरा भी नशे में नहीं थी वह।

जबकि मनोज पूरी तरह झूम रहा था।

लड़की को खूबसूरत तो नहीं कहा जा सकता मगर हां, बेहद सैक्सी थी वह।

वह उन लड़कियों में से थी जो शक्ल से ही प्यासी नजर आती हैं–जिनके होंठों को देखकर मर्द के दिल से 'वाह' नहीं निकलती बल्कि सीधे उन्हें चूसने की इच्छा बलवती हो उठती है–जिनकी आंखों में चौबीस घन्टे ऐसे भाव विराजमान रहते हैं जैसे मर्द को 'उकसा' रही हों।

कद लम्बा था उसका।

पुष्ट उरोज और चौड़े कूल्हे।

सर से पांव तक, सैक्सी।

ऐसी जो मर्द के दिल में नारी के लिए सम्मान का नहीं बल्कि सिर्फ और सिर्फ उत्तेजक भाव जागृत करे–ऐसी लड़की अगर ऋषि-मुनि की तरफ देख ले तो उन तक का ईमान डिगा सकती है जबकि मनोज ... मनोज तो बेचारा जवान लड़का था।

उसके जाल में खुद को बचाता भी तो कैसे।

जाल!

हां जाल ही तो था वह।

⅄

डिस्को हॉल में बैठा उस वक्त वह धीरे-धीरे अपने पैग को चुसक रहा था कि अचानक नजदीक से गुजरती 'वह' उसके ऊपर गिर गई–हल्की-सी चीख निकली थी उसके मुंह से।

मनोज चौंका था।

उसके पुष्ट वक्षस्थल का गुदगुदापन अपने कंधे पर महसूस करके पट्ठे की आंखों के सामने रंग-बिरंगे तारे नाच उठे थे–वह तो स्वप्न में भी नहीं सोच सकता था कि वह न सिर्फ जानकर उस पर गिरी थी बल्कि वक्षस्थल तक जानबूझकर उसके कंधे पर रगड़े थे।

"स ... सॉरी।" उसने कहा–"एड़ियां ऊंची होने की वजह से पैर 'स्लिप' हो गया।"

मनोज ने उसकी तरफ देखा तो देखता ही रह गया।

वही प्रतिक्रिया हुई उस पर जो 'उसे' देखकर प्रत्येक मर्द पर होनी आवश्यक थी यानि जी चाहा कि लपके, उसे अपनी भुजाओं में भरे और जोर से भींचने के साथ निचलें होंठ को अपने मुंह में डालकर चूसना शुरू कर दे।

परन्तु।

मनोज ने ऐसा किया नहीं, सम्भाले रखा खुद को।

बोला–"कोई बात नहीं।"

"कोई बात क्यों नहीं?" उसने अपनी आंखों में मौजूद प्राकृतिक सैक्सी भावों में किसी भी लड़की द्वारा उत्पन्न किए जा सकने वाले सैक्सी भावों का मिश्रण कर लिया, बोली–"आपका पैग बिखर गया।"

मनोज उन आंखों में देखता रह गया, उन आंखों में जिनमें पांच सौ साल

पुरानी शराब से कहीं ज्यादा नशा था और जब कोई युवक किसी युवती के 'मायाजाल' में इस कदर फंस जाए और युवती का मकसद ही उसे फंसाना हो तो भला दूरी रह कहां जाती है?

लिहाजा।

वहीं बैठ गई वह।

'दोस्ती' हो गई।

परिणामस्वरूप इस वक्त यानि दो घन्टे बाद नशे में चूर मनोज जाने क्या-क्या अनाप-शनाप बके जा रहा था, उसने अभी-अभी कहा था–''मैं तुमसे मुहब्बत करने लगा हूं माधुरी, तुम्हारे लिए अपनी जान तक दे सकता हूं मैं।''

''झूठ तो नहीं बोल रहे हो?'' आंखें तरेरकर पूछा उसने।

''सच्ची।'' मनोज ने अपने गले पर चुटकी भरकर कहा।

''अपनी कसम।''

''जी तो चाहता है कि मैं भी तुमसे मुहब्बत करूं मगर ...

''मगर?''

थोड़े डरे से अंदाज में कहा उसने–''मेरा एक भाई है।''

''भाई?''

''हां।'' कहती चली गई–''बड़ा जालिम है वह, कहता है कि अगर मैंने किसी से मुहब्बत की तो मुझे भी काटकर फेंक देगा और उसे भी जो मुझसे मुहब्बत करेगा।''

''अरे वाह!'' मनोज ने हवा में हाथ नचाया–''ऐसा कैसे हो सकता है?''

''क्यों नहीं हो सकता?''

''म ... मुहब्बत करना कोई जुर्म है?'' वह अकड़ गया था।

''मुहब्बत तो बड़े-बड़े राजा-महाराजाओं ने की है–हीर रांझा, लैला-मजनूं और शीरी-फरहाद ने की है मगर हां, यह भी सच है कि 'विलेन' बीच में जरूर आता है–हमारे बीच का विलेन यानि तुम्हारा भाई करता क्या है?''

''गुण्डा है, चाकू से लोगों के पेट फाड़ता फिरता है।''

''क ... क्या?'' एक क्षण के लिए नशा 'हिरण' हो गया।

लड़की ने पुनः आंखें तरेरी–''बस डर गए?''

‘‘ड ... डर गया?’’ मनोज सम्भला, नशे ने पुनः जोर मारा–‘‘म ... मैं भला गुण्डे-बदमाश से क्यों डरने लगा–तुम्हारा भाई गुण्डा है तो मेरा भाई एसपी पुलिस है, एक मिनट में साले के ...

‘‘एसपी पुलिस?’’ चकित स्वर।

गर्दन अकड़ाकर कहा मनोज ने–‘‘हां।’’

‘‘यानि कि अमित वशिष्ठ?’’

‘‘त ... तुम उनका नाम जानती हो?’’

‘‘लो, उनका नाम कौन नहीं जानता?’’ लड़की कहती चली गई–‘‘पटना का बच्चा-बच्चा जानता है। ऐसा हो ही नहीं सकता कि जिसने देवराज ठक्कर का नाम सुना हो वह अमित वशिष्ठ को न जानता हो–वह इंस्पेक्टर से एसपी इसलिए बना है क्योंकि चार साल पहले उसने ठक्कर ऑर्गेनाइजेशन को नेस्तनाबूद कर दिया था, क्या तुम उस कहानी के बारे में नहीं जानते?’’

‘‘वाह, मैं क्यों नहीं जानता होऊंगा भला–मेरे तो भैया हैं वे?’’

‘‘सचमुच अपनी जिंदगी में बड़ी जबरदस्त कुरबानी दी है उन्होंने।’’

‘‘क ... कुरबानी-कुरबानी कैसी?’’

‘‘क्या तुम्हें यह नहीं मालूम कि माधुरी के–उस माधुरी के जो आज तुम्हारी भाभी है, कौन से बयान से देवराज ठक्कर को सजा हुई थी?’’

‘‘फिर वही बात, वे मेरे भाई और भाभी हैं–मुझे भला क्यों नहीं मालूम होगा?’’

‘‘तो जिसने अदालत में, सारे समाज के सामने यह कुबूल किया हो कि जिस वक्त उसके भाई की हत्या हुई उस वक्त वह देवराज ठक्कर के बिस्तर पर उसके साथ थी–बाद में मैडिकल रिपोर्ट में भी आया हो कि वह कुंवारी नहीं थी–शादी कर लेना, उसे अपनाकर घर बसा लेना क्या छोटी-मोटी कुरबानी है?’’

‘‘क ... कह तो तुम ठीक रही हो, बहुत बड़ी कुरबानी है ये–भैया सचमुच महान् हैं।

‘‘मगर भाभी?’’

‘‘भाभी?’’

''उसके बारे में क्या राय है तुम्हारी?''

''उनके बारे में क्या राय होती?''

''रहोगे तुम बुद्धू ही।'' लड़की उस तरह बोली जैसे वर्षों की जान-पहचान हो–''माना कि तुम्हारे भैया ने तो कुरबानी दी मगर क्या उसे तुम्हारे भैया से शादी करनी चाहिए थी–नहीं–इससे बेहतर तो यह था कि वह कहीं डूबकर मर जाती–उसकी जगह मैं होती तो यही करती मनोज, भला एक देवता समान पुरुष से शादी रचाकर उसे समाज में बदनाम करने का क्या हक था उसे?''

मनोज कह उठा–''क ... कह तो तुम ठीक रही हो।''

''मैं तो कहती हूं कि वेश्या से कहीं ज्यादा गिरी हुई औरत है–ऐसा पाप तो वेश्या भी नहीं कर सकती–क्या नाम है तुम्हारे भतीजे का–हां, शुभम, लोग तो कहते हैं कि वह देवराज ठक्कर का है।''

''म ... माधुरी।'' मनोज चीख पड़ा।

''गुस्सा क्यों खा रहे हो, मैंने वही कहा जो लोग कहते हैं और मुझे तो लगा कि यह सच भी है-जरा सोचो, याद करो मनोज तुम्हारा भतीजा शादी के सिर्फ छः महीने बाद पैदा हो गया था न–छः महीने में भी भला कहीं बच्चा होता होगा?''

''त ... तुम मुझसे ऐसी बात मत करो।''

''लो, नहीं करती।'' ठिनककर कहने के बाद वह खड़ी होती हुई बोली–''मैं जा रही हूं।''

नशे की तरंग में झूम रहे मनोज को ऐसा लगा जैसे सीने से उसकी जान निकलकर चल दी हो, झपटकर उसकी कलाई पकड़ता हुआ बोला वह–''न ... नहीं–इस तरह रूठकर मत जाओ माधुरी।''

''कुछ देर पहले तो मुहब्बत की बड़ी-बड़ी डींगें मार रहे थे और अब जरा-सी सच्चाई नहीं सुन सके। मुझे ऐसे लड़के बिल्कुल पसन्द नही हैं जो सच्चाई से मुंह मोड़े रखते हों, छोड़ो मुझे।''

''नहीं, मैं तुम्हें इस तरह नहीं जाने दूंगा।'' कहने के बाद मनोज ने एक झटके से उसे अपने ऊपर गिरा लिया और अपने होंठ उसके प्यासे होंठों

पर रख दिए–डिस्को क्लब में उनकी यह हरकत अगर किसी ने देखी थी तो अनदेखी कर दी क्योंकि उत्तेजक संगीत सभी को उत्तेजना की दुनिया में विचरण करा रहा था।

⅄

''वैरी गुड हैलेन, वैरी गुड!'' सैक्सी नजर आने वाली लड़की के चुप होते ही देवराज कह उठा–''तुम उसे इसी तरह अपने जाल में फंसाए रखो, धीरे-धीरे 'क्लाईमेक्स' पर पहुंचा दो उसे।''

''क्लाईमेक्स की बात तो ये है सर कि वह आज ही वहां पहुंचने के लिए तैयार था जहां मैं पहुंचाना चाहती थी।'' हैलेन सम्मानित स्वर में कहती चली गई–''अपने-आपको मैंने इसलिए रोक लिया क्योंकि आपकी तरफ से इजाजत नहीं थी–जब आपने यह काम सौंपा था, उस वक्त मुझे ऐसा लगा कि काम कठिन है और हफ्ते भर के अंदर उसे उस स्थिति तक पहुंचाना मुश्किल होगा जिस स्थिति में आप उसे चाहते हैं मगर मेरी सभी आशाओं के विपरीत यह काम बेहद आसान निकला–इतना ज्यादा आसान कि पहले ही प्रयास में वह पके फल की मानिन्द मेरी झोली में आ गिरा और आज ... पहले ही दिन की उपलब्धि इतनी जबरदस्त है कि मैं उसे मुकम्मल रूप से अपनी मुट्ठी में कैद कर सकती हूं यह दावा पेश कर सकती हूं कि मेरी उंगलियों के इशारों पर नाचेगा वह।''

''जिस जाल में उसे फंसाया गया है उस जाल में आजकल के युवक पके फल की मानिन्द ही फंसते हैं।'' देवराज बोला–''करैक्टर नाम की चीज दुनिया में शायद रह ही नहीं गई है, खैर ... तुम्हें अपने लक्ष्य याद हैं न?''

''अच्छी तरह सर।''

''दोहराओ।''

''करीब एक हफ्ते तक मुझे उसे अपने लिए तड़पाना है–उसे हर पल यह लगे कि मैं उसे हासिल होने वाली हूं मगर होती नहीं हूं और साथ ही उसकी भाभी का करैक्टर उसकी नजरों में इतना गिरा देना है कि एक हफ्ते के अंदर-

अंदर अपनी भाभी को वेश्या से भी बद्‌तर समझने लगे!''

''और?''

''एक हफ्ते बाद, जिस दिन आप कहें उस दिन बुरी तरह गर्म कर देना है उसे और फिर 'प्यासी अवस्था' में अपने से दूर कर देना–बस, अभी आपकी तरफ से मुझे इतने ही निर्देश हैं।''

''तुम जा सकती हो।'' कहने के बाद देवराज ठक्कर ने ऊंची पुश्त वाली सिंहासननुमा चेयर की पुश्त से पीठ टिका दी और अधलेटी-सी अवस्था में फैल गया।

उसके ठीक सामने चमकदार सनमाइका वाली मेज के इस तरफ मुकम्मल रूप से खामोश बैठा चीका हैलेन के बाहर निकलते ही बोला–''मैं समझ नहीं पा रहा हूं सर कि आप किस किस्म का 'रिवेंज' लेना चाहते हैं–कैसा खेल-खेल रहे हैं यह?''

''समझ जाओगे चीका।'' ठक्कर के होंठों पर भेदभरी मुस्कान नाच रही थी–''वक्त आने पर स्वतः सब कुछ समझ जाओगे–हमें बताने की जरूरत नहीं पड़ेगी।''

''म ... मगर सर।'' वह बोला–''मैं फिर कहता हूं कि इतने लम्बे-चौड़े बखेड़े की आखिर जरूरत क्या है 'ऑर्गेनाइजेशन' के गनमैन सारा 'रिवेंज' पांच मिनट के अंदर ले सकते हैं मुझे पूरा यकीन है और आप जानते हैं कि ऑपरेशन मुकम्मल होने में पांच से साढ़े पांच मिनट नहीं लगेगा।''

''ऑपरेशन को जिस ढंग से मुकम्मल करना चाहते हो यकीन मानो, उस ढंग से मुकम्मल करने के लिए हमें तुम्हारे गनमैनों की जरूरत नहीं है–हमें दो से ढाईवां मिनट नहीं लगना था।''

''अंततः होना तो वही है सर, सबका खात्मा?''

''नहीं, वह नहीं होगा जो तुम सोच रहे हो।'' एक-एक शब्द पर जोर देता हुआ देवराज कहता चला गया–''बल्कि वह होगा जिसकी कल्पना कोई भी नहीं कर सकता।''

चीका के मुंह से बोल न फूटा, ठक्कर की तरफ गूंगे की तरह देखता रह गया वह।

⅄

अमित और माधुरी ने यह रात कॉटेज में काटी जरूर परन्तु पूरी रात जागकर।

दहशत में डूबे रहकर।

माधुरी शुभम को अपनी छातियों से चिपकाए पड़ी रही थी।

अमित की हालत ऐसी थी जैसे झाड़ियों में दुबके उस हिरण की होती है जिसे यह मालूम हो कि आसपास शिकार की तलाश में शेर घूम रहा है।

जरा-जरा सी आहट पर वे बुरी तरह चौंक-चौंककर उछल पड़ते थे।

परन्तु।

समस्त शंकाएं निर्मूल साबित हुईं।

देवराज तो देवराज, देवराज की परछाईं तक के दर्शन उन्हें दुबारा न हुए और सुबह होते-होते अमित को विश्वास हो गया कि देवराज ठक्कर के दिमाग में उस ढंग से बदला लेने की बात ही नहीं है जिस ढंग से वह सोच रहा है।

ठक्कर के दिमाग में कुछ और ही है।

मगर क्या?

यह सोच पाना अमित को अपनी दिमागी हैसियत से बाहर की बात लग रही थी।

देवराज ठक्कर के खिलाफ, उससे निपटने के लिए वह दिमाग में अनेक व्यूह-रचनाएं बना और बिगाड़ चुका था। मगर कोई जंच नहीं रही थी–हरेक व्यूह रचना में कोई न कोई 'छेद' नजर आने लगा था उसे–यह सच्चाई है कि अशोक की हत्या के जुर्म में देवराज को फंसाने की साजिश रचते वक्त वह रह-रहकर अपने जिस दिमाग पर गुरूर कर उठता था उसी दिमाग में इस वक्त भूसा भरा नजर आ रहा था।

ढंग से कोई बात सूझ नहीं रही थी उसे।

देवराज ठक्कर का भूत उसे इतना तक नहीं सोचने दे रहा था कि बंतासिंह से किस तरह निपटना है–कहने का मतलब यह कि उन दो भारी पाटों के बीच फंसा अमित गेहूं की तरह पिसता चला जा रहा था।

सोचते-सोचते दिमाग में दर्द होने लगा।

मगर।

रास्ता न सूझता।

यह रात तो कॉटेज में जैसे उन्होंने गुजारी सो गुजारी ही मगर सुबह होते ही न सिर्फ कॉटेज छोड़ दिया बल्कि शिमला से ही 'कूच' कर गए।

पटना पहुंच गए थे।

कम से कम यह डर अब अमित के दिमाग में नहीं था कि बंतासिंह से सम्बन्धित न्यूज माधुरी की नॉलिज तक पहुंच सकती है—वह जानता था कि देवराज ठक्कर की फरारी के मसले के सामने बंतासिंह से सम्बन्धित छोटी से छोटी न्यूज भी छपने का होश अखबार को नहीं होगा।

डाक बंगला रोड पर स्थित फ्लैट के कमरे में गर्म और उत्तेजक सिसकारियां गूंज रही थीं।

एक आवाज मर्द की थी, दूसरी औरत की।

एक तरफ हैलेन की थी, दूसरी तरफ मनोज की।

कमरे में नीले रंग के नाइट बल्ब का प्रकाश चांदनी की मानिन्द छिटका पड़ा था और गद्देदार बिस्तर पर लिपटे पड़े थे हैलेन और मनोज—हैलेन मनोज को उत्तेजित कर रही थी—उस मनोज को जिस के हलक के अंदर आज पूरी एक बोतल शराब एलएसडी की गोली के साथ उतारी थी।

बोतल तो मनोज की नॉलिज में थी।

गोली हैलेन ने चालाकी से पैग में डाल दी थी।

नशे में धुत होने के बाद मनोज ने आज भी वही इच्छा प्रकट की थी जिसे पिछले चार रोज से प्रकट कर रहा था और आज हैलेन इच्छा पूरी करने के लिए उसे अपने तथा-कथित फ्लैट पर ले आई थी।

इस वक्त वे बैड पर थे।

हैलेन द्वारा उत्तेजित किए जाने के बाद वहशी जानवर में बदल गया था मनोज। हैलेन के ऊपरी जिस्म के कपड़े उसने उतारे नहीं थे बल्कि फाड़ डाले थे।

और इस वक्त वह जींस उतारने के लिए पागल हुआ जा रहा था–''म ... माधुरी–प्लीज माधुरी!'' वह बड़बड़ा रहा था।

हैलेन नखरे कर रही थी–''नहीं मनोज, मान जाओ मेरे अच्छे मनोज।''

परन्तु मानने की अवस्था में कहां था वह?

उस वक्त मनोज हैलेन की जींस के मुकम्मल बटन और चेन खोल चुका था जब अचानक फ्लैट के बंद दरवाजे पर किसी ने दस्तक दी।

एक-दूसरे के जिस्म को नापते दोनों के हाथ इस तरह रुक गए जैसे ब्रेक लग गए हों–जहां के तहां। मनोज का नशा हिरन हो गया।

इस बार बाहर वाले ने दस्तक नहीं थी बल्कि दरवाजा जोर से भड़भड़ा दिया।''

मनोज की बांहों में कैद हैलेन ने ऊंची आवाज में पूछा–''क ... .कौन है?''

''दरवाजा खोलो माधुरी ये मैं हूं।'' गड़गड़ाती आवाज।

''भ ... भैया!'' हैलेन के हलक से चीख निकल पड़ी। उछलकर मनोज की गिरफ्त ही से नहीं, बल्कि कूदकर पलंग से नीचे पहुंच गई वह।

मनोज हड़बड़ा गया, बोला–''म-माधुरी।''

''भ ... भाग जाओ, भाग जाओ मनोज।'' अपने कपड़े सम्भालती हुई वह फुसफुसाने वाले अंदाज में चीखी–''भ ... भाग जाओ, नहीं तो वह तुम्हारा पेट फाड़ डालेगा।''

''खोलती क्यों नहीं?'' गुर्राने के साथ इस बार दरवाजा कुछ ज्यादा ही जोर से भड़भड़ाया गया।

पलंग से उछलकर मनोज फुसफुसाया–''क ... कहां से ... कहां से भागूं?''

माधुरी ने झपटकर पीछे वाली गली में खुलने वाली खिड़की खोल दी और बुरी तरह हड़बड़ाया घबराया मनोज बिना आगा-पीछा सोचे आनन-फानन में खिड़की के उस पार कूद गया।

अंधेरे में डूबी गली में जाकर गिरा वह। खिड़की बंद हो गई, वह उठा और सिर पर पैर रखकर भागा।

एसपी का बंगला वहां से ज्यादा दूर नहीं था।

मनोज कुछ इस तरह भागता हुआ मुख्य द्वार के नजदीक पहुंचा जैसे सैंकडों भूत पीछा कर रहे हों–उसने बंगले की बाउन्ड्री वॉल वाले द्वार के नजदीक पहुंचते-पहुंचते अपनी चाल सामान्य की।

उखड़ी सांसों को व्यवस्थित किया।

नशे की ज्यादती के कारण उसके दिमाग में अभी भी आतिशबाजी के अनार छूट रहे थे। वह जानता था कि बाउन्ड्री वॉल वाले द्वार पर दो सशस्त्र सिपाही खड़े होंगे। अतः सम्भला और कदमों में मौजूद लड़खड़ाहट को छुपाने की भरसक चेष्टा के साथ दरवाजा पार कर गया।

दोनों सिपाहियों ने उसे देखा। रोकने की कोई चेष्टा नहीं की–जानते थे कि मनोज एसपी साहब का छोटा भाई है और मनोज भले ही यह सोच रहा हो कि वह उन्हें पता नहीं लगने दे रहा है कि वह नशे में है मगर वें दोनों रोज ताड़ते थे और आज भी ताड़ गए–वह आगे बढ़ता रहा, बिल्डिंग की तरफ–बाउन्ड्री वॉल करीब दो हजार वर्गमीटर का भूखण्ड घेरे हुए थी जबकि बिल्डिंग भूखण्ड के बीचों-बीच केवल डेढ़ सौ गज में बनी हुई थी।

बिल्डिंग के तीन तरफ दूर-दूर तक जंगलनुमा लॉन था।

चौथी तरफ यानि फ्रंट साइड में बिल्डिंग के पोर्च से बाउन्ड्री वॉल के मुख्य द्वार यानि वहां तक जहां दो सशस्त्र सिपाही खड़े रहते थे, अर्द्धचन्द्राकार शक्ल की इतनी लम्बी सड़क थी कि मनोज बाउन्ड्री वॉल के दरवाजे से पोर्च तक आने में थक जाता था।

पोर्च में पहुंचकर उसने देखा कि गाड़ी मौजूद नहीं थी–यह समझते ही उसने शांति की सांस ली कि 'भैया' अभी तक नहीं आए हैं–बिल्डिंग में दाखिल होने तक उसका दिमाग तनावहीन हो चुका था।

दिगाग के तनावहीन होते ही शराब की पूरी बोतल और एलएसडी की गोली ने जोर मारा–दिमाग में पुनः अनार से फूटे और आंखों के सामने हैलेन के फ्लैट का दृश्य उभर आया–बैड का दृश्य। बांहों में कैद झूठा इंकार करती माधुरी।

उत्तेजित हो उठा वह और जब उसके 'भैया' के आगमन की याद आई

तो चेहरा स्वतः ऐसा बन गया जैसे हलक में कसैली गोली अटक गई हो–भव्य ड्राइंगरूम से गुजरता हुआ वह अपने कमरे की तरफ बढ़ ही रहा था कि अमित और माधुरी के बैडरूम के दरवाजे के नजदीक ठिठक गया।

दरवाजा भिड़ा हुआ था।

दोनों किवाड़ों के बीच काफी बड़ी झिर्री थी।

झिर्री के समीप से गुजरते वक्त मनोज को ऐसा लगा जैसे उसने नग्न टांग की झलक देखी हो।

ठिठका खड़ा रहा वह। वहीं हुआ जो बुरा ख्याल दिमाग में आते ही हमेशा होता है। यानि दिल धाड़-धाड़ करके बजने लगा–दबे पांव वापस दरवाजे के नजदीक पहुंचा और फिर चोर की तरह झिर्री से अंदर झांका उसने।

झांकते ही पट्ठे के दिमाग में सैकड़ों अनार एक साथ फूट पड़े। मारे उत्तेजना के बुरा हाल हो गया उसका। डबल बैड पर माधुरी बेसुध सोई पड़ी थी–साड़ी उसके घुटनों से ऊपर चढ़ी हुई थी केले के तने जैसी चिकनी, पुष्ट और गठी हुई टांगों पर फिसलती मनोज की सुर्ख आंखें गोल जांघों पर टिक गईं।

ऊपर नजर गई तो होश उड़ गए मनोज के।

साड़ी का पल्लू बैड पर जाने कहां पड़ा था?

'यू' शेप के ब्लाउज के कारण सिन्दूरी रंग के वक्षों के ऊपरी भाग और उनके बीच की घाटी मनोज को साफ नजर आई। ब्लाउज के भीतर छुपी गोलाइयों का अंदाजा वह उस 'माधुरी' के वक्षों की गोलाइयों से लगा सकता था जो कुछ देर पहले उसकी बांहों में थी।

शुभम थोड़ा हटकर सोया हुआ था।

मगर मनोज का ध्यान वहां, कहां था भला? वह तो कभी माधुरी की जांघों को घूर रहा था, कभी सांसों के साथ ऊपर-नीचे होते अर्द्ध-उघड़े गोल-गोल उरोजों को। सारे जिस्म में सनसनी दौड़ रही थी।

जिस्म का सारा खून इकट्ठा होकर मानो दिमाग पर टक्कर मार रहा था।

बुरी तरह उत्तेजित हो उठा वह।

उतना ही जितना 'माधुरी' के साथ कुछ देर पहले बैड पर था। हलक सूखने लगा।

थूक सटककर उसने तर करने की असफल कोशिश की-होंठों पर जीभ फिराई, रोकने की लाख चेष्टा के बावजूद मारे खौफ के दिल बहुत जोर-जोर से धड़क रहा था।

कामवासना के डोरे आंखों में पड़ाव डाल चुके थे।

तभी कानों में माधुरी के शब्द गूंजे–वे शब्द जो पिछले हफ्ते से वह लगातार इस माधुरी के बारे में कहती आई थी–उन शब्दों की याद आते ही कुछ ऐसा जादू हुआ कि मनोज को यह लगने लगा कि भाभी 'तैयार' हो जाएगी।

हैलेन उसके जेहन में इस माधुरी का कैरेक्टर एक वेश्या के रूप में स्थापित कर चुकी थी।

सो मनोज का हौसला बढ़ गया।

उसने आहिस्ता से दोनों किवाड़ों के बीच गुजरने के लिए रास्ता बनाया और फिर अंदर दाखिल हो गया वह–दिल भले ही चाहे जोर-जोर से धड़कने लगा हो मगर दबे पांव बैड के नजदीक पहुंच गया।

नशे की ज्यादती, भड़की हुई उत्तेजना और एक हफ्ते के अंदर-अंदर अपनी भाभी का जो कैरेक्टर उसके दिमाग में स्थापित हुआ था–इन सबने मिलकर ऐसा कमाल दिखाया कि पहले उसने आहिस्ता से अपना हाथ माधुरी की नग्न पिंडली पर रखा और धाड़-धाड़ करते दिल के साथ सोई हुई माधुरी के मुखड़े की तरफ देखता रहा।

हालांकि वह डर भी रहा था किन्तु नशे की तरंगें थीं कि उकसा रही थीं।

वहशी जानवर सी अवस्था में पहले उसने आहिस्ता-आहिस्ता माधुरी की नग्न टांगें सहलानी शुरू कीं और सरकता हुआ हाथ अभी जांघ पर पहुंचा ही था कि।

माधुरी चौंककर उठ बैठी।

मनोज इस तरह हट गया जैसे पूरे चार सौ चालीस वोल्ट का करेन्ट जिस्म में समा गया हो।

''म ... मनोज?'' माधुरी के होंठों से घुटी-घुटी चीख निकल गई।

हकबकाया-सा मनोज उसकी तरफ देखे जा रहा था, चाहकर भी कुछ

बोल नहीं पा रहा था वह, जबकि चेहरे पर सारे जमाने की हैरत, दहशत और घृणा समेटे माधुरी ने लगभग चीखकर कहा–"त ... तुम यहां क्या कर रहे हो?"

"क ... कुछ नहीं।" नशे की झोंक में वह इतना ही कह सका।

माधुरी के चेहरे पर मौजूद भावों में कोई परिवर्तन नहीं आ पाया था, अपनी साड़ी और आंचल दुरुस्त करती हुई वह गुर्रा-सी उठी–"त ... तुमने ... तुमने आज फिर शराब पी है।"

"भ ... भाभी।"

पलंग से नीचे उतरती हुई वह चीख पड़ी–"तुम रोज पीकर आने लगे हो, अभी तक मैंने उनसे इसलिए नहीं कहा क्योंकि तुम रोज हाथ-पैर जोड़कर माफी मांगते हो–कान पकड़कर भविष्य में कभी न पीने का वायदा करते हो मगर अब ... अब हद हो चुकी है, तुम्हारी हरकतों के बारे में मुझे तुम्हारे भैया से कहना पड़ेगा।

मनोज ने तुरन्त कान पकड़ लिए–"स ... सॉरी भाभी, अब कभी नहीं पीऊंगा।"

"य ... यहां मेरे कमरे में क्यों आए थे तुम?" मारे गुस्से के उफन सी रही थी वह।

"व ... वो–बात यह है भाभी कि मैं आपसे कुछ बातें करना चाहता हूं।" शराब की बोतल बोली।

माधुरी ने अक्खड़ स्वर में पूछा–"क्या बातें करना चाहते हो?"

"म ... मैं आपसे मुहब्बत करता हूं।" एलएसडी ने कह दिया।

"म ... मनोज।" चीखती हुई माधुरी एक कदम पीछे हट गई।

उसके दिमाग में स्थापित माधुरी के कैरेक्टर ने कहलवाया–"द-देवराज की तरह मेरी प्यास भी बुझा दो।"

"भ ... भाग जाओ, निकल जाओ यहां से।" वह चिल्लाई।

माधुरी (हैलेन) के नग्न जिस्म ने ऐसा कमाल दिखाया कि नशे में धुत् मनोज ने झपटकर माधुरी को अपनी बांहों में भर लिया और यही क्षण था माधुरी के हाथ का जोरदार चांटा उसके गाल पर पड़ा।

‘‘इसके बाद क्या हुआ?’’ डिस्को क्लब में बैठी हैलेन ने पूछा।

‘‘होना क्या था?’’ नशे में डुबा मनोज कहता चला गया–‘‘भाभी बिफर पड़ी। मेरे सम्भाले में नहीं आई वह–नहीं माधुरी, नहीं–वह ऐसी नहीं है जैसी तुम सोचती हो, किसी भी कीमत पर तैयार नहीं हुई वह।’’

‘‘क्या उसने इस हरकत का जिक्र तुम्हारे भैया से किया?’’

‘‘नहीं।’’

‘‘हैलेन के सैक्सी होंठों पर भेद-भरी मुस्कान दौड़ गई, बोली–‘‘तुम बुद्धू ही नहीं बेवकूफ भी हो मनोज।’’

‘‘व ... वह कैसे?’’

‘‘वह मर्द बेवकूफ ही होता है जो औरत के नखरों को इंकार समझे, उसके इशारों को न समझ सके।’’

‘‘क ... कौन सा इशारा नहीं समझा मैंने?’’

‘‘तुम अपनी भाभी के इतने स्पष्ट इशारे को नहीं समझे, बेवकूफ नहीं तो और क्या हो?’’ हैलेन कहती चली गई–‘‘मैं भी औरत हूं मनोज और जानती हूं कि औरत के ‘इकरार’ करने का अंदाज क्या होता है–वह मुंह से ‘इंकार’ करती है मगर हरकतों से ‘इकरार’–औरत जो कुछ मुंह से बोलती है उसे ‘इंकार’ नहीं नखरा कहा जाता है–वह नखरा जो औरत का गहना होता है, औरत हमेशा इशारे से इकरार करती है और तुम्हारी भाभी ने तो इतना स्पष्ट इकरार किया है जितना आमतौर पर औरतें नहीं किया करतीं–सती-सावित्री तो उसे तब माना जा सकता था। जब वह तुम्हारी हरकत का जिक्र तुम्हारे भैया से कर देती–उसने जिक्र नहीं किया, यह इशारा है बेवकूफ–इकरार का इशारा। इस बात का प्रमाण है यह कि उसे तुम्हारी हरकत पसन्द आई–तुम्हें वैसा ही दुबारा करने के लिए प्रेरित कर रही है वह।’’

‘‘म ... मगर भैया से जिक्र तो उन्होंने सिर्फ इसलिए नहीं किया क्योंकि बाद में मैं रो पड़ा था–उनके पैरों में गिरकर माफी मांगी थी–कान पकड़कर और हाथ जोड़कर भैया को कुछ भी न बताने की ‘रिक्वेस्ट’ की थी मैंने।’’

''ऐसे मामलों में औरत किसी की 'रिक्वेस्ट' नहीं माना करती बेवकूफ।'' हैलेन 'बेवकूफ' शब्द का इस्तेमाल बार-बार उसे भड़काने के लिए कर रही थी–''हां, रिक्वेस्ट की आड़ में अपने इकरार को छुपाने का नखरा जरूर किया करती है और वही उसने किया है–अगर उसे सचमुच तुम्हारी हरकत नागवार गुजरी होती तो तुम्हारी लाख 'रिक्वेस्ट' के बावजूद तुम्हारे भैया से जिक्र करती–तुम्हारी बातें सुनने के बाद मैं दावा पेश कर सकती हूं मनोज कि वह 'तैयार' है–शर्त लगा सकती हूं तुमसे, शर्त लगाकर कह सकती हूं कि अगली कोशिश पर तुम्हें तुम्हारी भाभी हासिल हो जाएगी।''

मनोज के दिमाग में पुनः आतिशबाजी होने लगी थी।

⅄

वैसे तो पता नहीं अमित देवराज ठक्कर के कॉटेज में आने का जिक्र किसी से करता या न करता मगर आईजी और एसएसपी से जिक्र करने के लिए इसलिए विवश हो गया क्योंकि ठक्कर उसका सर्विस रिवॉल्वर ले गया था। सर्विस रिवॉल्वर के दुरुपयोग होने का खतरा था उसे। वे सारी बातें वह छुपा गया जो किसी को नहीं बता सकता था–केवल इतना कहा कि उसका सर्विस रिवॉल्वर छीनकर ले जाते वक्त ठक्कर बदला लेने की धमकी देकर गया है।

आईजी महोदय ने पूछा–''तुम्हारे ख्याल से ठक्कर ने कहां पनाह ली होगी।''

''चीका के अड्डे पर।'' उसने अपनी राय व्यक्त कर दी थी।

चीका के अड्डे पर 'दबिश' डालने का प्रोग्राम बना परन्तु फिर एसएसपी की इस राय के बाद स्थगित हो गया कि 'दबिश' हमें तब डालनी चाहिए जब हंड्रेड परसेन्ट यह सूचना मिल जाए कि ठक्कर वहीं है और उसे गिरफ्त में लिया जा सकता है। एसएसपी साहब ने अपनी बात को वजनदार बनाने के लिए यह भी कहा था कि अगर वह वहां हुआ और दबिश पड़ते ही भाग निकलने में कामयाब हो गया तो भविष्य में शायद फिर कभी हाथ न आ सके। अतः मेरी राय यह है कि दबिश यह पता निकालने के बाद डाली जाए

कि वह कहां है, किस पोजीशन में है और भागने के क्या-क्या रास्ते उसके पास हैं?

आईजी साहब उनकी दलील से सहमत हुए थे।

पता निकालने के लिए मुखबिर लगा दिए गए थे।

ऐसी बात नहीं थी कि पुलिस मुखबिरों के भरोसे पर निष्क्रिय बैठी थी–सारे शहर में देवराज ठक्कर की खोज यूं की जा रही थी जैसे भूसे में से सुई ढूंढी जा रही हो और प्रत्येक रात की तरह अमित आज भी बारह के बाद ही ऑफिस से बंगले के लिए चला।

⅄

ड्राइंग हॉल में खुलने वाले अपने बैडरूम के दरवाजे के समीप पहुंचते ही अमित बुरी तरह चौंक पड़ा।

मनोज की आवाज अभी-अभी उसके कानों में पड़ी थी–''आओ न माधुरी, प्लीज, आज क्या हो गया है तुम्हें?''

''तुम नशे में हो मनोज।'' माधुरी की गुस्से भरी आवाज–''अपने कमरे में जाओ।''

''ड ... डांट क्यों रही हो डार्लिंग, बस एक ही पैग तो लिया है।''

''मैंने तुमसे कहा था कि अगर तुमने शराब पी तो मैं तुम्हारे भैया ...

वाक्य अधूरा रह गया।

माधुरी का मुंह खुला का खुला रह गया था–उसकी नजर अमित पर पड़ चुकी थी, उस अमित पर, गुस्से की ज्यादती के कारण जिसका सम्पूर्ण जिस्म सूखे पत्ते की तरह कांप रहा था, चेहरा भभककर लाल भभूका हो चुका था।

मुट्ठियां कसी हुई थीं, जबड़े भिंचे हुए।

माधुरी का चेहरा उसकी तरफ था, मनोज की पीठ उसके सामने थी।

मनोज ने अभी तक नहीं देखा था उसे–वह नशे में था तो सही मगर ज्यादा नहीं, बांहें फैलाए वह माधुरी की तरफ लपकता-सा बोला–''आओ न डार्लिंग, देखो मैं तड़प ...

''म ... मनोज!'' अमित जोर से दहाड़ा।

मनोज तेजी से पलटा और पलटते ही अवाक् रह गया।

अमित चीख पड़ा–''ये क्या कह रहा था तू?''

''म ... मैं ... मैं।'' मनोज हकला उठा था जबकि आंधी-तूफान के से अंदाज में अमित न सिर्फ उसके नजदीक पहुंचा बल्कि दोनों हाथों से उसका गिरेबान पकड़कर बुरी तरह झंझोड़ता हुआ गुर्राया–''हरामजादे, शर्म नहीं आती तुझे–ये तेरी भाभी है, तेरी मां के समान है।''

अजीब से स्वर में गुर्रा उठा मनोज–''म ... मेरा गिरेबान छोड़ो भैया।''

''क..क्या-क्या बका तूने।''

''अब जब तुमने देख ही लिया है तो, सॉरी।''

''स .... .सॉरी?'' मनोज के शब्दों और उसके कहने के अंदाज ने गुस्से की आग में 'घी' का काम किया, दांत भींचकर चीख पड़ा वह–''स ... सॉरी–सॉरी बोलता है कमीने, जो तू कर रहा था उसके लिए सिर्फ 'सॉरी' बोलने से काम चल जाएगा?''

''जाओ भैया जाओ।'' वह घृणायुक्त उपेक्षित स्वर में बोला–''बाथरूम में जाकर हाथ-मुंह धोओ, खाना खाओ और पड़कर सो जाओ–मैं जानता हूं कि इससे ज्यादा आपके बस का कुछ नहीं है।''

''क ... क्या मतलब?'' अमित उछल पड़ा–''क ... क्या कहना चाहता है तू?''

''मैं आपकी हकीकत जान चुका हूं।''

''म ... मेरी हकीकत–मेरी कौन-सी हकीकत जान चुका है तू?''

मनोज ने एक झटके से अपना गिरेबान छुड़ाया और थोड़ा पीछे हटकर अमित की धधकती आंखों में आंखें डालकर बोला–''अपनी मर्दानगी कम से कम मुझे दिखाने की कोशिश मत करो–बात परदे में ही रहे तो बेहतर है।''

मारे गुस्से के अमित मानो पागल हो गया, चीख पड़ा वह–''कौन सी बात परदे में रहनी चाहिए।''

''यही कि तुम नपुंसक हो।''

'भड़ाक' से अमित का एक घूंसा मनोज के जबड़े पर पड़ा। लड़खड़ाने के

बाद मनोज अपने पीछे वाली दीवार से जा टकराया और गुस्से से पागल हो चुके अमित ने बाज की तरह झपटकर एक हाथ से उसका गिरेबान पकड़ा, दूसरे से मनोज के गाल पर बेशुमार चांटे बरसाता हुआ दहाड़ा–''हरामजादे, कमीने, जलील मुझे नपुंसक कहता है?''

और तब!

पलटकर मनोज ने अपने सिर की टक्कर अमित की नाक पर मारी।

एक चीख के साथ अमित लड़खड़ा गया जबकि अभी-अभी फटे ज्वालामुखी की मानिन्द मनोज गरजा–''इसीलिए कहता था कि बात को परदे में रहने दो–जो बिस्तर पर मर्द न हो उसे किसी मर्द के सामने मर्दानगी दिखाना शोभा नहीं देता–अगर समाज में अपनी इज्जत बनाए रखना चाहते हो तो अब भी कहता हूं कि मुझसे मत उलझो–यह हकीकत मैं सारी दुनिया को बता दूंगा कि तुम नपुंसक हो, नामर्द हो, हिजड़े हो–अपनी बीवी को सन्तुष्ट करने की सामर्थ्य नहीं है तुममें और शुभम–शुभम देवराज ठक्कर की औलाद है।''

होश गंवा बैठा अमित।

गुस्से के साक्षात अवतार के रूप में मनोज पर झपट पड़ा वह–और वह, वह छोटा भाई ही भला पीछे क्यों रहता जिसकी नजरों में बड़ा भाई, भाई न रहा हो, बल्कि हिजड़ा बन गया हो।

लिहाजा।

गुस्से की पराकाष्ठा पर पहुंचे दोनों भाई भिड़ गए।

एक-दूसरे को मरने-मारने पर आमादा थे वे।

माधुरी कभी अमित को पकड़ रही थी, कभी मनोज को, मगर सुनने की स्थिति में कौन था?

वह जिसको पकड़ती वही ऐसा झटका देता था कि लड़खड़ाकर दूर जा गिरती–पुनः उठती और दूसरे को पकड़ती।

शुभम जाग चुका था, बुरी तरह से रो रहा था वह।

मगर उस पर ध्यान किसका था?

दोनों भाई खून के प्यासे होकर एक-दूसरे से भिड़ गए और एक स्थिति

ऐसी भी आई कि मनोज के हाथ अमित की गर्दन पर कस गए। छुड़ाने की लाख चेष्टाओं के बावजूद वह खुद को नहीं छुड़ा पाया।

उधर, माधुरी भी मनोज की पीठ पर घूंसे बरसा रही थी।

मनोज पर खून सवार था।

अमित का दम घुटने लगा जीभ बाहर निकलने लगी और तब–तब उसने कांपते हाथों से जेब से रिवॉल्वर निकाला और रुख मनोज के चेहरे की तरफ करके ट्रेगर दबा दिया।

'पिट्ट' की हल्की-सी आवाज के साथ मनोज के हलक से चीख निकली और फिर अमित की गर्दन पर जमे उसके पंजे की पकड़ ढीली पड़ती चली गई। उस वक्त मनोज पचासों बोतल शराब पी गए शख्स की मानिन्द लड़खड़ा रहा था जब हाथ में रिवॉल्वर लिए ठगा-सा खड़ा अमित उसे देखते रहने के अलावा और कुछ नहीं कर सकता था।

आंखें फाड़े माधुरी हलक में हाथ दिए खड़ी थी।

शुभम जोर-जोर से रो रहा था।

मनोज की लाश 'धड़ाम' से फर्श पर बिछे कालीन पर गिरी उबलता हुआ गाढ़ा सुर्ख लहू मनोज के जिस्म का बांध तोड़कर पहले उसके मृत चेहरे पर फैला और फिर कालीन पर बहता चला गया।

⅄

माधुरी खिलखिलाकर हंस पड़ी।

अभी तक हक्की-बक्की अवस्था में कैद अमित ने बुरी तरह चौंककर उसकी तरफ देखा–उसकी तरफ जो पागलों की तरह 'लैंटर' की तरफ चेहरा उठाए छत को 'भक्क' से उड़ा देने वाले अंदाज में कहकहे लगा रही थी।

अमित ने झपटकर उसे पकड़ा, चीखा–"क ... क्या हुआ, क्या हुआ माधुरी?"

माधुरी ने एक झटके से खुद को छुड़ाया, पीछे हटी।

उस वक्त उसकी आंखों में वे भाव देखकर अमित का सम्पूर्ण अस्तित्व

थरथरा उठा जो नागिन की आंखों में अपना इंतकाम पूरा कर लेने के बाद नजर आते हैं, माधुरी की दोनों आंखें कांच की गोलियों की मानिन्द चमक रही थीं और अभी वह अपने होश ठिकाने नहीं लगा पाया था कि माधुरी ने जहर उगला–''खून का बदला खून, भाई का बदला भाई होता है अमित, और मैंने तेरे हाथों से तेरे भाई को मरवा डाला–उन हाथों से, उन्हीं नापाक हाथों से जिनसे तूने मेरे भैया को मारा था, अशोक के जिस्म में आग भरी थी–ये देख, ये देख कुत्ते-तेरे भाई की लाश पड़ी है तूने खुद अपने हाथों से मारा है इसे।''

अमित के पैरों तले की जमीन खिसक गई। ठगा-सा खड़ा रह गया वह। चेहरा अचम्भे का प्रतिबिम्ब बन चुका था।

माधुरी की तरफ देखता हुआ वह मूर्खों की मानिन्द बड़बड़ाया–''म ... मनोज को तुमने मरवाया है–तुमने?''

''हां कमीने, हां मैंने।'' माधुरी ने गर्व से अपना सर उठाया–''वो बातें मैंने इसे बताई थीं, जिन्हें सुनकर तू अपने होशो-हवास खो बैठा था। मैंने इससे कहा था कि तू नपुंसक है, मैंने इसे बताया था कि तेरा भैया नामर्द है–मैंने इससे यह भी कहा था कि तू मुझे संतुष्ट नहीं कर पाता–यह भी इससे मैंने ही कहा था कि शुभम तेरा नहीं देवराज का बेटा है–एक हफ्ते के अंदर मैंने मनोज के दिमाग में तेरी ऐसी छवि बना दी कि इसकी नजर में तेरी 'धेले' की इज्जत नहीं रह गई थी।''

''हरामजादी–डायन–कुतिया।'' आपे से बाहर होकर अमित दहाड़ उठा–''म ... मैं कभी स्वप्न में भी नहीं सोच सकता था कि तू इतनी नीच होगी।''

''हरामजावा तो तू है–कुत्ता तो तू है अमित तू तूने अपने ...

माधुरी वाक्य पूरा नहीं कर पायी थी कि दांतों पर बांत जमाए अमित ने रिवॉल्वर सीधा किया, अभी वह एक और कत्ल करने ही जा रहा था कि ...

पिट्ट की आवाज के साथ एक गोली चली।

गोली अमित के हाथ में दबे रिवॉल्वर पर लगी–उस रिवॉल्वर पर जो तुरन्त उसके हाथ से छिटककर मनोज की लाश के नजदीक जा गिरा। अमित ने तेजी से पलटकर दरवाजे की तरफ देखा।

हाथ में साइलेंसरयुक्त पिस्तौल लिए दरवाजे पर देवराज ठक्कर खड़ा था।

होंठों पर मुस्कान थी उसके।

अमित अवाक् रह गया।

आधी बात समझ में आ रही थी, आधी नहीं। भौंचक्का कभी वह देवराज ठक्कर को देख रहा था, कभी माधुरी को।

देवराज ठक्कर ने साइलेंसर से अभी तक निकल रहे धुएं की लकीर में फूंक मारी और धीरे-धीरे परन्तु लम्बे कदमों के साथ आगे बढ़ता हुआ बोला–''मैंने कहा था न कि जितनी बार हम सामने आएंगे तुम्हारी स्थिति उतनी ही बार निरीह जानवरों जैसी होगी।''

अमित पर कुछ बोलते न बन पड़ा।

माधुरी ने कहा–''देखा देवराज, देखा, तुमने इसने अपने भाई को मार डाला, तुम कहते थे कि ऐसा नहीं होगा–मेरे षड्यंत्र से सहमत नहीं थे तुम, मगर देखो, मैं कामयाब हो गई।''

''इसमें शक नहीं माधुरी कि ठीक वही हुआ जो तुमने सोचा था, कहा था। जब तुमने अपनी योजना मुझे बताई थी तो मैंने कहा था कि जरूरी नहीं कि तुम्हारे जाल में उलझकर यह मनोज का कत्ल कर ही दे, दोनों के बीच हल्का-सा झगड़ा होकर भी बात खत्म हो सकती थी, मगर तुम्हें अपनी योजना की कामयाबी पर पूरा भरोसा था।''

''मुझे भरोसा इसलिए था देवराज, क्योंकि जानती थी कि बड़ा भाई छोटे भाई को अपनी बीवी के साथ देखकर गुस्से में तो आ सकता है मगर शायद वह गुस्सा इतना ज्यादा न हो कि छोटे भाई की हत्या ही कर दे–तुम्हारी शंका ठीक थी, दोनों के बीच हल्की-सी झड़प होकर भी मामला खत्म हो सकता था इसलिए मैंने ऐसे बीज बोए कि झगड़ा खत्म न हो बल्कि बढ़ता चला जाए। छोटा भाई अगर रंगे हाथों भाभी के साथ पकड़ा जाए तो उन परिस्थितियों में तो दोनों भाइयों के बीच सिर्फ झगड़ा होकर मामला शांत पड़ सकता है जबकि छोटा भाई शर्म से गर्दन झुका ले, मगर यदि वह सीनाजोरी करे, ढीठपन दिखाए तो झगड़ा खत्म होने का सवाल ही नहीं उठता और मुझे पूरा विश्वास था कि उस क्षण के बाद तो इनमें मारने-मरने की नौबत

आ जाएगी जब छोटा इसे नपुंसक, नामर्द और हिजड़ा कहेगा। वही हुआ, ठीक वही हुआ देवराज, जिसके मैंने बीज बोए थे। योजना से सहमत न होने के बावजूद तुमने मेरा साथ दिया–हैलेन के जरिए अगर तुम मनोज को न बिगाड़ते–इसकी तवज्जो मेरी तरफ न कराते तो शायद वह सब होना नामुमकिन था जब पहली रात यहां आया था तो मैंने जानबूझ कर दरवाजे के बीच दरार छोड़ दी थी आंचल ढलकाए, साड़ी ऊपर किए मैं जिस मकसद से लेटी थी वह पूरा हुआ। अपने नाटक को ठोस रूप देने के लिए उस रात मैंने मनोज को डांट दिया था मगर योजना के मुताबिक हैलेन ने उसे पुनः उकसाया और जब दूसरी बार यह मेरे कमरे में आया तो मैंने अपने जाल में फंसा लिया। हफ्ते भर इसे यही समझाती आ रही थी कि इसका भाई नपुंसक, नामर्द और बेहद घटिया आदमी है, परिणाम तुम देख ही रहे हो।''

''म ... मगर।'' अमित देवराज से बोला–''त ... तुमने तो कहा था कि तुम शेर की तरह बदला लोगे?''

''बेशक कहा था एसपी साहब और यकीन मानो अगर मुझे बदला लेने की छूट होती तो मैं शेर की तरह ही लेता मगर मुझे माधुरी की तरफ से बदला लेने की इजाजत नहीं थी। बदला यह खुद अपने ढंग से लेना चाहती थी। ये बदला देवराज ठक्कर ने नहीं माधुरी ने लिया है, अपनी स्टाइल से लिया है। मैंने तो सिर्फ वह किया है जो माधुरी ने कहा।''

''त ... तुम एक कब हुए?''

''अगर तू यह सोच रहा है कमीने कि देवराज बंतासिंह के मुंह से सारा रहस्य जानने के बाद जेल से भागा था तो अभी तक बहुत बड़े भुलावे में है तू।'' माधुरी कहती चली गई–''तेरी काली करतूत के बारे में बंतासिंह ने देवराज को नहीं बल्कि मुझे बताया था–उस दिन से पहले दिन बताया था जिस दिन पांडे ने उसे गिरफ्तार किया। उस दिन तो वह दूसरी बार मुझसे मिलने आ रहा था। मैंने उससे रिक्वेस्ट की थी कि तुम्हें या अन्य किसी को भी यह न बताए कि मुझे सबकुछ बता चुका है, वही उसने किया। उसके मुंह से जब मैंने सच्चाई सुनी तो पता लगा कि देवराज ठक्कर 'वाइन किंग' नहीं बल्कि मेरे लिए सुहाग से बड़ा है, पूजनीय है और मैं इससे मिलने जेल गई–

बंतासिंह द्वारा बताई गई सारी बातें कही। यह चुपचाप जेल में इस भ्रम का शिकार होकर सड़ रहा था कि अशोक की हत्या दादा और सलीम अंकल ने की होगी और हम केवल इसे फर्जी केस में फंसाने के गुनाहगार हैं मगर यह सुनने के बाद भड़क उठा कि अशोक की हत्या तूने की थी–यह तुमसे बदला लेना चाहता है मगर 'सुहाग से बड़ा' के सामने पल्ला पसारकर मैंने तुझे मांग लिया–कहा कि तू मेरा शिकार है और इसने वह भीख मुझे दे दी। इसका कॉटेज में आना और वहां कहे गए शब्द स्कीम का हिस्सा थे–मकसद तुझे इस भ्रमजाल में फंसाए रखना था कि मुझे अभी तक पता नहीं लगा है और जेल से फरार हुआ देवराज हम दोनों से बदला लेने की फिराक में है। तू यह समझता रहा कि बदला लेने के लिए पागल हुआ देवराज घूम रहा है जबकि बदला लेने की तरफ दरअसल मैं बढ़ रही थी।''

''मैं तुम्हें मान गया माधुरी।'' देवराज कह उठा–''तुमने ठीक वही परिस्थितियां क्रियेट कर दीं जिसमें इसने अशोक की हत्या की थी। उस वक्त अपनी जेब में इसने लोडेड रिवॉल्वर जेल से भागे बंतासिंह से निपटने के लिए रखा था मगर मर अशोक गया।

''आजकल यह अपनी जेब में साइलेंसरयुक्त रिवॉल्वर जेल से भागे देवराज ठक्कर से निपटने के लिए रखता था मगर मर गया मनोज, इसका अपना भाई।''

मुकम्मल षड्यंत्र के बारे में सुनकर अमित का दिमाग सांय-सांय करने लगा था। हाथों के तोते उड़ गए थे उसके।

हालत उस शख्स जैसी हो गई एक ही क्षण में जिसका सब कुछ लुट गया हो।

पस्त स्वर में बोला–''जो बीज मैंने बोए थे उससे उत्पन्न होने वाली फसल तो मुझे काटनी ही थी मगर यह नहीं सोच पाया था कि वह फसल मनोज की हत्या के रूप में काटनी पड़ेगी।''

''अभी तूने मुकम्मल फसल कहां काटी है जलील कुत्ते।'' माधुरी दांत भींचकर गुर्रा उठी–''असली फसल तो अभी तुझे काटनी है।''

''क्या-क्या मतलब?''

''अगर तू यह सोच रहा है कि मनोज की हत्या तेरे द्वारा किए गए पापों

की सजा का 'क्लाइमेक्स' है तो यह तेरी भूल है।'' माधुरी कहती चली गई–''मनोज की हत्या मेरे द्वारा मुकर्रर की गई तेरी सजा का अंजाम नहीं बल्कि सिर्फ आगाज है, शुरूआत है अपने पापों की असली सजा तो तू अब भोगनी शुरू करेगा।''

''म ... मैं समझा नहीं।'' अमित हकला गया।

जवाब में माधुरी अपनी आंखों से उस पर चिंगारियों की बौछार करती हुई बोली–''तूने मेरे भैया की हत्या की और उसके बाद ऐसी चाल चली कि मैंने खुद उस लाश को ठिकाने लगाने में तेरी मदद की। मैट में लिपटी अशोक की लाश को मैं खुद तेरे साथ घसीटकर जीप तक ले गई–तूने ऐसा चक्करदार चक्रव्यूह रचा कि डिटॉल लगे फाहे से मैं खुद अपने भैया के खून के निशानों को पोंछती फिरी–उन सब, अपने उन सब पापों की सजा तू अब भोगेगा–मुझे तो मालूम नहीं था अमित कि वह मेरे भैया का खून है, अशोक की लाश है इसीलिए उसे ठिकाने लगाने में तेरी मदद की मगर तुझे मालूम है–तू जानता है कि यह लाश तेरे भाई की है और फिर भी तू खुद इसे ठिकाने लगाएगा।''

''न ... नहीं।'' घबराकर अमित दो कदम पीछे हटा।

माधुरी गुर्राई–''बिना सोचे-समझे फैसला लेने वाले को अपना फैसला बदलना पड़ता है।''

''क्या मतलब?''

''लाश तुमने ठिकाने नहीं लगाई तो जरा सोचो एसपी साहब, दिमाग पर जोर डालकर सोचो कि क्या होगा?'' देवराज ठक्कर बोला–''होगा यही कि तुम अपने भाई की हत्या के जुर्म में पकड़े जाओगे और अगर ज्यादा होशियारी दिखाने की कोशिश की तो तुम्हारे चार साल पुराने करतूत भी बेनकाब हो जाएंगे।''

अमित को पहली बार एहसास हुआ कि वह कितनी बुरी तरह फंसा है।

माधुरी ने कहा–''तुम्हारे पास दो रास्ते हैं–पहला यह कि तुरन्त एसएसपी के पास जाकर मनोज और अशोक की हत्या करना कुबूल कर लो खेल खत्म–दूसरा यह कि इस लाश को ठिकाने लगा दो, किसी को पता न लगने दो कि मनोज मर चुका है।''

''म ... मगर तुम दोनों को तो मालूम है।''

ठक्कर मुस्कराकर बोला–''हम राजदार हैं तुम्हारे।''

''राजदार?''

''ऐसे राजदार जो कभी किसी को नहीं बताएंगे कि तुमने अपने भाई की हत्या की है।''

''त ... तुम भला क्यों नहीं बताओगे?''

''क्योंकि मैं तुम्हें यह सब करते देखना चाहती हूं जो कुछ तुमने मुझसे कराया था।'' माधुरी सपाट स्वर में कहती चली गई–''तुम्हारा राज हम किसी पर न खोलकर तुम पर कोई एहसान नहीं करेंगे बल्कि अपना 'रिवेंज' पूरा होते देखूंगी मैं। रिवेंज पूरा होते देखने की मेरी ख्वाहिश मुझे तुम्हारा राज कभी नहीं खोलने देगी।''

अजीब चक्रव्यूह में फंसा था अमित।

वह समझ चुका था कि वास्तव में उसके पास अब केवल दो ही रास्ते हैं जिनका जिक्र माधुरी ने किया है पहला, एसएसपी के पास जाकर अपना हर जुर्म कुबूल कर लेना यानी खुद अपने हाथों से अपना खेल खत्म कर लेना, दूसरा, इस लाश को ठिकाने लगा देना–हालांकि उसे साफ नजर आ रहा था कि ऐसा करने के बाद भी ठक्कर और माधुरी उसे चैन से नहीं रहने देंगे मगर एक सम्भावना थी यह कि शायद उसी का दांव लग जाए।

इन दोनों को सबक सिखाने में कामयाब हो जाए।

सम्भावना वाला रास्ता चुनना अमित की फितरत में शामिल था।

⅄

वह रिवॉल्वर ठक्कर ने अपने कब्जे में ले लिया था जिससे मनोज की हत्या हुई थी और जिस पर अमित की अंगुलियों के निशान थे। मनोज की लाश अमित ने कमरे में बिछे कालीन में ठीक उस तरह लपेटी थी जैसे अशोक की लाश मैट में लपेटी गई थी।

हाथ में रिवॉल्वर लिए ठक्कर और आंखों में गजब की चमक लिए

माधुरी उसे देख रहे थे। उसे जो कालीन को घसीटकर बैडरूम से निकालने का प्रयास कर रहा था, पसीने-पसीने हो रहा था।

सांस बुरी तरह फूली हुई थी उसकी। हांफ रहा था।

कालीन में लिपटी लाश को किसी तरह दरवाजे तक तो ले गया वह मगर वहां पहुंचने के बाद शांत स्वर में ठक्कर से बोला–''प ... प्लीज, मेरी मदद कर दो। इसे अकेला गाड़ी तक नहीं ले जा सकता मैं।''

''तुम्हारी मदद मैं करूंगी।'' माधुरी लपककर आगे आई–''पहले भी तो मैंने ही मदद की थी।''

उसके सैन्टिमैन्ट्स का अहसास करके देवराज ठक्कर की आंखें भर आई।

और फिर!

माधुरी ने उसके साथ मिलकर लाश गाड़ी तक पहुंचाई।

दूर-चारदीवारी वाले द्वार पर 'मुस्तैद' खड़े सशस्त्र सिपाहियों को इल्म तक नहीं था कि एसपी महोदय के उस बंगले में क्या कुछ हो गया है जिसकी सुरक्षा हेतु वे तैनात हैं। उस वक्त वे चौंके जरूर जब एसपी महोदय अपनी एम्बैसेडर को खुद ड्राइव करते हुए द्वार तक आए।

मगर सैल्यूट मारने के बाद गेट खोल देने के अलावा वे कर भी क्या सकते थे।

''तुमने मेरी बात नहीं मानी माधुरी।'' देवराज ठक्कर ने कहा–''मुझे उसके साथ जाना चाहिए था।''

''नहीं देवराज।'' शुभम को गोद में लिए माधुरी भावुक स्वर में बोली–''मेरे भैया की लाश ठिकाने लगाने वह अकेला गया था इसलिए अपने भाई की लाश ठिकाने लगाने भी अकेला ही जाना था उसे।''

''म ... मगर वह कोई चाल चल सकता है।''

''हुंह चाल?'' घृणा भरे स्वर में कह उठी माधुरी–''अब क्या चाल चलेगा वह। वे जमाने लद गए देवराज जब वह चालें चला करता था–अब तो उसे मेरी अंगुलियों के इशारे पर नाचना होगा।''

''उसके दिमाग में यह 'भय' है कि अगर उसने कोई उल्टी सीधी हरकत

की तो अशोक की हत्या के जुर्म में फंस जाएगा जबकि वास्तव में यह उसका 'वहम' है जो हुआ था, बंतासिंह उसके बारे में सिर्फ बता सकता था। अपने कथन को साबित करने के लिए कोई सबूत नहीं है उसके पास। तुम जानती हो कि किसी ऐसे बयान से अदालत में किसी का कुछ नहीं बिगाड़ा जा सकता जिसे साबित न किया जा सके। अशोक की हत्या के जुर्म का तो फैसला हो चुका है, उसी की तो सजा काट रहा हूं मैं—तुम जानती हो कि बंतासिंह हकीकत को सिर्फ जानता है, ऐसा कोई सबूत नहीं है उसके पास जिसके बूते पर केस को 'रि-ओपन' कराकर मुझे बचाया जा सके और अमित को सजा दिलाई जा सके।''

एकाएक माधुरी के चेहरे पर पश्चाताप के भावों ने कब्जा कर लिया, शून्य में आखें टिकाकर वह कह उठी—''ये सब कुछ, ये सारी तबाही सिर्फ इसलिए आई है देवराज, क्योंकि मैं तुम पर, अपनी मुहब्बत पर विश्वास न कर सकी—सच्चाई तो यह है कि मैं मुहब्बत करने जरूर चली थी मगर मुहब्बत करनी नहीं आई मुझे। अगर मैंने तुम्हारी बात मानी होती, मुहब्बत पर अटल विश्वास करना सीखा होता तो शायद यह सब कुछ न होता—खैर, मैं एक बार फिर तुमसे माफी मांगती हूं ठक्कर, तुम पर अविश्वास करके मैंने दुनिया का सबसे बड़ा जुर्म किया है।''

⅄

''क..क्या ... क्या कहा आपने?'' पांडे उछल पड़ा—''देवराज ठक्कर आपके बंगले में छुपा हुआ है?''

''हां।'' सिगरेट में कश लगाने के बाद अमित ने कहा—''माधुरी और शुभम को कवर कर रखा है उसने, मुझे धमकी दे रखी है कि अगर उसके खिलाफ जरा भी हरकत करने की चेष्टा की तो शुभम और माधुरी को खत्म कर देगा।''

''ओह।'' अपने फ्लैट के ड्राइंगरूम में बैठे पांडे के मस्तक पर बल पड़ गए और फिर कुछ देर सोचता रहने के बाद बोला—''आप आईजी और एसएसपी साहब से बात क्यों नहीं करते?''

''नहीं पांडे, उस स्तर पर जो पुलिस कार्यवाही होगी उससे मामला बिगड़ सकता है–अगर उसे जरा भी इल्म हो गया कि मैं कुछ कर रहा हूं तो माधुरी और शुभम को गोली मार देगा।''

''चाहता क्या है वह?''

''यह कि मैं उसे इस देश से निकालने का इंतजाम करूं।''

''आपने क्या कहा?''

''प्रत्यक्ष में तो मेरे पास उसकी डिमांड मान लेने के अलावा कोई चारा नहीं था, सो कह दिया है कि कोशिश करूंगा।''

''वास्तव में आप क्या करना चाहते हैं?''

''उसी की रूपरेखा समझाने आया हूं।''

''समझाइए।''

''आज रात तुम्हें अपने कम-से-कम दस सशस्त्र एवं विश्वसनीय पुलिसियों के साथ मेरे बंगले के तीन तरफ फैले जंगल में छुप जाना है और तब तक छुपे रहना है जब तक कि बंगले के अंदर कोई गोली न चले, भले ही वहां छुपे-छुपे तुम्हें दस दिन गुजर जाएं–गोली की आवाज सुनते ही तुम तीन तरफ से बंगले में दाखिल हो जाओगे। यूं समझो कि गोली की आवाज 'एक्शन' के लिए संकेत होगी और वह फायर मैं उस क्षण करूंगा जिस क्षण समझूंगा कि ठक्कर शुभम और माधुरी को किसी किस्म का नुकसान पहुंचाने की पोजीशन में नहीं है।''

''मैं समझ गया सर।''

''तुम्हारे इस मिशन के बारे में उन लोगों के अलावा किसी को भनक नहीं लगनी चाहिए जो मिशन में शामिल हों–बंगले पर तैनात पुलिसकर्मियों को भी नहीं।''

''ठीक है सर, ऐसा ही होगा मगर .... .

''मगर?''

''आपके छोटे भाई भी तो बंगले में ही होंगे?''

''म ... मनोज?'' हकला गया वह।

''हां।''

''एक इन्टरव्यू के सिलसिले में अहमदाबाद गया हुआ है वह।''

''ओह।''

''तुम मुझे अपना सर्विस रिवॉल्वर दे दो, कम्बख्त ने रिवॉल्वर भी कब्जे में कर लिया है।''

रिवॉल्वर देते हुए पांडे ने कहा–''सावधान रहना सर, शुभम और भाभी का ख्याल रखना।''

⅄

माधुरी ने जहरीले स्वर में पूछा–''तो अपने भाई की लाश को ठिकाने लगा आए तुम?''

''हां।'' थके और मायूस स्वर में कहने के साथ अमित ड्रांइगरूम में पड़े सोफे पर ढेर हो गया।

''कहां फेंकी?''

''एक भारी पत्थर के साथ बांधकर गंगा में।''

''कहा तो तुमने अशोक की लाश के लिए भी यही था मगर वास्तव में गांधी मैदान में फेंक आए थे उसे। कहीं मनोज की लाश भी किसी पार्क आदि में ही तो नहीं लुढ़का आए?''

अमित गर्दन झुकाए बैठा रहा।

''कालीन का क्या हुआ?'' माधुरी ने अगला सवाल पूछा।

उसने धीरे से कहा–''जला दिया।''

''और राख गंगा में बहा दी, क्यों?''

चेहरा उठाकर अमित ने अजीब-सी नजरों से माधुरी की तरफ देखा और पुनः आहिस्ता से बोला–''हां।''

''उसके बाद क्या किया?'' देवराज ने पूछा।

''क ... कुछ भी नहीं, सीधा वापस आ रहा हूं।''

''झूठ बोल रहे हो तुम।'' एकाएक ठक्कर गुर्रा उठा–''क्या तुम 'मेडीकल' नहीं गए?''

‘‘म ... मेडिकल?’’ वह सकपका गया।

‘‘क्या तुमने वहां से वे दस्ताने नहीं चुराए जिन्हें डॉक्टर लोग ऑपरेशन के वक्त पहनते हैं।’’

अवाक् रह गया अमित। हक्का-बक्का–काटो तो खून नहीं।

लुटा-पिटा अभी वह देवराज की तरफ देख ही रहा था कि ठक्कर ने पुनः कहा–‘‘दस्ताने चुराने के बाद तुम इंस्पेक्टर पांडे के फ्लैट पर गए उससे कहा कि ठक्कर माधुरी और शुभम को कवर किए तुम्हारे बंगले में छुपा हुआ है तुम उससे रिवॉल्वर लेकर आए हो–वह प्रोग्राम सैट करके आए हो कि दस सशस्त्र सिपाहियों के साथ वह इस बिल्डिंग के तीन तरफ छुप जाए और गोली चलते ही ‘दबिश’ डाल दे।’’

अमित के छक्के छूट गए।

माधुरी तक हैरान थी, देवराज को इस तरह देख रही थी वह जैसे उसके सिर पर सींग उभर आए हों जबकि वह अमित की आंखों में झांकता हुआ खूंखार स्वर में गुर्राया–‘‘बको, तुमने यह सब किया है या नहीं?’’

अमित समझ चुका था कि इंकार की गुंजाइश नहीं है अतः ‘हां’ में गर्दन हिला दी।

‘‘लाओ, दस्ताने और इंस्पेक्टर पांडे की रिवॉल्वर मेरे हवाले करो।’’

किसी किस्म की हील-हुज्जत करने की पोजीशन में नहीं था अमित, अब दस्ताने और रिवॉल्वर निकालकर उसने देवराज के हवाले कर दिए–तब, देवराज ने कहा–‘‘क्या तुम समझी माधुरी कि अपने एसपी साहब क्या करने के मन्सूबे बनाकर आए थे?’’

‘‘नहीं।’’

‘‘इन्होंने यह सोचा था कि मौका लगते ही पांडे के रिवॉल्वर से एक गोली मेरी खोपड़ी में उतार देंगे। फायर की आवाज सुनते ही पांडे और उसके साथी बिल्डिंग की तरफ दौड़ पड़ेंगे मगर उनमें से किसी के अंदर आने से पहले ही ये मेरे रिवॉल्वर की गोली से तुम्हारा भेजा उड़ा देंगे और दस्ताने मेरी लाश के हाथों में पहना देंगे।’’

''य ... यानि तुमने मुझे गोली मारी।'' माधुरी ने कहा–''और बदले में इसने तुम्हें खत्म कर दिया?''

''मेरे रिवॉल्वर पर किसी की अंगुलियों के निशान नहीं मिलेंगे।'' देवराज ने बात पूरी की–''सफाई ये दी जाएगी कि रिवॉल्वर पर ठक्कर की अंगुलियों के निशान इसलिए नहीं मिले क्योंकि ठक्कर ने दस्ताने पहन रखे थे।''

अमित ठक्कर की तरफ इस तरह देख रहा था जैसे कोई 'अजूबा' हो और अजूबे वाली बात भी थी–स्कीम अभी तक सिर्फ उसके और सिर्फ उसके दिमाग में थी–उसे बयान कर रहा था देवराज।

''म-मगर ... ।'' चकित माधुरी ने पूछा–''तुम्हें यह सब कैसे मालूम है देवराज?''

''मुझे पूरा यकीन था कि यह कोई चाल चलने की कोशिश करेगा इसलिए तुम्हारे लाख मना करने के बावजूद मैंने चीका को उसके पीछे लगा दिया था–इसके दस्ताने चुराने, पांडे से मिलने और वहां बने प्लान के बारे में चीका ने मुझे 'वाकी-टाकी' पर रिपोर्ट दे दी।''

''ल ... लेकिन इसकी स्कीम के बारे में कैसे पता लगा तुम्हें?''

''वाकी-टाकी पर चीका द्वारा दी गई रिपोर्ट के बाद से लगातार यह सोचने की कोशिश कर रहा था कि इस चालाक लोमड़ी के दिमाग में क्या योजना हो सकती है। दस्ताने, रिवॉल्वर और पांडे के साथ की गई सैटिंग के 'कम्बीनेशन' से केवल यही कहानी तैयार हुई जो मैंने अभी-अभी सुनाई है।''

''च-च-च ... ।'' माधुरी खिल्ली उड़ाने वाले अंदाज में बोली–''बेचारा ... यह तुम्हारी बहुत गलत बात है देवराज बेचारे ने मुश्किल से तो एक योजना बनाई–तैयारी की मगर तुमने घर में घुसते ही इसे नंगा कर दिया।''

देवराज ने अमित से कहा–''फायर तो अब हो ही नहीं सकता क्योंकि रिवॉल्वर मेरे कब्जे में है और जब तक फायर नहीं होगा तब तक पांडे बेचारा अपने साथियों के साथ वहीं छुपा रहेगा, भले ही चाहे दस दिन गुजर जाएं मगर ऐसा जुल्म नहीं किया जाना चाहिए उस पर तुम ऐसा करना एसपी साहब कि कल दिन में पांडे को कह देना कि देवराज ठक्कर बंगले से भाग गया है–यह ठीक रहेगा न?''

अमित की इच्छा हुई कि वह अपने बाल नोंच ले, कसमसाकर बोला वह–''अ ... आखिर तुम लोग मुझसे चाहते क्या हो?''

''गुड, वैरी गुड।'' माधुरी ने कहा–''मैं इस सवाल का इंतजार बहुत देर से कर रही थी।''

''क्यों?''

''क्योंकि तुम्हें यह बताने के लिए मेरे पेट में दर्द हुआ जा रहा था कि अब मैं तुमसे क्या चाहती हूं।''

उसकी तरफ देखते हुए अमित ने पूछा–''क्या चाहती हो?''

''यह कि तुम आत्महत्या कर लो।''

''क ... क्या?'' वह उछल पड़ा।

''हां अमित, हां।'' माधुरी ने एक-एक लफ्ज को चबाया-''अब तुम्हें आत्महत्या करनी पड़ेगी।''

''त ... तुम पागल हो गई हो क्या?''

''देवराज का ख्याल भी यही है कि मैं पागल हो गई हूं।'' उसकी आंखों में झांकती हुई माधुरी कहती चली गई–''मेरा अगला लक्ष्य तुमसे आत्महत्या करा लेना है। देवराज को मेरी सफलता में संदेह है। वह समझता है कि मैं तुम्हें आत्महत्या कर लेने के लिए मजबूर कर देने में नाकाम रहूंगी जब कि मेरा दावा है अमित कि तुम्हें आत्महत्या करनी होगी।''

''अजीब दावा है तुम्हारा?''

''यह पूछो एसपी साहब कि मैंने तुम्हारे लिए 'आत्महत्या' वाली सजा ही क्यों चुनी–लक्ष्य अगर तुम्हें मारना ही है तो खुद तुम्हारे भेजे में एक गोली क्यों नहीं उतार सकती–पूछो-पूछो कि तुम्हें आत्महत्या द्वारा ही खत्म क्यों करना चाहती हूं मैं।''

''क ... क्यों?'' यह शब्द अमित के मुंह से बेसाख्ता निकलता चला गया।

''क्योंकि अशोक की हत्या करने और उसकी लाश को ठिकाने लगाने के बाद तुमने मुझे आत्महत्या करने के लिए मजबूर किया था।''

''म ... .मैंने ... मैंने तुम्हें आत्महत्या करने के लिए मजबूर किया था।''

''देवराज ठक्कर को फांसी पर चढ़ाने की धुन में मैंने खुद को तुम्हारे सामने पेश कर दिया, वह आत्महत्या नहीं तो और क्या था। मेरी मांग में भरा यह सिन्दूर अगर आत्महत्या नहीं तो क्या है–यह आत्महत्या नहीं तो और क्या है मिस्टर एसपी कि मैं तुम्हारे बच्चे की मां हूं। प्रतिशोध की ज्वाला में मैंने अपना सब कुछ 'होम' कर दिया–माधुरी खत्म हो गई, माधुरी ने आत्महत्या कर ली और कारण थे तुम–अब तुम आत्महत्या करोगे और कारण बनूंगी मैं?''

''अगर नहीं करूंगा तो क्या कर लोगी?''

''सड़ा-सड़ा कर मारूंगी तुम्हें।'' माधुरी के मुंह से सिर्फ घृणा ही घृणा निकल रही थी–''समाज में तुम्हारा वो स्थान बना दूंगी कि घर की चारदीवारी से बाहर निकलने के नाममात्र से थर्राया करोगे तुम–तुम अभी कल्पना नहीं कर पा रहे हो कि एक पत्नी अगर समाज के सामने अपने पति को बेइज्जत कराने पर आमादा हो जाए तो वह उसे किस कदर नंगा कर सकती है।''

''म ... मैं समझा नहीं।''

''तुम अच्छी तरह जानते हो अमित कि मेरी कोख से जन्म लेने वाला 'शुभम' तुम्हारा अपना बेटा है, तुम्हारा अपना खून है। इसके बावजूद मैं कसम खाती हूं कि तुम्हारा 'वंश' आगे नहीं चलने दूंगी।''

''क्या तुम शुभम को मार डालोगी?'' अमित हकला गया–''क्या अपने बेटे की हत्या अपने हाथों से कर दोगी तुम?''

''नहीं।'' माधुरी जहरीले स्वर में कह उठी–''हत्या करने के मामले में मैं तुम्हारी तरह 'सिद्धहस्त' नहीं हूं मैं शुभम को मारूंगी नहीं बल्कि उससे, इस समाज से और सारी दुनिया से यह कहूंगी कि मेरा पति भले ही अमित वशिष्ठ हो मगर शुभम का पिता देवराज ठक्कर है। मैं तुम्हें नपुंसक कहूंगी, चीख-चीखकर सारी दुनिया को यह झूठ बोलूंगी कि तुम औलाद पैदा करने की सामथ्र्य नहीं रखते इसलिए मैंने देवराज ठक्कर से गर्भधारण किया था–एक पत्नी की बात पर, एक मां की बात पर दुनिया को यकीन करना ही पड़ेगा–सुना तुमने, तुम्हारे बेटे से मैं देवराज ठक्कर का वंश चलाऊंगी–तुम्हारे बाद इस दुनिया में तुम्हारा नाम लेने वाला कोई नहीं होगा–तुम्हारी चिता को तुम्हारे बेटे के हाथों से अग्नि तक नसीब नहीं होने दूंगी और ... और दूसरी

तरफ ... दूसरी तरफ होगा यह कि मेरे द्वारा, तुम्हारी पत्नी के द्वारा किया गया उक्त प्रचार तुम्हारी इज्जत, शोहरत और सम्मान की धज्जियां उड़ा देगा एसपी साहब, यह समाज तुम्हें जीने नहीं देगा–तुम्हारा हर परिचित बार-बार यह पूछेगा कि क्या वह सच है जो तुम्हारी पत्नी कहती फिर रही है और जवाब में तुम भले ही अपने गले में ढोल लटकाकर हलक फाड़-फाड़कर यह चीखते फिरना कि माधुरी झूठ बोल रही है, शुभम तुम्हारा ही बेटा है मगर कोई एक क्षण के लिए भी यकीन नहीं करेगा लोग तुम पर हंसेंगे-थूकेंगे और ऐसी नजरों से देखा करेंगे तुम्हारी तरफ जैसी नजरों से हिजड़े की तरफ देखते हैं।''

''न ... नहीं, नहीं!'' कल्पना मात्र से दहल उठा अमित।

माधुरी के होंठों पर नाचती जहरीली मुस्कराहट में घृणा और व्यंग्य आ मिला, एक-एक लफ्ज को चबाती हुई वह कहती चली गई–''बोलो, जी सकोगे–दिल में है जिंदा रहने की ख्वाहिश?''

''तुम पत्थर से सिर टकरा रही हो माधुरी।'' एकाएक देवराज कह उठा–जो कुछ तुम करोगी उससे एक गैरतमंद शख्स तो डर सकता है मगर वह नहीं जिसका 'गैरत' से कभी कोई सरोकार नहीं रहा–एसपी साहब इतने ढीठ, कमीने और खुदगर्ज हैं कि भरपूर बेइज्जती होने के बावजूद अपने हर परिचित के मुंह से खुद को नामर्द सुनने के बावजूद और सारा सम्मान धूल में मिल जाने के बावजूद जिंदा रहेंगे, गुरूर से गर्दन अकड़ाए घर से बाहर निकला करेंगे और अपने हर परिचित की आंखों में आंखें मिलाकर बात किया करेंगे। मेरा दावा है माधुरी, शर्त लगाकर कह सकता हूं कि इस तरीके से तुम एसपी साहब को आत्महत्या कर लेने के लिए विवश नहीं कर सकती।''

''नहीं, देवराज, नहीं।'' माधुरी बोली–''इतना ढीठ, कमीना और खुदगर्ज कोई नहीं हो सकता–इतना अपमान सहने के बाद तो दुनिया का बेगैरत इंसान भी जिंदा नहीं रह सकता और अमित बाबू तो आखिर पटना शहर के एसपी पुलिस होते हैं–समाज में इनका अपना कोई स्थान है, एक रुतबा है, इज्जत है। इस सबको गंवाकर ये जिंदा रहना चाहेंगे? अगर तुम शर्त ही लगाना चाहते हो तो मैं तैयार हूं, लगी शर्त।''

''ओके।'' देवराज वही कह रहा था जो कहने के निर्देश उसे माधुरी से

मिले थे–''लगी शर्त। अगर मैं जीतता हूं तो एक रात के लिए तुम मेरी और अगर तुम जीतती हो तो एक रात के लिए मैं तुम्हारा।''

''वाह, ये तुमने खूब शर्त लगाई देवराज!'' माधुरी अमित की तरफ एक भद्दी मुस्कान उछालने के बाद बोली–''यह तो वही बात हुई कि चाहे तरबूज छुरी पर गिरे या छुरी तरबूज पर नुकसान तो तरबूज ही का होना है मगर फिर भी, मान लेती हूं शर्त। तुम भी क्या याद रखोगे, किसी दिलवाली से पाला पड़ा था, क्यों एसपी साहब, यह शर्त मुझे जीतने का मौका दोगे न?''

और एसपी साहब।

यानि अमित की हालत ऐसी हो गई जैसे रेलवे स्टेशन के चौराहे पर खड़ा करके उसके सारे कपड़े उतार लिए गए हों। चेहरे पर देखने लायक भाव थे और उन भावों को देखकर माधुरी ने एक और चोट की–''तुम बोलते क्यों नहीं एसपी साहब, जवाब दो–आत्महत्या करोगे या नहीं?''

अमित के मुंह से बोल न फूटा।

मारे गुस्से के बुरा हाल था उसका।

जबकि देवराज ठक्कर ने लपककर कहा–''कह दो एसपी साहब, पूरी दिलेरी के साथ कह दो, नहीं–तुम आत्महत्या नहीं करोगे–भला यह भी आत्महत्या करने की कोई वजह हुई कि लोग तुम्हें हिकारत की नजर से देखेंगे। अरे, देखते हैं तो देखते रहें, तुम पर भला क्या फर्क पड़ता है–तुम शान से जिए हो और शान से जिओगे–समझा दो इस बेवकूफ को कि यह अपनी इन उल्टी सीधी हरकतों से एक अच्छे-भले इंसान को आत्महत्या करने पर मजबूर नहीं कर सकती।''

''सारे नाश की जड़ तू है हरामजादे तू।'' आपे से बाहर होकर चीखने के साथ अमित ने इस बात की परवाह किए बगैर उस पर छलांग लगा दी कि उसके हाथ में अभी तक पांडे का सर्विस रिवॉल्वर था। मगर देवराज को उससे यह उम्मीद नहीं थी, तभी तो रिवॉल्वर हाथ में होने के बावजूद उसका इस्तेमाल न कर सका।

अमित उसके जिस्म पर इतनी तेजी से आकर गिरा कि वह सम्भल न पाया। रिवॉल्वर कालीन पर गिर गया।

अपमान ने अमित की बुद्धि 'हर' ली थी–नफरत ने उसे पागल कर दिया और मरने के खौफ से 'बरी' होते ही जिस्म में कोई ऐसी देवी शक्ति भर गई

कि देवराज ठक्कर उसका मुकाबला न कर सका। पराकाष्ठा पर पहुंचे गुस्से के मारे अमित के हाथ एक बार देवराज की गर्दन पर जमे तो फिर 'जोंक' की तरह वही चिपके रह गए।

अमित उसकी छाती पर बैठा दोनों हाथों से गर्दन दबाए गुर्रा रहा था–"म ... मैं तुझे जिंदा नहीं छोडूंगा, माधुरी अगर मेरे हाथों से मनोज का कत्ल कराने में कामयाब हुई तो तेरी वजह से।"

देवराज छटपटा रहा था। लाख चेष्टाओं के बावजूद अमित के बंधन से मुक्त नहीं हो पा रहा था वह।

पहले मुंह से गूं-गूं की आवाज ने निकलना शुरू किया, फिर वह क्षीण पड़ती दम तोड़ गई–जीभ हलक से बाहर की तरफ खिचने लगी, आंखें मानो अपनी सीमाओं से बाहर कूदने ही वाली थीं। जिस्म का सारा खून चेहरे पर इकट्ठा हो गया था और उसके प्राण पखेरू उड़ने में शायद दस-पांच सेकेंड़ ही बाकी बचे थे कि ...

धांय-धांय-धांय ... !

सारा बंगला गोलियों की आवाज से थरथरा उठा।

गोली एक-दो या तीन नहीं बल्कि छः की छः चली थीं।

रिवॉल्वर खाली हो गया था। इसके बावजूद माधुरी की अंगुली उसका ट्रेगर दबाए चली जा रही थी।

अमित के मुंह से अन्तिम चीख निकली जरूर थी किन्तु गोलियों के धमाके के बीच कहीं गुम होकर रह गई वह।

इधर गोलियों से छलनी हुआ लहू-लुहान अमित कालीन पर लुढ़का उधर देवराज ठक्कर बिजली के बेटे की तरह उछलकर खड़ा हुआ और सबसे पहले दौड़कर बिल्डिंग का मुख्य द्वार अंदर से बंद कर दिया।

फिर वे सभी दरवाजे बंद किए जिनके जरिए कोई शख्स ड्राइंगरूम में प्रविष्ट हो सकता था।

"य ... यह तुमने क्या किया?" वह चीखा–"यह क्या किया माधुरी, तुमने तो कहा था कि अपने हाथों से इसकी हत्या नहीं करोगी–आत्महत्या के लिए विवश कर दोगी इसे, फिर तुमने खुद ...

संगमरमर की प्रतिमा में तब्दील हुई-सी माधुरी जबड़े भींचे बोली–

''आत्महत्या करने का अपना-अपना तरीका होता है देवराज–मैंने भी बड़े अजीब अंदाज में आत्महत्या की थी। खुद को इसके सामने पेश करके तुम्हें फांसी चढ़ाने की धुन में कौमार्य परीक्षण में खुद को कुंवारी न साबित होने देने के लिए मैंने खुद आत्महत्या की थी और ... और अब इसने आत्महत्या कर ली–इसने जो छल-कपट और प्रपंच रचकर सिन्दूर का रूप धारण करके मेरी मांग में आ बैठा था–मेरा पति बन गया था, सुहाग कहलाने लगा था–आत्महत्या करने का इसने शायद यही अंदाज पसन्द किया–यह कि मैं इसे गोलियों से भेद दूं। जरा सोचो देवराज, सोचो अगर इसका इरादा आत्महत्या का न होता तो क्या यह जानते-बूझते गला दबाकर तुम्हें मार डालने की कोशिश करता? जबकि जानता था कि कमरे में माधुरी मौजूद है, रिवॉल्वर मौजूद है स्पष्ट है देवराज कि इसने आत्महत्या की है। यह जानता था कि तुम्हें मारने की जो कोशिश यह कर रहा है उसे माधुरी किसी हालत में कामयाब नहीं होने देगी।''

देवराज ने कुछ कहने के लिए मुंह खोल ही था कि भारी बूटों की आवाज उभरी, चारों तरफ हंगामा-सा मच गया।

फिर, ड्राइंगरूम में खुलने वाला मनोज के बैडरूम का दरवाजा जोर-जोर से भड़भड़ाया जाने लगा।

ठक्कर समझ गया कि पांडे और सशस्त्र सिपाही मनोज के बैडरूम की खिड़की से बिल्डिंग में दाखिल हो चुके हैं। चेहरे पर निर्विकार भाव लिए माधुरी अभी जोर-जोर से भड़भड़ाए जा रहे दरवाजे की तरफ देख रही थी कि देवराज ठक्कर ने झपटकर रिवॉल्वर उसके हाथ से छीन लिया।

''य ... ये तुम क्या कर रहे हो देवराज?'' माधुरी चीखी।

रिवॉल्वर हाथ में लिए ठक्कर गर्जा–''ये खून मैंने किया है, अमित को मैंने मारा है।''

''न ... नहीं।'' माधुरी चिल्लाई।

''समझने की कोशिश करो माधुरी।'' देवराज कहता चला गया–''एक ऐसी हत्या के जुर्म में मैं आजीवन कारावास भोग रहा था, लाख प्रयत्न किए जाने के बावजूद जिसे अब किसी और के द्वारा की गई साबित नहीं किया जा सकता–आजीवन कारावास का कैदी जब जेल से फरार हो जाता है तो नब्बे

प्रतिशत केसों में फांसी का हकदार बन जाता है कहने का मतलब है मुझे तो फांसी होनी ही होनी है। अमित का कत्ल मैंने किया हो या न किया हो, मैं तुम्हें इस जलील आदमी की हत्या की सजा नहीं भोगने दूंगा। तुम्हें अभी जीना होगा माधुरी–जेल से बाहर जीना होगा तुम्हें तुम्हारे सामने अभी लक्ष्य है। तुम्हारे सामने–तुम्हारे लिए अभी काम है माधुरी–शुभम को पाल-पोसकर बड़ा करने का काम, उसकी परवरिश करने का काम।''

''नहीं ... धोखे में मेरी कोख में डाल दिए गए अमित नामक इस नरपिशाच के बेटे की परवरिश मैं नहीं करूंगी।''

''क ... क्या तुम भूल गईं–क्या भूल गईं माधुरी कि शुभम मेरा बेटा है–मेरा?''

''द ... देवराज।'' माधुरी का सम्पूर्ण अस्तित्व कांप उठा।

''हां माधुरी, शुभम मेरा बेटा है। मैंने तो कोई पाप नहीं किया न, मैंने तो धोखा नहीं दिया तुम्हें–अगर ऐसा मानती हो माधुरी, तो मेरे बेटे की, मेरे शुभम की परवरिश तुम्हें करनी होगी।''

''म ... मगर तुम कितनी कुर्बानियां करोगे देवराज–कितना सताओगे मुझे। जब कोई शख्स किसी के लिए कुर्बानियां और सिर्फ कुर्बानियां करता चला जाता है तो कुर्बानियां सहने वाला शख्स खुद को मुजरिम समझने लगता है।''

देवराज को लगा दरवाजा टूटने वाला है।

जल्दी से माधुरी की तरफ पलटकर बोला–''त ... तुम यह नहीं कहोगी माधुरी कि अमित की हत्या तुमने की है, तुम्हें मेरी कसम–उसकी कसम है जिसे तुम सुहाग से बड़ा कहती हो।''

माधुरी के दिलो-दिमाग को एक झटका-सा लगा।

पहले क्षण यूं लगा था जैसे देवराज ठक्कर की कसम नागवार गुजरी हो मगर फिर उसके चेहरे पर संगमरमरी कठोरता काबिज होती चली गई और उस वक्त किसी 'स्टैचू' की मानिन्द खड़ी थी वह जब 'भड़ाक' से दरवाजा टूटा।

सेन्ट जोन्स स्कूल की प्रिंसिपल ने एक नजर गोरे रंग और गहरी काली आंखों वाले खूबसूरत बच्चें पर डाली, फिर उसकी मां से सवाल किया–''बच्चे का नाम?''

''शुभम।'' माधुरी ने बताया।

''पिता का नाम?''

''स्वर्गीय देवराज ठक्कर।''

''क ... क्या?'' प्रिंसिपल बुरी तरह चौंक पड़ी। चेहरा उठाकर उसने माधुरी की तरफ देखा, गहन आश्चर्य के साथ बोली वह–''य ... यह बच्चा आप ही का है न?''

पूरी दृढ़ता के साथ कह माधुरी ने–''जी हां।''

''म ... मगर ... ।'' मारे हैरत के प्रिंसिपल की हालत खराब थी, बोली–''आप इस शहर के भूतपूर्व एसपी पुलिस की पत्नी हैं न–उनकी, जिनका नाम अमित वशिष्ठ था?''

''जी हां।'' माधुरी के जबड़े भिंच गए, खूबसूरत चेहरे पर अनोखा तनाव नजर आने लगा और मुकम्मल सख्ती के साथ कहा उसने–''मेरे पति वही थे।''

''तो फिर आपके बेटे के पिता का नाम देवराज ठक्कर कैसे हो सकता है?''

''इस बात को छोड़िए प्रिंसिपल साहिबा कि क्या कैसे हो सकता है–आप स्वयं स्त्री हैं अतः आप जानती हैं कि एक मां से बेहतर इस बात को कोई नहीं जान सकता कि उसके किस बच्चे के पिता का नाम क्या है–मैंने शुभम को जन्म दिया है और इसलिए जानती हूं कि इसके पिता का नाम देवराज ठक्कर है–वह देवराज ठक्कर जिसे शहर का 'वाइन किंग' कहा जाता था–जिसे मेरे भाई और पति की हत्या के जुर्म में फांसी पर लटका दिया गया। इसमें कोई शक नहीं कि मेरे पति वे थे जो शहर की पुलिस में एसपी हुआ करते थे–सो, मैंने सच-सच बता दिया–आप ठिठक क्यों गईं–शुभम के पिता का नाम नोट क्यों नहीं करतीं?''

प्रिंसिपल का मुंह खुला का खुला रह गया।

समाप्त